Inger G. Madsen
Blutstaub

Inger Gammelgaard Madsen arbeitete lange Zeit als Grafikdesignerin in verschiedenen Werbeagenturen. 2008 debütierte sie mit ihrem Kriminalroman *Dukkebarnet*, der bei Osburg unter dem Titel „Der Schrei der Kröte" erschien. Sowohl der erste als auch der zweite Band ihrer Krimireihe um den Ermittler Roland Benito wurden von Kritik und Publikum begeistert aufgenommen. 2010 gründete Madsen ihren eigenen Verlag *Farfalla* und seit 2014 konzentriert sie sich ganz auf das Schreiben. Die *Roland Benito*-Reihe umfasst inzwischen elf Bände. Inger Madsen lebt in Aarhus.

Inger G. Madsen

Blutstaub

Kriminalroman

Aus dem Dänischen von
Kirsten Vesper

Osburg Verlag

Titel der dänischen Originalausgabe:
Blodregn

Erste Auflage 2018

www.osburgverlag.de

Umschlaggestaltung: Judith Hilgenstöhler, Hamburg
Lektorat: Mandy Kirchner
Druck und Bindung: CPI books GmbH, Leck
Printed in Germany
ISBN 9783-95510-170-1

Wenn Stürme über den Wüstensand der Sahara fegen, können die starken Winde große Mengen dieses feinen, roten Sandstaubs hoch hinaus in die Atmosphäre transportieren, über das Mittelmeer und tausende Kilometer weiter. Wenn der Staub vom Regen erfasst wird und die Tropfen auf die Erde fallen, sind sie rot wie Blut gefärbt. Das nennt man Blutregen.

Prolog

Mittelmeer

Die letzten Sonnenstrahlen kämpften dagegen an, ganz in den schwarzen Wolken zu verschwinden, die sich langsam am Himmel ausgebreitet hatten. Nun gaben sie nach und wurden verschluckt. Es frischte auf. Das Meer wirkte auf einmal schwarz wie Öl.

Die Möwe tauchte, wurde aber von dem Windmessgerät erschreckt, das plötzlich schnell im Wind surrte, der von Süden kommend stärker wurde. Der Wind hob die Federn der Möwe und schob sie weg, hoch hinauf zum drohenden Himmel. Sie schwebte im Aufwind und beobachtete all die anderen Möwen, die sich gierig an der Beute unter ihr bedienten. Dann siegte der Hunger über die Furcht, sie tauchte wieder und wurde auf dem Weg nach unten von schweren, kalten Spritzern aus dem Meer getroffen, das in zornigen und gewaltigen Aufruhr geriet, als versuchte es, den hässlichen, toten, schweren Metallkasten zu bekämpfen, der passiv auf der Meeresoberfläche schaukelte. Wie Magensäure, die einen schädlichen Fremdkörper auflösen wollte. Es war eine große Möwe und die anderen wichen ein bisschen, als sie mit lauten Schreien landete, und schritten zurück in den schleimigen Matsch aus Blut und Salzwasser auf dem übelriechenden, glatten Deck. Sie schlug mit den Flügeln, um das Gleichgewicht zu halten. Die Krallen fanden Halt an der Beute und der Schnabel fing instinktiv an, an den blutigen Teilen des Fleisches zu zerren. Weitere Möwen kamen hinzu. Der Schwarm schrie lauter und wilder, als wollte er das zunehmende Tosen des Meeres übertönen. Es gab einen Kampf zwischen den Männchen um einen Leckerbissen. Eine hohe Welle spülte über die Reling und traf sie. Widerwillig ließen sie ab und kreisten im Schwarm, auf eine Möglichkeit wartend, wieder zu tauchen. Einige hatten das Glück gehabt, einen Happen im Schnabel mitzunehmen und verschwanden mit Rückenwind in Richtung Land. Schließlich gaben die anderen auf und drehten ebenfalls um. Der Wind war zu stark. Die Möwen erreichten schreiend mit gefüllten Bäuchen das Land und suchten Schutz vor dem Unwetter. Das Frachtschiff war wieder seinem eigenen Schicksal in der schäumenden Gewalt des Meeres überlassen. Ungefähr zehn Kilometer weiter konnte man die Lichter der Stadt im Landesinneren erahnen. Das Schiff war auf Kurs in die Gegenrichtung, nur gesteuert von der unkontrollierten und unsanften Führung des Sturms. In weniger als einer halben Stunde würde es direkt an die Küste des kleinen Badeortes Palizzi Marina in Süditalien krachen. Falls nicht die Wellen, die es wie riesige Krakenarme umschlossen, vermochten, es vorher mit sich in die Tiefe zu ziehen.

1

Der Staub kitzelte irritierend in seiner Nase. Er nieste. Ein Bild in dem Pappkarton, den er gerade geöffnet hatte, fesselte seine Aufmerksamkeit. Er hob es hoch. Es waren Tante Giovanna und Salvatore, fotografiert mit den blaugrauen Kegeln des Vesuvs vor einem leicht bewölkten Himmel und dem ruhigen, blauen Tyrrhenischen Meer im Hintergrund. Sie saßen auf der Mauer am Meer an der Via Nazario Mauro in Neapel unter einer dieser hübschen, alten, dreiflammigen Straßenlaternen, die er liebte. Rolands Mund wurde trocken. Aber nicht aufgrund der nostalgischen Gefühle wegen der Laternen. Wer hatte seinerzeit dieses Foto gemacht? Salvatore musste darauf dreizehn Jahre alt sein, zwei Jahre, bevor er ermordet wurde. Warum lag es eigentlich hier? Es sollte aufgestellt sein. Oben im Wohnzimmer. Er starrte lange darauf. Spürte den Druck im Brustkorb und wie sein Atem schneller ging. Dann wickelte er es wieder in eine von 2009 datierte Zeitungsseite und legte es vorsichtig zurück in die Kiste, wobei ihm einfiel, warum es nicht aufgestellt war. Damit sie nicht jeden Tag an Salvatores Schicksal erinnert wurden.

„Es ist ja nur für eine Weile", sagte Rikke hinter ihm wie eine Fortsetzung der gedämpften Unterhaltung, die sie geführt hatten, bevor sie mit einem Stapel gefüllter Pappkartons die Treppe hoch verschwand. Roland, der immer noch in die Erinnerungen an Salvatore vertieft war und nicht gehört hatte, dass sie zurückgekommen war, zuckte zusammen. Rikke nahm einen weiteren Pappkarton, um ihn nach oben auf den Anhänger zu schleppen, der zur Mülldeponie gefahren werden sollte. Irene war oben in der Küche. Sie bereite zusammen mit Marianna das Pfingstessen vor. Ab und zu hörte er seine Enkelin lachen; das Geräusch erhellte ein bisschen die düstere Stimmung, die von ihm Besitz ergriffen hatte. Sie würden draußen im Garten sitzen. Das Wetter war gut. Viel zu gut, um hier unten in einem dunklen, staubigen Keller zu stehen.

„Den Karton hier darfst du nicht wegschmeißen", sagte er heiser und schob ihn mit dem Fuß in eine Ecke, weg von den anderen Kisten.

„Mama hat ein riesengroßes Herz, dafür lieben wir sie doch, stimmt's? Wovor hast du Angst?", fuhr seine Tochter fort.

„Ich habe keine Angst, Rikke. Aber wir wissen ja nicht, wer die sind.

„Sie sind Menschen in Not, Papa. Und sie haben keinen Platz zum Wohnen!"

Rikke drehte ihm mit einem neuen Stapel Kartons im Arm den Rücken zu und ging damit die Kellertreppe hoch.

Roland antwortete nicht. Wie Irene ihn dazu hatte überreden können, verstand er immer noch nicht, aber ihren Argumenten konnte man selten etwas entgegenhalten. Und sie war aufgeblüht, seit sie als Freiwillige für die Dänische Flüchtlingshilfe arbeitete. Und natürlich hatte sie recht. In nächster Zeit würden viel mehr Flüchtlinge nach Aarhus kommen als angenommen, und die Gemeinde hatte es schwer, Platz zu finden. Es ist unsere Pflicht zu helfen, sagte Irene. Aber ganz Europa hatte Probleme, Platz zu finden. Roland putzte sich die Nase und schaute sich um. Sie wurden des Chaos allmählich Herr. Die Zimmer der Mädchen, die seit ihrem Auszug vor langer Zeit ungenutzt waren, waren instand gesetzt worden und nun, da der Keller aufgeräumt und geputzt war, konnte man hier mehrere Betten aufstellen. Nur übergangsweise. Darauf musste er Irene festnageln. Nur, bis die Gemeinde geeignete Unterkünfte für sie gefunden hatte.

Er hörte das Poltern auf der Treppe und schaute auf.

„Ich habe den Staubsauger dabei. Sind wir dann nicht auch bald fertig?", meinte Rikke und steckte den Stecker rein. Der Apparat röhrte, sodass man schreien musste, um ihn zu übertönen.

„Doch! Ist Tim schon da?"

„Ja, er deckt zusammen mit Marianna den Tisch!", rief sie und er musste vor der Düse des Staubsaugers flüchten, die vor und zurück um seine Füße herum fuhr.

„Wollte er nicht den Anhänger zur Deponie fahren?"
„Ja, das macht er nach dem Essen!"

Roland verließ den Lärm im Keller und eilte die Treppe hinauf. Angolo stand oben bereit und wedelte mit dem Schwanz. Er hatte kläglich gewinselt, als Roland morgens die Stufen hinuntergegangen war. Der Schäferhund konnte nach der Schulteroperation vor ein paar Jahren keine Treppen mehr laufen. Der Tierarzt hatte prognostiziert, der Hund würde nie wieder normal gehen können. Er humpelte mit Irene um die Wette. Sie teilten das gleiche Schicksal. Roland griff mit beiden Händen in das dicke Fell um den Hals des Hundes und schüttelte es liebevoll, während er ihn gedämpft zum Spielen aufforderte; dann erstarrte er, als er durch die offene Terrassentür die Stimmen im Garten hörte. Dagnys gurrende Stimme tat ihm in den Ohren weh und Carl Ernsts beständiger Tabakhusten folgte. *Der Truthahn* und *die Krähe*, wie Roland seine Schwiegereltern gerne nannte. Natürlich nur, wenn niemand es hörte. Der voluminöse Körper seiner Schwiegermutter mit vorgewölbter Brustpartie und zitterndem, fettem Truthahnhals und die magere, zusammengesunkene, verschreckte Erscheinung seines Schwiegervaters und sein Gesicht mit den schmalen, eingefallenen Wangen samt des schnarrenden Hustens hatten diese Assoziationen hervorgerufen. Wie diese Kombination einen Schwan, wie er Irene bezeichnete, hatte hervorbringen können, darüber hatte er sich oft gewundert. Selbstverständlich hielten sie sich über Pfingsten bei dem schönen Wetter in ihrem Zelt auf dem Blommehaven Campingplatz beim Adlerhorst auf. Angolo legte die Ohren an und zog sich ein wenig von den Geräuschen zurück. Roland nickte verständnisvoll und ließ den Hund los. Es war verblüffend, wie Tiere sich erinnerten. Angolo verduftete in der Regel, sobald er ihr Auto hörte. Wie Roland es am liebsten auch tun würde. Dagny hatte dem Hund mal unter dem Tisch mit einem spitzen Schuh einen Tritt versetzt, als sie dachte, niemand würde es bemerken. Damals war Angolo ein Welpe und hatte noch nicht gelernt, in seinem Körbchen zu bleiben, wenn Gäste zum Essen kamen. Es war spannender, unterm Tisch zu liegen und zu sehen, ob ein Leckerbissen runterfiel, und das tat er in der Regel bei Dagnys Stuhl. Sie machte auch kein Geheimnis daraus, dass sie Hunde nicht ausstehen konnte. Überhaupt hielt sie mit ihrer Meinung selten hinterm Berg. Eine Eigenschaft, die Roland normalerweise für lobenswert hielt, aber nicht bei Dagny. Ihre Ansichten ließen ihn in der Regel die Kontrolle über sein Temperament verlieren. Irene warf ihm vor, er *wolle* die Äußerungen ihrer Mutter als provokant auffassen, egal, was sie sagte, und dass es deswegen immer so schiefginge. Nur um Irenes willen hatte er daher angefangen die Zähne zusammenzubeißen und zu versuchen, die Wut und die Sticheleien zu ignorieren, die die Schwiegermutter ihm entgegengackerte. Und es war *nicht* nur, weil er sie falsch verstand.

„Ich wusste nicht, dass sie kommen wollten", flüsterte Irene beinahe entschuldigend, als er sich neben sie stellte und die Hände in der Spüle wusch. Er warf einen Blick aus dem Fenster und sah die Familie im Garten. Marianna war dabei, Gläser auf den Tisch zu stellen, und Tim unterhielt sich mit Carl Ernst, der nicht überraschend Rolands Stammplatz gewählt hatte und völlig desinteressiert an Tims Redeschwall weiter oben etwas betrachtete. Das Dach natürlich. Die Villa war ursprünglich Irenes Elternhaus gewesen, das sie den Schwiegereltern abgekauft hatten, da sie in etwas Kleineres in der Stadt ziehen wollten. Der Schwiegervater hatte Roland immer kritisiert, er vernachlässige das Dach. Sie hatten auch geplant, es instand zu setzen, aber dann war das mit Irene passiert, was den Großteil der Ersparnisse aufgebraucht hatte - oder besser gesagt: alle. Von diesem Teil von Irenes Operation wussten Dagny und Carl Ernst nichts, sie waren sich trotz allem einig gewesen, es zu verschweigen, obwohl Irene ihren Eltern normalerweise alles anvertraute. Seiner Meinung nach viel zu viel. Dagny lief umher und betrachtete die Bepflanzung. Viele der Bäume und Büsche hatte sie selbst ausgewählt und gepflanzt, damals, als die Villa ihnen gehörte, und die Inspektion lief ganz sicher darauf hinaus, sich zu vergewissern, dass sie korrekt gehegt und beschnitten wurden. Zweifelsohne waren weitere Vorwürfe im Anzug.

„Jetzt mach nicht so ein Gesicht - und lass das Brummen", flüsterte Irene weiter mit einem kleinen, tadelnden Lächeln.

„Was für ein Gesicht?", fragte er und trocknete, ohne den Blick von den Geschehnissen im Garten abzuwenden, die Hände am Geschirrtuch, das am Griff der obersten Schublade hing.

„Du bist schon bereit, in die Offensive zu gehen, das kann ich dir ansehen, und du knurrst wie ein Löwe, der eine Beute ausgewählt hat."

„Quatsch!" Roland lächelte überzeugend und küsste sie auf die Wange. „Soll ich was mit rausnehmen?"

„Den Schnaps. Das wird Papa freuen", sagte sie und blinzelte ihm neckend zu.

Es zog nur ein bisschen in dem einen Bein, wenn sie ging. Er bemerkte, dass sie sich schmerzlich bemühte, damit nicht zu viele Fragen zu ihrem Gesundheitszustand kamen. Die Krücken waren nicht an ihrem üblichen Platz in der Ecke, sondern sicher im Flurschrank versteckt. Irene hasste es, über ihre Behinderung zu sprechen. Aber er verstand sie gut und der Drang, sich neben Angolo im Korb in der Wohnzimmerecke zusammenzukauern, war beinahe unwiderstehlich. Die Schwiegereltern hatten ihm nie verziehen, dass er Irene an jenem Abend allein gelassen hatte. Sie wussten offensichtlich nicht, dass er selbst es sich auch nicht verziehen hatte.

Die Schnapsflasche war eiskalt, aber es fühlte sich an den Fingern wie eine Verbrennung an, als er sie nach einem tiefen Atemzug raus in den Garten trug, zusammen mit dem Currysalat, den Irene vergessen hatte mitzunehmen. Es gelang ihm, wenige Sekunden bevor er den Tisch erreichte, das Lächeln aufzusetzen.

„Ach, Rolando, bist du auch hier?", schnatterte Dagny, sobald sie ihn sah. „Ich dachte, du wärst arbeiten, wie immer."

„Rolando hat doch den Job gewechselt, Mama. Er ist nicht mehr bei der Polizei, deswegen muss er nur, wenn er Dienst hat, vielleicht Überstunden machen, aber das passiert glücklicherweise selten", antwortete Irene für ihn und streichelte ihm beruhigend den Rücken. „Und dafür bin ich sehr dankbar", fügte sie hinzu.

„Ach ja, du bist ja jetzt bei der DUP, das hatte ich ganz vergessen. Jetzt stellst du deinen eigenen Leuten nach."

Wenn er das Lächeln als humorvoll oder freundlich hätte interpretieren sollen und nicht als höhnisch, dann wären seine Fähigkeiten als Menschenkenner völlig auf dem Holzweg gewesen. Er setzte sich und öffnete den Schnaps.

„Ich stelle niemandem nach, Dagny. Auch Polizisten haben ein Recht auf gerechte Ermittlungen, wenn sie einer Gesetzwidrigkeit beschuldigt werden. Genau wie wir anderen. Ich arbeite im Dienste der Wahrheit. Willkommen und schöne Pfingsten!", sagte er und erhob das Glas, als alle eingeschenkt bekommen hatten.

Die Blutbuche warf einen angenehmen Schatten auf den Tisch und die Temperatur war perfekt. Der Duft der Juniblumen des Gartens dominierte. Besonders von der Magnolie mit den großen, rosafarbenen, tulpenähnlich geformten Blüten, deren Duft beinahe den Hering übertünchte, mit dem Roland sich gerade eindeckte. Die Unterhaltung bei Tisch war gedämpft und wechselseitig mit dem Sitznachbarn, nur Marianna war zwischendurch ein bisschen laut, bis sie der Blick ihrer Urgroßmutter traf. Dagny hingegen war schweigsam, während sie sich vollstopfte. Hätte Angolo gesehen, was ihm entging, wäre er sicher aus seinem Versteck gekommen. Wenn er sich getraut hätte. Roland fühlte sich allmählich ruhiger und atmete einigermaßen normal. Vielleicht war das eine der seltenen Zusammenkünfte, bei denen es nicht völlig schieflief. Vielleicht weil Rikke, Tim und Marianna auch hier waren. Aber jetzt ging der Schnaps Carl Ernst ins Blut, er hustete und mit roten Wangen nahm er schließlich das Dach in Angriff.

„Es würde es sehr verschönern, dieses Moos und die Algen zu entfernen, Schwiegersohn", sagte er so laut, dass alle am Tisch aufhörten zu essen und ihn anschauten. Es kam auch nicht oft vor, dass er einfach das Wort ergriff. Normalerweise musste man ihn ansprechen, bevor er etwas sagte.

„Wir haben auch vor, das ...", begann Roland.

„Ja, es wäre besser gewesen, das Geld dafür zu verwenden, statt die alten Zimmer und den Keller zu renovieren. Wozu eigentlich?", unterbrach Dagny und wandte ihm so schnell das Gesicht zu, dass das Kinnfett schwabbelte.

„Weil da doch jemand wohnen soll, Omi", erklärte Marianna erwachsen und Roland krümmte sich innerlich. Sein Blick suchte Irene. Er wusste nicht, wie viel sie ihren Eltern erzählt hatte. Ob sie überhaupt von ihrem Job bei der Dänischen Flüchtlingshilfe gehört hatten. Vermutlich nicht.

„Wer soll da wohnen? Irene, du willst doch wohl keine Obdachlosen beherbergen?!"

„Das sind keine Obdachlosen, Mama."

Irene legte Messer und Gabel auf den Teller und wischte sich mit der Serviette den Mund ab. Rüstete sich zum Kampf, das konnte er sehen. Nun musste sie sich daran erinnern, dass die Äußerungen ihrer Mutter nicht provozierend waren.

„Das sind Afrikaner, Omi", war Marianna behilflich.

„Afrikaner?!"

Dagnys Ausbruch klang, als wäre ihr etwas im Hals stecken geblieben. Schön wär's.

„Die Gemeinde kann nicht alle Flüchtlinge unterbringen, die gerade ins Land kommen."

„Wer kann das, Irene? Ich habe natürlich die Bilder im Fernsehen gesehen, aber wir können doch nicht ganz Afrika hier in Dänemark wohnen lassen, oder!"

„Das ist ja nicht ganz Afrika, Mama. Aber wenn wir mit einer Unterkunft helfen können, bis die Gemeinde eine bessere Lösung findet, dann tun wir das."

„Ich finde es menschlich und lobenswert, was Mama und Papa machen. Diese armen Menschen haben viel durchgemacht, also müssen wir ihnen helfen", sagte Rikke ernst.

Tim nickte.

„Ist das wirklich wahr, Irene? Ihr wisst ja nicht, wer die sind!", unterbrach Dagny. „Vielleicht sind das die, die Leute köpfen und Terroranschläge ausführen!", unterbrach Dagny.

Mariannas Augen waren groß und kugelrund geworden, während sie mit offenem Mund lauschte. Sie sprang von ihrem Stuhl und lief zu Irene. „Stimmt das, Oma? Können die euch köpfen?"

„Nein, meine Süße. Natürlich können die das nicht. Das sind nicht die, die hierherkommen. Die flüchten nämlich vor denen, die Leute köpfen wollen. Geh mal rein und guck, ob Angolo nicht ein bisschen Gesellschaft braucht. Sein Ball liegt in der Garage."

Marianna lächelte erleichtert und lief ins Haus. Kurz darauf hörten sie Angolo begeistert bellen und Marianna lachen. Am Tisch war es still geworden. Roland empfand es als seine Pflicht zu übernehmen.

„Die Flüchtlinge wohnen nur übergangsweise hier, und der PET, der Inlandsnachrichten- und Sicherheitsdienst, hat unter Kontrolle, wer ins Land kommt."

„Ach, glaubst du wirklich, Rolando? Das würde mich sehr erstaunen! Die haben doch überhaupt nichts unter Kontrolle. Diese Menschen pilgern doch nur hierher, um Anteil an unseren Gütern zu bekommen. Wir können es uns nicht einmal leisten, für die unsrigen zu sorgen.

„Zynische Menschenschmuggler sind schuld an dieser gefährlichen Flucht über das Mittelmeer. Die muss man stoppen", unterbrach Tim und machte ein Bier auf.

„Ja, und die sind richtig geschickt darin, den Fremden zu erzählen, wie sie nach Dänemark kommen und Asyl und eine Familienzusammenführung erreichen. Und dafür benutzen sie doch alle dieselbe Geschichte: sie wurden gefoltert und werden getötet, falls sie zurückkehren.

Dagnys Blick war voller Trotz und Überzeugung. Roland spürte die Ameisen im Nacken. Jetzt bissen sie und er biss die Zähne zusammen.

„Und wir beklagen uns hier in Dänemark. Denk an Lampedusa, Sizilien und Süditalien, ganz zu schweigen von Griechenland und den griechischen Inseln, wo die Bootsflüchtlinge stranden - die, die überleben. Die können sie nicht zurückschicken, die Flüchtlingslager sind überfüllt und wir anderen im übrigen Europa wollen keine aufnehmen, was sollen die dann machen?", sagte Irene. Sie reichte ihrem Vater, der abwartend mit einem Stück nacktem Roggenbrot dasaß, die Butter.

„Ja, warum haben die das italienische Hilfsprogramm *Mare Nostrum* eingestellt?", fragte Rikke und schaute zu Roland, als ob er das wüsste, bloß weil er italienische Gene hatte.

„Das wurde in der EU beschlossen, um Geld zu sparen, als sie von den Italienern um Hilfe gebeten wurde. Das war sicher ein teures Projekt. Jedenfalls hat die EU die Verantwortung durch das Programm Triton übernommen. Aber das ist nicht so effektiv wie *Mare Nostrum* es war, weil es statt um Rettung um verstärkte Grenzkontrollen geht", erklärte Irene.

„Tatsächlich ist es unsere eigene Schuld, dass sie flüchten, weil wir uns zusammen mit den USA in ihre Landesregierungen eingemischt und einige ihrer Staatsoberhäupter ausgerottet haben. Wir wissen nie, wem wir eigentlich helfen und welche Folgen es hat. Kollaps und Bürgerkriege sind in der Regel das Resultat. Die Flüchtlinge sind ein heißes Eisen für die EU. In mehreren Mitgliedsländern steht ein Wahlkampf kurz bevor, in dem gerade die Flüchtlingspolitik Hauptthema ist", kämpfte Tim hartnäckig weiter.

„So ein Unsinn!" Dagny schnaubte. „Wir sind doch nicht schuld an ihrem Unglück. Was wollen die eigentlich hier? Die mögen unseren Glauben, unser Essen, unsere Kultur und unsere Lebensweise nicht. Warum schicken wir sie nicht einfach weiter nach Grönland, die haben doch Platz da oben? Oder in die osteuropäischen Länder? Aber, oh nein, da wollen die aber nicht wohnen, denn das kann man ja frei wählen, wenn man ein Flüchtling ist." Sie machte Anführungszeichen mit den Fingern, sodass das

Goldarmband klimperte. „Die wollen nur nach Dänemark, um Sozialhilfe zu kriegen und sich fortzupflanzen, und natürlich sorgen die dafür, ein paar Kinder zu kriegen, während sie sich trotz Ausweisung im Asylzentrum aufhalten - dann sind sie irgendwie davor geschützt, dazu gezwungen zu werden, dahin zurückzukehren, wo sie herkommen. Die benutzen die Kinder!" Dagny leerte hitzig ihr Schnapsglas. „Währenddessen bekommen dänische Frauen nicht genug Kinder, also wer soll Marianna versorgen, wenn sie alt ist? Warum habt ihr nicht mehr Kinder gekriegt?" Sie starrte Rikke und Tim vorwurfsvoll an.

Roland hatte wieder einen besorgten Augenkontakt mit Irene. Noch ein empfindliches Thema. Es tat ihm weh zu sehen, dass Rikke Tränen in den Augen hatte.

„Wir haben alles probiert, Oma." Sie sah ratlos zu Tim, der beschlossen hatte sich darauf zu konzentrieren, dem Hering ein Ende zu bereiten. „Wir konnten einfach keine weiteren Kinder bekommen. Okay!" Ihre Stimme zitterte. „Der einzige Ausweg wäre, einen Samenspender zu nutzen, aber ich kann mir nicht vorstellen, dass *du* das begrüßen würdest!"

„Wenn es ein dänischer Mann wäre, könnte ja wohl nichts dabei passieren," murmelte Dagny, schielte auf Rolands südländische Haut, die in der Sommersonne noch dunkler geworden war, und merkte nun immerhin, dass sie sich in die Nesseln gesetzt hatte.

„Das kann doch nicht dein Ernst sein! Nimm nur mal meine alte Schulfreundin, die gerade herausgefunden hat, dass ihr Vater nicht ihr richtiger Vater ist. Die Eltern haben einen Spender benutzt und es ihr nicht erzählt. Jetzt will sie ihn finden und das ist nicht leicht, weil er anonym ist."

„Wer denn?", fragte Irene und sah verständlicherweise eine Möglichkeit, von dem anderen Thema wegzukommen.

„Silje."

„Silje? Ich dachte, du hättest keinen Kontakt mehr zu ihr."

„Ich habe sie auf Facebook gefunden. Sie hat dort nach ihrem Vater gesucht. Sie und ihr Mann sind gerade nach Skåde Bakker gezogen, sie wohnen nicht weit weg von uns. Ihr Mann ist übrigens Sohn vietnamesischer Bootsflüchtlinge und hat seine eigene, gut laufende IT-Firma mit mehreren Angestellten. Was sagst du dazu, Oma?!"

Dagny lächelte nachsichtig. „Das war eine ganz andere Art Bootsflüchtlinge, die damals in den 70er und 80er-Jahren kamen. Arbeitsam und ehrlich. Diese Art Menschen ist hier willkommen. Die haben nicht unser Leben bedroht und wollten nicht unser Land übernehmen und die Scharia einführen."

Carl Ernst war immer noch damit beschäftigt, das Dach zu betrachten, während er mit einem Zahnstocher zwischen den Zähnen pulte und aussah, als warte er immer noch auf Antwort über den Zustand des Daches.

„Also du darfst nicht alle über einen Kamm scheren, Mama! Die Medien haben ein verkehrtes Bild von Leuten aus bestimmten Gegenden und mit einer anderen Kultur und einem anderen Glauben gezeichnet."

„Die Medien", lachte Dagny leise. „Gibst du jetzt *denen* die Schuld?"

„Ja, wem sonst? Woher hast *du* denn dein Wissen? Kennst du vielleicht einen einzigen Afrikaner oder Moslem?"

„Natürlich nicht, meine Liebe. Von so etwas halte ich mich fern und das solltest du auch tun! Wir kommen jedenfalls nicht mehr zu Besuch, wenn die hier einziehen. Mit diesen Menschen kommt nur Unglück ins Land. Glaub mir!"

Roland tat der Kiefer weh vom Zähnezusammenbeißen und es war unmöglich weiterzumachen. „Irene arbeitet ehrenamtlich für die Dänische Flüchtlingshilfe, Dagny. Die wissen es doch wohl am besten!" Seine Stimme klang knurrend und Irene schaute ihn besorgt an, sagte aber nichts.

„Wie naiv du doch bist, Rolando. Die *leben* von den Flüchtlingen. Wenn die nicht wären, hätten sie keinen Job und könnten sich ihre Luxusautos nicht leisten."

„Nein, jetzt hörst du aber auf, Mutti!"

Irene stand schnell auf, stützte sich einen Augenblick auf dem Tisch ab und sammelte danach die fast leeren Teller in einem zügigeren Tempo zusammen, als es für sie normal war.

„Ja, Oma, du bist gerade echt ein bisschen auf Krawall gebürstet!", fand Rikke wütend und half ihrer Mutter mit den leeren Tellern.

Das war's dann also mit der Pfingstidylle. Roland stand ebenfalls auf und nahm ein paar der Schüsseln, an denen die Fliegen allmählich Interesse zeigten. Vielleicht war die Idee mit diesen Flüchtlingen gar nicht so schlecht. Wenn sie Dagny fernhalten konnten, taten sie auch ihm einen Gefallen.

„Wer will noch ein kaltes Bier?", fragte er, bevor er Irene und Rikke nach drinnen folgte.

2

Vizepolizeidirektor Anker Dahl sah sich im Zimmer um und fühlte sich wie ein Eindringling auf verbotenem Terrain. Insgesamt wirkte das Aufgebot in dem kleinen Raum völlig fehl am Platz.

„Ich stand mal neben einer Frau in einer Buchhandlung, die die Verkäuferin um einen Kriminalroman mit *schönen Morden* bat. Ich habe überlegt, was sie wohl meinte - vielleicht ist das hier so etwas?", sagte Niels Nyborg leise hinter ihm, als wolle er die anscheinend schlafende, junge Frau im Bett nicht stören. Er schniefte. Die Augen über dem Mundschutz waren rot und tränten. Es wirkte wie eine Allergie, unter der in dieser Jahreszeit mit zunehmendem Pollenflug viele litten.

„Sie wurde identifiziert. Zuzanna Johansen. Zuzanna mit Z", unterbrach Natalie Davidsen. Für einen Rechtsmediziner gab es keine schönen Morde.

„Wer hat sie gefunden?", fragte Anker Dahl. Er konnte den Blick nicht von der jungen Frau abwenden. Er hatte das Gefühl, wie wenn er vorsichtig die Tür zu Robins Zimmer einen Spalt öffnete und seinen schlafenden Sohn im Bett betrachtete. Sicherheit. Ruhe. Keine Gefahr. Das signalisierte auch dieser Tatort. Denn es *war* ein Tatort, das hatte Natalie Davidsen gerade festgestellt.

Sie hatte auf Anker Dahl gewartet, der an einem solchen Pfingsten mit anderen Dingen beschäftigt war als mit Tatorten. Natalie war mit der Leichenschau fertig und stand ein Stück entfernt vom Bett vor dem Fenster und packte ihre Sachen zusammen. Die Gardinen waren zurückgezogen. Das Fenster war offen. Eine Amsel sang lustig auf einem Giebel in der Nähe. Natalie schaute auf ihre Uhr, als habe sie an einem Feiertag auch andere Pläne. Wer hatte das nicht?

„Die Mutter", antwortete Niels und schaute aus dem Fenster. „Die Mutter hat sie gefunden. Ich habe sie nach Hause geschickt, sie stand unter Schock. Sie war schon früher hier gewesen, dachte aber, ihre Tochter schliefe noch. So sieht es ja auch aus. Deswegen ist sie wieder gegangen, aber als sie später mit Zuzanna verabredet war und die nicht auftauchte, ist sie zurückgekommen und konnte sie nicht wecken."

„Ist das ihre Wohnung?"

„Sie wohnte zur Miete."

„Einbruchsspuren?"

„Nein, sie muss den Täter selbst reingelassen haben."

„War das Fenster offen?", machte Anker Dahl weiter, während er die obligatorischen Latex-Handschuhe überstreifte.

„Ja, vielleicht hat die Mutter es aufgemacht. Hier war es sicher ziemlich stickig."

„Stickig? Liegt sie schon lange hier?"

„Vorläufig schätze ich, der Todeszeitpunkt war vor ungefähr sieben bis acht Stunden. Also ungefähr um fünf oder sechs Uhr heute Morgen", sagte Natalie und hob demonstrativ ihren Koffer hoch, um zu signalisieren, dass sie mit ihrer Arbeit fertig war.

„Hatte die Mutter einen Wohnungsschlüssel?"

„Ja, die Eltern haben sich offenbar um die Katze gekümmert, wenn die Tochter nicht zu Hause war", teilte Niels schniefend mit.

„Die Katze?" Anker Dahl schaute sich suchend um.

„Ja, die ist nicht hier", bestätigte Niels. „Zum Glück. Ich vertrage diese Tierchen nicht."

Anker Dahl betrachtete wieder das glühende Gesicht des Beamten. Es reichte offenbar, dass das Tier hier gewesen war.

„Die Mutter hat sofort den Hausarzt angerufen. Er hat einen Herzstillstand diagnostiziert, aber es hat ihn doch gewundert. Zuzanna war gesund und munter und erst 19. Sportlich aktiv, sagte die Mutter."

Niels unterdrückte ein Niesen.

„Die Pille, Gendefekt, Herzfehler?", schlug Anker Dahl vor.

Natalie übernahm. „Vasovagaler Schock, deswegen meinte ich, du solltest sie sehen, bevor ich sie mit in die Rechtsmedizin nehme."

„Vasovagaler … Ohnmacht?" Anker Dahl ging näher ans Bett.

„Eine vasovagale Reaktion ist in Wirklichkeit ein gewöhnlicher Zustand, der alle treffen kann, die plötzlich einen niedrigen Blutdruck oder langsamen Puls entwickeln, was dazu führt, dass das Gehirn zu wenig Blut bekommt. Sie kann von Angst, Schmerzen und unangenehmen Erlebnissen ausgelöst werden. Die Bewusstlosigkeit dauert normalerweise nur wenige Sekunden bis wenige Minuten und die Person sollte so schnell wie möglich liegen. Aber es kann auch lebensgefährlich sein. Ein vasovagaler Schock kann nach Druck auf zwei bestimmte entgegengesetzte Punkte am Hals eintreten."

„Also Mord?"

„Wahrscheinlich. Du kannst die Spuren an ihrem Hals sehen."

Anker Dahl beugte sich übers Bett, um sie in Augenschein zu nehmen.

„Ja, die sind auf dem gebräunten Hals nicht leicht zu sehen. Man könnte meinen, sie war vor Kurzem im Süden. Oder im Solarium. Ein Druck auf diese beiden Punkte muss nur wenige Minuten erfolgen, bis das Herz stoppt."

„Aber man sollte wohl wissen, wo man drückt?"

„Das kann bei einem Unfall passieren, natürlich, zum Beispiel bei Asphyxiophilie."

„Gibt es denn Anzeichen für sexuellen Missbrauch?"

„Nein, auf den ersten Blick nicht. Sieht sehr professionell aus. Es sind ausschließlich Spuren auf den Punkten aufgetreten, die den Tod zur Folge haben. Hier wurde nicht nach den richtigen getastet. Der Täter oder die Täterin wusste, was er oder sie tat."

Anker Dahl nickte. Jetzt hatte er die Würgemale entdeckt.

„Kannst du davon Fingerabdrücke nehmen?", fragte er, richtete sich auf und stieß gegen Niels Nyborg, der dicht hinter ihm stand, um ebenfalls besser sehen zu können.

„Ich bezweifle es, aber versuche es natürlich."

„Sie liegt fast, als wäre sie so drapiert worden. Würde sie so friedlich und entspannt auf der Seite liegen, die Hände auf dem Kissen, wenn sie erwürgt worden wäre? Sie sieht aus wie jemand, der zugedeckt wurde", meinte Niels.

Anker Dahl schenkte ihm ein schnelles, anerkennendes Nicken und schaute zu Natalie. „Ist das hier im Bett passiert? Vielleicht, während sie schlief?"

„Ich weiß nicht viel mehr, bis ich sie näher untersucht habe. Und jetzt sollten wir lieber Platz für die Kriminaltechniker machen, damit sie Spuren sichern können."

Erst jetzt bemerkte Anker Dahl die weiß gekleideten Gespenster mit grünem Haarnetz und Mundschutz in der Küche. In dem kleinen Zimmer war nicht genug Platz für sie alle.

„Untersucht, ob jemand durchs Fenster reingekommen ist, und wir müssen abklären, ob der Mord hier passiert ist oder ob sie bewegt wurde", wies er den ersten Techniker an. Dieser nickte.

„Das hier ist ja nicht makaber. Kein Blut oder eine Tatwaffe, meine ich. Aber wir werden natürlich alles tun, was wir können", sagte die Stimme hinter dem Mundschutz. Die Augen lächelten nicht.

Anker Dahl überlegte, ob Sarkasmus in der Stimme lag, ließ es aber gut sein. Er zog den weißen Schutzanzug, die Schuhüberzieher und die Handschuhe aus, als er in den Flur kam. Niels Nyborg hinter ihm tat es ihm gleich.

„Ja, die Gäste würden wohl ein wenig protestieren, wenn wir in diesem Aufzug zurück an den Pfingsttisch kämen", sagte er.

Anker Dahl nickte und lächelte gezwungen. Es gab an seinem Pfingsttisch schon genug Proteste, obgleich sie schweigend stattfanden. Mehrere Familienmitglieder, die sonst normalerweise Pfingsten zusammen mit ihnen gefeiert hatten, hatten dieses Jahr abgesagt. Wegen anderer Vorhaben. Aber es gab ein deutliches Muster dahin gehend, dass die, die abgesagt hatten, alte Freunde von Valdemar Dahl waren. Sein armer, blinder Vater, der nun wegen der Unbarmherzigkeit seines treulosen Sohnes hinter Gittern litt. Die gleiche Haltung ihm gegenüber hatte er bei seinen Mitarbeitern bemerkt, aber in einem etwas anderen Sinne. Wie der Vater, so der Sohn. Der Apfel fällt nicht weit vom Stamm oder so etwas in der Art. So dachten sie. Oder bildete er sich das bloß ein? Wie Ann-Marie sagte. Er schaute zu Niels Nyborg, der sich mit seinen langen Beinen aus dem Overall kämpfte. Sie hatten eine ähnliche Statur, Anker Dahl war es auch schwergefallen, die Hosenbeine über die Schuhe zu streifen. Niels hatte nichts zu Valdemar Dahl gesagt. Gar nichts. Das hatte niemand im Polizeipräsidium, aber genau das - das Schweigen - vermittelte ihm das Gefühl des Misstrauens. Wie in seiner Familie. Er hatte keine Ahnung, was sie glaubten und dachten. Aber statt es anzusprechen, hatte er sich entschieden, es zu ignorieren. Es konnte ihm egal sein. Er war zum Vizepolizeidirektor ernannt worden, wie es ihm der Polizeidirektor versprochen hatte. Der ehemalige Vizepolizeidirektor Kurt Olsen war in den Ruhestand gegangen und hatte ihm etwas widerwillig seinen Stuhl und sein Büro überlassen. Jetzt war *er* derjenige, der bestimmte. Wenn in dem Respekt Verachtung mitschwang, machte es ihm nichts aus. Er hatte auf seinem Weg an die Spitze ein bisschen was von allem probiert und würde sicher viel Schlimmeres erleben, bis er ganz oben war.

„Wurden die Nachbarn verhört?", fragte er Niels Nyborg, der sich gerade mit dem Rücken zu ihm aufrichtete. Der Beamte drehte sich um und guckte ihn mit offenem Mund an. Nase und Augen liefen in dem angeschwollenen Gesicht um die Wette.

„Nein, noch nicht."

„Mach es jetzt, solange du hier bist und es eventuellen Zeugen in frischer Erinnerung ist. Die meisten sind sicher zu Hause an einem Pfingsttag. Wir müssen auch klären, wo sich Zuzanna Johansen gestern Abend aufgehalten hat und mit wem sie zusammen war."

Anker Dahl eilte hinaus. Er hatte den Plan, ins Polizeipräsidium zu fahren und zu arbeiten, jetzt, da er eine Chance hatte, dem Familientreffen zu entkommen, das sich wie eine Pflicht anfühlte für die paar Gäste, die für Hering und Schnaps angerückt waren. Und sie fühlten sich Ann-Marie und Robin verpflichtet. Nicht ihm.

Er blieb vor dem Haus hinter dem leicht flatternden Absperrband stehen und betrachtete das offene Fenster zu der Wohnung, die im Erdgeschoss lag. Die Lundbyesgade war eine ruhige Straße. Besonders an Pfingsten. Keine Menschenseele war zu sehen. Viele hatten sicher die Pfingstsonne tanzen gesehen und er befürchtete, dass es schwer werden könnte, nüchterne, glaubwürdige Zeugen zu finden.

Während er in der Sonne stand, sah er die Katze sich nähern. Ganz weiß und den Schwanz hochgereckt. Sie saß einen Augenblick lang unterm Fenster und schaute nach oben. Sie trug ein Halsband. Anker Dahl ging zu ihr. Sie wirkte zahm und miaute. War ihretwegen das Fenster offen? Konnte sie wirklich hoch- und hineinspringen? Vielleicht, wenn sie den Stromkasten oder das abgestellte Fahrrad als Sprungbrett benutzte. Was würde sie erzählen können?

Er setzte sich auf die Treppenstufe und versuchte, sie zu sich zu locken. Er war kein Katzenliebhaber, streckte aber dennoch die Hand aus, um ihr übers Fell zu streichen, doch die Katze wich nervös zurück. Nun war es so, dass es tatsächlich die Katzen waren, die ihn nicht liebten, musste er erkennen; was genau sie an ihm nicht leiden konnten, wusste er nicht. Vielleicht war es sein Geruch, vielleicht der bohrende Blick, vor dem auch alle anderen Respekt hatten. Er konnte die Techniker drinnen in der Wohnung rumoren hören, sicher war es das, was die Katze am Hochspringen hinderte. Er nutzte ihre Unaufmerksamkeit, warf sich nach vorn, erwischte sie und hielt sie fest. Kitto hieß sie. Das stand auf der runden Katzenmarke, die am Halsband befestigt war mit einer eingravierten Pfote auf der Vorderseite. Die Adresse passte. Das Erste, was er bemerke war, dass ihr Fell schwach nach Parfum duftete. Die Katze zappelte und zerkratzte seine Hände und Arme, dann spürte er etwas im Rückenfell der Katze an seinen Fingern kleben. Als er sich vorstellte, was es sein könnte, ließ er sie angewidert runter. Kitto sah scheu zu ihm auf, als er ihr obendrein einen Schubs mit dem Fuß gab, um sie zum Verschwinden zu bringen. Sie spurtete weg und verschwand unter einem geparkten Auto. Dann realisierte er, was das an seinen Fingern und der hellen Windjacke war. Es war Blut.

3

„Doch nicht *den* Schlips, Kurt!" Eves Stimme klang vorwurfsvoll.

„Welchen dann?" Kurt Olsen zerrte vor dem Badezimmerspiegel grimmig seine Lieblingskrawatte vom Hemdkragen.

„Den, den du von mir zum Vatertag geschenkt gekriegt hast zum Beispiel."

Sie stellte sich neben ihn an das Doppelwaschbecken und musterte zufrieden ihr eigenes Spiegelbild, richtete sich die Haare ein wenig und frischte den Lippenstift auf. Korallenrot. Ja, damit sie zum Schlips passte, knurrte Kurt innerlich, während er ihn gehorsam aus dem Garderobenschrank holte, wo alle seine schicken Krawatten in Reih und Glied am Krawattenhalter hingen. Selbst die riefen bei ihm nostalgische Erinnerungen an sein vergangenes Arbeitsleben hervor. Er erinnerte sich, welche Krawatte er bei jeder einzelnen Pressekonferenz im Polizeipräsidium getragen hatte.

„Warum müssen wir auch so verdammt schick sein", knurrte er weiter, als er wieder neben Eve vor dem Spiegel stand und routiniert seinen doppelten Windsorknoten band. „Das ist doch verflixt nochmal nur ein Abendessen - sogar in unserem eigenen Zuhause."

Nachdem sie beide in Rente gegangen waren, konnten sie ihr Sommerhaus durchaus als ihr Zuhause bezeichnen. Auf jeden Fall im Sommer.

„Du weißt, wie tadellos Poul Erik und Lissi immer gekleidet sind, nicht? Ihre Ausstrahlung zeigt, wie gut es ihnen geht."

„Hmm. Sie verkauft Klecksereien, die sie feine Kunst nennt, und er lebt von - Scheiße. Was ist daran schick?"

„Scheiße? Was ist das für eine Ausdrucksweise, Kurt! Lissi hat erzählt, dass Poul Erik einen riesigen Auftrag für die neue Verbrennungsanlage bekommen hat. Nicht aller Abfall ist Scheiße. Viel wird zur Wiederverwertung weiterverkauft, erzählte Lissi. Sie helfen damit, die Umwelt der gesamten Erde zu verbessern. Und wie kannst du die Werke in ihrer Galerie nur Klecksereien nennen?! Wir haben selbst ein paar davon im Wohnzimmer hängen."

Kurt Olsen schüttelte den Kopf. Wenn es nach ihm ginge, würde diese Art Kunst auch nicht an den Wänden hängen.

„Es ist doch bewundernswert, dass sie beide selbstständig arbeiten und weitermachen, obwohl sie sich schon längst hätten zurückziehen können. Viele könnten etwas von ihnen lernen", fuhr Eve enthusiastisch fort. Sie holte ihre vergoldete Georg Jensen-Margeriten-Halskette aus der Schublade und legte sie an, zusammen mit den passenden Ohrringen, während Kurt Olsen überlegte, ob die Worte als Vorwurf an ihn gemeint waren.

Es war schon bewundernswert, was Eves Freunde geleistet hatten. Aber machten sie weiter? Was taten sie eigentlich? Es kam ihm so vor, als ob sie immer auf Reisen wären. Eve musste das Datum für die Einladung verschieben, weil sie auf einer Kreuzfahrt ans

Nordkap waren, also wie viel hatten sie eigentlich mit ihren Firmen zu tun? Darum kümmerten sich sicher andere.

„Lissi ist doch nur in ihrer Galerie, wenn irgendein bekannter Künstler, mit dem sie sich gerne für irgendeine Zeitung fotografieren lassen will, da ausstellt", murmelte er.

Eve senkte die Parfümflasche und schaute ihn im Spiegel wütend an.

„Was hast du denn für eine Laune? Die darfst du gerne ändern, bevor die Gäste kommen. Vielleicht war es doch zu früh für deine Entscheidung, deinen Ruhestand zu genießen!"

Es war gar nicht seine Entscheidung gewesen, schon in Rente zu gehen. Das wusste Eve bloß nicht. Tatsächlich hatte er es im letzten Augenblick bereut und versucht, den Polizeidirektor zu überreden, ein bisschen länger bleiben zu dürfen. Zumindest, bis ein wenig Ruhe eingekehrt war um den Neuen, nach dem Skandal in seiner Familie, wo der Vater - ebenfalls ein alter Polizeibeamter - wegen Mordes verhaftet worden war. Aber der Polizeidirektor hatte Anker Dahl in die Stellung gehoben, und es war - aus einem ihm unbekannten Grund - offenbar unmöglich, die Beförderung ungeachtet der Umstände zu verschieben. Wenn das die Belohnung für die Aufklärung des letzten großen Mordfalls war, dann konnte Anker Dahl ja nicht allein dafür belohnt werden. Das war ein Team-Einsatz gewesen, wie alle Polizeiarbeit es nun einmal war, und sie hatten alle gemeinsam mitgewirkt. Nicht zuletzt er selbst. Einfach die Lorbeeren für die Arbeit anderer zu ernten, das mochte er nicht. Er selbst hatte nie … okay, vielleicht ein paar Mal, aber dann auch nur, weil Roland Benito die Ehre und Aufmerksamkeit nicht mochte, also warum sollte *er* dann nicht? Irgendwer musste es ja.

„Jetzt mach mal hin mit diesem Schlips, Kurt. Du musst auch noch die Weine raussuchen" drängte Eve und tänzelte aus dem Bad, duftend wie ein Rosenstrauch. Mit Dornen.

Mit dem zweiten befreundeten Paar, das an diesem Abend am Elsegårde Strand ankam, war Kurt Olsen sehr viel mehr auf einer

Ebene. Obwohl auch sie seiner Meinung nach einen komischen Beruf hatten. Aber Emil Kraz war nicht humorlos, wenn er sich ‚Bankdirektor' nannte.

„Also ich verstehe das mit diesen Halmen nicht, Emil, das klingt ja fast wie Landwirtschaft", sagte Lissi und sah ihren Nebenmann über den Rand der Sonnenbrille hinweg an. Sie hatten sich entschieden, den Tisch draußen auf der großen Terrasse zu decken, jetzt, wo das Wetter so gut war, und Kurt hatte schnell viel bessere Laune bekommen, als er die Weine probiert hatte, die er zum Abendessen servieren wollte. Das Meeresrauschen unter der Böschung am Ende der großen Rasenfläche half auch dabei, die Erregung zu dämpfen, von der er nicht wusste, woher sie kam.

„Ein Halm ist ein Plastikrohr mit der Menge Spermien, die man für eine Insemination benötigt", erklärte Ella Kraz, da ihr Mann den Mund mit Entenbrust vollgestopft hatte und nicht antworten konnte.

„Wie viel ist das?", wollte Lissi wissen.

„Ein halber Milliliter", antwortete Ella.

„Dann sagt er also, dass die Samenzellen in einem Plastikrohr bei minus 196° Celsius aufbewahrt werden, bis sie in irgendeine Frau gesteckt werden, um ihr Ei zu befruchten?"

Emil Kraz nickte bestätigend, während er kaute. „Das Wichtigste für uns als Samenbank ist es, dafür zu sorgen, dass der Halm nicht weniger als fünf Millionen Samenzellen guter Qualität enthält", fügte er hinzu.

Lissi kicherte und stieß Poul Erik den Ellbogen in die Seite. „Die könntest du nicht liefern, was, Schatz?", Das Gesicht ihres Mannes rötete sich noch mehr als normal. Aber er trug weder Krawatte noch Anzug. Als tadellos gekleidet galt dieses Mal nur seine Frau und sobald Kurt Olsen die beiden ankommen sah und die Kleidung registrierte, hatte er sich beeilt, den korallenroten Schlips zu entfernen und in die Hosentasche zu stopfen. Eve hatte es nicht geschafft, es zu verhindern.

„Und stimmt es wirklich, dass der Spender sich einfach entscheiden kann, anonym zu bleiben?", fragte Kurt und nippte am Wein.

„Ja, es gibt mehrere Möglichkeiten für den Samenspender, falls du interessiert bist, Kurt“, entgegnete Emil spöttisch. „Als anonymer Samenspender wirst du immer vollständig anonym bleiben. Du lieferst bloß deine Spermien bei einer Samenbank ab, am besten natürlich bei uns, dann schicken wir die weiter an die Kliniken.“

„Die Frau - oder das Paar - weiß also nichts darüber, was das für ein Typ ist, der der Vater ihres Kindes ist?“, schauderte Lissi.

„Die Information über die Haar- und Augenfarbe, die Größe, das Gewicht und die Hautfarbe des Spenders kann man natürlich angeben. Danach suchen viele ihren Spender aus.“

„Gilt das in beide Richtungen?“, fragte Lissi wieder interessierter.

Emil nickte. „Selbstverständlich. Der Samenspender kann auch nie erfahren, wer seine Spermien bekommen hat und wer seine Kinder sind. Der Spender kann auch ‚erweitertes Spenderprofil‘ wählen, was bedeutet, dass er in einem gewissen Umfang nicht anonym ist. Samenspender mit diesem Profil sind bei uns mit einer Nummer registriert. Darunter sind detaillierte persönliche Informationen hinterlegt über beispielsweise Werdegang, Familienverhältnisse, ethnische Herkunft und anderes, was von Belang sein könnte. Darüber hinaus können Stimmproben, Babyfotos und so etwas abgegeben werden.“

Emil nahm einen Mundvoll Wein und nickte Kurt Olsen anerkennend zu, der sich stolz aufrichtete. Roland Benito hatte ihm diesen charakteristischen Weißwein über seine Tante in Neapel beschafft. Er stammte von einem kleinen Weingut in der Nähe des Vulkans.

„Das würde ich wohl bevorzugen, wenn es um mich ginge“, beteuerte Lissi. „Man muss doch wissen, dass es keine Person ist, die krank im Kopf ist.“

„Das kannst du ja anhand dieser Informationen trotzdem nicht wissen“, meinte Eve. Kurt ärgerte sich bloß darüber, dass der Fokus von seinem guten Wein abgelenkt worden war, über den er sehr viel lieber sprechen wollte.

„Der Spender bleibt auf diese Art immer noch geschützt. Wenn alle Informationen auf den Tisch sollen, muss man ‚offener Samenspender' wählen. Hier hat der Spender unterschrieben, dass die Kinder ihn kontaktieren können, wenn sie 18 geworden sind."

„Was ist dann mit Unterhaltspflicht und so etwas?", fragte Poul Erik.

Emil schüttelte den Kopf. „Der Spender hat den Kindern gegenüber keinerlei juristische Verpflichtungen oder Rechte und die Kinder wiederum haben keinen Erbanspruch gegenüber dem Spender."

„Ich würde mich das trotzdem nicht trauen", beschloss Eve.

„Das ist für dich wohl auch nicht mehr aktuell, oder, Eve? Aber viele junge Menschen haben das verzweifelte Bedürfnis nach unserer Hilfe, ganz zu schweigen von alleinstehenden Frauen oder Homosexuellen, bei denen es in der Natur der Sache liegt, dass sie selbst keine Kinder bekommen können", predigte Ella.

Poul Erik setzte an, etwas zu sagen, schwieg aber. Kurt Olsen wusste, was er sagen wollte. Freisinn hatte ihm noch nie gelegen.

„Du kannst dich auch entscheiden, deinen eigenen Samenspender zu nehmen, fuhr Ella fort wie bei einem Verkaufsgespräch. „Du wählst den Mann selbst aus, er muss dann nur einwilligen, seine Spermien zur künstlichen Befruchtung zu spenden, dann kümmern wir uns um den Rest."

„Ich habe gelesen, dass ein Samenspender Vater von über hundert Kindern werden kann. Ist das nicht ein bisschen - unnormal?", wandte Poul Erik ein.

Kurt Olsen schenkte sich Wein nach.

Eve hielt Kurt ihr Glas hin, damit er auch ihr nachschenken konnte.

„Wenn du das vermeiden willst, kannst du die Spermien deines Spenders reservieren oder dir das alleinige Nutzungsrecht für ihn kaufen", erklärte Ella Kraz.

„Na, ist es nicht Zeit für ein bisschen Nachtisch?", unterbrach Kurt Olsen und stand auf. Die Damen halfen ihm dabei, die leeren

Teller in die Küche zu tragen und setzten sich anschließend wieder in den Garten. Durch das Fenster sah er, dass sie all ihre Aufmerksamkeit immer noch auf den ‚Bankdirektor' und seine Gattin gerichtet hatten. Er schnaubte leicht, während er im Kühlschrank die Schüssel mit diversen Früchten und Schokolade fand, in der das Eis angerichtet werden sollte.

„Ich mach das schon, Schatz", sagte Eve hinter ihm und nahm sie ihm ab. Er konnte an ihren Augen ablesen und an ihrer Stimme hören, dass der Wein schon seine Wirkung zeigte. Sie wurde immer leicht betrunken, dazu brauchte es nicht sehr viel.

„Geh nur wieder raus zu den anderen, ich kümmere mich darum, Kurt", sagte sie, als er stehen blieb.

„All dieses Gerede über Spermien ist ja nicht besonders interessant, kann ich dir nicht helfen?"

Eve gab ihm einen leichten Klaps. „Jetzt geh schon raus. Dann sprich mit Poul Erik über den großen Auftrag, den er für die Verbrennung bekommen hat, er scheint das Thema auch nicht sonderlich spannend zu finden", flüsterte sie. „Nimm das hier mit raus."

Sie reichte ihm den Dessertwein, den er aus seinem Weinschrank geholt hatte. Samen oder Scheiße in einer Verbrennung liefen doch auf dasselbe hinaus.

Eine kühle Brise hob seinen spärlichen Pony, als er wieder zurück in den Garten kam. Lissi und Emil waren auf den Rasen gerückt, wo sie sicher ihr Samen-Gespräch weiterführten. Sie hatten beide eine Zigarette angezündet. Der Geruch erreichte den Tisch, wo Kurt die Flasche abstellte.

„Mochtest du den Weißwein, Poul Erik?", fragte er und setzte sich neben ihn.

„Ja, das kann man wohl sagen. Ausgezeichneter Wein. Aber was hast du da?"

„Das ist ein Moscato. Fürs Dessert. Möchtest du probieren?"

Poul Erik nickte begeistert. „Lissi fährt, daher schenk ruhig ordentlich ein", flüsterte er. „Das Italienische hat es dir wohl angetan, was?", fuhr er fort, während Kurt randvoll einschenkte.

„Ja, mein Kriminalkommissar … äh, ein ehemaliger Kollege ist Italiener und hat mir einigen guten Wein besorgt.

Kurt Olsen räusperte sich, da er auf einmal einen Frosch im Hals hatte.

„Vermisst du den Job?“, fragte Poul Erik, der die Sehnsucht in seinem Gesicht gesehen haben musste.

„Tja, ab und zu. Dreiundvierzig Jahre am selben Arbeitsplatz geben einem ja ein gewisses … Zugehörigkeitsgefühl.“

Er drehte das Glas und schaute auf den Rebensaft, der darin schwenkte.

„Ja, das ist klar. Deswegen mache ich auch weiter. Nur zu Hause zu sein, liegt mir nicht.“

„Verbrennung läuft ja wohl ganz gut. Wie ich hörte, habt ihr einen großen Auftrag bekommen.“

„Ja, ich kann mir vorstellen, dass Lissi es sicher Eve erzählt hat“, gluckste Poul Erik vergnügt. „Wusstest du, dass wir in Dänemark Abfallexperten sind? Wir sind faktisch Europameister. Die neue Anlage hat eine viel größere Kapazität als die alte, aber ich kann noch nicht so sehr ins Detail gehen. Der Vertrag ist noch nicht in trockenen Tüchern, doch wir sprechen hier wohl über einen größeren Milliardengewinn.“

Kurt Olsen nickte und hörte mit halbem Ohr dem anderen Tischgespräch zu, das sich immer noch um Spenderkinder und Ethik drehte. Lissi und Emil waren an ihre Plätze zurückgekehrt, und als Eve mit dem Nachtisch kam, waren ihre Gedanken schon wieder ganz woanders.

4
Äthiopien

Die Räder des roten Samsonite-Trolleys schrammten über den marmorähnlichen Boden, als sie ihn mit einer kalten und schwitzigen Hand hinter sich her zog. Die Schweißproduktion war erhöht worden während des Transports in einem voll besetzten Flughafenbus und ließ die Bluse an der Haut kleben. Sie konnte nicht beurteilen, ob der Boden aus echtem Marmor war, aber es würde sie nicht wundern. Die Eindrücke überraschten erneut. Sie hatte erwartet, in einer Wüste zu landen. Jedenfalls in einer trockenen, flachen Umgebung, stattdessen war es grün mit hohen, üppigen Bergen. Hier hatte sie sich Dreck und Armut vorgestellt und dann war es moderne Architektur, auf die sie in der klimatisierten Ankunftshalle traf. Sie war bis hoch zur Decke mit einer kunstvollen weiß gestrichenen Rohrkonstruktion ausgestaltet. Die Sonne schien zwischen den Rohren durch die Oberlichtfenster und zeichnete abstrakte Sonnenstrahlen auf den blanken Boden. Sicher die Absicht des Architekten mit dem Design. Es gab Unmengen von Duty Free Shops mit einer Auswahl, die sie noch nirgendwo sonst gesehen hatte. Exotische Düfte aus Cafés und Restaurants wogten von allen Seiten. Ein Geschäft hatte mehrere Schaufenster mit afrikanischen Gebrauchsgegenständen: Webteppiche, handgeschnitzte Holzschalen, Figuren, Masken und Trommeln. Es war unmöglich, das Ganze zu sehen, ohne anzuhalten, doch dafür hatte sie leider keine Zeit.

Silje stellte den Trolley ab, wischte sich mit dem Handrücken über die feuchte Stirn und nahm sich einen Augenblick, um den Weg zum Gate zu finden. Der Text auf den gelben Schildern an der Decke war auf Englisch und Amharisch. Ein Baby weinte herzzerreißend, laut und kontinuierlich. Das Geräusch hallte in dem großen Gebäude. Sie schaute auf ihre Armbanduhr. Es dauerte nicht lange, bis sie das nächste Flugzeug erwischen sollte, und wie ging es dann gleich weiter? Würde sie dort abgeholt werden? Das Ganze war so schnell gegangen. Es hatte so viel zu erledigen gegeben. Informationen, Anlernen, und Papiere, die beschafft werden mussten. Visum. Die Arbeitserlaubnis, die gerade erst bewilligt worden war und die ganze zwölf Bilder von ihr erforderte. Typisch, würde ihre Mutter sagen, du hörst nie ordentlich zu, wenn man dir etwas sagt. Und wie hätte sie das gekonnt mit all dem anderen, das ihr schon vorher im Kopf herumschwirrte? Es war ihre Schuld. Mamas. Sie bereute trotzdem, dass sie abgereist war, ohne sich richtig zu verabschieden, aber sie ertrug einfach keine weiteren Fragen, Vorwürfe und Warnungen. Du kannst da unten gekidnappt und geköpft werden. Was willst du tun, wenn du ihn findest? Er will ja nicht gefunden werden, Schätzchen. Das ist es nicht wert! Du kannst dich mit irgendwas anstecken. Ebola zum Beispiel. Denk dran, Schutzkleidung anzuziehen - und so weiter, und so fort. Es half nicht zu erklären, dass Ebola in Westafrika ausgebrochen war und nicht dort, wo sie sein würde. Im Übrigen war sie gegen die Krankheiten, mit denen sie sich vermeintlich anstecken konnte, geimpft worden. Aber ihre Mutter machte weiter: Was ist mit Tao und Anya? Der hoch geschätzte Schwiegersohn und das Enkelkind. Tao kam schon klar, und jetzt war er dran, sich allein um Anya zu kümmern. Seit sie geheiratet hatten und in die Villa in Skåde Bakker südlich von Aarhus gezogen waren, war er immer wieder für seine Firma auf Geschäftsreise gegangen, ohne einen Augenblick darüber nachzudenken, dass sie mit Anya allein war. Es war notwendig, damit sie den Lebensstandard aufrechterhalten konnten, den sie sich wünschten. Den Tao sich wünschte. Als sie aus ihrem Job in der Personalabteilung des Aarhuser Krankenhauses wegen Kürzungen entlassen wurde, hatten sie darüber gesprochen, ob sie in seiner IT-Firma angestellt werden könnte, aber es würde erst in einem Monat eine freie Stelle geben.

Sie setzte sich verloren auf einen Stuhl und betrachtete das Leben im Flughafen. Ein Geschäftsmann in einem satinglänzenden, dunklen Anzug, weißen Hemd und passenden Seidenslippern ging ruhig vorbei, als ob er auf jemanden wartete. Ihm musste warm sein, dachte sie, und zog ihre dünne Bluse aus, um ein bisschen Luft an die Haut zu lassen. Er lächelte ihr zu. Die Zähne leuchteten in dem schwarzen Gesicht auf. Weiße, dachte er sicher. Vertragen die Hitze nicht. Die halten gar nichts aus. Und es gab hier nicht viele von ihnen. Den Weißen. Hier waren sie diejenigen, die auffielen.

Trotzdem lächelten all die dunklen Gesichter um sie herum. Eine Frau mit orangefarbenem Kopftuch und bunten Gewändern schenkte ihr auch ein strahlendes Lächeln. Im Schlepptau hatte sie ein kleines Mädchen in einem gelben Prinzessinnenkleid, das die kohlschwarzen Haare in einer Flut aus kleinen Zöpfen um ein süßes mahagonibraunes Gesicht trug. Sofort dachte sie an Anya und spürte das heftige Verlangen, sie zu umarmen, an ihren weichen Haaren zu riechen und ihr immer wieder zu erzählen, dass sie bald wieder zu Hause sein würde. Dass sie nur neun Mal schlafen musste. Das kleine, schwarze Mädchen schaute sie verschlossen und erstaunt an mit großen Rehaugen, umkränzt von dichten, schwarzen Wimpern. Es waren sicher ihre helle Haut und die blonden Haare, die das Mädchen wunderten. Vielleicht ihre markanten blauen Augen. Zuletzt musste das Mädchen den Kopf ganz herumdrehen, um sie zu sehen, als die Mutter sie weiterzog. Falls es ihre Mutter war. Wer wusste das?

Der Druck in der Brust verursachte ihr wieder Atemnot, dieses Mal noch quälender als zuvor. Es war ein Gefühl, das sie nicht erklären konnte. Wut, Trauer, Versagen? Sie wusste es nicht. Ein bisschen von allem und viel mehr. Sie liebte ihren Vater über alles auf der Welt, sie hatten eine Verbindung, die alle im Bekanntenkreis bemerkt hatten. Einige Freundinnen nannten sie sogar *zu viel*. Neid, hatte sie gemeint, und kümmerte sich nicht darum. Deswegen hatte sie das, was sie verstehen musste, erst nicht geglaubt. Das konnte nicht stimmen. Das konnte einfach nicht stimmen! Aber schließlich begriff sie, dass es wahr war. Eine Wahrheit, die ihr Leben auf den Kopf stellte, ihre Existenzgrundlage und Identität. Ob sie es wohl je erfahren hätte, wenn das Schicksal es nicht entschieden hätte? Die Krankheit und Diagnose ihres Vaters. Huntington. Eine erbliche und tödliche Krankheit, die oft im Alter von 35 bis 45 ausbricht. Und was war mit Anya? Hatte sie die Krankheit auch geerbt? Sie war in Panik geraten. Wollte nicht, dass ihr Vater auf diese Weise sterben sollte und wollte es auch selbst nicht. Dann war ihre Mutter endlich widerwillig mit der Wahrheit herausgerückt. Glaubte, sie könnte sie damit trösten. Sie und Anya waren bezüglich dieser Erbkrankheit außer Gefahr, da der Mann, den sie als ihren Vater liebte, gar nicht ihr Vater war. Nicht ihr *richtiger* Vater. Stattdessen war es ein unbekannter Mann, ein Samenspender, von dem nicht mal ihre Mutter wusste, wer er war. Sie wünschte, dass alles beim Alten geblieben wäre, dass sie nie dieses sechsunddreißig Jahre lang so wohlgehütete Familiengeheimnis erfahren hätte. Dann würde sie nicht hier sitzen.

Sie zupfte am Griff des Trolleys, guckte nach unten auf ihre Sandalen und bemerkte einen braunen Fleck auf der weißen Piratenhose, sicher von dem Kaffee, den sie im Flugzeug verschüttet hatte. Unwichtige Dinge. Dinge, an die sie viel lieber denken wollte. Etwas, mit dem sie leichter umgehen konnte.

Sie schaute schnell auf, als sich eine Frau neben sie setzte. Sie hatte sie auch im Flugzeug von Kopenhagen und beim Umstieg am Frankfurter Flughafen gesehen. Dann war sie doch nicht die Einzige mit heller Haut und blonden Haaren und es fühlte sich irgendwie beruhigend an. Es war auch nicht unnatürlich, dass sich die Frau neben sie setzte. Wenn man auf fremdem Grund war, suchte man seinesgleichen. Deswegen gab es in Dänemark so viele Ghettos. Die Frau war Fotografin, wie sie an der Ausrüstung erkennen konnte, die sie als Handgepäck mitschleppte. Sie holte eine dänische Fotozeitschrift aus der Tasche, lächelte ihr zu und sah hinein.

„Sind Sie Fotografin?“, konnte sie es nicht lassen zu fragen.

„Sie sind Dänin!“, rief die Frau überrascht, dann nickte sie. „Ja. Ich arbeite als Freelancer.“

„Kommen Sie aus Kopenhagen?“, fragte Silje weiter. Sie musste mit irgendjemandem sprechen und an etwas anderes denken.

„Nein, ich bin aus Jütland. Was ist mit Ihnen?“

„Aarhus. Ja, ich bin gerade erst nach Aarhus gezogen, zusammen mit meinem Mann und unserer Tochter, Anya. Sie ist sieben.“

Die Frau lächelte noch überraschter. „Ich habe mein ganzes Leben in Aarhus gewohnt. Jetzt bin ich nach Djursland gezogen. Mein Vater, ach, das ist eine längere Geschichte.“

„Witzig, dass wir nun zufällig beide an einem Flughafen in Äthiopien sitzen. Wo wollen Sie hin?"

„Ich fliege weiter nach Gambella."

„Um dort zu fotografieren?"

„Ja, ich habe einen Fotoauftrag angenommen, der wohl etwas außerhalb meines normalen Gebiets liegt, aber es klang sehr spannend und ich musste mal ein bisschen wegkommen."

Die Frau blätterte zu der vorigen Seite in dem Magazin auf ihrem Schoß zurück und zeigte ihr ein Bild eines zerbombten Hauses, wo ein kleiner, nackter Junge mit tränennassem Gesicht auf einer schmutzigen Treppe saß. Silje spürte sofort den Kloß im Hals. Der Junge sah verletzlich und verlassen aus, als sei er der einzig Verbliebene in einer zerbombten Welt.

„Das wurde in Syrien von einem Kollegen gemacht für ein Magazin, das für das Dänische Rote Kreuz herausgegeben wird, und für das bin ich jetzt auch unterwegs."

„Um eine Reportage zu machen?" Sie hatte nie selbst fotografiert. Tao war der, der die Kamera hatte und sich damit auskannte.

„Ja, ich soll für das Magazin ein Foto-Essay über Flüchtlinge machen. Wo wollen Sie hin?"

„Ich fliege nach Asossa und da geht's dann weiter in ein Flüchtlingslager. Ich arbeite für *Ärzte ohne Grenzen*."

„Das klingt spannend."

Silje richtete sich auf und lauschte der Stimme im Lautsprecher. Sie hatte ihn bisher nur als gleichgütiges, monotones Hintergrundrauschen wahrgenommen, aber als ihr Name genannt wurde, hörte sie zu. Jetzt wurde es wiederholt: *„Silje Vuong! Please go to the gate!"*

„Sind Sie das?", fragte die Frau.

Schnell stand sie auf. „Ja, das bin ich. Ich sollte mich lieber beeilen."

„Schön, Sie getroffen zu haben, Silje."

Sie umfasste den Trolleygriff. „Gleichfalls. Wie heißen Sie eigentlich?"

„Ich heiße Kamilla. Kamilla Holm."

„Ich freue mich auf Ihr Foto-Essay. Gute Reise!"

„Danke, Ihnen ebenfalls." Kamilla vertiefte sich wieder in die Zeitschrift.

Silje zog hastig den Trolley hinter sich her. Sie war so in das Gespräch mit der Fotografin vertieft gewesen, dass sie den Aufruf zum Gate nicht gehört hatte. Jetzt warteten sie auf sie. Das letzte Stück rannte sie und schwitzte noch mehr, als sie den Schalter erreichte. Sie wurde zum Terminal gebracht von einer - trotz der Umstände - immer noch lächelnden, dunklen Frau in der dunkelgrünen Stewardess-Uniform der Ethiopian Airlines.

Das Propellerflugzeug mit Platz für fünfzig Passagiere, in dem lange nicht alle Sitze besetzt waren, erreichte Asossa nach einer Stunde und fünfzehn Minuten Flugzeit. Silje döste und versuchte, innerlich Ruhe zu finden, indem sie ihren Atem regulierte, wie sie es beim Yoga gelernt hatte. Aber nun war sie bald an der Endstation und ihr Herz klopfte noch schneller. Auch der Zweifel kam. Hatte ihre Mutter doch recht damit, dass es eine schlechte Idee war?

Sie wachte auf, als eine knisternde Stimme über Funk Bescheid gab, dass der Landeanflug begonnen hatte und die Passagiere ihre Sitze in eine aufrechte Position bringen und sich anschnallen sollten. Sie schaute aus dem Fenster. Das Flugzeug durchbrach die Wolkendecke. In der Landschaft unter ihr wechselten sich hohe, üppige Berge und grüne und goldene Flächen mit roter Erde ab. Es wurde eine harte Landung. Eine von der Sorte, die sie nicht mochte, und als sie endlich das Flugzeug verlassen konnte und ihr die feuchte Wärme auf der Flugzeugtreppe einen Augenblick lang den Atem raubte, begegnete ihr, was sie in Addis Abeba erwartet hatte. Es gab nur eine asphaltierte Landebahn, umgeben von dieser roten Lateriterde. Sie hatte mal irgendjemanden sagen hören, dass diese rote Erde von all dem Blut käme, das die Afrikaner geopfert hätten. Das war bestimmt in einem Film gewesen. War es

Blood Diamond? Die Worte hatten sie jedenfalls berührt, als sie sie gehört hatte. Nun taten sie es wieder.

Die Ankunftshalle war bei weitem nicht so ausladend wie die des Bole International Airports in Addis Abeba, und es dauerte nicht lange, den Koffer zu bekommen. Vor dem Gebäude entdeckte sie das Auto. Entschlossen ging sie zu dem Mann hin, der eine weiße MSF-Weste trug, die in der Sonne aufleuchtete. Er wartete auf sie und hielt ein Schild mit ihrem Namen hoch.

„*Silje Vuong, I presume*?", erkundigte er sich, was sie zum Lächeln brachte, da sie sofort an Stanleys bekannte Worte an Dr. Livingstone auf afrikanischem Boden dachte. Sie nickte und ließ ihn den Koffer aus ihrer Hand nehmen. Er nahm auch den Trolley und warf ihn zusammen mit dem Koffer in den Kofferraum des staubigen, weißen Toyota Land Cruiser mit dem roten *Médecins Sans Frontières*-Logo auf der Seite, bevor er ihr die Hand gab.

„*Welcome. I'm Alem, and I will drive you to the camp. Was it a nice trip*?"

Sein Händedruck war fest. Die Hand war sehnig und trocken in ihrer feuchten. Es war also nicht *er*, der sie abholte. Es war schwer, ihre Enttäuschung zu verbergen, aber die Ärzte hatten sicher viel zu tun. Sie setzte die Sonnenbrille auf, nahm auf dem Beifahrersitz Platz und sah ein, dass der braune Kaffeefleck auf der weißen Hose nicht der einzige Fleck sein würde, wenn sie ankam.

„*Yes, it was okay. How long does it take?*", fragte sie.

Alem teilte mit, dass sie circa eine Dreiviertelstunde nach Norden fahren würden und wenn es unterwegs keine Hindernisse gäbe, am Spätnachmittag im Lager sein würden.

„*Are you a doctor – or nurse*?", erkundigte er sich, und als sie lächelnd den Kopf schüttelte, wollte er wissen, was sie dann im Lager machen würde. Den eigentlichen Grund konnte sie ihm nicht erzählen. Sie hielt sich an die offizielle und teils wahre Version, dass ihr ein Job als Administratorin im Flüchtlingslager angeboten worden sei, sie aber noch nicht genau wusste, was sie machen sollte, abgesehen davon, dass es etwas mit Buchhaltung und Personal zu tun hatte, wofür sie ausgebildet war.

„*But the camp will shut down soon, you know?*", sagte Alem und schaute schnell zu ihr mit gelblichen Augen. Die Sonne hatte im Laufe der Zeit seinem Gesicht zugesetzt. Und das Leben sicher auch.

Sie nickte. Wusste, dass das Lager bald schließen würde und informierte ihn darüber, dass sie genau dabei mithelfen sollte. Es gab keinen Bedarf mehr für die Anwesenheit von Ärzte ohne Grenzen. Die Situation in der Gegend war unter Kontrolle und andere Gebiete brauchten die Hilfe dringender. Das passte ihr sehr gut. Tatsächlich hatte sie genau diese Tatsache als ein Zeichen gesehen. Ein Zeichen dafür, dass sie das tun musste, wofür sie schon lange Pläne gehegt hatte. Man könnte es auch Schicksal nennen. Irgendwie tat es auch gut, seiner Mutter und ihren Warnungen zu trotzen. Eine Strafe. Für die lebenslange Lüge, mit der sie aufgewachsen war. Er will dich ja nicht kennen, hatte ihre Mutter gesagt. Aber Silje meinte, wenn sie vor ihrem Vater stünde, würde er es nicht ablehnen können, seine Tochter zu empfangen. Das war ihre Überzeugung. Sie betrachtete die Landschaft und die Sonne, die in roten und orangefarbenen Nuancen durch die Wolkendecke schien. Sie war hier, um ihn zu finden. Dann musste die Zeit zeigen, was daraus wurde.

Alem war ein Mann weniger Worte. Nachdem er ihr erzählt hatte, dass er Fahrer, eine Art Mädchen für alles im Lager und in einem kleinen Dorf in Äthiopien aufgewachsen war, sagte er nicht mehr besonders viel. Er konzentrierte sich auf die Fahrt, was auch notwendig war. Sie klammerte sich an den Sicherheitsgurt, wenn das Auto in hohem Tempo heftige Kurven fuhr, um den größten Schlaglöchern im Weg auszuweichen. Die Sonne brannte unbarmherzig. Hier hatte es lange nicht geregnet. Die große Regenzeit sollte bald kommen, aber der Himmel zeigte noch keinerlei Anzeichen dafür. Das Einzige, was sie zu allen Seiten sehen konnte, waren rote Erde und vereinzelte Bäume, verkrüppelt in dem eisenhaltigen, trockenen Untergrund. Bläuliche Berge unterbrachen das flache Terrain am Horizont. Am Straßenrand liefen Afrikaner in staubigen Gewändern und trieben Ziegen, magere Kühe und Esel vor sich her. Es waren auch ein paar Kinder dabei, die nackten Beine voller Dreck. Die Babys waren mit einem Tuch bei ihren Müttern auf den Rücken gebunden und sahen ziemlich eingezwängt aus. Die meisten Frauen trugen lange, farbenfrohe Kleider. Einige winkten Alem zu, der lächelnd zurückwinkte. Eine Kinderschar lief hinter dem Auto her. Sie kannten sicher alle das rote Logo von Ärzte ohne Grenzen. Silje drehte sich um und sah durch die Heckscheibe die Kinder, die riefen und lachten und rannten, so schnell sie konnten, selbst die Kleinsten.

„*Great kids*", sagte Alem und lächelte ein bisschen wehmütig.

Sie bogen plötzlich ein, vor ein gelbverputztes Gebäude mit blau bemalten Sparren und schwedenroten Balken, die ein Halbdach trugen, unter das vor einer langen Reihe Gitterfenster eine Wäscheleine gezogen war. Einige Jacken und Handtücher hingen zum Trocknen in der Sonne. Sie riss die Augen auf, als Alem neben einer Karre mit einem Esel davor parkte. Ein älterer, sehniger Einheimischer mit weißen, krausen Haaren half einer Frau, einige blaue Behälter von dem Karren herunterzuheben. Die Arbeit wurde genau verfolgt von einem kleinen, mageren Jungen, der sich dicht an den Alten hielt. Die Frau sah auf und schirmte die Augen vor der Sonne ab, dann lächelte sie, stellte einen Behälter auf die rote Erde und kam ihr entgegen.

„Du musst die neue Mitarbeiterin sein", sagte sie.

Silje schob die Sonnenbrille in die Haare. „Ja, ich heiße Silje. Silje Vuong", antwortete sie, erleichtert darüber, dass es noch andere Dänen im Lager gab. Außer ihm, natürlich. Es war lange her, dass sie Englisch gesprochen hatte.

„Ich habe erwartet, eine Asiatin zu sehen … bei dem Namen", lächelte die Frau. „Samanta Lund. Ich bin Krankenschwester. Ich will dir gerade lieber nicht die Hand geben …" Sie zeigte beide Hände vor, die von der staubigen Erde rot waren.

Sie wirkte gar nicht wie eine Dänin mit den dunklen Haaren und den lächelnden, braunen Augen, aber Silje meinte, einen seeländischen Akzent zu hören.

„Mein Mann ist Vietnamese", erklärte sie. „Was macht ihr da?", fragte sie und lächelte dem Jungen zu, der sie mit großen, dunklen Augen anstarrte.

„In den Behältern ist Wasser. Wir haben leider kein fließend Wasser und bekommen es mehrmals am Tag geliefert", erläuterte Samanta. „Ja, es gibt vieles, an das du dich hier gewöhnen musst", fügte sie mit einem Ton hinzu, der nach bitterer Erfahrung klang.

Der Junge folgte dem alten Mann, der einen Behälter in ein Gebäude dem Haus gegenüber schleppte.

„Das ist Faheem", sagte Samanta, die ihrem Blick gefolgt war. „Sie kommen beide aus einem der Dörfer in der Nähe."

„Wie alt ist er?"

Samanta zuckte die Schultern und wischte sich mit dem Arm den Schweiß von der Stirn. Sie nahm einen Lappen von der Wäscheleine und trocknete die Hände ab.

„So, jetzt kann ich dich anständig begrüßen", meinte sie, und gab ihr die Hand. Sie sah wieder zu dem Jungen. „Ich schätze, er ist ungefähr sieben, vielleicht acht. Aber das weiß er nicht mal selbst. Beide Eltern sind tot, er hat nur seinen Opa."

Der Junge schaute die ganze Zeit zu Silje. Er war so mager, dass die Kniescheiben viel zu groß für die kleinen, dünnen Beine aussahen. Plötzlich lief er zu Samanta hin und flüsterte ihr etwas zu. Sie beugte sich vor, um es zu hören, lächelte und sagte etwas zu ihm in einer fremden Sprache, von der Silje dachte, es müsste Amharisch sein. Die Worte ließen den Jungen verlegen lächeln, dann lief er zu dem Esel und dem Karren, wo der alte Mann zahnlos grinste.

„Was hat er gesagt?", fragte Silje neugierig.

Samanta steckte die Hände in die Taschen ihrer Shorts.

„Nichts Wichtiges. Komm, ich zeig' dir das Lager."

„Wo sind die ganzen Flüchtlinge?"

„Das Flüchtlingslager ist ein Stückchen weg von hier, aber das wird jetzt sukzessive geräumt."

Silje folgte Samanta und sammelte die Eindrücke, Gerüche und Geräusche. Wie wohl die Nachtgeräusche klangen? Das hier würde eine Weile ihr neues Zuhause sein, es war alles so unwirklich und so weit von der von einem Architekten entworfenen Villa in Skåde und dem schönen, grünen Garten weg. Sie vermisste das. Und Anya. Und Tao. Er hatte sie widerwillig bei diesem Projekt unterstützt. Er wusste nicht, dass sie hier war, um nach ihrem Spendervater zu suchen. Er glaubte, sie sei ihrer Arbeit wegen gereist. Sie hasste es, ihn zu belügen, aber sonst hätte er es ihr nie erlaubt.

Samanta blieb bei einem Schuppen stehen, dessen Tür offen stand. Drinnen surrten die Fliegen.

„Das hier sind die Toiletten. Kein Luxus, wie du siehst. Du hockst dich über das Erdloch da; immerhin gibt es Klopapier."

Silje schluckte schwer und versuchte einen Gesichtsausdruck von Ekel zu bekämpfen, den sie kommen spürte. Wenn Tao das hier sähe! Samanta ging zu einem anderen Schuppen direkt nebenan und gestikulierte elegant, als ob sie eine Suite im Hotel Hilton präsentierte.

„Und hier hast du das Badezimmer. Es gibt, wie gesagt, kein fließendes Wasser, daher benutzt du einfach die Kanne." Sie deutete auf eine Zinkkanne neben einem der blauen Plastikbehälter, die sauberes Wasser enthielten. „Wenn du warmes Wasser haben willst, musst du es in der Küche auf dem Herd kochen. Aber jetzt sollst du dein Büro sehen."

Silje riss wieder die Augen auf, als sie einen Raum betraten, den Samanta Büro genannt hatte. Dort stand nur ein kleiner Klapptisch mit einem Laptop und einem altmodischen Tintenstrahldrucker. Der Stuhl war von der Sorte, wie man sie in alten Schulen sieht. Hier war es sicher gut, dass die Gewerbeaufsicht nicht mal vorbeischaute.

„In den Ordnern unterm Tisch findest du diverse Papiere mit Gehaltsabrechnungen und eine Angestelltenkartei. Es gibt WLAN, aber es ist sehr langsam. Die Elektrizität, die Internetverbindung und das Telefonnetz sind leider nicht besonders stabil. Wir waren gerade erst ganze vierundzwanzig Stunden ohne Verbindung. Der Stromgenerator wird für das lebenswichtige Medikamentenlager verwendet. Da darf es nie mehr als 25 Grad warm sein. Wenn wir mehr Strom brauchen, muss er in der Hauptstadt gekauft werden, die Stromgesellschaft muss anfangen zu arbeiten. Es ist fast hoffnungslos." Samanta schüttelte resigniert den Kopf.

Das Zimmer, in dem sie wohnen sollte, war auch sehr spärlich möbliert mit einem Tisch, einem Stuhl und einem Bambusbett, mit Netzen umwickelt, um die Insekten abzuhalten. An der Decke hing eine einzelne Glühbirne in ihrer verstaubten Fassung. Die gelb getünchten Wände waren ohne jegliche Dekoration und der Boden ähnelte gestampftem, rotem Lehm. Silje tröstete sich damit, dass sie hier sicher nur zu schlafen brauchte.

Sie umrundeten das gelbe Gebäude und kamen auf einen Hof dahinter. Hier standen Holzstühle und -bänke auf einer Terrasse mit Halbdach, primitiv gebaut aus Dachplatten auf Holzpfählen. Mitten im Hof wuchs ein riesiger Mangobaum mit Zweigen, die sich unter der Last der Früchte bogen. Auf einer Holzbank im Schatten saß eine Frau und stillte ein Kind, ganz in Tücher eingehüllt, sodass Silje es nicht sehen konnte.

„Hier essen wir", sagte Samanta.

„Wer ist das da im Schatten, die stillt?"

Samanta schaute zu der Frau und bekam einen bekümmerten Gesichtsausdruck.

„Das ist eine Frau, die hier im Lager entbunden hat. Sie ist hochschwanger vor den Kämpfen zwischen Regierungstruppen und lokalen Milizen im Südsudan geflohen. Wir mussten sie herüberbringen, damit sie in Sicherheit ist. Sie hat einen Albino zur Welt gebracht.

„Kriegen Afrikaner auch Albinokinder?", rief Silje naiv aus.

„Hier werden mehr Albinos geboren als in Dänemark, wo es eins von 60.000 Kindern ist. Hier in Afrika ist es eins von 5.000

Kindern und das ist eine Katastrophe für das Kind und seine Familie, ja, für das ganze Dorf. Viele Albinos leben im Verborgenen, sonst werden sie verfolgt oder schlicht getötet. Das Fürchterliche ist, dass es hier immer noch Menschen gibt, die glauben, dass eine Mixtur, bestehend aus Kräutern und dem Blut oder den Körperteilen eines Albinos, heilen kann oder den, der diese Mixtur einnimmt, reich macht, deshalb jagen und töten Medizinmänner die Albinos."

Silje schwitzte noch mehr und wünschte, sie könnte irgendwohin gehen und frische Luft schnappen. „Was passiert dann mit der Frau und dem Kind?"

„Vorläufig bleiben sie hier, wo wir sie im Auge behalten können. Woanders ist es nicht sicher für sie."

Sie hatten ein anderes Haus erreicht, das in Verlängerung des gelben Gebäudes lag.

„Dahinter ist die Küche", fuhr Samanta fort, und lächelte einer Frau zu, deren schwarzes, glänzendes Gesicht sich im Fenster zeigte. Sie winkte.

„Das ist Farsiris, unsere Köchin. Sie sagt, der Name bedeute in ihrer Muttersprache Prinzessin. Wir Dänen ziehen sie damit auf, dass *fars* bei uns auf Dänisch Hackfleisch heißt und *fars i ris* mehr wie ein dänisches Reisgericht klingt - was besser passt, weil sie ja Köchin und keine Prinzessin ist." Samanta lachte und winkte der Frau zurück.

„Du sagst *wir*? Gibt es hier noch andere Dänen?", stellte sich Silje unwissend und winkte der Köchin im Fenster ebenfalls.

„Ja, einer der Ärzte ist Däne. Er hat übrigens die gleiche ungewöhnlich blaue Augenfarbe wie du. Das war das, was mir Faheem zugeflüstert hat. Sie nennen ihn *Sämay*, weil seine Augen die gleiche klare, blaue Farbe haben wir der Himmel. Das bedeutet Himmel auf Amharisch."

Siljes Herz pochte bis zum Hals. Das war ganz sicher ihr Vater, den sie Sämay nannten. Sie hatte ihn gefunden.

5

Es tat in den Augen weh, als sie versuchte, sie zu öffnen. Als ob ein Daumen tief in jedes Lid und hinter die Augäpfel gedrückt würde, um sie herauszupressen.

Der Schlaf hatte Anne Larsen noch nicht ganz losgelassen. Sie steckte immer noch im Traum fest, der sich zu einem wahren Albtraum entwickelt hatte, wo sie um ihr Leben rannte, barfuß über eine Straße aus schwarzem, rauem Asphalt, voller Scherben von zerbrochenen Flaschen. Langsam gelang es ihr, die Augen zu öffnen, die sofort von der Sonne geblendet wurden, die durch einen Spalt im Vorhang hereinfiel. Ein weiterer Stich jagte durch ihren Kopf und sie schloss die Augen sofort wieder. Sie murmelte und schmatzte ein wenig. Der Mund war so trocken, dass die Zunge am Gaumen festklebte. Der Schweiß lief zwischen den Brüsten zum Bauch hinunter. Sie lag auf einem ihrer Arme, er war ganz gefühllos. Der andere ruhte auf etwas Warmem und Weichem. Der Tag drängte sich auf. Oder eher der Tag danach. Die Hirnzellen begannen zu funktionieren, als ob sie eine nach der anderen angingen. Sie hatten Pfingstsamstag gefeiert und waren sich einig gewesen, dass die Pfingstsonne Cancan tanzen sollte. Waren von Kneipe zu Kneipe und von Bar zu Bar gezogen. Sie erinnerte sich an nicht viel ab dem Zeitpunkt, als sie von irgendwo ein Taxi nach Hause genommen hatten.

Ein Murmeln, das nicht ihr eigenes war, ertönte neben ihr. Sie öffnete die Augen erneut, kam jäh aus der Rekonstruktion der Nacht und hörte ihr eigenes Japsen, als sie ihre Hand von der nackten, runden Brust wegzog. Es wäre nicht so seltsam gewesen, wenn sie einen fremden Mann aus der Stadt mit nach Hause gebracht hätte, aber eine Frau! Die andere im Bett drehte ihr im Schlaf das Gesicht zu und murmelte wieder. Es war Sabina. Aber wieso lag sie hier fast nackt in ihrem Bett? Anne erinnerte sich an eine warme und weiche Zunge, nasse Küsse und Hände unter der

Bluse, aber war das nicht irgendein Typ irgendwo auf einer Tanzfläche gewesen? Sie hatte viel ausprobiert, aber das nicht. Nicht mit einer Frau, obwohl Esben es oft vorgeschlagen hatte. Damals, als er ein Teil ihres Sexlebens war.

Sie schwang die Beine über die Bettkante, setzte sich auf und griff sich an den Kopf, der noch mehr pochte. Mit der Hand, die nicht erwachend kribbelte, kramte sie die Zigarettenschachtel aus dem Nachttisch, schüttelte eine Zigarette heraus und zündete sie an. Inhalierte tief ein. Den Rauch ließ sie zusammen mit einem tiefen Seufzer des Wohlbefindens aus dem offenen Mund weichen. Diese Zigarette brauchte sie, sie nahm auch den bitteren Geschmack im Mund in Kauf. Nach einem weiteren Zug betrachtete sie Sabina. Sie schlief immer noch. Das dunkle Goth-Make-up war in ihrem ganzen Gesicht verwischt wie Aquarellfarben auf nassem Papier. Es hatte einen Abdruck auf dem weißen Kopfkissenbezug hinterlassen. Anne lächelte. Sie freute sich für ihre Stiefschwester. Kurz vor Pfingsten hatte sie die Nachricht von der Journalistenhochschule wegen ihrer Aufnahmeprüfung bekommen und war Ende Mai zum Gespräch eingeladen. Es sprach vieles dafür, dass sie das Glück hatte, angenommen zu werden. Sie würde vielleicht die Journalistenausbildung bekommen, die Anne selbst nie erhalten hatte, weil sie einfach nicht still auf einer Schulbank sitzen konnte und Schulen immer gehasst hatte. Normalerweise lebte Sabina auf Nørrebro in Kopenhagen. Wegen des Gesprächs bei der Journalistenhochschule wohnte sie zurzeit bei einem ihrer Greenpeace-Facebook-Freunde. Anne hatte gesagt, dass sie in ihrer kleinen Wohnung keinen Platz habe, was stimmte, also warum war Sabina hier? In Wirklichkeit war Anne nicht begeistert über den Besuch gewesen, als Sabina in der Woche vor Pfingsten an ihrer Tür geklingelt hatte. Sie hatte Angst vor dem Gerede ihrer Stiefschwester darüber, ihren Vater zu töten. Hauptsächlich weil sie sich selbst versucht fühlte, es zu tun und drauf und dran gewesen war, bei einem von Sabinas mörderischen Plänen mitzumachen. Ihr Stiefvater war letztes Jahr auf Bewährung entlassen worden, hatte aber trotz allem nicht versucht, sie aufzusuchen. Auch Sabina nicht. Keine von ihnen wusste, wo er sich aufhielt. Sie fürchtete ihn nicht länger. Nicht auf die Art. Sie war erwachsen geworden und hatte mehr Selbstvertrauen bekommen. Er konnte sie nicht länger knechten. Meinte sie. Sabina dagegen fiele es weniger leicht, sich zu wehren. Sie war nur ein großes Kind. Anne hatte Lust, ihr über die Wange zu streichen und sie in dem unruhigen Schlaf zu beruhigen. Sie zuckte und murmelte etwas Unverständliches mit zusammengezogenen Brauen, als wäre sie wütend. Oder verängstigt. Vielleicht träumte sie von ihm. Das ungewohnte Gefühl von Zärtlichkeit für dieses Mädchen erschreckte sie. Sie war trotz allem nicht ihre biologische Schwester, sondern eine Fremde, mit der sie am liebsten nichts zu tun haben wollte. Ein Gespenst aus der Vergangenheit, an der sie arbeitete, sie zu vergessen. Sie drückte die Zigarette im Aschenbecher aus, stand auf und taumelte ins Bad. Die eine Hand stützend am Kopf, die andere am Türrahmen. So stand sie ein bisschen, bis der Arm nicht mehr kribbelte, und plante die nächsten Schritte. Zuerst eine Handvoll Kopfschmerztabletten, dann eine kalte Dusche, dann war sie garantiert wieder klar.

Als sie den Duschhahn zudrehte, hörte sie schwach die Melodie ihres Handys, die versuchte, durch die geschlossene Badezimmertür zu dringen. Hastig riss sie das Handtuch von der Handtuchstange und bedeckte ihren nassen Körper, als die Tür aufsprang und Sabina unbekleidet eintrat und ihr das Handy reichte.

„Das ist eine Fotografin“, sagte sie, wegen der Kippe im Mundwinkel nuschelnd.

„Was zum Teufel bildest du dir ein, einfach so reinzuplatzen?!“

„Ach, man hat wohl Komplexe“, meinte Sabina mit einem kleinen, gekräuselten Lächeln. „Aber ganz ruhig, Ann. Du bist wie alle anderen Mädchen gebaut. Jetzt nimm das Telefon.“

Anne schnappte es ihr grimmig aus der Hand.

„Du sollst auch verdammt noch mal nicht an mein Telefon gehen. Außerdem heiße ich Anne! Mach die Tür zu!“, rief sie ihr nach. Sie hasste es, Ann genannt zu werden.

Es war Ninna, die anrief und kurz mitteilte, dass sie zu einem Auftrag sollten und es eilte.

„Jetzt? Was ist mit Jytte? Kann die sich nicht darum kümmern?"

„Du erinnerst dich wohl, dass sie Urlaub in Dubai macht. Wann kann ich dich abholen?"

„Ähm, gib mir eine Viertelstunde, dann stehe ich unten an der Straße."

„Musst du jetzt zur Arbeit?", fragte Sabina neugierig, als Anne aus dem Bad kam, das Duschtuch um sich gewickelt. Komplexe? Vielleicht ein bisschen. Sabina, die diese Art Hemmungen offenbar selbst nicht kannte, lag auf dem Bett und rauchte eine neue Zigarette. Immerhin hatte sie inzwischen einen Slip angezogen. Das schwarze T-Shirt mit Spitze auf den Schultern und einem von roten Rosen umgebenen grinsenden grauen Schädel vorne drauf, das sie gestern Abend angehabt hatte, lag neben dem Bett auf dem Boden. Eigentlich war es sehr hübsch. Sabina hatte dazu einen superkurzen, schwarzen Rock mit Unmengen von Nieten und Tüll getragen, der nur spärlich die Oberschenkel in grobmaschigen Netzstrumpfhosen bedeckte, die sicher mit Absicht löchrig und zerrissen waren. Es erinnerte ein wenig an die Kleidung, die Anne selbst getragen hatte, als sie in Sabinas Alter war und bei Demos auf Nørrebro ganz vorne ging, ohne immer genau zu wissen, wogegen demonstriert wurde. Die Klientel entschied, ob sie teilnahm.

Anne nickte und zog einen Pullover über den Kopf. Sie kramte im Schrank nach einer sauberen Jeans. Es war nur noch eine übrig, die sie schnell anzog. Es war sicher an der Zeit, die Waschmaschine mal wieder anzuschmeißen.

„Ja. Solltest du nicht ein bisschen mehr anhaben?"

„Darf ich mitkommen? Ist es ein Mord?"

„Nein, es ist kein Mord", log sie. „Und nein, du darfst nicht mitkommen." Sie stopfte das Handy in den Rucksack.

Sabina setzte sich auf in den Schneidersitz und hielt die Zigarette über den Bettrand; es war besser, die Asche auf die Dielen fallen zu lassen als auf das Laken.

„Ich bin doch selbst bald Journalistin, Ann. Es wäre echt cool, wenn ich sehen würde, wie du arbeitest“, nervte Sabina weiter mit einem kindlich bittenden Gesichtsausdruck.

„Ich arbeite bei einem Fernsehsender und nicht bei einer Zeitung, wo du sicher starten wirst, falls du überhaupt in die Schule kommst.“ Sie nahm den Rucksack an dem einen Riemen über die Schulter. „Jetzt geh erst mal duschen. Du siehst wie nach ’nem Unfall aus!“

„Okay.“ Sabina langte zu dem Aschenbecher auf dem Tisch und drückte die Zigarette mit einem kleinen, schiefen Lächeln aus. Genau so wollte sie ja aussehen.

Sie wartete nicht lange, bis das TV2 Ostjütland-Auto am Bürgersteig hielt. Ninna öffnete die Tür zum Beifahrersitz, damit Anne einfach reinspringen konnte.

„Was weißt du über den Mord?“, fragte sie und spürte das Adrenalin bereits in den Ohren sausen. Das Gefühl, das sie an ihrem Job als Kriminalreporterin liebte. Das Sausen, auf das sie nicht verzichten konnte.

Es war nicht viel Verkehr. Die Leute hatten frei und viele verbrachten ihren Pfingst-Kater drinnen mit zugezogenen Gardinen, obwohl sich der Sommer heute von seiner schönsten Seite zeigte. Anne öffnete das Fenster und genoss den Wind in den Haaren, die noch nicht ganz trocken waren. Die Kopfschmerztabletten hatten angefangen zu wirken.

„Nur, dass es ein Messermord in einer Wohnung in Fjældevænget ist.“

„Mann oder Frau?“

„Mann. Warst du gestern feiern?“

Anne schielte zu Ninna und strich sich linkisch die Haare zurück. War das wirklich *so* deutlich? Ninna dagegen sah ungewöhnlich frisch aus.

„Und ob. Du nicht?“

Ninna guckte in den Außenspiegel, bevor sie links abbog und über die Ringstraßenbrücke weiterfuhr. Hier herrschte normalerweise ein Gewimmel von Fahrradfahrern und Fußgängern, aber so war es heute nicht, sie hatten fast freie Fahrt. Anne guckte nach unten auf die Züge, die einer Reihe ungeduldig wartender Stahlwürmer ähnelten, die zum Einsatz bereitstanden. Jedes Mal, wenn sie über die Brücke fuhr, dachte sie an damals, als sie angefangen hatte, Risse zu bekommen, und Betonstücke unter der Brücke herunterfielen. Die DSB, deren Team da unten an den Schienen arbeitete, kontaktierte die Gemeinde Aarhus wegen des Problems, aber die Ingenieure meinten, die Brücke sei sicher genug. Als das Problem bestehen blieb, musste die Gemeinde doch in die Tasche greifen und sich den Beton nochmals anschauen. Anne hatte als Neuling bei der nun geschlossenen Lokalzeitung Tageblatt mehrere Artikel über die Sache geschrieben. Heute war die Brücke umgebaut mit extra Linksabbiegerspur in die Værkmestergade.

„Nee, wir betrinken uns nicht."

„*Wir*?"

„Ja, in unserer Familie."

„Okay." Anne musste nicht wissen wieso, deshalb nickte sie nur und sah die Eisenbahn unter sich verschwinden.

„Mein Vater ist Moslem", fuhrt Ninna dennoch fort. „Wir trinken nicht."

„*Du* bist Muslimin?", fragte Anne überrascht und schaute Ninna verblüfft an, die nicht nordischer hätte aussehen können.

„Ich nicht. Nicht so. Ich bin auch nicht getauft, wir Kinder durften selbst entscheiden, an welche Religion wir glauben wollten. Natürlich wäre es meinem Vater am liebsten gewesen, dass wir Moslems geworden wären. Ein moslemischer Vater hat die Pflicht, seine Kinder im islamischen Glauben zu erziehen." „Was ist denn mit deiner Mutter?"

„Die ist Dänin und Christin, wie es Dänen nun mal sind."

Darf ein moslemischer Mann wirklich einfach so eine Christin heiraten?"

„Dem Islam zufolge ist es einem moslemischen *Mann* gestattet, aber eine Muslimin darf keinen Christen heiraten."

„Und da reden *wir* von Gleichberechtigung …"

Ninna sah schnell zu ihr. „Ja, das war eine große Herausforderung für meine Mutter, die Familie zum Funktionieren zu bringen, sodass auch Platz für Allah ist, aber es hat geklappt."

„Du siehst aber gar nicht besonders … fremd aus", konstatierte Anne und lächelte, damit es nicht missverstanden wurde.

„Mein Vater ist Türke und ist in den 70ern der Arbeit wegen nach Dänemark gekommen - damals gab es einen Mangel an Arbeitskräften. Hier hat er meine Mutter getroffen, der ich ähnlich sehe."

Ninna schaute wieder in den Außenspiegel, als sie vom Herredsweg abbog. Es war leicht zu sehen, wo der Mord passiert war. Das blaue Auto der Kriminaltechniker parkte neben einem Streifenwagen. Ninna bog ein und parkte hinter dem blauen Lieferwagen vor den gelben Gebäuden. Der Großteil der städtischen Presse war ebenfalls erschienen und drängelte hinter dem Absperrband der Polizei, das die Haustür und ein Stückchen des Gebüschs davor einrahmte.

Bevor Anne aus dem Auto stieg, hatte sie Vizepolizeidirektor Anker Dahl entdeckt, der aussah, als wolle er den Schauplatz verlassen, aber nun auf dem Parkplatz von Journalisten mit Mikrofonen als verlängerte Arme gestoppt wurde. Sie hatte mit dem neuen Vizepolizeidirektor keinen guten Start gehabt und atmete tief ein. Wäre Jytte nicht im Luxusurlaub in Dubai, hätte sie ganz sicher den Auftrag übernommen. Sie war die Topreporterin und -moderatorin von TV2 Ostjütland und wusste immer, wie sie sich benehmen musste. Das war Annes Strafe dafür, einmal ein Interview mit dem Vizepolizeidirektor falsch angegangen zu haben, dass Jytte sich nun darum kümmerte, wenn es um Interviews mit Polizisten, Politikern und Beamten ging, sodass der kleine Fernsehsender seinen guten Ruf nicht ruinierte. Alle hatten Vertrauen zu Jytte, und der Vizepolizeidirektor hätte ihr ganz bestimmt nicht den Blick zugeworfen, den Anne nun hinnehmen musste, als sie sich den Weg nach vorn gebahnt hatte. Deswegen fragte sie auch nicht sofort etwas, sondern hielt lediglich ihr Diktiergerät hin, um die Antwort auf die Frage eines anderen Journalisten aufzuschnappen.

„Das Einzige, was ich gerade sagen kann ist, dass es sich um einen Messermord handelt", war die abweisende Antwort. „Sie müssen auf die Pressekonferenz warten."

Aber das war eine Phrase, mit der sich Journalisten nie abspeisen ließen.

„Ist der Tote polizeibekannt?", wollte einer von ihnen wissen.

„Dazu kann ich mich nicht äußern."

„Haben Sie Verdächtige?", ertönte es von einem anderen.

Anker Dahl öffnete die Tür zu seinem Auto und schüttelte den Kopf als Indikator dafür, dass er die Versammlung für einen Haufen unintelligenter Individuen hielt, die ein Nein nicht als ein Nein verstanden.

„Ist es eine interne Auseinandersetzung? Banden?", fragte Anne, da sie wusste, dass diese Frage den Vizepolizeidirektor zum Antworten bringen würde. Jedenfalls, wenn das nicht der Fall war.

Anker Dahl drehte sich zu ihr um, die eine Augenbraue schoss anklagend hoch zur Stirn. „Hier ist nicht die Rede von Bandenkonflikten. Das kann ich mit Sicherheit sagen!"

Stillschweigend vorausgesetzt, dass die Polizei von Ostjütland das Bandenmilieu in Aarhus im Griff hatte, dachte Anne und hatte Lust, bei dem Thema viel mehr nachzubohren.

„Sie tappen also völlig im Dunkeln?" Eine Feststellung, von der sie wusste, dass er ebenfalls darauf reagieren musste, um nicht als inkompetent dazustehen.

„Wir arbeiten vorläufig mit der Theorie eines Mordes im Affekt."

„Was macht das glaubhaft?", meldete sich eine bekannte Stimme zu Wort, bevor Anne nachhaken konnte. Sie schaute sich um und versuchte den Mann auszumachen.

„Wie ich gerade sagte, habe ich zum gegenwärtigen Zeitpunkt keine weiteren Informationen."

Das war der letzte Kommentar. Anker Dahl setzte sich in sein Auto, knallte die Tür zu und fuhr. Die Journalistenschar löste sich auf; jetzt galt es, schnellstmöglich in die Redaktionen zurückzukehren und die Neuigkeit als Erster zu bringen. Dann entdeckte Anne ihn. Nicolaj. Natürlich war es Nicolaj. Sie hatte nicht mehr mit ihm gesprochen, seit sie bei Media House Denmark aufgehört hatte, wo er immer noch Reporter war. Dem Anzug und dem Auto nach zu urteilen, zu dem er lief, schien es ihm gut zu gehen. Sie eilte zu Ninna, die das Gebäude filmte, in dem der Mord stattgefunden hatte. Die Kriminaltechniker wühlten in den Büschen davor und ein Beamter bat sie zu verschwinden. Ninna packte die Kamera ein, behielt aber gleichzeitig etwas hinter Annes Rücken im Auge.

„Ein rothaariger Mann ist auf dem Weg hierhin. Er ruft nach dir, Anne“, teilte sie mit.

Sie hatte es gehört. „Tu so, als ob du ihn nicht siehst, ich helfe dir gleich damit, das Auto zu beladen.“

„Aber wer ist das? Ach nee, ist das nicht Nicolaj? Nicolaj Bang?“, flüsterte Ninna aufgeregt.

„Und wenn? Kennst du ihn?“

„Wer nicht?! Er war ja kurz davor, den Cavling-Preis zu gewinnen. Das war irgendwas mit einer großen Sache in Italien.“

„Ja, und willst du wissen, warum er *nicht* gewonnen hat?“, fauchte Anne ein bisschen gereizt, schwieg aber, als Ninna ihr den Ellbogen fest in die Seite stieß.

„Hi, Anne. Ich dachte mir doch, dass du das bist.“

Anne drehte sich um, den Rücken an der Autotür, die sie gerade zugeworfen hatte. „Hi, Nicolaj!“ Es war immer unmöglich, überrascht zu klingen, wenn man es nicht war.

„Ja, ich hab ja schon gehört, dass du jetzt für TV2 Ostjütland arbeitest“, lächelte er und begrüßte Ninna, die rote Wangen bekam und seine ausgestreckte Hand drückte, als wäre es die Justin Biebers.

„Eine unheimliche Sache“, sagte er und nickte in Richtung Gebäude. „Der Vizepolizeidirektor hat sehr schnell zurückgewiesen, dass es sich um einen Bandenkonflikt handelt. In diesem Milieu kann man schnell auf den Gedanken kommen“, fuhr er fort und schaute zu einer Gruppe Jugendlicher hinüber, die sich auf dem Parkplatz versammelt hatten, die Motoren ihrer Mopeds im Leerlauf. Schwarze Jungs, alle mit markanten Undercut-Frisuren.

„Nur weil man in Aarhus West wohnt, schwarz ist, Hoodies und Lederjacken trägt und Moped fährt, muss man ja nicht gleich Mitglied einer kriminellen Bande sein“, wehrte Anne ab und gab der verwirrten Ninna ein Zeichen, dass sie losmussten.

Sie öffnete die Autotür.

„Warte, Anne! Es ist lange her. Können wir uns nicht treffen? Wir sprechen oft über dich bei Media House Denmark.“

„Sicher nichts Gutes! Wir haben’s eilig, Nicolaj.“

„Warum bist du so abweisend? Wir könnten wieder zusammenarbeiten.“

Anne knallte die Autotür zu und ging zu ihm hinüber, sah ihm direkt in die grünen Augen, die sofort anfingen zu flackern.

„Ja, du hättest gerne eine neue Chance, einen Preis zu gewinnen, stimmt’s? Aber dieses Mal ohne meine Hilfe!“

„Das war ich nicht, Anne. Joakim Boysen … der Chefredakteur hat mich eingestellt und ich … “

„Du warst ganz scharf darauf, den zu bekommen, aber weißt du was, Nicolaj? Ich habe mich gefreut, als er an jemand anderen ging, der ihn mehr verdient hat. Komm, Ninna! *Ich* fahre!“

Die Fotografin wusste glücklicherweise, wann es sich nicht auszahlte zu diskutieren, und warf ihr den Autoschlüssel zu. Anne fing ihn und schaute zurück. Hier gab es nichts mehr zu holen. Die Leiche war in die Rechtsmedizin transportiert worden und die Kriminaltechniker sagten keinen Ton. Es freute sie zu sehen, dass Nicolaj zu seinem schicken Auto zurückschlich und sich hineinsetzte. Aber er würde ihr immer einen Schritt voraus sein. Er wohnte mit Natalie Davidsen zusammen. Soweit sie gehört hatte, hatten sie letztes Jahr geheiratet. Sie hatten eine kleine Tochter zusammen und sie wusste, dass die Rechtsmedizinerin mit Informationen sehr großzügig war, obwohl ihr Mann für die Presse arbeitete. Sogar für die Sensationspresse. Wenn sich Anne eines Tages wirklich rächen wollte, dann würde sie da ansetzen. Dass sie es nicht bereits getan hatte, war allein der Tatsache geschuldet, dass es am besten war, mit Natalie Davidsen auf gutem Fuß zu stehen, da sie diejenige war, die den größten Ärger bekäme, wenn es jemand erfahren würde.

„Unfassbar, dass du Nicolaj Bang gegenüber so abweisend sein kannst", murmelte Ninna, während sie sich anschnallte.

„Ich verstehe nicht, was du in ihm siehst. So ein Grünschnabel. Er war mal mein kleiner, rotziger Praktikant."

„Aber er ist total kompetent. Ich habe gehört, was du zu ihm gesagt hast über den Cavling-Preis. Also, ich bin da anderer Meinung. Das war viel Arbeit, die er reingesteckt hat, um diesen Artikel zu schreiben."

„Der eine Menge wichtiger Dinge verschwiegen hat, Ninna. Ich habe damals selbst für Media House Denmark gearbeitet und in diesem Fall ist nicht die ganze Wahrheit ans Licht gekommen. Deswegen hat er wohl auch nicht gewonnen.

Sie bremste scharf, als ein Fahrradfahrer plötzlich der Meinung war, die Straße überqueren zu wollen, ohne ein Zeichen zu geben. Das war knapp. Anne zeigte ihm den Mittelfinger und kriegte ihn auch gezeigt.

Sie fuhren lange schweigend. Die Ereignisse in Italien vergangenen Herbst flammten wieder auf mit gemischten Gefühlen. So viele, dass sie sie nicht sortieren konnte und sich an das Gute hielt: Die Freundschaft mit Giacomo Pasquale, dem italienischen Kollegen von Il Manifesto, den sie in Milano getroffen hatte. Es war lange her, seit sie miteinander gesprochen hatten. Vielleicht sollte *sie* dieses Mal anrufen. Bisher hatte immer er den Kontakt gesucht und es war nicht, weil sie keine Lust hatte.

„Haben wir genug für die Sendung heute Abend?", unterbrach Ninna ihre Erinnerungen.

„Wir haben ja nichts anderes."

Beinahe bereute sie, Nicolajs Angebot einer Zusammenarbeit nicht angenommen zu haben. Natalie kannte alle Details und die würde Nicolaj bald auch kennen. Ihr kam eine Idee.

„Hast du dein Smartphone dabei, Ninna?"

Ninna nickte. „Klar."

„Dann versuch mal gerade, auf www.mediahousedenmark.dk zu gehen und klick auf den Link, auf dem Lokales und Breaking News steht."

Ninna holte ihr Telefon aus der Tasche, entsperrte es mit zwei schnellen Fingerbewegungen über den Bildschirm und tippte. Während sie las, achteten Annes Augen besonders aufmerksam auf die Straße. Auch wenn wenig Autos unterwegs waren, war es nötig, sich zu konzentrieren. Vielleicht noch mehr aus dem Grund, da alle dachten: Wir machen einfach, was uns passt, weil ja eh kein Verkehr ist.

„Nee, oder?!", rief Ninna und brachte sie doch dazu, den Blick von der Straße zu nehmen.

„Die schreiben, dass heute noch ein Mord passiert ist. Offenbar in der Lundbyesgade."

Anne wusste es. Diese Informationen konnten sie eigentlich nur von der Rechtsmedizinerin haben, da es nirgendwo sonst veröffentlicht worden war.

„Warum haben wir nichts davon gehört?"

„Vielleicht, weil es zuerst für einen Herzstillstand gehalten wurde. Eine junge Frau. Aber jetzt behandelt die Polizei es als Mord."

„Wieso?"

„Darüber steht hier nichts."

„Okay, dann müssen wir herausfinden, was in der Lundbyesgade passiert ist."

6

Ihr Sohn lief voran. Messi 10, was mit gelber Schrift auf den Rücken des gestreiften Trikots des FC Barcelona gedruckt war, hüpfte vor ihnen her und glänzte in der Sonne. Ein Sechsjähriger mit Pfeffer im Hintern konnte nicht einfach gehorsam neben seinen Eltern an der Hand herlaufen. Er war hyperaktiv, bei Janus ein Zeichen von Gesundheit. Ein Wunder. Sie schlenderten eng umschlungen hinter ihm den Weg entlang, daneben plätscherte der Odenser Fluss. Diese Pfade waren der schönste Heimweg zur Villa im Munkevænget. Der Spaziergang würde weniger als eine Viertelstunde dauern, aber mit seiner Familie zusammen könnte er ewig so laufen.

Sander Lindholm zog Alberte noch dichter an sich. Roch an ihren Haaren. Ein neues Shampoo. Zitrus. Dieses Mal hätte er sie wirklich verlieren können. Es war knapp gewesen. Sie waren eine Zeitlang getrennt gewesen nach dem, was passiert war, aber die Trennung hatte bewirkt, dass sie einsahen, sie konnten nicht ohneeinander, trotz der Differenzen, die ihre Ehe oft in Gefahr brachten. Und dann waren da die Zwillinge, die man unter Albertes leichtem Sommerkleid gerade so im Ansatz erahnen konnte und Janus, auf den sie die allermeiste Rücksicht nehmen mussten. Scheidungen gingen immer auf Kosten der Kinder und sie waren sich einig gewesen, dass sie zu erwachsen waren, um den Problemen, auf die sie so oft stießen, zu erlauben, das Leben ihrer Kinder zu zerstören. Oder ihr eigenes.

„Er redet über nichts anderes als die Löwenbabys. Nicht mal der riesengroße Burger und die Eiswaffel haben ihn auf andere Gedanken gebracht. Es war eine gute Idee, seinen Geburtstag im Zoo zu feiern, Sander“, lachte Alberte.

„Ganz bestimmt, die Kleinen waren ja auch süß.“ Er tätschelte ihr vorsichtig den heranwachsenden Bauch. „Hier könnten auch problemlos ein paar Löwenjunge liegen“, lächelte er.

„Das hoffe ich wirklich nicht!"

„Natürlich keine Löwen. Ein kleiner Junge und ein kleines Mädchen, nicht?"

Alberte schnitt eine Grimasse.

„Findest du nicht doch, dass wir es beim nächsten Ultraschall erfahren sollten? Es wäre doch schön zu wissen."

„Nein, Sander, ich freue mich, wenn es einfach Kinder sind. Zwei gesunde Kinder."

„Das werden sie, Alberte."

„Das glaube ich auch und das ist das Wichtigste!" Er schaute einem gelben Kanu mit zwei jungen Menschen nach, die es durch das braune Wasser gleiten ließen. Alberte drückte seine Hand und schwang seinen Arm im Takt ihrer Schritte froh vor und zurück. Er hatte es ihr lange erzählen wollen, konnte es aber nicht. Wenn es so mitten in seinem Bauch brannte, kam ihm immer der Gedanke, ob es ein Magengeschwür sein könnte.

„Wo ist Janus!", rief Alberte.

„Er ist gleich dort drüben beim Tunnel."

„Dass er bloß nicht in den Fluss fällt", meinte sie unruhig. „Er ist heute besonders wild. Vielleicht war zu viel Zucker in diesem Eis."

„Dahinten ist ein Zaun, da springt er nicht drüber."

„Dieser niedrige Holzzaun?! Der ist auch nicht nach dem Tunnel, da ist kein Zaun." Sie schirmte mit der Hand die Augen vor der Sonne ab. „Janus!", rief sie so laut, dass es Sander im Ohr wehtat.

„Ruhig, Schatz. Ich kann ihn sehen."

„Kannst du? Wo ist er denn jetzt? Heute sind ja fast keine Menschen unterwegs, also würde niemand merken, wenn ihm etwas passieren würde."

Sie riss sich von ihm los und lief schnell zum Tunnel. Er schüttelte den Kopf. Das war eines der Dinge, über die sie sich uneins waren, Albertes ewiges Verhätscheln, das jetzt natürlich noch schlimmer geworden war. Ihm graute davor, wie es werden würde, wenn erst die Zwillinge da waren. Als Janus kleiner war, hatten die ersten ernsthaften Streits angefangen. Sander wollte keine überbehüteten, unselbstständigen Kinder haben, die nicht selbst denken konnten. Aber er verstand auch Albertes Sorge. Auch die, die bei der neuen Schwangerschaft aufkam. Die spürte auch er. Würde es wieder passieren?

„Er ist nicht hier!“, schrie Alberte mit schriller Stimme und lief den Pfad weiter.

Im Tunnel unter dem Weg hörte man den Lärm der Autos darüber deutlich. Hier im Schatten war es kühl, aber es stank nach Pisse. Es war leicht, die Böschung hinunterzuhuschen und hier ungesehen zu pinkeln. Er rief nach seinem Sohn und wurde langsam unruhig, denn Janus war nicht zu sehen.

„Sucht ihr den hier?“

Sander und Alberte drehten sich schnell zu der Stimme um, die im Tunnel gehallt hatte. An dessen Ende zeichneten sich drei Silhouetten ab. Sander konnte ihre Gesichter nicht sehen, da das Licht hinter ihnen blendete, aber er konnte Janus’ erschrockenen Augen über der großen weißen Hand mit der Tätowierung sehen, die einer von ihnen hart auf seinen Mund drückte, während er ihn festhielt. Sander blinzelte mehrmals, um den Blick zu klären. Er hatte eine Messerklinge am Hals seines Sohnes aufblitzen sehen.

„Du glaubst doch wohl nicht, dass du hier heil rauskommst, oder? Wenn nicht bald was passiert, Freundchen, dann passiert dem hier was!“ Der Mann rüttelte Janus, sodass das Messer einen kleinen Schnitt in seinem Hals hinterließ.

„Lass ihn los!“, sagte Sander so ruhig, wie er es gelernt hatte. Er konnte diese Situation hier in den Griff bekommen. Er war dafür ausgebildet, aber trotzdem konnte er hören, dass seine Stimme nicht so klang wie sie sollte. Sein Herz schlug, als ob sein Brustkorb gleich platzte. Das hier war etwas anderes. Es war die Familie, sein eigener Sohn.

„Vielleicht sollten wir den Jungen behalten. Wir können ja tauschen!“

„Tauschen? Sander, wovon redet er? Tu doch etwas!“ Albertes Stimme war um einige Oktaven höher und das Entsetzen ließ ihre

Augen fremd und erschreckend aussehen. Sie umklammerte ihren Bauch mit beiden Händen, wie um die ungeborenen Zwillinge zu beschützen.

„Lass ihn los!“, wiederholte Sander und griff sich aus Gewohnheit an den Gürtel, aber die Dienstpistole lag auf der Polizeistation, wie sie es sollte.

„Nimm ihn mit!“ Der Mann, der aus der Gruppe hervortrat, nickte dem zu, der Janus festhielt. Er hatte trotz der Wärme eine schwarze Adidas-Mütze auf dem Kopf. Sander konnte das weiße Logo im Dunkeln sehen. Aber er sah auch, dass sich der Ausdruck in Albertes Gesicht von Entsetzen in Wahnsinn verwandelt hatte. Er konnte sie nicht aufhalten, als sie ohne Vorwarnung auf den sprang, der am nächsten stand. Sie schlug und trat und rief unverständliche Worte, während der Bemützte mit Janus abzog. Sander war sich darüber im Klaren, dass Alberte reagierte, weil er es nicht tat, und der Schlag, den der ihr weit überlegene Mann ihr direkt in den Bauch verpasste, zwang auch Sander zum Handeln.

Die nächsten Sekunden oder Minuten oder Stunden, er wusste es nicht, fühlten sich an, als wäre er in einer durchsichtigen Gummiblase, die vor und zurück, auf und ab getreten wurde. Er spürte heftige Schmerzen und abwechselnd Blut, Beton, Asphalt. Alberte lag leblos auf dem Weg, während der Mann ihr weiter in den Bauch trat. Er rief nach ihr, glaubte jedenfalls, dass er das tat. Er sah jemanden sich nähern, ein paar Gesichter in den Tunnel gucken und schnell wieder verschwinden. Mehr Blut, der Asphalt, der Himmel, der Beton, der Holzzaun, der knackte, als er hinein und anschließend gegen die Betonwand des Tunnels geschleudert wurde. Er konnte nicht zählen, zu wievielt sie waren. Zwei von ihnen hielten ihn fest, ein Dritter schlug. Vielleicht sah er doppelt. Die Aussicht durch die Blase wurde immer verschwommener, als hinderte ihn das Blut daran, hinaus in die andere Welt zu sehen. Obwohl er das Blut wegblinzelte, verschwand die Sehkraft blitzartig zusammen mit den Kräften. Was hatte er denn getan?

Die Schmerzen und das Blut füllten die Blase, dann platzte sie mit einem lauten Knall und alles wurde rot.

7

Nicht zum ersten Mal freute Roland sich darauf, nach einem Urlaub wieder zur Arbeit zu gehen. Wenn man den freien Tag an Pfingsten als Urlaub bezeichnen konnte. Eher ein verlängertes Wochenende. Und jetzt war es vorbei. Keine weiteren Feiertage vor Weihnachten. Aber dieses Mal war die Sehnsucht nach dem Arbeitsleben nicht Irenes Krankheit und der anspruchsvollen und erschöpfenden Bedienung im Rollstuhl geschuldet wie zuvor. Das hatte sie hinter sich. Aber die Schwiegereltern hatten sich aus nostalgischen Gründen entschieden, einige Tage zu bleiben, und er hatte es kaum erwarten können, dass der Wecker klingelte und er sich in sein Auto setzen und von dem Gezeter und Husten wegfahren konnte. Arme Irene, dachte er, aber es waren ja verflixt noch mal ihre Eltern.

„Schöne Pfingsten gehabt?", grüßte Mark Haldbjerg munter und holte Kaffee.

„Ja, danke, und selbst?"

„Vorzüglich! Zusammen mit der Familie im Sommerhaus in Skagen verbracht. Das Wetter hätte ja nicht besser sein können."

Roland lächelte. Nein, über das Wetter hatte es bestimmt nichts zu klagen gegeben. Es hatte immer etwas, dass sie unter freiem Himmel auf der Terrasse hatten sitzen können und dass er sich ab und zu mit ein bisschen Aufräumen oder Wändestreichen entschuldigen konnte. Die Fenster waren bei der Hitze offen gewesen, sodass die Farbe schneller trocknete, doch jetzt waren die Zimmer der Mädchen und der Keller einzugsbereit; wen auch immer sie dann beherbergen mochten. Irene hatte sicher recht damit, dass der Widerwille von Leuten, Flüchtlinge in ihren Alltag aufzunehmen, Unwissenheit und Angst vor dem Unbekannten war. Er wusste selbst nicht, was er fürchtete. Wenn es überhaupt Furcht war, was er fühlte.

„Puh, ist das warm. Ist eine Entscheidung vom Staatsanwalt wegen des Autounfalls gekommen?“, fragte Mark und verwies auf den Fall, den sie vor Pfingsten abgeschlossen hatten. Er setzte sich an seinen Computer mit einem dampfenden Becher Kaffee, knöpfte den obersten Hemdknopf auf und schaute aus einem der Fenster, die Roland als Erstes geöffnet hatte, als er in die stickigen Räume gekommen war, die drei Tage lang nicht besetzt gewesen waren.

„Nein, noch nicht. Ich bin auch gespannt, was bei euren Nachforschungen herauskommt. Es besteht ja kein Zweifel daran, dass das Auto verunglückt ist, weil Beamte es verfolgten, vielleicht auch ein bisschen *overkill*, wenn es trotz allem ‚nur‘ darum ging, dass die vier jungen Menschen über eine rote Ampel fuhren. Keiner war in Gefahr und es ist ja nichts passiert - also, bis der Fahrer aufgrund der überhöhten Geschwindigkeit die Kontrolle über das Fahrzeug verlor und über die Leitplanke fuhr.“

„Hmm, sie haben das Gesetz übertreten, Roland. Sind sie aus dem Krankenhaus entlassen?“

Roland nickte, den Mund voller Kaffee, und schluckte diesen herunter. „Der Fahrer und die beiden auf dem Rücksitz ja, aber der Junge auf dem Beifahrersitz ist immer noch im Krankenhaus. Aber er ist außer Lebensgefahr.“

„Das ist immerhin etwas. Gut, dass niemand getötet wurde, das wäre für die Beamten katastrophal gewesen.“

Mark wurde vom Ermittlungschef Viktor Enevoldsen unterbrochen, der zielstrebig auf ihren Tisch zusteuerte. Sein Gesicht wirkte blass unter der sonnengebräunten Haut, und die Augen waren ernst.

„Ich möchte euch beide gerne an einem Fall haben. Wo ist übrigens Karina?“

„Hat sie heute nicht frei? Irgendwas mit ihrem Sohn?“, fragte Mark.

„Ach ja, verdammt. Das hatte ich völlig vergessen." Viktor strich sich durch die Haare, die auf eine reizvolle Weise ergrauten, wie Richard Geres damals, als auch er in den Fünfzigern war.

„Na, aber ich möchte euch beide so schnell wie möglich in Odense haben. Ein Beamter und seine Familie wurden gestern überfallen und der Sohn ist verschwunden. Möglicherweise gekidnappt. Darum kümmert sich natürlich die Polizei Fünen, aber der Polizeidirektor hat uns gebeten, die Umstände des Überfalls zu untersuchen. Die Ehefrau des Beamten hat ausgesagt, sie habe das Gefühl gehabt, dass die Täter ihren Mann kannten."

„In der Regel kennen die Kriminellen die Beamten ja eher als umgekehrt", gab Mark Haldbjerg zu bedenken.

„Tja, natürlich, aber sie sprachen über einen Tauschhandel für den Sohn."

„Tausch? Gegen was?", fragte Roland.

„Das wusste sie nicht. Sie steht natürlich unter Schock und ist nervös, was das Schicksal ihres Sohnes angeht. Die Täter ähnelten welchen aus einer Bande, ihrer Beschreibung nach."

„Rockerbande oder Einwandererbande, in Odense haben sie ja alles."

Viktor Enevoldsen setzte sich auf die Schreibtischkante neben Mark. „Die haben *auch* alles, ja, und der Polizei Fünen zufolge handelt es sich möglicherweise um eine neue Bande, die vor einem Jahr in die Gegend gekommen ist und noch gefährlicher als die anderen sein soll. Es sind Mitglieder sowohl der Einwanderer- als auch der Rockerbanden, die aus ihren Gruppen ausgebrochen sind und eine neue gebildet haben. Wahrscheinlich weil sie das ‚schlaffe' Verhalten ihrer Anführer leid waren. Der harte Kern. Die Gewalttätigsten, die fanden, sie dürften nicht das tun, was sie gerne wollten."

„Warum glauben sie, dass es ausgerechnet die sind?"

„Hauptsächlich wegen einer Tätowierung. Sie nennen sich *Black Swan*, ein Tattoo auf dem rechten Handrücken ist obligatorisch in der Bande wie eine Art Blutband. Sie stellt natürlich einen bösen, schwarzen Schwan da. Ihre Hauptgebiete sind Drogen und Prostitution, und Sander Lindholm, so heißt der Beamte, war vor einem halben Jahr bei der Verhaftung mehrerer Bandenmitglieder dabei, die unter anderem wegen des Verkaufs und Schmuggels von Drogen verurteilt wurden. In Verbindung mit den Verhaftungen wurden Amphetamin, Hasch, Kokain und Ecstasy gefunden samt Automatikwaffen und Pistolen."

„Wie schlimm ist es mit dem Beamten und seiner Frau?", wollte Roland wissen.

„Ziemlich schlimm. Besonders mit dem Beamten, der bis zur Unkenntlichkeit verprügelt wurde, aber nicht mit tödlichen Schlägen. Es gibt keinen Zweifel daran, dass die Absicht war, dass sie überleben sollten. Der Sohn, der entführt wurde, heißt Janus. Er ist sechs Jahre alt, er hatte Geburtstag an dem Tag, an dem es passierte. Sie hatten ihn im Zoo in Odense gefeiert und waren auf dem Heimweg. Alberte Lindholm war schwanger. Mit Zwillingen. Sie hat sie verloren."

Es wurde still. Roland nutzte die Gelegenheit, noch einen Schluck Kaffee zu trinken.

„Worauf zielt unsere Ermittlung ganz genau ab?", fragte Mark.

Viktor räusperte sich. „Nach der Befragung von Alberte Lindholm wurde der Polizeidirektor misstrauisch. Warum den Sohn entführen und wieso war die Rede von einem Tauschhandel? Kidnapping ist nicht gerade die Vorgehensweise von Black Swan. Jedenfalls nicht, soweit die Polizei weiß."

„Was sagt Sander Lindholm selbst?", fragte Roland.

„Bisher gab es nur kurz die Möglichkeit, ihn zu befragen. Aber er bestreitet, die Täter auf irgendeine Art zu kennen und weiß nicht, warum sie seinen Sohn entführt haben."

„Könnte es etwas mit der Verhaftung der Bandenmitglieder zu tun haben? Rache?", überlegte Roland.

„Vielleicht, aber was wollen die mit Janus? Was wollen sie dafür von Sander Lindholm haben?"

„Wird er wegen irgendetwas verdächtigt?"

Viktor stand auf. „Das ist das, was ihr herausfinden sollt. Polizeidirektor Harald Andersen hat ein ungutes Gefühl in dieser Sache, deswegen will er sie von uns gründlich untersucht haben. Jetzt ist ein kleiner, unschuldiger Junge involviert."

Der Autobahnverkehr floss stetig. Roland hatte willig Mark das Steuer überlassen. Er mochte längere Autofahrten nicht besonders. Es war immer noch nur sein Geheimnis, dass der rechte Arm manchmal urplötzlich all seine Kraft verlor. Er müsste zum Arzt gehen. Irene würde ihn zwingen, wenn sie es wüsste, aber er wollte sie nicht beunruhigen. Stattdessen hatte er im Internet gesucht und einen Artikel einer amerikanischen Studie gefunden, die seine Theorie stützte, dass es ein Schaden durch das fatale Erlebnis in Sizilien voriges Jahr war, obwohl die italienischen Ärzte ihm versichert hatten, das würde nicht vorkommen. Aber was wussten die darüber? Was würde der Hausarzt, Dr. Albert, der dasaß und nichts anderes tat, als Rezepte für teure Medikamente zu verschreiben, während er auf seine Rente wartete, darüber wissen?

„Guck mal da!", knurrte Mark und nickte in Richtung eines schwarzen Peugeot 208. „Was macht der da auf der linken Spur? Hat denn keiner in der Fahrschule gelernt, dass man sich rechts halten soll, damit andere wenigstens eine kleine Chance haben zu überholen? Besonders bei dem Schneckentempo, das hier an den Tag gelegt wird!"

Roland schaute auf. Er hatte in dem Ausdruck des Berichts über den Überfall gelesen. „Viele glauben fälschlicherweise, dass das dänische Autobahnnetz aus zwei Spuren besteht und nicht aus einer plus einer Überholspur."

Mark hatte auf die linke Spur rübergezogen und drängte den Peugeot nach rechts. Kurz darauf scherte er vor ihm ein. Mit dem Tempomat hatte er die ganze Zeit die gleiche Geschwindigkeit gehalten. Er schaute in den Rückspiegel. „Natürlich eine Tussi. Die können echt nicht Auto fahren!"

Wenn Mark nicht das neckende Lächeln und das Blitzen in den Augen gehabt hätte, hätte Roland die Ausdrucksweise nicht gemocht.

Sobald sie die Lillebæltsbrücke verließen und auf die Autobahn Fünens fuhren, dachte Roland an Tomaten und Äpfel, was seiner romantischen Vorstellung von Fünen gleichkam. Apfelmus und Alfred und Katrines Tomaten, die er immer für seine selbstgemachte Tomatensoße verwendete. Als sie das Ortsschild von Odense passierten, sprangen die Gedanken von Tomaten und Äpfeln zu H.C. Andersen. Fünen war eine richtige Märcheninsel. Aber wie in allen Märchen war nichts die reine Idylle. Es gab auch die dunkle Seite. Hexen und Trolle. Roland hatte mit dem Krankenhaus einen Besuch bei Alberte und Sander Lindholm abgesprochen, dem der Arzt widerwillig zugestimmt hatte, als ihm klar wurde, dass er von der Unabhängigen Polizeibehörde anrief.

Aber zuerst statteten sie Sander Lindholms Chef, Polizeidirektor Harald Andersen, einen Besuch in seinem Büro ab.

„Das ist eine sehr tragische Angelegenheit", sagte der Polizeidirektor einleitend und schloss die Tür hinter ihnen. Er bot ihnen Platz auf Stühlen vor seinem Schreibtisch an.

„Wir würden natürlich gerne hören, worin Ihr Verdacht besteht, bevor wir Sander Lindholm besuchen", sagte Roland.

„Hmm, ja. Ich hoffe, das bleibt vorerst unter uns.

Harald Andersen schwieg und sah sie fragend mit wehmütigen, blassblauen Augen an, die zu der Farbe des Hemds passten. Roland und Mark mussten bestätigen, dass sie selbstverständlich diskret sein würden, bevor er fortfuhr.

„Es ist so, dass während der Verhaftung von vier Bandenmitgliedern von Black Swan ein größerer Bargeldbetrag verschwunden ist. Sander Lindholm und sein Partner waren die Ersten vor Ort. Sander ist reingegangen, ohne auf die Verstärkung zu warten, die sein Partner gerufen hatte. Möchten Sie einen Kaffee?"

Sie schlugen das Angebot aus.

„Sie meinen also, dass Sander Lindholm das Geld gestohlen hat und die Bande das nun im Tausch für den Sohn haben will?“, vergewisserte sich Roland.

„Ich weiß, das ist eine heftige Anklage. Sander ist an sich ein absolut zuverlässiger Beamter und es gab nie Probleme, aber es ist bekannt, dass er immer Geldmangel hat. Die Familie hat angeblich ernste finanzielle Probleme und daher wunderte es natürlich alle, dass er sich plötzlich Urlaub nahm und mit der ganzen Familie in die USA reiste.“

„War das, nachdem das Geld verschwunden ist?“

„Eine Weile danach, ja.“

„Wie erklärt Sander Lindholm das?“

„Er sagt nicht sehr viel über sein Privatleben. Insgesamt hat er ein verschlossenes Wesen. Es geht uns ja auch nichts an, was er in seiner Freizeit macht, aber nun, da sein Sohn ...“ Harald Andersen rieb sich das spitze Kinn. „Er ist so ein toller, kleiner Kerl.“

„Was sagt der Partner? Der ist wohl der beste Zeuge“, meinte Roland.

Harald Andersen lehnte sich ihm Stuhl zurück, das Leder ächzte bei der Bewegung. „Sein Partner, Bo Kruse, schied kurz darauf aus. Das sorgte auch bei uns allen für große Verwunderung, da er niemandem gegenüber erwähnt hatte, dass er sich mit diesem Gedanken trug.“

Roland erinnerte sich, wie er selbst schweigend seine Überlegungen mit sich herumgetragen hatte, ob er seine Stellung bei der Ostjütländischen Polizei verlassen und Ermittler bei der DUP werden sollte, daher wusste er, dass das nichts bedeuten musste.

„Was macht er denn mittlerweile?“

„Er ist nach Kopenhagen gezogen, soviel ich weiß, hat seine Frau dort einen Job bekommen. Er hat eine Weile bei der Kopenhagener Polizei gearbeitet, aber nicht besonders lange. Er hat später seine eigene autorisierte Wachfirma eröffnet, *Kruses Wach- und Sicherheitsdienst* in Silkeborg. Vielleicht hatte er gespart.“ Harald Andersen hob die Augenbrauen.

„Dann steht der Partner also auch unter Verdacht?“, fragte Mark.

Andersen beugte sich wieder vor und stützte die Ellbogen auf dem Tisch ab. „Das sind nur Verdächtigungen. Ich habe nichts Handfestes, und wäre Janus nicht gekidnappt worden, hätte ich es vielleicht einfach auf sich beruhen lassen, aber falls es dazu beiträgt, ihn zu finden, muss dem nachgegangen werden.“

„Wie viel Bargeld ist verschwunden?“, wollte Roland wissen.

„Das ist unsicher, aber wohl genug um dafür zu töten. Nach der Verhaftung der vier Mitglieder gab es Unruhe in der Bande. Ein ranghohes Mitglied der Bande wurde erschossen, weil es verdächtigt wurde, das Geld gestohlen zu haben. Die Vernehmung der vier Inhaftierten hat das ans Licht gebracht. Einer von ihnen bat uns, in den eigenen Reihen zu gucken, und behauptete, er habe an dem Abend irgendetwas gesehen, aber dann knickte er ein. Sicher aufgrund von Drohungen von den anderen Mitgliedern, die nicht wollen, dass wir tiefer in dieser Sache graben. Sie wollen ihre Auseinandersetzungen am liebsten auf ihre eigene Art klären.“

„Wir fahren zum Krankenhaus und reden mit Sander und Alberte Lindholm. Ich hoffe, Sie finden ihren Sohn wohlbehalten.“

Andersen nickte ernst.

Zum Glück war Mark besser darin, sich in riesigen Gebäuden zu orientieren als er, vielleicht, weil Rolands Gehirn bei Krankenhausgeruch fast blockierte. Die Gedanken sprangen erneut zurück zu seinem Klinikaufenthalt in Neapel, das Herz schien zu verkrampfen und ihm trat kalter Schweiß auf die Stirn. Aber er tröstete sich damit, dass, sollte ihm das Herz stehen bleiben, hier wohl der beste Ort dafür wäre. Vielleicht. Er folgte Mark auf die Intensivstation, genannt ITA2, die sich glücklicherweise im ersten Stock befand.

Die dunkle Seite zeigte sich aufs Schlimmste, als eine Krankenschwester sie zu Sander Lindholms Bett führte und das Werk des Gewalttäters auf grauenhafteste Weise visualisiert wurde. Für Roland gab es keinerlei Zeichen dafür, dass jemand den Wunsch gehabt hatte, der Beamte solle überleben, wie Viktor es angedeutet hatte. Die Gesichtsfarbe ging von blauviolett bis schwarzblau, mehrere Stiche in der Stirn und den Augenbrauen würden ganz sicher Narben hinterlassen, die Nase war gebrochen, die Haut unter den Augen quoll auf, das linke Auge war geschlossen. Das ganze Gesicht war geschwollen von der Flüssigkeit, die das Reparatursystem des Menschen automatisch abgibt, wenn verletzte Regionen vor Stößen geschützt werden müssen. Einen Augenblick lang glaubte Roland, der Beamte sei gar nicht bei Bewusstsein, aber dann zog Mark einen Stuhl ans Bett und setzte sich. Sander öffnete langsam das eine Auge und sah ihn verwundert an, dann kam die Furcht.

„Habt ihr ihn gefunden? Habt ihr ihn gefunden — Janus?“, stammelte er.

„Wir kommen von der DUP und haben nur ein paar Fragen an Sie. Zuallererst möchten wir selbstverständlich unser tiefstes Mitgefühl ausdrücken.“

Roland konnte nicht anders als am Fußende des Bettes zu nicken, obwohl er genau wusste, dass selbst tiefstes Mitgefühl in Sander Lindholms Situation nicht besonders viel half.

Er schloss das Auge wieder, als ob er es nicht schaffte, es offen zu halten. „Was wollt ihr … von mir?! Ich… ich habe nichts Kriminelles gemacht. Ihr solltet lieber meinen … meinen Sohn finden.“

„Darum kümmern sich Ihre Kollegen. Wie Sie wissen, muss die Unabhängige Polizeibehörde immer ermitteln, wenn ein Beamter überfallen wurde. Kannten Sie die Täter?“

„Ob … ob ich sie kannte? Natürlich nicht!“ Sander öffnete das Auge wieder und starrte Mark wütend an.

„Ihre Frau hatte den Eindruck, dass Sie sie kannten?“

„Das tue ich nicht. Warum … warum sollte ich?“

„Kann es Rache sein für die Verhaftung der Mitglieder der Black Swan-Bande?“, fragte Roland und stützte sich mit beiden Händen auf dem Kopfteil ab. Er konnte den Schlauch des Katheters unter der Decke heraushängen und eine helle Flüssigkeit in einen Beutel am Bett laufen sehen und wurde ein weiteres Mal daran erinnert, warum er Krankenhäuser nicht ausstehen konnte.

Sander drehte langsam das Gesicht zur Decke und fixierte ihn mit dem Zyklopenauge. „Die waren nicht von Black Swan", stellte er fest.

„Sind Sie sich ganz sicher? Ihre Frau hat deren Erkennungszeichen bemerkt. Die Tätowierung eines schwarzen Schwans auf der Hand."

Sander schwieg lange und Roland überlegte, ob er gründlich nachdachte oder ob er Zeit gewinnen wollte.

„Das … das habe ich nicht gesehen. Alberte ist verletzt … sie … haben Sie mit ihr gesprochen? Wie geht es ihr? Der Arzt sagte …" Er hustete heftig und griff nach dem Wasserglas auf einem Tischchen neben dem Bett. Auf dem Tisch waren keine Blumen, aber an mehreren Stellen auf der Intensivstation verboten sie diese aufgrund von Pollen und diversen gefährlichen Aromen. Roland beeilte sich, Sander das Glas zu geben, da es außerhalb seiner Reichweite stand. Mit Mühe führte er das Glas zum Mund, während Roland es von unten stützte.

„Wir haben noch nicht mit Alberte gesprochen, aber der Arzt sagte, dass es ihr den Umständen entsprechend gut geht", sagte er, während Sander trank. Als er fertig war, stellte Roland das Glas zurück auf den Tisch, so nah an die Kante, dass Sander nächstes Mal allein rankäme. Wasser lief über sein Kinn und seine Brust, aber er schien es nicht zu bemerken.

„Aber nichts Neues von Janus?", fragte er, die aufgeplatzten Lippen zitterten.

„Es ist eine große Suche im Gang, aber es würde Ihren Kollegen helfen, wenn Sie die Entführer besser beschreiben könnten. Sie haben sie also vorher noch nie getroffen?"

„Nein, ich … ich habe sie noch nie gesehen."

Sander hatte das Auge wieder geschlossen.

„Wo kommt das Geld für Ihre USA-Reise her?", fragte Roland und fing sich einen Seitenblick von Mark ein.

„Für die USA? Was meinen Sie? Ich … ich arbeite und bekomme mein Gehalt."

„Ja, aber das war sicher eine teure Reise. Für die ganze Familie."

Sander holte mühsam Luft. Er hyperventilierte und plötzlich kam eine Krankenschwester ins Zimmer und schaute auf einen der Bildschirme neben seinem Bett.

„Jetzt ist es genug für heute, der Patient braucht Ruhe", stellte sie fest, nickte in Richtung der Tür, um ein „verschwindet" anzudeuten und maß Sanders Puls.

Mark und Roland verließen widerstrebend das Zimmer und fragten nach Station N1, wo Alberte Lindholm lag. Leider war es im Hochhaus im zehnten Stock. Roland hielt den ganzen Weg nach oben im Aufzug die Luft an. Er mochte Aufzüge nicht, die in diese Höhe fuhren, aber die Treppen zu nehmen, wäre noch schlimmer gewesen.

Alberte Lindholm sah auch aus, als ob sie schliefe, öffnete aber sofort die Augen, als sie hineinkamen. „Habt ihr ihn gefunden?", fragte auch sie sofort und machte Miene, sich im Bett aufrichten zu wollen, aber die Schmerzen hinderten sie daran. Sie war nicht so übel zugerichtet wie ihr Mann, aber die Trauer, die ihr Gesicht verzerrte, war so deutlich, dass es Roland in der Seele wehtat. Besonders, da die Hoffnung, die in ihren Augen entfacht wurde, sofort wieder zerstört wurde.

„Wir kommen nicht von der Polizei. Wir sind Ermittler der Unabhängigen Polizeibehörde", erklärte Roland und schaute mit tiefem Mitgefühl auf sie hinunter. „Die Chancen stehen gut, dass Ihrem Sohn kein Leid geschieht, wenn er als Geisel in einem Tauschhandel benutzt wird", versuchte er zu trösten. „Die Entführer wissen genau, dass sie nicht kriegen, was sie verlangen, wenn sie ihm etwas tun."

„Aber was verlangen sie?", übernahm Mark und stellte sich neben die andere Seite des Bettes.

Alberte drehte ihm verständnislos den Kopf zu. In der Haut waren Risse, aber sie hatte keine Stiche wie ihr Mann. Stattdessen überall kleine Pflaster zum Zusammenflicken.

„Ich weiß nicht, was Sie meinen.", sagte sie mit gerunzelter Stirn wie unter heftigen Schmerzen.

„Wir haben gehört, dass Sie nach dem Überfall ausgesagt haben, Sie hätten den Eindruck gehabt, dass Ihr Mann die Täter kannte und über einen Tauschhandel mit Janus sprach."

„Ich war verwirrt und übel zugerichtet, ich wusste nicht, was ich sagte. Ich kann mich gar nicht erinnern, das gesagt zu haben", murmelte sie.

„Können Sie sich auch nicht daran erinnern, gesagt zu haben, dass der, der Sie geschlagen und getreten hat, eine Tätowierung eines schwarzen Schwans auf der Hand hatte?"

Alberte nickte. „Doch, hatte er. Jedes Mal, wenn er zugeschlagen hat, habe ich sie gesehen. Hilft das, Janus zu finden?"

„Das macht es der Polizei leichter, aber wir müssen auch wissen, ob Sander sie kannte, Alberte."

Sie schaute Roland wieder an und ihre Augen wurden schmal. „Wieso? Beschuldigt ihr ihn für irgendwas? Hat er nicht genug gelitten?"

Tränen füllten ihre Augen. Roland spürte ein Ziehen im Magen. Manchmal konnte der Job ungerecht wirken. Aber wenn der Beamte etwas Kriminelles getan hatte, musste er dafür bestraft werden.

„Falls es nun helfen könnte, Ihren Sohn zu finden", versuchte er es.

Alberte kapitulierte. „Doch, es wirkte, als ob sie Sander kannten. Sie haben etwas davon gesagt, ob er glaubte, er könne einfach so davonkommen und falls nicht bald etwas passierte, dann …" Sie schloss die Augen fest und biss sich auf die Lippe, um nicht weinen zu müssen.

„Es klang also, als hätten sie ihn schon mal bedroht?"

Sie nickte.

„Wissen Sie etwas über diese Drohungen? Briefe? Anrufe?"

„Nein … nein, da war nichts, soviel ich weiß. Aber ich bin mir sicher dass die, die Sander geschlagen haben, Einwanderer waren. Jedenfalls waren sie keine Dänen."

Sie sprach immer noch mit geschlossenen Augen, als ob sie das Ganze nochmal vor sich sehen würde, auf der Rückseite ihrer Augenlider, die sich unruhig bewegten wie im Traum.

„Ihre Reise in die USA, Alberte, woher kam das Geld dafür?"

„In die USA?" Alberte öffnete die Augen und schaute an die Decke, ohne etwas zu sagen.

„Es war gemeinhin bekannt, dass Sie finanzielle Probleme hatten. Woher hatten Sie dann das Geld?", fragte Mark.

Alberte schüttelte den Kopf und sah ihn direkt an. „Sander kümmert sich um die Finanzen. Wir haben wohl das Geld genommen, das Sander als Bonus und für Überstunden bekommen hat", sagte sie mit einem müden Lächeln, als hätten sie das Ganze bloß missverstanden.

Wieder wurden sie von einem weißen Kittel in der Tür unterbrochen. „Sie müssen jetzt zur Krankengymnastik, Alberte. Der Physiotherapeut wartet", teilte der Arzt mit und warf ihnen ein reserviertes Lächeln zu. Sie verabschiedeten sich und verzogen sich in den Flur, während der Arzt der Patientin aus dem Bett half.

„Was denkst du?", fragte Mark im Aufzug auf dem Weg nach unten. Das fiel Roland leichter, er fuhr in die richtige Richtung.

„Das klingt doch nach Black Swan. Nach Harald Andersens Beschreibung ist das ja eine Bande von Rockern und Immigranten. Aber warum leugnet Sander, dass sie es waren? In welcher Klemme steckt er? Wenn er das Geld genommen hat, steht viel auf dem Spiel, aber wie weit würde er auf Kosten seines Sohnes gehen?"

„Wenn Sander etwas damit zu tun hat, hoffe ich jedenfalls, dass sein Sohn nicht darunter leiden muss. Wir müssen uns seine Finanzen anschauen. Falls es, wie Alberte meint, Bonuszahlungen und die Vergütung von Überstunden sind, wird sein Arbeitgeber das aufklären können."

8

Anker Dahl hatte angeordnet, dass auf dem Presseportal der Ostjütländischen Polizei eine Mitteilung über die Gewalttat zu Pfingsten eingestellt wurde und hatte darin deutlich darauf aufmerksam gemacht, dass sie gegenwärtig keine weiteren Informationen für die Presse hätten. Das sollte ihnen Ruhe verschaffen. Der Wachleiter hatte Bescheid bekommen, auf die Pressemitteilung zu verweisen, wenn einige Journalisten die Botschaft trotzdem nicht verstanden.

Der Tag hatte mit einem weiteren Besuch in der Rechtsmedizin begonnen. Bei der Untersuchung des mit einem Messer Ermordeten aus Fjældevænget, der als der 21-jährige Frederik Valbæk identifiziert worden war, waren von Natalie Davidsen am Hals Spuren gefunden worden, die sich als eine getreue Kopie der Spuren an Zuzanna Johansens Hals erwiesen hatten.

„Aber Erwürgen ist dieses Mal nicht die Todesursache", hatte Natalie erklärt. „Es ist ein Messerstich direkt ins Herz. Aufgrund der identischen Spuren am Hals glaube ich allerdings, dass es sich um denselben Täter handeln kann."

Sie meinte, dass der Mörder sich zuerst daran versucht hatte, Druck auf die beiden tödlichen Punkte am Hals auszuüben, aber aufgrund von Frederik Valbæks sehr muskulösem Hals sei es misslungen. Natalie schätzte, dass er Krafttraining betrieben hatte. Er war arbeitslos und hatte wohl eine Menge Zeit dafür. Sie hatte Anker Dahl ein Detail gezeigt, das für den Fund der Tatwaffe von Bedeutung sein konnte.

„Die Kriminaltechniker haben mir dabei geholfen, sie anhand der Form der Stichwunde zu bestimmen. Das könnt ihr vielleicht für irgendwas gebrauchen", meinte Natalie.

„Das hier darf nicht an die Presse oder die Öffentlichkeit gelangen, das ist unsere Trumpfkarte", hatte er gesagt, was Natalie mit einem Nicken zur Kenntnis nahm.

Er hörte, dass seine Mitarbeiter eintrafen. Sie sprachen draußen im Vorzimmer eifrig über die Erlebnisse an Pfingsten. Nur Niels

Nyborg hatte auch gearbeitet, da er der Einzige war, den Anker Dahl hatte erreichen können, als es brannte.

Die Morgenbesprechung fand um 8.00 Uhr statt. Die Thermoskannen waren bereits von der Kantine gebracht worden und standen auf seinem neuen und wesentlich größeren Konferenztisch bereit.

Er befestigte die letzten Bilder aus der Rechtsmedizin an der Tafel und erwiderte Isabellas stilles Guten Morgen. Sie hatte heute frische Brötchen dabei. Der Tüte zufolge vom Backautomaten aus der Bäckerei im Føtex. Kurz darauf kam der neue Beamte, den er im Frühjahr eingestellt hatte. Weiblich, natürlich, und mit einem anderen ethnischen Hintergrund als dänisch, selbstverständlich. Seine Vision war eine Polizei mit der gleichen Zusammensetzung wie die Bevölkerung, wenn er einmal an der Spitze stehen und bestimmen würde. Nun konnte er mit seiner eigenen Abteilung anfangen, und da ihnen Mikkel Jensen fehlte, der nie zurückkommen würde, war es naheliegend gewesen, Yazmin Karami einzustellen, die sich von Anfang an als eine effiziente und dienstwillige Beamtin gezeigt hatte. Leider bewarben sich nicht viele Neudänen bei der Polizei, was Hafid Ahmed, dem Beamten mit marokkanischen Wurzeln, zufolge der Tatsache geschuldet war, dass die Polizei bei vielen Einwanderern und deren Nachkommen ein schlechtes Image hatte und es zu schwer für sie war, durch die sehr theoretische Ausbildung zu kommen, die zudem eine gymnasiale Vorausbildung und ein makelloses polizeiliches Führungszeugnis erforderte. Yazmin hatte es auch mehrfach versucht und war bei der Polizeischule durch die ersten Aufnahmeprüfungen gefallen, aber nach Verbesserungen einiger Fertigkeiten, gelang es ihr schließlich. Es war die Art strebsamer junger Leute, die er in der Abteilung brauchte - und im Korps.

„Wie ihr an der Tafel sehen könnt, war es nicht für alle ein festliches Pfingsten“, sagte er, während sich seine Beamten an den Tisch setzten. Anker Dahl blieb stehen und schenkte sich Kaffee ein, bevor er die Kanne weitergab und sich der Tafel zuwandte.

„Zwei junge Menschen wurden ermordet und wir müssen herausfinden, ob sie irgendwie miteinander in Verbindung standen. Niels hat mit Nachbarn und Zeugen gesprochen, aber an einem Pfingsttag gab es da nicht so viel zu holen." Er nickte Niels zu.

„Nein, es gab nicht viele, die aufgemacht haben und die, mit denen ich gesprochen habe, hatten nichts gesehen oder bemerkt, da sie entweder nicht zu Hause oder einfach nicht aufmerksam gewesen waren."

„Das erste Opfer ist Zuzanna Johansen, 19 Jahre alt. Sie hat an der Universität Biologie studiert. Ihre Mutter hat sie um die Mittagszeit tot im Bett gefunden und den Hausarzt gerufen, der es zunächst für einen Herzstillstand hielt. Aufgrund der Umstände war er sich hinsichtlich der Diagnose trotzdem so unsicher, dass er einen Rechtsmediziner hinzuzog. Natalie hat herausgefunden, dass die Todesursache ein vasovagaler Schock als Folge von Druck auf zwei tödliche Punkte im Hals war. Es gibt keine Einbruchsspuren, daher wird angenommen, dass Zuzanna ihren Mörder selbst in die Wohnung ließ. Das Fenster war offen, aber die Kriminaltechniker fanden keine Spur davon, dass jemand auf diesem Weg hineingekommen ist. Nur die Katze der Ermordeten. Wir müssen sie finden. Eine weiße Hauskatze, würde ich vermuten, obwohl ich nicht besonders viel von Katzen verstehe. Ich hatte sie in den Händen, aber sie ist mir entwischt, woraufhin ich bemerkte, dass ich Blut an den Händen hatte. Ich habe es an einem Taschentuch abgewischt, keinem gebrauchtem natürlich, und es den Kriminaltechnikern gegeben. Wir warten auf das Ergebnis. Das Opfer hatte kein Blut an sich. Vielleicht stammt es von der Katze, es kann aber auch das des Mörders sein. Wenn das der Fall ist, war die Katze in der Nähe des Täters und es gibt vielleicht weitere Spuren an ihr."

Er bekam mit, dass Blicke und Lächeln ausgetauscht wurden, als er ihnen den Rücken zuwandte und die Information auf die Tafel schrieb. Selbstverständlich hatten sie die Kratzer an seinen Armen und Händen bemerkt.

„Das andere Opfer ist Frederik Valbæk. Zwei Jahre älter als Zuzanna Johansen und arbeitslos. Die Todesursache ist ein tödlicher Messerstich ins Herz, aber zuerst wurde die gleiche Tötungsmethode wie beim ersten Opfer versucht, was der Rechtsmedizinerin zufolge misslungen ist, woraufhin das Messer benutzt wurde. So ist die Reihenfolge nach ihrer Einschätzung. Der Mord soll frühmorgens stattgefunden haben, die Rechtsmedizinerin meint, so gegen drei oder vier. Beide Opfer wurden in ihren Betten gefunden. Beide lagen da, als ob sie schliefen."

„Wurden so hingelegt", schob Niels ein und Anker Dahl nickte.

„Genau. Auf den ersten Blick sahen sie nicht wie tote Menschen aus, sondern wie tief und fest schlafende. Ihrer Kleidung nach zu urteilen, waren sie bereits ins Bett gegangen, als der Täter sie besuchte.

„Was kann das über den Täter aussagen? Dass er die Opfer kennt, vielleicht? Ist es Fürsorge?", überlegte Yazmin.

„Das ist es, was wir aufklären müssen", antwortete Anker Dahl.

„Ist es ein sexuelles Motiv?", fragte Kim Ansager.

Anker Dahl und Niels schüttelten beide den Kopf.

„Nein, es gibt keinerlei Anzeichen für einen wie auch immer gearteten sexuellen Übergriff. Das Motiv ist unbekannt. Wenn die Rechtsmedizinerin recht damit hat, dass es der gleiche Täter ist, dann hat er - oder sie - zuerst Frederik Valbæk im Fjældevænget und anschließend Zuzanna Johansen in der Lundbyesgade getötet."

„Kann die Reihenfolge etwas zu bedeuten haben? Ich meine die Lage. Vielleicht kann es uns verraten, woher er kam. Vielleicht wohnt er in Aarhus West und ist ins Zentrum gefahren, um auch Zuzanna zu töten, aber wieso?" Kim bekam keine Antwort auf seine Frage.

„Zu der Zeit, zu der beide Morde stattfanden, war es ja hell. Irgendjemand muss doch irgendetwas gesehen haben", meinte Yazmin.

Anker Dahl nickte.

„Haben die Kriminaltechniker auch nichts gefunden?“, fragte Isabella. Sie war mittlerweile wieder halbwegs auf dem Damm, aber dass sie es momentan nicht leicht hatte, war deutlich an ihrem Gesicht abzulesen, das einen verhärmten Ausdruck bekommen hatte.

„Sie haben Fingerabdrücke in der Wohnung der Frau gefunden, aber die sind nicht in unserer Datenbank. Wahrscheinlich gehören sie jemandem aus der Familie, was wir erst wissen werden, sobald wir sie alle eingesammelt und abgeglichen haben. Bei Frederik Valbæk haben sie dafür eine ganze Menge gefunden, da er am Samstagabend eine Party gefeiert hat. Das Zimmer quoll über mit dreckigen Tellern, Gläsern und leeren Flaschen und jemand hatte sich im Bad übergeben. Alles wird gerade untersucht. Aber achtet auf das Detail hier.“ Er deutete mit dem Edding auf das Foto, das ihm die Rechtsmedizinerin gegeben hatte. „Das sind Details über die mutmaßliche Tatwaffe und bis auf Weiteres die einzige Spur. Aber wir müssen es innerhalb dieser vier Wände halten. Die Presse und die Öffentlichkeit dürfen nichts davon erfahren.“

„Ist es nicht auffällig, dass es die gleiche Mordmethode ist? Diese Art zu ersticken ist doch wohl nicht ganz alltäglich?“ Yazmins Blick hatte lange auf einem der Fotos mit den Spuren am Hals der Opfer verweilt.

„Nein, aber es ist eine gut geeignete Methode, wenn es wie ein Herzstillstand aussehen soll. Wenn die Rechtsmedizin nicht die Spuren von dem Druck am Hals entdeckt hätte, hätte die Tötung leicht übersehen werden können. Auf den ersten Blick haben die beiden jungen Menschen nichts miteinander zu tun, aber jetzt kümmern wir uns gründlich darum.“ Er drehte sich entschlossen von der Tafel weg und sah seine Mitarbeiter am Tisch eindringlich an. „Jetzt gehen wir alles durch. Familie, Partner, Nachbarn, Bekanntenkreis, Facebook, Freunde, Feinde, Computer und Telefone - alles - und finden heraus, ob es zwischen ihnen eine Verbindung gibt. Niels hat mit Zuzanna Johansens Eltern gesprochen und Frederik Valbæks Mutter benachrichtigt, die Frührentnerin ist."

Niels Nyborg bestätigte mit einem kurzen Nicken.

„Gibt es Fragen?", fügte Anker Dahl hinzu, legte den Stift auf den Rand des Whiteboards und setzte sich mit seinem Kaffeebecher an den Tisch.

„Wir müssen nochmal mit Zuzannas Eltern sprechen. Sie waren so aufgewühlt, dass es für mich unmöglich war, sie zu befragen. Soweit ich verstehen konnte, hatte die Mutter am Tag zuvor einen Streit mit der Tochter. Das hat sie sich jedenfalls die ganze Zeit vorgeworfen", sagte Niels und warf zwei Stück Zucker in seinen Kaffee.

„Darum kümmern wir uns zusammen, Niels. Wir müssen herausfinden, weswegen sie gestritten haben. Wir müssen auch eine Bestandsaufnahme der Aktivitäten der beiden am Samstagabend machen. Wo waren sie, mit wem haben sie sich getroffen und so weiter."

„Darum kümmern wir uns", sagte Isabella und ihr Partner Hafid Ahmed nickte.

„Was ist mit der Katze?", fragte Kim.

„Lass uns die Blutanalyse abwarten. Wenn es das der Katze ist, müssen wir keine Zeit mehr auf sie verwenden."

9
Äthiopien

Silje schwitzte. Nicht nur aufgrund der hohen Temperatur und Luftfeuchtigkeit, sondern auch wegen der Arbeit. Sie hatte geradezu gewünscht, die Regenzeit möge bald einsetzen, obwohl sie den anderen im Lager zufolge viel schlimmer war als die Hitze. Die Mücken übertrugen Malaria, die Latrinen flossen über in Überschwemmungen, Krankheiten verbreiteten sich schneller und die Kleidung brauchte länger zum Trocknen. Die anderen sagten, sie habe Glück, wenn sie sie überhaupt nicht erlebte, während sie hier war.

Samanta war seit vielen Jahren in Äthiopien und erzählte, dass die Klimaveränderung auch hier spürbar sei. Die Temperatur stieg und der Regen wurde unvorhersehbarer, was es für die Bauern schwer machte, eine gute Ernte zu erzielen. Entweder kam der Regen zu spät oder es kam unerwartet so viel Regen innerhalb kurzer Zeit, dass die Ernten zerstört und die Nährstoffe in der Erde weggespült wurden.

Aus dieser Perspektive betrachtet waren Siljes Sorgen Bagatellen, dennoch seufzte sie laut. Der Strom war wieder ausgefallen, sodass es weder Zugang zum Telefon noch zum Internet gab. Die Fliegen nervten, weil das Büro direkt neben der Latrine lag, und sie musste das Fenster offen haben, obwohl es eigentlich nicht viel brachte. Es ging überhaupt kein Wind. Die Arbeitszeit war von Montag bis Samstag mit einer oder anderthalb Stunden Mittagspause, je nachdem, wie viel es zu tun gab. Sie hatte um 17.30 Uhr Feierabend, aber die letzten paar Tage war es viel später geworden. Sie war dankbar für ihre Stirnlampe, sonst hätte sie nicht so spät arbeiten können, wenn der Strom ausfiel. Die Abrechnung, die sie im Lager erledigen sollte, lief auch nicht so leicht, gar nicht wie die, die sie in Dänemark gewohnt war. Ihr Vorgänger war wegen Krankheit überstürzt zurück nach Norwegen gereist, sodass es niemanden gab, der sie einarbeiten konnte. Im Lager waren nur noch vier Personen. Samanta, der Fahrer Alem, ein Projektkoordinator aus Frankreich und sie selbst samt drei sogenannten *delocalized staff*, Äthiopier aus anderen Teilen des Landes, die angeheuert wurden, weil es nicht genug qualifizierte Arbeitskräfte im Umkreis gab. Aber für die bereitete sie gerade die Gehaltsabrechnungen und die Papiere für ihre Abreise vor. Gleichzeitig war sie sehr müde von der Reise und den vielen neuen Eindrücken, und auch, weil sie um halb sechs morgens vom Gebetsruf der Moschee geweckt worden war, wo eine Menge unverständliche Worte über einen Lautsprecher gerufen wurden. Sie war gewarnt worden, dass es freitags am schlimmsten sei, wo mehrere Male am Tag zum Gebet gerufen wurde. Darüber hinaus hatte sie Durchfall wegen des Malaria-Medikaments - und vielleicht auch wegen der neuen Kost - sodass sie sich offen gestanden recht elend fühlte, aber versuchte, sich aufrecht zu halten.

Ihren Vater hatte sie noch nicht getroffen. Die Enttäuschung war groß gewesen, als sie beim Abendessen erfahren hatte, dass er zurzeit nicht im Lager war. Er war vor einer Woche in ein Gebiet weiter nördlich in Afrika gereist. Da hatte er manchmal etwas zu erledigen, erklärte Samanta. Es quälte Silje, schließlich war sie hergekommen, um ihn zu treffen. Aber er kam wohl zurück, hoffentlich, bevor sie selbst herumreisen musste. Sie holte den Ordner mit der Mitarbeiterkartei hervor. Schlug ihn auf der Seite auf, wo es ein Foto von ihm und eine Beschreibung seiner Qualifikationen gab. Er hatte offenbar jahrelang in Afrika gewohnt und war in der Universität der größten Stadt Tansanias, in Dar es Salaam, zum Arzt ausgebildet worden. Sie lächelte. Er sollte doch erfahren, was sie geopfert hatte, um ihn zu treffen, das musste doch auch etwas bedeuten. Konnte er wirklich auf die Idee kommen, sie zurückzuweisen? Mehrmals war sie kurz davor gewesen, Samanta zu erzählen, dass dieser hübsche, sonnengebräunte Arzt mit den azurblauen Augen und den blonden Haaren ihr Vater war. Sie war stolz darauf. Richtig stolz. Sie klappte den Ordner wieder zu und legte ihn auf den Tisch neben all die anderen mehr oder weniger verstaubten Ordner.

Es drückte in der Brust, als sie an ihren anderen Vater dachte. Sie konnte ihn nicht anders nennen. Stiefvater würde völlig verkehrt klingen. Er war kein Stellvertreter. Er hatte sie großgezogen und war während ihres gesamten Aufwachsens für sie da gewesen. Wenn sie hingefallen war und gepustet und getröstet werden musste. Am ersten Schultag. Beim ersten Liebeskummer. Als sie die Abiturientenmütze bekommen hatte. Er hatte stolz vor dem Prüfungsraum auf sie gewartet. Er hatte sie in der Kirche zum Altar geführt und sie an Tao übergeben. Er war da gewesen, als Anya geboren wurde und Silje eine postnatale Depression bekam. Er war einfach immer da gewesen und war es immer noch. Solange es dauerte. Als sie am Abend zuvor kurz miteinander telefoniert hatten, bevor der Akku ihres Handys leer war, wirkte er besorgt um sie und bat sie, schnell nach Hause zu kommen. Sie war bereit gewesen, sofort aufzubrechen, aus der unvermittelten Angst heraus, dass sie es nicht schaffen würde, ihn wiederzusehen und es überkam sie das Gefühl, dass es ihm mit ihr ebenso erging. Der Zweifel, ob sie das Richtige tat, kehrte zurück.

Sie schaute aus dem Fenster, als sie plötzlich hitzige Stimmen und lautes Rufen hörte.

„Was ist los, Samanta?", rief sie, als sie sie zusammen mit den anderen entdeckte. Sie wirkten alle sehr aufgewühlt. Samanta war offenbar nach dem Mittagessen noch nicht ins Krankenhaus zurückgekehrt.

„Hast du Assefa gesehen?", rief Samanta zurück.

„Wen?"

„Die Frau mit dem Albino-Kind. Sie ist verschwunden!"

Silje eilte nach draußen. Die Hitze traf sie wie eine Mauer und sie lief schnell in den Schatten unter dem Mangobaum, wo sich die anderen aufhielten.

„Nein, ich habe sie seit gestern nicht gesehen, als sie mit dem Kind hier saß. Ist das Kind auch verschwunden?"

„Ja, seit gestern Abend hat sie keiner mehr gesehen. Farsiris hat Fareem und seinen Opa aufgesucht, zu denen sich Assefa manchmal zu Besuch wagte, aber sie sind auch weg. Ihr Haus ist verlassen."

Samanta wirkte sehr besorgt.

„Was kann passiert sein?"

„Ich weiß es nicht, aber ich befürchte das Schlimmste. Alem ist rausgefahren, um nach ihnen zu suchen. Ich hoffe, dass nicht die Verkehrten sie gefunden haben", erwiderte Samanta.

10
Kairo, Ägypten

Das Geräusch des Auslösers der Kamera, die Sekunden, in denen die Geschehnisse festgehalten wurden - gute und schlechte-, war für sie wie der Klang eines Musikinstruments für einen Musiker. Sie zoomte auf einen kleinen Jungen, der ein bisschen abseits auf einer Treppenstufe saß.

All die Fotos, die sie in Gambella gemacht hatte, waren von hungrigen, mageren Kindern und einer Armut gewesen, die zu sehen sie kaum ertragen konnte. Sie wusste, dass sie als Reportagefotografin Dinge sehen und Tragödien erleben würde, die alles andere übertrafen. Vielleicht war das genau das, was sie gebraucht hatte. Dinge zu erleben, die halfen, ihr eigenes Leben aus der richtigen Perspektive zu sehen.

Kamilla war mit einem kleinen Flugzeug nach Kairo gekommen, zusammen mit dem ägyptischen Journalisten Abubakar, den sie in Gambella getroffen hatte. Er war in der Gegend, die sie besuchen sollte, bekannt und allmählich sowohl ein Guide als auch eine Art Übersetzer geworden. Sobald sie aus dem Taxi gestiegen waren, das sie am Flughafen genommen hatten, war er in ein örtliches Kaffeehaus hineingegangen, um ägyptischen Kaffee zu holen, den sie unbedingt probieren sollte. Währenddessen wartete sie draußen an einem Tisch, wo der Junge ihre Aufmerksamkeit weckte. Unbemerkt hatte sie die Kamera aus der Tasche gezogen. Er war ein hübscher Junge mit echten ägyptischen Zügen und im selben Alter wie Rasmus. Sie betrachtete ihn durch die Linse und senkte die Kamera langsam. Ob das Vermissen wohl jemals aufhören würde? Es war mit den Jahren ein bisschen weniger, zu einem kleinen Knoten in der Brust geworden, eingekapselt von einer harten Schale. Eine Schale, von der sie immer fürchtete, sie würde brechen, sodass das grausame Gefühl der Hoffnungslosigkeit zurückkam. Aber es gab nicht länger den Drang zu weinen. Es war, als ob sie nicht mehr weinen konnte. Es waren keine Tränen mehr da.

„Try this! You will love it!"

Abubakar stellte zwei kleine Tassen auf den Tisch, zog den Stuhl neben ihr zurück und setzte sich. Kamilla roch sofort den Kaffee und legte die Kamera zurück in die Tasche.

„Hast du nie frei?", fragte Abubakar und holte eine zerdrückte Zigarettenschachtel aus der Tasche.

Sie zog die Tasse zu sich. Der Kaffee war kohlschwarz und duftete süß. „Davon lebe ich doch, Abu. So wie du vom Schreiben."

Er nickte und murmelte etwas mit der Zigarette zwischen den Lippen und einem schiefen Lächeln, während er sie anzündete. Sein Englisch hatte einen Akzent, den sie anfangs schwer verstand, aber jetzt hatte sie gelernt, ihn zu verstehen, und allmählich kommunizierten sie ganz anständig.

Sie probierte den Kaffee. Er bekam Feuer für seine Zigarette und nahm den ersten Zug. Sein rundes, braunes Gesicht mit den schwarzen, krausen Locken und den dunklen Van Dyke-Bartstoppeln, die ihn ein bisschen schmuddelig aussehen ließen, wandte sich ihr zu. Er verschränkte die Arme auf dem Tisch und die Zigarette stand zwischen seinen Fingern ab. Von der vorgeschobenen Unterlippe pustete er Rauch aus, der vom Wind erfasst und Kamilla trotzdem ins Gesicht geweht wurde. Er behielt ihren Gesichtsausdruck mit einem schwarzen, undefinierbaren Blick im Auge.

„*Good, right?*", fragte er dann mit seinem breiten Grinsen.

Kamilla wedelte den Zigarettenrauch mit der einen Hand weg und stellte die kleine Tasse auf den Tisch. „Gut, stark - und süß", antwortete sie und schaute sich um. Hier sah es verdreckt aus, das Café musste bessere Tage gekannt haben. Die Lage war das einzig Gute, was man darüber sagen konnte, umgeben von Luxushotels und mit toller Aussicht auf den Nil mit Fähren, Motorbooten und Fischern. Es wunderte sie, dass Abubakar entschieden hatte, ihr ausgerechnet diesen Ort in Kairo zu zeigen. Als ob er ihre Gedanken lesen könnte, beugte er sich vor und flüsterte so dicht an ihrem Gesicht, dass sie den Zigarettenatem und einen Hauch von

Knoblauch roch. „Du wunderst dich sicher darüber, dass ich dich ausgerechnet hierhin mitnehme. Aber hier treffen viele Schleuser oder ihre Mittelsmänner Absprachen mit ihren Kunden."

„Ist jetzt jemand hier?", fragte sie genauso gedämpft.

Er schüttelte den Kopf und steckte wieder die Zigarette in den Mund, aber ohne zu rauchen. Sein Blick wanderte von Tisch zu Tisch, dann schüttelte er wieder den Kopf. „Noch nicht, aber die kommen. Ich kenne einen, der sich mit einem von ihnen treffen soll."

„Okay." Kamilla runzelte die Stirn, sah sich diskret um und fühlte sich elend, das war nicht gerade das, was sie sich vorgestellt hatte. *So* nah heranzukommen. „Aber das ist doch gar nicht das, was ich tun soll."

„Solltest du nicht eine Fotoserie über Bootsflüchtlinge machen?" erwiderte er.

„Doch."

„Vielleicht kannst du das Ganze mitkriegen. Direkt ab dem Moment, da sie an der Küste in die Boote steigen. "

„Das kann ich doch nicht, Abu! Wir können die doch nicht einfach raus aufs Meer segeln und ihr Leben aufs Spiel setzen lassen!"

Sie hatte die Stimme erhoben und schaute sich wieder um, aber niemand schien ihnen Beachtung zu schenken. Es waren nicht viele Gäste. Ein Paar erhob sich und ging, dann saßen nur noch an zwei Tischen Leute, im Schatten unter der Markise. Sie rauchten ebenfalls. Sie konnte die Glut der Zigaretten sehen. Einer von ihnen rauchte Wasserpfeife.

„Wovon willst du sonst Bilder machen?"

„Der Plan ist, dass ich morgen nach Lampedusa fliege, wo ich eines der Flüchtlingslager besuchen soll." Ein Mann stand auf und ging dicht an ihrem Tisch vorbei, sie schwieg, bis er verschwunden war. „Ich kann mich doch da nicht so einmischen."

„Das ist das Problem! Niemand will sich einmischen! Keiner will irgendwas mit Menschenschmugglern zu tun haben, was der Grund dafür ist, dass diese vielen unglücklichen Menschen überhaupt zu diesen gefährlichen Reisen kommen. Ihr sorgt bloß dafür, eure Grenzen zu schützen und macht das Problem noch größer“, sagte Abubakar wütend und vergaß selbst, die Stimme zu senken. „Die Schleuser finden einfach immer neue Wege und Methoden, Flüchtlinge nach Europa zu bringen. Methoden, die die Reise viel gefährlicher für sie machen. Viele weitere werden auf dem Meer sterben. Hier kann ich dir jetzt zeigen, wie es abläuft, und du findest, du kannst dich da nicht einmischen.“

Kamilla trank aus und schüttelte still den Kopf. „Ich bin nicht von der Polizei. Ich bin Fotografin, Abu. Außerdem sagst du ja, dass es nur ein Mittelsmann ist.“

Abu unterbrach sie, indem er ihr zischend bedeutete still zu sein und einen dunklen, behaarten Arm auf ihren legte. Er schaute auf etwas hinter ihr.

„Da kommen sie. Sie setzen sich dort drüben hin.“

Kamilla saß mucksmäuschenstill, als wären wilde Raubtiere angekommen und dürften sie nicht entdecken. Wie sie es eines Nachts in Gambella erlebt hatte, als die Löwen um das Lager schlichen.

„Hinter dem Fenster da ist eine Toilette.“ Abubakar nickte leicht in Richtung des Kaffeehauses. „Wenn du da reingehst, kannst du durchs Fenster Fotos machen. Die werden es nicht bemerken.“

„Nein, das kann ich nicht.“ Kamilla schwieg eine Weile und schaute zu Abubakar, der die blanken, dunklen Augen starr auf die vier Personen gerichtet hatte, die angekommen waren. Sie drehte sich halb um und sah diskret zu ihnen. „Wer sind die Schleuser?“, flüsterte sie.

„Die zwei links. Die Schleuser oder Mittelsmänner. In der Regel sind sie selbst Flüchtlinge und verdienen gutes Geld damit, Landsleuten weiter auf der Flucht zu helfen. Sie sind nur angestellt, um Kunden zu sammeln und die Boote zu füllen, und wissen nicht, wer ihr Boss ist.“

Kamilla drehte den Kopf ein bisschen weiter und schaute zum Fenster, dann stand sie auf, nahm die Fototasche über die Schulter und ging zur Toilettentür.

Es erwies sich als Fenster in der Herrentoilette, das zum Außenbereich hinausging. Kamilla zögerte und war kurz davor umzudrehen. Ein älterer Mann stand drinnen und urinierte mit dem Rücken zur Tür. Sie beeilte sich, sie wieder zu schließen. Kurz darauf ging er, ohne sie in der dunklen Ecke zu bemerken. Sie schlüpfte schnell hinein und drehte den Schlüssel um. Es roch nach Urin und WC-Stein und sie spürte die Übelkeit, während sie die Tasche öffnete und die Kamera herausnahm. Die Linse konnte auf dem Fensterbrett liegen, von wo sie zuerst eine Handvoll toter Fliegen und andere Insekten auf den Boden fegte. Sie musste das Fenster öffnen, um brauchbare Bilder machen zu können. Die Scheibe war total dreckig und die Beleuchtung auch nicht sonderlich gut. Aber das konnte man später vielleicht in der Bildbearbeitung retten.

Das Fenster klemmte, sie musste ihm einen festen Schubs geben, bevor es aufging. Sie fand die vier Männer am Tisch und stellte das Objektiv scharf. Zwei von ihnen diskutierten heftig, aber gedämpft. Als der eine von ihnen hochschaute, blitzt das eine Auge weiß auf im Halbdunkel -wie ein Glasauge, das sich gedreht hatte. Der Dritte saß schweigend da, er hatte einen Federhut auf, wie der, mit dem Indiana Jones immer herumlief. Der Vierte sah nicht gesund aus. Sie sah deutlich an seinem Gesichtsausdruck, dass er skeptisch bei dem war, was der andere erzählte. Der Mann mit dem Glasauge entfaltete eine große Karte auf dem Tisch und zeichnete mit dem Finger eine Linie von einem Punkt zu einem anderen. Sie ging davon aus, dass er der Mittelsmann war. Sie trugen alle schicke Hemden und der mit dem Hut hatte seine Lederjacke über die Stuhllehne gehängt. Sie konnte nicht sehen, was die Karte zeigte, weil sie vom Tisch angehoben und dem, der krank aussah, gereicht wurde. Sie erhaschte nur einen flüchtigen Blick darauf. Ein roter Strich war von der Küste bis Süditalien gezeichnet. Das Klicken des Auslösers klang in ihren Ohren viel zu laut. Es klang, als ob es zwischen den nackten Wänden des Pissoirs ein Echo gäbe, aber niemand schaute zum Fenster. Sie schoss eine Serie Bilder und fuhr erschrocken zusammen, als fest an die

Tür hinter ihr geklopft wurde und eine Männerstimme etwas auf Arabisch rief. Kamilla beeilte sich, die Kamera in die Tasche zu packen. Lautlos drehte sie den Schlüssel und öffnete die Tür. Der Mann draußen hatte es eilig, hineinzukommen. Zum Glück, denn er hatte nur Zeit, sie verwundert anzuschauen.

„*Sorry, wrong place*", murmelte sie und machte, dass sie raus zu Abubakar kam. Er war fertig mit der Zigarette und drückte sie im Aschenbecher aus.

„Hast du sie erwischt?", fragte er aus dem Mundwinkel, während er gleichzeitig Rauch ausblies. Er behielt immer noch den Tisch hinter ihnen im Auge und schaute sie nicht an.

„Ja, aber sicher hauptsächlich im Profil." Sie setzte sich. „Wozu kann man die Bilder eigentlich gebrauchen, wenn das nur Mittelsmänner sind?"

Abubakar sah sie mit zusammengekniffenen Augen an. „Hier startet das Ganze. Du kannst keine Serie über Bootsflüchtlinge machen, ohne auch das hier dabeizuhaben."

Kamilla schwieg eine Weile. Der Junge war von der Treppenstufe verschwunden, die Dunkelheit senkte sich langsam über Kairo und die Stimmung veränderte sich völlig. Plötzlich wünschte sie, sie wäre jetzt hier in Urlaub. Wie sie da in der lauen Abendluft saß, mit dem Duft aus dem Café, und die Lichter betrachtete, die sich im Nil spiegelten, spürte sie nichts von den Unruhen und Straßenkämpfen, die mittlerweile viele Opfer gefordert hatten und immer noch in der Stadt tobten. Erst vor wenigen Monaten war eine Journalistin während Kämpfen zwischen Anhängern der Muslimischen Bruderschaft und ägyptischen Sicherheitskräften getötet worden. Abubakar hatte ihr von seinem gefährlichen Job als kritischer Journalist erzählt und dass er manchmal um sein Leben fürchtete.

„Nein, aber das kann gefährlich werden, Abu. Die Schleuser schrecken vor nichts zurück."

„Psst. Jetzt gehen sie wieder", unterbrach Abubakar und legte wieder eine Hand auf ihren Arm. Die beiden Männer gingen dicht an ihnen vorbei. Der Mann mit dem Federhut blieb noch ein bisschen sitzen, rauchte seine Zigarette zu Ende und stand auf, während er sie ausdrückte. Dann ging er auch.

„Weiß der, den du gut kennst, worauf er sich einlässt?"

Abubakar kehrte wieder in die Gegenwart zurück. „Ja, er arbeitet bei der Zeitung. Wir haben uns zur Aufgabe gemacht herauszufinden, wer der Boss ist."

„Er arbeitet also undercover. Als Journalist. Ja, aber das ist doch gefährlich, Abu!" Sie beugte sich eindringlich zu ihm herüber. Er hatte immer noch die Hand auf ihrem Arm.

„Willst du noch Kaffee haben?", fragte er.

„Nein. Danke. Ich will wissen, was jetzt passieren soll."

Er nahm die Hand weg und kratzte sich über die Bartstoppeln. Seine Stirn glänzte vor Schweiß. Kamilla spürte auch, dass ihre Bluse durchgeweicht war und sie eine Dusche brauchte.

„Mein Kollege, Hafez, ist Syrer, er ist ins Exil geflohen, um den Todesdrohungen in seinem Heimatland zu entkommen. Er hat sich an unsere Redaktion gewandt, um Arbeit zu bekommen, und er war von großem Nutzen für uns. Er kontaktiert mich später und informiert mich, was bei dem Treffen hier besprochen wurde und was nun geschehen soll. Ich rufe dich an, wenn ich etwas weiß."

„Nein, Abu, also ich kann das hier nicht, das ist doch wahnsinnig."

„Komm, ich bringe dich zu deinem Hotel." Abubakar stand auf und nahm seine Jacke unter den Arm.

Kamilla hängte sich die Kameratasche über die Schulter und folgte ihm mit einem mulmigen Gefühl im Bauch, aber sie wusste nicht, ob es Angst oder Spannung war.

11

Roland parkte unter der Blutbuche und spürte sofort, dass etwas in seinem Zuhause verändert war. Das Erste war erfreulich, nämlich, dass Platz unter der Buche war, was bedeutete, dass das Auto seiner Schwiegereltern verschwunden war. Dafür parkte dort ein anderes Auto. Ein quietschgelber Citroën C4 Cactus. Er kannte niemanden, der einen Citroën fuhr, schon gar nicht in der Farbe. Als er mit der Einkaufstüte mit Zutaten fürs Abendessen ausstieg, bemerkte er eine unbekannte, bunte Decke, die zum Lüften aus dem Fenster von Rikkes altem Zimmer im Giebel hing und flatterte. War schon jemand eingezogen?

Nicht mal Angolo begrüßte ihn wie gewöhnlich am Ende der Treppe. Rolands Nase registrierte einen unbekannten, würzigen Duft und er hörte Stimmen aus dem ersten Stock, wo die Tür zu seinem alten Arbeitszimmer offen stand, das Irene nun für die Arbeit als Ehrenamtliche bei der Dänischen Flüchtlingshilfe in Beschlag genommen hatte.

„Bist du das, Rolando?!", ertönte ihre Stimme oben von der Treppe.

„Ja! Wo ist Angolo?"

„Rikke und Tim haben ihn mitgenommen. Marianna wollte es so gerne."

Das war neu. Tim war nie begeistert gewesen, was Haustiere in seinem Heim betraf.

„Jetzt komm hoch und begrüß Mette!"

Roland stellte die Tüte mit Einkäufen auf den Küchentisch und legte die Schweinekoteletts in den Kühlschrank. Es sah aus, als wäre Irene bereits beim Essen machen, da es in einem Topf köchelte. Das war es, was so roch, so - anders. Mette? Mit dem Namen konnte es ja kaum ein Flüchtling sein. Während er die Treppe hochhuschte, ging sein Gehirn alle Namen von Irenes Freunden und Arbeitskollegen durch. Es fand keine Mette.

Sie saß mit dem Rücken zu ihm, als er hereinkam, drehte sich aber schnell um, als Irene ihn vorstellte. Sie stand auf und gab ihm die Hand. Eine schlanke Frau mit einem einnehmenden Lächeln, blondem Pagenkopf und einer Brille mit dunklem Gestell.

„Das ist Mette Birkelund Kusk. Sie ist Vertreterin für unbegleitete, minderjährige Asylbewerber beim Dänischen Roten Kreuz, das mit der Dänischen Flüchtlingshilfe bei dem Projekt *Örtliche Gemeinschaft baut Brücken* zusammenarbeitet. Und außerdem hilft sie beim Suchdienst", erklärte Irene.

„Suchdienst? Das klingt ja fast wie mein Job", lächelte Roland und erwiderte Mettes selbstsicheren Händedruck.

„Das ist gewissermaßen vielleicht auch ein bisschen verwandt. Die Idee des Suchdienstes entstand bereits während des Krieges zwischen Dänemark und Preußen im Jahr 1864, wo man Probleme hatte, die gefallenen Soldaten zu identifizieren. Der Dienst ist die älteste Aktivität des Roten Kreuzes. Jetzt ist das Büro in Kopenhagen dabei, Rashid zu helfen, ein Familienmitglied hier in Dänemark zu finden."

„Wie alt ist ... Rashid?"

„Er ist erst 14", meinte Irene. „Er kommt aus Somalia. Seine Mutter und drei minderjährige Geschwister befinden sich in einem Flüchtlingslager in Afrika. Sein Vater ist tot."

„Er ist ganz allein hierhergekommen?!", rief Roland aus und stutzte einen Augenblick über Lärm von unten aus der Küche.

„Ja. Der arme Junge. Wir müssen versuchen, ihm einen sicheren Rahmen zu geben, während der Asylantrag geprüft wird."

„Wir?! Wohnt Rashid hier?!"

Irene nickte mit einer Miene, als handele es sich um eines der Enkelkinder. „Er kommt morgen vom Asylzentrum. Mette hat die Unterlagen mitgebracht."

„Aber sollte er dann nicht bei ihr wohnen?" Er deutete auf Mette und zirkulierte mit der Hand in der Luft. Sie lächelte wieder.

„Nein, ich soll ihm nur mit diversen Papieren helfen und an den Treffen mit der Ausländerberatung teilnehmen, während der Asylantrag geprüft wird. Der Suchdienst wird auch versuchen, seine Mutter im Flüchtlingslager in Afrika zu finden, damit sie Bescheid bekommen kann, dass ihr Sohn in Sicherheit ist. Das wird das Schwerste. Aber sie macht sich sicher große Sorgen um ihn. Und dann müssen wir das andere Familienmitglied finden. Rashid soll einen Cousin hier in Dänemark haben, aber wir hatten bisher noch kein Glück, ihn zu finden."

„Und dann zieht er zu ihm - seinem Cousin - wenn Sie ihn finden?" Roland konnte selbst hören, dass sein Tonfall viel zu flehend war. Er hatte nicht im Traum daran gedacht, dass sie wieder einen Teenager im Haus haben würden, schon gar nicht einen somalischen Jungen, mit dem er vielleicht nicht mal reden konnte. Er erinnerte sich deutlich an die Herausforderung, als Salvatore eine Zeitlang bei ihnen gewohnt hatte. Obwohl es Familie war. Mit ihm konnte Irene auch nicht richtig kommunizieren, weil er aus Neapel stammte. Ob sie vergessen hatte, wie schwer das gewesen war? Und nun handelte es sich darüber hinaus um einen Teenager aus einer anderen Kultur.

„Das kommt darauf an, ob der Cousin und seine Verhältnisse dafür gutgeheißen werden, aber das hoffen wir natürlich, da es das Beste für Rashid wäre", sagte Mette und setzte sich wieder. „Er hat, seit er vor einem halben Jahr nach Dänemark gekommen ist, im Asylzentrum mit speziell ausgebildetem Personal gewohnt, er erfüllt also die Bedingungen, in eine andere und für ein Kind geeignetere Unterkunft zu ziehen. Für Kinder gelten nämlich dieselben Regeln wie für erwachsene Asylbewerber, aber natürlich sind sie eine besonders verletzliche Gruppe, sodass die Anträge so schnell wie möglich bearbeitet werden."

Roland schaute Irene hinter Mette Birkelunds Rücken eindringlich an.

„Aber hätte er es dann im Asylzentrum nicht besser? Mit speziell ausgebildetem Personal und vielleicht anderen in seinem Alter, mit denen er reden kann?"

„Mach dir keine Sorgen, Rolando. Deswegen hat Mette dafür gesorgt, dass Amaal, ein anderer somalischer Junge, mit dem Rashid im Asylheim gut zurechtkommt, mit ihm hier einzieht, sodass er Gleichaltrige nicht vermissen wird", beruhigte Irene.

Roland hörte wieder Lärm aus der Küche und war beunruhigt, dass der Deckel klapperte, weil der Inhalt im Topf gleich überkochen würde. Irene schien sich nicht darum kümmern zu wollen. Er eilte die Treppe hinunter. In der Küche stand ein dunkelhaariger Mann mit dem Rücken zu ihm und rührte in der Grütze.

Er trug Rolands Bademantel. Der, den er morgens benutzte, wenn er im Meer gebadet hatte. Selbst im Winter. Roland sprintete die Treppe wieder rauf.

„Irene, wer ist das in der Küche in meinem Bademantel?"

Sie schaute von den Papieren auf. „Das ist Zaid, er ist Syrer und er hat darauf bestanden, heute das Abendessen zu machen."

„Und - Zaid wohnt also auch hier bei uns", schlussfolgerte Roland zögernd.

„Ja, er wohnt in Rikkes altem Zimmer."

„Und gibt es noch andere Bewohner, von denen ich etwas wissen sollte?" Er gab sich Mühe, nicht unwillig und widerspenstig zu klingen.

Irene setzte die Brille ab, schaute ihn an und lächelte, als sei er mit einer schönen Überraschung gekommen. „Khaled, er ist Afghane, zieht morgen in Olivias Zimmer ein."

„Okay, aber dann können wir doch wohl nicht noch mehr sein? Wohnen die beiden Jungs im Keller?"

Irene nickte, setzte die Brille wieder auf und setzte ihre Lektüre fort. Mette legte einen weiteren Bogen vor sie.

„Ihr habt doch eine Menge Platz", sagte sie.

„Zu viel Platz nur für uns beide", pflichtete Irene ihr bei. „Zaid spricht ausgezeichnet Englisch, also geh einfach runter und hilf ihm mit dem Abendessen."

Roland hatte sich auf Kotelettpfanne gefreut, wofür er eingekauft hatte und den guten Rotwein, den er dann aus dem Keller hatte holen wollen, aber das ging wohl nicht mit einem Moslem im Haus, der sowohl Schwein als auch Alkohol für unrein und Satans Werk hielt. Die Ecke, in der sonst Angolos Körbchen stand, sah leer aus, und plötzlich vermisste er es, eine Runde mit dem Hund gehen zu können. Ungestört ein bisschen an die frische Luft zu kommen und die Gedanken zu sortieren.

Zaid sprach tatsächlich wirklich ausgezeichnet Englisch. Als Mette Birkelund Kusk endlich ging und Irene zu ihnen in die Küche kam, hatte Roland das Rezept für *Shurbat Addes* gelernt, eine bei den Syrern beliebte Linsensuppe. Kein Schwein, tatsächlich überhaupt gar kein Fleisch, nur rote Linsen und jede Menge Kräuter.

Bei Tisch erzählte Zaid, der sich umgezogen hatte, von seiner Flucht aus Syrien, weil er nicht kämpfen wollte, man aber dazu gezwungen wird. Er hatte einen Brief von der Regierung erhalten, dass er für Assads Heer kämpfen sollte.

„Hier in Dänemark haben wir auch Wehrdienstverweigerer", meinte Irene.

Zaid erklärte, dass er in Syrien getötet werden würde, wenn er verweigerte. Er hatte die Ersparnisse der Familie darauf verwendet, den LKW-Fahrer zu bezahlen, der ihn in die Türkei gefahren hatte. Der Fahrer hatte unterwegs weitere Menschen aufgesammelt und sie hatten über zehn Stunden zusammengepfercht auf der Ladefläche unter einer Plane gesessen. Darunter waren auch Kinder gewesen. Sie hatten geweint und waren hungrig und er verstand selbst nicht, wie sie die Tour geschafft hatten, ohne gestoppt und kontrolliert zu werden.

„Zum Glück waren meine eigenen drei Kinder und meine Frau nicht mit", fügte er mit einem wehmütigen Lächeln hinzu.

In Istanbul hatte ihn der Fahrer ans Aksaray-Viertel verwiesen, wo er einen anderen Schleuser traf, der ihm und einigen anderen weiter nach Griechenland half. Die Schleuser rieten ihnen, nach Schweden oder Dänemark zu gehen. Sie hatten mehrere Tage in einem schmuddeligen Hotelzimmer gewartet und waren kurz davor gewesen, den Mut zu verlieren.

„Dann hast du deine Frau und deine drei Kinder in Syrien zurückgelassen?", fragte Roland ungläubig.

Zaid nickte, Tränen stiegen ihm in die Augen. „Ja, sie sind immer noch in Damaskus. Er wäre viel zu gefährlich gewesen, sie mit auf die Reise zu nehmen. Aber es geht ihnen gut. Ich rufe sie jeden Abend an. Der Schleuser sagte, dass mein Fall hier schnell behandelt werden würde und es einfach sei, eine Familienzusammenführung zu erwirken." Er holte ein Handy aus der Tasche und zeigte ihnen ein Foto seiner Familie.

Irene nahm das Telefon und betrachtete das Bild liebevoll. „Ich bin mir sicher, dass du deine Familie hierherbekommst, Zaid. Du hast es genau richtig gemacht, als du angekommen bist und dich bei der Polizei gemeldet hast, um Asyl zu bekommen. Ich glaube, dass du auf jeden Fall mindestens eine vorübergehende Aufenthaltsgenehmigung erhalten wirst. Die Ausländerbehörde arbeitet an dem Fall und ich werde dir dabei helfen, auf dem Laufenden zu bleiben", beruhigte sie ihn und gab ihm das Telefon zurück. Sie nahm sich noch Suppe. Roland nahm sich ebenfalls eine weitere Portion. Sie schmeckte schon ganz gut, aber trotzdem ärgerte es ihn, dass die Koteletts im Kühlschrank lagen und der Rotwein im Keller.

„Vorübergehend? Ich will nicht zurück nach Syrien", rief Zaid heftig. „Meine Familie und ich haben hier in Dänemark viel bessere Möglichkeiten. Ich will Dänisch lernen und arbeiten. Es ist egal, was ich machen muss."

„Aber die Politiker sprechen doch gerade von Verschärfungen. Vielleicht dauert das mit der Familienzusammenführung längere Zeit. Wenn sie es durchgesetzt bekommen, kann ein Jahr vergehen, bis deine Familie hierherkommen kann", informierte Roland.

Zaids Gesicht veränderte sich. „Dann reise ich heim!", legte er fest. „Ich kann nicht ohne meine Familie sein!"

Irene schaute Roland vorwurfsvoll an.

„Das glaube ich aber nicht, Rolando. Das widerspricht doch der Menschenrechtskonvention."

Zaid lächelte erleichtert und wollte aufstehen, aber Irene verbot ihm zu helfen, da er ja schon Essen gemacht hatte. Offenbar neue Regeln in der Küche, dachte Roland. Er war nie um die Arbeit drum herumgekommen, selbst wenn er Essen gemacht hatte. Zaid bedankte sich, zog sich zurück, um seine Familie anzurufen und sie zu beruhigen.

„Er ist doch ein richtig netter Kerl", meinte Irene, als Roland ihr die Teller reichte, die sie in die Spülmaschine stellte.

„Zweifelsohne. Er ist ein feiner Kerl, aber glaubst du denn, er kommt mit den Jungs aus Somalia zurecht?"

„Rolando, jetzt kling nicht wie meine Mutter! Es war auch nicht schön von dir, über die neuen Regelungen zu sprechen. Ich glaube nicht, dass die Regierung sie umsetzt."

Wie Dagny klingen! Das würde ihm nicht im Traum einfallen, aber es war doch ein echtes Problem. Selbstverständlich musste er davon ausgehen, dass die Dänische Flüchtlingshilfe und die Gemeinde wussten, wen sie zusammenbringen konnten ohne einen privaten Religionskrieg zu entfachen.

„Nächstes Jahr ist Wahl. Wer weiß, was dann passieren kann", warnte er dennoch.

„Lass uns nicht darüber reden, Rolando."

„Nein, ich will gerade auch am liebsten zusammen mit Angolo meinen Abendspaziergang machen. Wann kommt er wieder heim?"

„Es wäre nicht so gut, wenn er jetzt hier wäre. Rikke und Tim haben versprochen, sich um ihn zu kümmern, bis wir wieder Platz haben."

„Platz? Platz für Angolo?" Roland ließ beinahe den Topf fallen, den er gerade abspülte.

„Solange wir Gäste haben, die keine Hunde mögen, ist es am besten, wenn er bei ihnen ist. Da hat er es doch gut. Marianna liebt ihn und du kannst doch auch problemlos ohne den Hund spazieren gehen."

„Dann wurde Angolo also wegen denen weggeschickt?" „Er wurde doch nicht weggeschickt. Wenn sie abreisen, kommt er nach Hause."

„Müssen sich sonst nicht immer die Gäste den Hausregeln unterordnen?"

„Man soll andere Menschen respektieren." Irene trocknete die Hände an der Schürze ab, schaute ihn aber nicht an.

„Genau!", entgegnete er und schielte zu der Treppe, wo er arabisch klingende Musik hörte. „Sollten die sich nicht integrieren und wie wir leben? Sagte er nicht, das sei das, was er wolle?"

„Du warst selbst mal fremd in einem neuen Land, Rolando. Du musst doch wissen, wie das ist."

„Ich war doch erst vier, als ich nach Dänemark kam. Aber ich erinnere mich nicht, dass meine Mutter etwas anderes getan hätte als sich anzupassen und mich dazu zu erziehen, dänisch zu sein."

„Lass uns über etwas anderes sprechen, Rolando. Wie war es bei *deiner* Arbeit? Haben sie den armen, kleinen Jungen auf Fünen gefunden?"

„Du vergisst immer, dass ich nicht mehr bei der Polizei arbeite, Irene. Ich weiß nicht, ob sie den Jungen gefunden haben. Ich soll herausfinden, ob sein Vater die Entführer möglicherweise kennt, da einiges darauf hindeutet."

„Das weiß ich doch, mein Schatz. Aber deswegen könnte es doch trotzdem sein, dass du weißt, wie es lief. "

Sie wurde von der Klingel unterbrochen. Durch das Fenster sah er in der Einfahrt ein weißes Auto mit dem gelb-blauen GLS-Logo. Irene unterhielt sich mit dem Fahrer und brachte ihn dazu, die Lieferung hineinzuschleppen. Roland knallte die Tür der Spülmaschine zu und schaltete sie an.

„Was war das, Irene?"

„Die Gebetsteppiche."

„Was?"

„Gebetsteppiche für Zaid, Rashid und Amaal. Sie wurden vom Asylzentrum geliefert."

12

Die Familie Johansen wohnte in einer Mietwohnung mit vier Zimmern in der Hans-Schourups-Straße, weniger als zehn Minuten von ihrer Tochter in der Lundbyesgade entfernt. Keiner von ihnen hatte die Energie aufgebracht, Kaffee zu machen oder aufzuräumen, bevor sie Besuch von der Polizei bekamen. Anscheinend fehlte die

Energie auch für alles andere. Es sah aus, als wäre die Zeit für sie stehen geblieben, als ihre Tochter starb. Sie saßen in fester Umarmung auf dem Sofa, als hätten sie sich gerade getröstet. Minna Johansens blasses Gesicht war vom Weinen verzerrt und Bent Johansens Augen waren rot hinter der viereckigen Brille, die an die erinnerte, die Robin aufhatte, wenn er im Fernsehen 3D-Filme guckte.

Anker Dahl wusste genau, dass es die Wunden immer wieder aufriss, wenn die Polizei auftauchte und die Hinterbliebenen zwang, über den Verstorbenen zu sprechen und sich an Details zu erinnern. Er wusste es sowohl aus professioneller als auch persönlicher Erfahrung. Die Küche quoll über von benutzten Töpfen, Tellern und Gläsern, die gestapelt waren, obwohl es eine Spülmaschine gab. Dafür war das Paar eigentlich nicht der Typ. So etwas konnte man Leuten ansehen, meinte Anker Dahl. Nur das junge Mädchen im gleichen Alter wie Zuzanna, das ihnen die Tür öffnete, fragte sie, ob sie irgendetwas haben wollten. Er erfuhr schnell, dass es eine Schwester der Ermordeten war. Ihr Name war Viola. Sie lehnten ab, da sie gerade reichlich Kaffee im Polizeipräsidium bekommen hatten und nichts brauchten. Anker Dahl setzte sich in den Sessel dem Paar gegenüber, Niels Nyborg in den daneben. Anker ließ Niels den Vortritt, da er schon mal mit den beiden gesprochen hatte.

„Wir sind dabei, Zuzannas Samstagabend und -nacht nachzuvollziehen und müssen mehr über ihren Bekanntenkreis wissen", sagte er eindringlich, nachdem er ihnen ein weiteres Mal zu ihrem Verlust kondoliert hatte. „Hatte sie eine beste Freundin, mit der wir sprechen können oder einen Freund?"

Minna Johansen schüttelte den Kopf, ihre Faust umklammerte ein Taschentuch vor dem Mund.

„Nein, niemand Festes … jedenfalls niemanden, den wir kannten", präzisierte Bent ruhig und legte den Arm um die Schulter seiner Frau.

Anker Dahl betrachtete die Fotografien in den Aluminiumrahmen an der Wand hinter ihnen. Vier kleine, quadratische Rahmen in gleich großem Abstand zueinander in einer geraden Reihe. Die beiden Mädchen sahen aus wie Zwillinge. Sie hatten die Züge ihrer Mutter. Ihre schmale, gerade Nase und hohe Wangenknochen. Er schaute zu Viola, die sich an den Türrahmen zur Küche lehnte, als ob sie auf dem Sprung wäre, bereit, falls sie es sich anders überlegen und doch einen Kaffee haben wollten. Es konnte auch lange dauern, die Kaffeemaschine auszugraben, dachte er und freute sich darüber, dass Ann-Marie dafür sorgte, dass es bei ihnen Zuhause nie so aussah. Nicht mal in Krisen, denn wenn jemand so etwas auch kannte, dann seine Familie.

„Wart ihr am Samstagabend zusammen?", fragte er das Mädchen.

Sie nickte und die Unterlippe bebte leicht. Sie trug kein Make-up, was bei Mädchen in diesem Alter mittlerweile ein seltener Anblick war. Vielleicht war es auch nur den Umständen geschuldet.

„Wir waren in der Stadt unterwegs und haben Pfingstsamstag gefeiert."

„Ist etwas Ungewöhnliches passiert? Habt ihr jemanden getroffen?"

„Eine Menge", ein kleines Lächeln huschte über ihre wohlgeformten Lippen, verschwand aber schnell wieder. Anker Dahl versuchte zu beurteilen, ob sie schnodderig war. Sie wirkte wie ein mürrischer Teenager, dessen Eltern es sicher schwer hatten, ihn zu kontrollieren. Vielleicht war die andere Tochter auch so gewesen.

„Wir haben viele aus der Uni getroffen. Zuzanna studiert ... studierte Biologie und ich studiere Soziologie."

„Ist Ihre Schwester mit jemandem heimgegangen?"

„Das weiß ich nicht. Ich bin weiter in der Stadt unterwegs gewesen mit einer Freundin. Ich weiß nicht, wann Zuzanna heimgefahren ist. Nur weil wir Zwillinge sind, müssen wir noch lange nicht immer das Gleiche machen."

Sie waren also Zwillinge. Er hörte eine Irritation in ihrer Stimme, als ob ihr das vorgeworfen worden war. Vielleicht war sie die Erstgeborene, und ihr war größere Verantwortung auferlegt worden.

„Aber …“ Viola biss sich leicht auf die Unterlippe, „es war irgendwas mit ihrem Handy. Sie hat die ganze Zeit draufgestiert, als ob sie einen Anruf erwartete. Vielleicht war es bloß Facebook“, tat sie es ab.

„Sie wissen also nicht, von wem dieser Anruf gekommen sein könnte?“

„Nein, ich habe nicht gefragt. Wir lebten ja jeder unser eigenes Leben.“

„Wohnen Sie zu Hause?“, fragte Niels.

Viola sah ihn beinahe beleidigt an. „Natürlich nicht. Ich wohne im Parkstudentenwohnheim.“

„Im Universitätspark?“

Sie nickte.

„Warum hat Zuzanna das nicht auch gemacht?“, wollte Niels wissen.

Viola zuckte die Schultern, antwortete aber dennoch, dass ihrer Schwester das Zimmer zu klein gewesen war und dann war auch noch das mit ihrer Katze; man durfte im Wohnheim keine Haustiere halten.

„Wissen Sie übrigens, wo sich die Katze jetzt aufhält?“ Anker Dahl beugte sich vor und schaute wieder zu dem Paar auf dem Sofa. Er saß nicht besonders gut in dem Sessel. Er fiel darin mit seinem langen Körper und Beinen viel zu weit zurück und konnte sehen, dass Niels das gleiche Problem hatte.

„Viola hat nach ihr gesucht und hat sie vor dem Fenster in der Lundbyesgade gefunden an dem Abend. Sie ist jetzt hier bei uns, wieso?“, fragte Bent Johansen verwundert.

„Es ist möglich, dass die Katze Kontakt mit dem Täter hatte und vielleicht können die Techniker wichtige Spuren an ihr finden.“

„Das können sie nicht!“, behauptete Viola heftig. „Kitto ist Fremden gegenüber sehr scheu und wäre abgehauen.“

„Vielleicht ist es kein Fremder“, unterbrach Anker Dahl. Sie schwieg und schaute ihn betroffen an. Der gleiche Ausdruck, der in Robins Augen trat, wenn er mit ihm schimpfte. Seine

Eingeweide zogen sich zusammen. Sein Sohn hatte es schwer. Er war von den Ereignissen des letzten Jahres gezeichnet, aber glücklicherweise kannte er nicht die ganze Wahrheit über die Verhaftung seines Großvaters. Die durfte er nie erfahren. Es würde ihn zerstören.

„Meinen Sie, dass jemand …“ Minna Johansen blinzelte und schluckte, „dass jemand, den wir kennen, Zuzanna etwas zuleide getan hat?“

„Solange wir kein Motiv und keinen Täter haben, müssen wir alle als mögliche Täter betrachten.“

„Selbst uns?!“, rief Bent aufgebracht.

„Haben Sie ein Alibi für Samstagnacht?“, unterstützte Niels.

„Ja, wir waren bei Minnas Eltern in Risskov zum Essen. Das können Sie sie selbst fragen …!“ Bent Johansen zog seine Frau tröstend noch näher an sich, als sie wieder zu schluchzen anfing.

Niels notierte auf seinen Block. „Das werden wir“, versprach er. „Wie lautet die Adresse?“

Bent Johansen gab sie zögernd heraus. Die Telefonnummer musste von Minna diktiert werden, da er sich nicht an sie erinnerte.

Niels stand auf und ging aus dem Wohnzimmer, um den Anruf zu tätigen.

„Worüber haben Sie sich mit Zuzanna gestritten?“, fragte Anker Dahl weiter und versuchte Minna Johansens Blick aufzufangen. Er bemerkte, dass Viola ihrer Mutter schnell einen fragenden Blick zuwarf. Offenbar wusste sie nichts davon.

„Das war nichts … das Übliche“, murmelte Minna und schaute zuerst schnell zu ihrer Tochter, danach auf ihre Hände im Schoß. Sie war Sprechstundenhilfe und Anker Dahl wunderte sich darüber, dass sie mit diesen langen Nägeln auf einer Tastatur schreiben konnte.

„Das Übliche?“

„Ja. Die Katze. Zuzanna wollte verreisen und lange wegbleiben. Wir sollten währenddessen auf sie aufpassen, aber wir wollen … wir wollten selbst in Urlaub fahren.“

„Wo wollte sie hin?" Anker Dahl schaute nun zu dem Mann.

„Ich weiß es nicht. Meine Frau war diejenige, die …"

Er drückte wieder ihre Schulter.

„Irgendwo in den Süden, ich kann mich nicht erinnern wo, aber es war nur das. Wir konnten die Katze nicht nehmen und darüber wurde sie sehr wütend. Hätte ich doch nicht mit ihr geschimpft." Sie weinte wieder und verbarg das Gesicht am Hals ihres Mannes, als er sie an sich zog.

„Warum habt ihr nichts gesagt? Ich hätte mich doch problemlos um Kitto kümmern können", sagte Viola leise und sah aus, als ob auch sie bald in Tränen ausbrechen würde. Niemand antwortete ihr. Sie starrte auf den Teppich und wischte sich die Augen.

Niels kam zurück und nickte Anker Dahl diskret zu. Die Eltern hatten ein Alibi.

„Aber Sie wollten sich doch am Sonntag mit ihr treffen, nicht? Dachten Sie nicht erst, sie schliefe und sind dann wieder gegangen?", fragte Niels behutsam.

Minna nickte mehrfach, wie um die Richtigkeit dessen zu unterstreichen.

„Doch, ich hatte ihr eine SMS geschickt, ob wir uns nicht zum Mittagessen treffen und darüber sprechen sollten. Sie antwortete bloß mit *Ok*, ohne Smiley. Sonst macht sie immer eins." Sie schniefte.

„Wann war das?"

„Gegen 19 Uhr. Nachdem wir gegessen hatten auf jeden Fall. Mir ging es so schlecht damit, dass wir uns gestritten hatten."

„Wann seid ihr zu der Party gefahren?", fragte er Viola, die sofort den Blick vom Teppich hob und ihm in die Augen sah.

„Ähm, das war später. Wir waren erst viel später los."

Dann war es also nicht diese SMS gewesen, die Zuzanna interessiert hatte. Oberste Priorität, wenn er zum Polizeipräsidium zurückkam, war herauszufinden, ob sie damit fertig waren, ihr Handy zu untersuchen.

„Sagt Ihnen der Name Frederik Valbæk etwas?", fragte er.

Minna und Bent Johansen verneinten wieder sofort mit einem Kopfschütteln.

„Der, über den sie bei Facebook reden? Der, der auch- tot ist?", fragte Viola mit Entsetzen im Blick, den sie auf ihn richtete.

Nun sahen Minna und Bent ihn ebenfalls an und er musste weiter ausholen.

„Ja, wir untersuchen, ob sie sich vielleicht kannten."

„Warum?", wollte Minna wissen und drückte fest die Hand ihres Mannes, die auf ihrem Schoß lag.

„Routine. Das machen wir immer, wenn wir mehrere verdächtige Todesfälle zur gleichen Zeit haben", erklärte er widerstrebend. Es hatte keinen Zweck zu verraten, dass es derselbe Täter sein könnte.

„Sie waren fast gleich alt, vielleicht sind sie zusammen zur Schule gegangen, gemeinsame Freunde, dieselben Hobbys oder so etwas", schlug er vor.

„Das bezweifele ich. Die Mädchen sind in Aalborg zur Schule gegangen, wo wir herkommen. Wir sind erst nach Aarhus gezogen, als sie mit der Schule fertig waren", erklärte Bent.

„Okay." Anker Dahl stand auf. Die Knie hatten beinahe einen Krampf davon, in diesen niedrigen, tiefen Sessel gequetscht gewesen zu sein. Niels kam ebenfalls recht mühsam wieder auf die Beine.

„Danke für Ihre Hilfe. Wir kommen auf Sie zurück, wenn wir weitere Fragen haben und bitten Sie auch, uns zu kontaktieren, wenn Ihnen noch etwas einfällt." Er legte seine Visitenkarte auf den Tisch.

Viola begleitete sie in den Flur und Anker Dahl wich erschrocken zurück, als etwas aus der Küche geschossen kam, über das er beinahe gestolpert wäre. Es war die Katze. Viola schnappte sie und drückte sie an sich. Sie starrte Anker Dahl mit großen, geweiteten Pupillen und der Andeutung eines Fauchens an.

„Da können Sie sehen, wie viel Angst er vor Fremden hat", sagte Viola und drückte den widerspenstigen Kater an sich.

Merkwürdigerweise kratzte er sie nicht, sondern starrte bloß ihn aggressiv an, als könnte er sich an den Tritt von ihrer ersten Begegnung erinnern.

„Wir müssen darauf bestehen, dass die Katze von den Kriminaltechnikern untersucht wird", beschloss er.

„Da würde Kitto nie mitmachen. Das wäre auch vergebens. Er … er hat genug durchgemacht, war ganz verwahrlost und schmutzig, als ich ihn gefunden habe. Ich musste ihn baden", sagte Viola und ließ den Kater los, der mit den Hinterbeinen zappelte und sich wie ein Aal in ihren Armen wand. Er flitzte ins Wohnzimmer und unters Sofa. Anker bemerkte, dass er nicht mehr dreckig war.

„Eine Katze waschen, glaub's der Teufel, dass die scheu ist", meinte Niels, als sie im Auto saßen. „Da sind vielleicht wichtige Spuren flöten gegangen."

„Wir müssen sehen, was die Blutanalyse ergibt."

Niels war den Rest des Weges schweigsam. Als sie ins Parkhaus des Präsidiums fuhren, schüttelte er den Kopf. „Irgendwas verschweigen die uns", murmelte er.

Anker Dahl öffnete die Autotür und stieg aus. Er hatte das gleiche Gefühl.

Isabella und Hafid waren zurückgekommen und warteten auf ihn. Sie waren sowohl im Viertel rund um die Lundbyesgade als auch dem Fjældevænget gewesen. Isabella war eifrig, als sie ihm die Ergebnisse ihrer Nachforschungen mitteilte. Sie hatte die dänischen Bewohner befragt, Hafid die mit einem anderen ethnischen Hintergrund.

„Die Nachbarn haben erzählt, dass den ganzen Abend Lärm bei Frederik Valbæk gewesen sei. Einer von ihnen war drüben, um sich zu beschweren und darum zu bitten, die Musik leiser zu drehen, aber das brachte nichts. Deswegen hatte auch niemand darauf reagiert, dass Lärm aus der Wohnung kam, einige Zeit nachdem sie gesehen hatten, dass die Gäste sukzessive gingen." Isabella guckte zu Hafid und forderte ihn mit einem Nicken auf, weiterzumachen.

„Ja, einer, mit dem ich gesprochen habe, war beinah mit jemandem zusammengestoßen, der das Treppenhaus kurz nach vier an dem Morgen verlassen hat, als er selbst aus der Stadt heimkam. Es war niemand, den er aus dem Haus kannte, und er behauptet, ansonsten alle dort zu kennen. Er wirkte merkwürdig, schaute zu Boden und schubste den Bewohner fast, um schnell rauszukommen, als sie sich in der Tür kreuzten."

Anker Dahl hörte interessiert zu. „Konnte er eine Personenbeschreibung geben?"

„Keine maßgebliche. Mittelgroß, trug Jeans, meinte er, aber sonst sei das Gesicht von der Kapuze eines grauen Kapuzenpullovers verdeckt gewesen. Er meinte, es sei ein Logo auf den Rücken gestickt gewesen, er habe es aber nicht sehen können."

„Zu Fuß?"

„Vielleicht hatte er irgendwo ein Fahrzeug geparkt. Der Zeuge hat es nicht gesehen. Niemand in der Lundbyesgade erinnert sich, etwas Verdächtiges gesehen zu haben."

„Vielleicht fällt ihnen etwas ein, wenn wir nach dem hier suchen. Müssen wir damit nicht an die Presse gehen?", fragte Isabella.

Anker Dahl nickte, obwohl er Journalisten nicht ausstehen konnte. Das war das Schlimmste an seiner Ernennung zum Vizepolizeidirektor, dass sie nun seine verfluchte Verantwortung geworden waren.

13

Anne Larsen hatte die Pressemitteilung der Ostjütländischen Polizei gelesen und ärgerte sich darüber, Anker Dahl nicht härter zugesetzt zu haben. Sie würde sich nicht mit einer Pressemitteilung auf einem Computerbildschirm abspeisen lassen. Immerhin räumten sie ein, dass die Rede von zwei Morden war, aber über den in der Lundbyesgade gab es nicht viele Informationen. Sie klickte auf das Nachrichtenportal von Media House Denmark, um zu sehen, ob sie dort etwas in Erfahrung bringen konnte, was sie nicht wusste, aber seit dem letzten Mal hatte sich auch da nichts getan. Sie holte Kaffee am Automaten und setzte sich wieder. Wie sie doch Roland Benito vermisste, ihn hätte sie einfach im Polizeipräsidium anrufen können, hätte weitergemacht, bis er schließlich eingewilligt hätte, ans Telefon zu gehen, aber Anker Dahl weigerte sich kategorisch, mit ihr zu sprechen. Sie lehnte sich auf dem Stuhl zurück und las ihren Beitrag für die Sendung durch. Das war ja nicht gerade der Brüller.

„Arbeitest du immer noch an dem Mordfall?", fragte Flash hinter ihrem Stuhl.

„Mmm", antworte sie, ohne aufzusehen. „Aber es gibt nicht viel zu berichten."

„Kannst du dann nicht mit mir zu dieser neuen Verbrennungsanlage in Hov kommen? Die feiern heute Einweihung und es gibt einen großen Aufstand, Demonstrationen und Proteste in der Stadt."

Anne schaute den Kameramann ein wenig irritiert an. Das war ja nicht gerade Kriminalstoff, auch wenn es natürlich so klang, als könnte es dazu werden. „Ist Noa Marie nicht an der Sache dran?"

„Doch, aber sie ist noch nicht von der Berichterstattung über das Event beim Graceland in Randers zurück. Sie stehen wegen eines Unfalls auf der Autobahn im Stau."

„Du siehst ja auch ein bisschen gestresst aus, Flash", zog Anne ihn auf.

„Bin ich auch. Wenn wir es zu der Demo schaffen wollen, müssen wir jetzt fahren."

Anne stand auf, nahm entschlossen ihre Jacke von der Stuhllehne, und zog sie an. „Es ist doch wohl nicht Noa Marie, die verunglückt ist?"

„Nein, Gott sei Dank nicht, aber sie macht natürlich eine Reportage daraus." Flash unterdrückte ein kleines Grinsen. „Soweit ich weiß, hatte ein osteuropäischer LKW-Fahrer einen Unfall und der LKW blockiert eine Spur auf der E45. Der Mann spricht kein Dänisch, hat

Noa Marie berichtet. Der Besitzer der LKW-Firma hat eigentlich in einer früheren Sendung hier auf TV2 bestritten, ausländische Fahrer zu beschäftigen, daher ist das direkt ein Thema für sie."

Anne grinste ebenfalls und leerte den Kaffeebecher. Ja, dann war Noa Marie gut beschäftigt, das mit ausländischen Arbeitskräften war gerade Wasser auf ihre Mühlen.

„Willst du nicht doch, Anne?", fragte der Kameramann und sah sie bittend mit feuchten Hundeaugen an.

„Schon okay, Flash. Ich komme mit diesen Mordfällen hier eh nicht weiter, bis der Vizepolizeidirektor Tacheles redet."

Anne folgte Flash, der zum Aufzug schlenderte, der nach unten ins Parkhaus führte. Einmal hatte es einen Diebstahl aus einem ihrer Autos gegeben, als es auf dem Parkplatz vor dem Gebäude stand. Eine sehr teure Kamera war gestohlen worden, daher wurden sie nachts nun sorgsam in der Tiefgarage eingeschlossen.

Sie checkte ihr Handy auf dem Weg nach unten, aber es gab keine neuen Nachrichten. Auch nicht von Sabina, mit der sie sich für den Abend in der Stadt zum Essen verabredet hatte. Sie mussten noch besprechen, wo sie sich treffen wollten.

Flash grüßte einen anderen Kameramann; er war dabei, das Auto für eine direkte Übertragung via Satellit irgendwo draußen im Freizeitpark Sommerland vorzubereiten. Diese neue Technologie ersparte den Kameraleuten eine Menge Arbeit. Im Auto gab es Ausrüstung zum Schneiden und Redigieren, sodass sie nicht zurück in den Sender mussten, um die Sendung fertigzustellen. Noch direkter konnte Fernsehen sicher nicht werden.

Auf dem Weg nach Hov informierte Flash sie über die Details, die er von Noa Marie erfahren hatte. Die neue Verbrennungsanlage, die etwas außerhalb von Hov gebaut worden war, konnte mehr bewältigen als nötig. Sie hat bereits einen riesigen Auftrag bekommen, in den eine Lokalzeitung Einsicht erhalten hatte und der nun die Gemüter in der näheren Umgebung erhitzte.

„Offenbar geht es um den Import von Abfall aus Ländern, die selbst keine Verbrennungsanlage oder nicht die richtige Expertise für die umweltbewusste Behandlung chemischen Abfalls haben", erklärte Flash.

„Das klingt echt verdammt ungemütlich! Stell dir mal vor, du würdest neben so einem Ding wohnen", meinte Anne.

„Die Proteste richten sich auch dagegen, dass die Leitung nicht darlegen will, ob es sich rein faktisch um gefährlichen, chemischen Abfall handelt und wie sie einen verantwortungsbewussten Transport vom Horsenser Hafen sicherstellen wollen, wo der Abfall ankommt."

„Gab es da nicht mal einen ähnlichen Fall, wo die Firma *Kommunekemi* in Nyborg einen Auftrag für die Vernichtung vieler Tonnen giftigen Abfalls aus Australien angenommen hatte, mit der sie einen zweistelligen Millionenbetrag verdienen konnte? Wurde dieses Projekt nicht gestoppt?"

„Doch, damals gab es auch große Proteste gegen den Transport, sowohl von Umweltorganisationen als auch der Bevölkerung und Politikern, was offenbar gewirkt hat. Aber wer weiß, was sich da abspielt?"

Flash schwieg, als sie sich näherten. Drei hohe Schornsteine ragten am Horizont über die Baumkronen. Ein bisschen deplatziert in dieser schönen, grünen Natur. Nach einer Weile stießen sie auf Leute mit Bannern und Schildern mit den Worten: *„Chemischer Abfall - Nein danke!"*, *„Bewahrt die Natur!"* und *„Weg mit der Hov Verbrennung!"* Einer war kreativer gewesen und hatte geschrieben: *„Hov - das stinkt zum Himmel!"*

„Noa Marie hat bereits vor längerer Zeit ein Interview mit dem Direktor vereinbart, das war kein Problem, da er auf sein neues Gebäude und den tollen Start mit einem Auftrag, der ihm seine Existenz sichert, stolz wie Oskar war", sagte Flash und manövrierte das Auto an der Versammlung vorbei, die Parolen rief und nicht bereit war, Platz für die Autos zu machen. Anne bekam ein nostalgisches Ziehen im Bauch bei der Erinnerung an all die Demonstrationen, von denen sie in grauer Vorzeit selbst ein Teil gewesen war. Damals, als sie noch Kampfgeist hatte.

Das Eisentor zum Gebäude war geschlossen und auf der anderen Seite bewacht. Anne musste aus dem Auto steigen und sich mit dem Presseausweis einen Weg zum Gitter bahnen, wo sie abgewiesen wurde. Die Wache bat sie, woanders zu parken und den Hintereingang zu benutzen und erklärte ihr, wo dieser war. Verärgert setzte sie sich wieder zu Flash ins Auto.

„Die wollen uns nicht reinlassen. Wir müssen hier irgendwo parken. Auf dem Parkplatz da drinnen wäre doch echt genug Platz neben all den teuren Mercedes und Audis."

Sie musste zugeben, dass das Gebäude schick war, sowohl von außen als auch innen am Empfang, der ihnen von einer anderen Wache gezeigt wurde. Dass alles neu und modern war, trug selbstverständlich dazu bei, diesen Eindruck zu erwecken. Von einer offenen Tür zu einer großen Halle, die wie ein Lager wirkte, hörte man Gespräche und lautes Lachen. Es roch nach Kaffee und Wurstplatte.

Direktor Poul Erik Hedegaard hatte anscheinend seine Rede beendet und mit der politischen Elite angestoßen, die eingeladen war. Anne erhaschte auch einen Blick auf den Bürgermeister. Und war das da drüben nicht der ehemalige Vizepolizeidirektor Kurt Olsen? Sie hatte ihn interviewt, als er in Rente gegangen war und Stuhl und Büro nach dreiundvierzig Jahren treuen Dienstes im Polizeikorps Anker Dahl überlassen hatte.

Sie nahm sich ein Glas Champagner von einem der Tische mit weißer Decke und ging zum Direktor, der einen gut sitzenden, grauen Anzug, ein helles, fliederfarbenes Hemd und ein großes, selbstzufriedenes Grinsen in seinem geröteten Gesicht trug. Wusste er, was vor seinem Gebäude vor sich ging?

Sie stellte sich vor und Flash kam mit der Kamera auf der Schulter dazu, was die Umstehenden dazu brachte, sich ein wenig zurückzuziehen. Eine Verbrennungsanlage war vielleicht doch nicht das Allerspannendste, mit dem man auf dem Fernsehbildschirm in Verbindung gebracht werden wollte.

„Lassen Sie uns in mein Büro gehen. Da hat man Aussicht auf die Schornsteine, das wäre doch ein tolles Hintergrundbild, nicht wahr? Nehmen Sie das Glas einfach mit", forderte Poul Erik Hedegaard auf und drückte ihren Arm kameradschaftlich, als er an ihr vorbeiging, um den Weg zu zeigen. Sie gingen eine Wendeltreppe hoch mit hellem Teppich auf allen Stufen und Glas am Geländer. Es bestand kein Zweifel, dass der Innenarchitekt mit dieser Wahl signalisieren wollte, dass es ein schönes und reines Unternehmen war. Reiner Abfall. Anne warf Flash einen vielsagenden Blick zu, er machte große Augen und hob die Augenbrauen, um zu zeigen, dass auch er vom Ambiente beeindruckt war.

Der Schreibtisch des Direktors war voller Blumensträuße und Holzkisten mit Wein und Alkohol.

„Bitte entschuldigen Sie das Chaos, mehrere Tage lang gingen hier Glückwünsche und Geschenke ein, ich weiß bald gar nicht mehr, was ich mit all dem machen soll", entschuldigte er sich und gestikulierte gespielt hilflos mit den Armen.

„Wir nehmen das mit ins Bild, setzen Sie sich einfach auf den Stuhl da, dann haben wir das Fenster mit der Aussicht im Hintergrund und einen Teil des Geschenktisches auf der anderen Seite", dirigierte Flash. Anne machte das Mikrofon startklar und klemmte es ans Revers von Poul Erik Hedegaards Anzugjacke.

„Womit soll ich anfangen?", fragte er, richtete seine Krawatte und tat, als sei er die Gunst der Presse nicht gewohnt.

„Erzählen Sie uns ein bisschen von Ihren Visionen für die neue Verbrennungsanlage. Denken Sie nicht zu viel darüber nach, was Sie sagen, wir schneiden das später zusammen", erklärte Anne. Bestimmt hatte er nicht bemerkt, dass Flash ihn gefilmt hatte, als er die Treppe zum Büro hochging. Diesen Clip würden sie in der Sendung auch verwenden und sicher auch, als er vor dem Geschenketisch gestikulierte und die Krawatte richtete. Das würde einen leutseligen Eindruck vermitteln.

Der Direktor räusperte sich.

„Die Visionen für die neue Anlage bestehen ganz klar darin, dass wir in steigendem Grad mehr rückständigen, umliegenden

Ländern dabei helfen wollen, ihren Abfall zu beseitigen. Die Anlage ist dafür gebaut, die Aufgaben auszuführen und gleichzeitig die scharfen Anforderungen einzuhalten, die man heutzutage stellt." Er schenkte der Kamera ein überzeugtes Lächeln.

„Aber warum gerade hier im kleinen Dänemark?", fragte Anne und versuchte sich vorzustellen, wie Noa Marie die Geschichte aufgezogen hätte, „hätten sich nicht größere Länder mit zugänglicheren Häfen dieser Aufgabe annehmen können?"

„Dänemark hat sehr wohl zugängliche Häfen und wir sind ein führendes Land in Sachen Abfallbeseitigung. Tatsächlich sind wir Europameister, unsere Erfahrung macht uns besser geeignet als die meisten."

„Die Mutmaßungen gehen davon aus, dass es sich um gefährlichen und giftigen, chemischen Abfall handelt, können Sie das bestätigen?"

Poul Erik Hedegaard wand sich ein bisschen auf dem Stuhl und der Blick verriet deutlich, dass er die Frage nicht mochte.

„Gerade gefährlicher Abfall ist ja das größte Umweltproblem, das bisher noch keiner richtig in den Griff bekommen hat, daher ist es klar, dass wir dort mit unserer Expertise am meisten ausrichten können." Er hatte angefangen zu schwitzen und lockerte diskret die Krawatte auf eine nonchalante Weise.

„Im Augenblick findet ja eine große Demonstration vor dem Gebäude statt. Viele fürchten die Konsequenzen, die es haben wird, wenn bei dem Transport des Giftmülls oder hier in der Anlage ein Unfall passiert. Können Sie das verstehen?"

Der Direktor schüttelte den Kopf. „Es ist wichtig festzuhalten, dass wir uns unserer großen Verantwortung der Gesellschaft und der Umwelt gegenüber sehr bewusst sind, wenn wir mit diesem gefährlichen Abfall zu tun haben. Unsere Umwelt und Sicherheitspolitik ist Spitzenklasse und die Bedingungen von allerhöchster Stelle genehmigt. Die Verbrennung hat auch eine Menge neuer Arbeitsplätze geschaffen, welche auch für die örtliche Umgebung von Nutzen sind."

„Dann besteht also kein Grund zur Sorge? Was ist mit der Luftverschmutzung? Wie ich sehe, gibt es ganze drei große Schornsteine." Anne deutete aus dem Fenster und Flash richtete die Kamera darauf. Heute stieg kein Rauch aus ihnen auf. Sie sahen recht unschuldig aus.

Poul Erik Hedegaard räusperte sich ein weiteres Mal. „Abgase können wir nicht vermeiden, das ist ein Resultat des Verbrennungsprozesses. Aber wir haben eine fortschrittliche Technologie, die das Gas sehr sorgfältig von sauren Stoffen, Staub, Schwefel, Schwermetallen und Dioxin reinigt. Es werden kontinuierlich Messungen durchgeführt und die Abgasanlage wird permanent überwacht, sodass wir immer die zugelassenen Grenzwerte einhalten. Nein, es besteht absolut kein Grund zur Sorge!" Wieder das überzeugte Lächeln.

Anne ließ dies das letzte Wort sein, bedankte sich und wünschte dem Direktor eine weiterhin gute Einweihung.

Sie hatten sich gerade ins Auto gesetzt, als ein Mann mit Vollbart fest an die Fensterscheibe klopfte. Er wedelte mit einem Schild mit großen, handgeschriebenen Buchstaben: „*Chemischer Abfall - Nein danke!*"

Anne machte das Fenster herunter.

„Ihr kommt vom Fernsehen, wie ich sehe. Ich hoffe, ihr macht einen kritischen Beitrag über diesen Skandal hier! Oder singt ihr bloß den Gesang der Kapitalisten mit?", rief er kampflustig zu ihr hinein.

„Wir haben nur den Direktor interviewt, damit wir …"

„Ihr solltet mal an einem Tag kommen, wo die Schornsteine rauchen. Warum glaubt ihr, tun sie das heute nicht? Können die anderen Länder ihren Dreck nicht selbst wegmachen? Warum sollen wir Krankheiten davon kriegen, ihren Giftmüll zu verbrennen!", rief der erzürnte Demonstrant.

„Leider müssen wir jetzt fahren, aber danke fürs Gespräch."

Flash wendete hastig das Auto. Der Demonstrant blieb mitten auf der Straße stehen und schrie ihnen hinterher.

„Ich dachte, er würde was Brauchbares sagen", seufzte Anne.

„Ja, ja, er brüllt rum, aber wir sollten wohl erst vor der eigenen Tür kehren", murmelte Flash.

„Was meinst du?" Anne schnallte sich an.

„Dänemark und andere westliche Länder sind mit dabei, radioaktiven Abfall, Schwermetalle und Chemikalien von Firmen in unter anderem afrikanische Länder abzuladen, wo Kontrolle und Gesetz und Ordnung nicht vorhanden und die Anführer des Landes käuflich sind."

Anne nickte. „Ich erinnere mich gut, dass nach dem Tsunami 2004 etwas Erschütterndes herauskam, wo die Wellen gut gehütete Geheimnisse aus der Tiefe an die Oberfläche und an die Strände Somalias gebracht haben."

„Das ist das, was ich meine. Die Dorfbewohner haben anschließend merkwürdige Krankheitssymptome wie offene Wunden und Blutungen im Mund und aus anderen Körperöffnungen, Ausschlag und Atembeschwerden bekommen. Einige starben plötzlich."

Anne streckte die Beine in den Fußraum des Autos und betrachtete Flashs ernstes Profil. „Wie ich höre, weißt du viel darüber."

„Damals habe ich für Information gearbeitet und wir waren vor Ort und haben eine Reportage über das Thema gemacht. Hier in Europa kostet die Beseitigung gefährlichen Abfalls mehrere Tausend Dollar pro Tonne, in Somalia nur ein paar Dollar, daher ist es klar, dass westliche Unternehmen da eine große Ersparnis sehen."

„Aber das war damals, Flash. Heute ist das doch unter Kontrolle, oder?"

„Glaubst du? Kriminelle Organisationen haben damals Vereinbarungen mit Kriegsherren in Somalia unterschrieben, den gefährlichen und giftigen Müll an der Küste Somalias abladen zu dürfen. Experten meinen, dass das immer noch stattfindet. Und wer kontrolliert das?"

Anne schaute zurück zu dem Wald aus Demonstrationsschildern und dachte wieder daran, wie wenig man oft über die Realität wusste, wenn man sich in den Kampf gegen die Verbrechen anderer stürzte.

Sie entdeckte, dass sie einen Anruf in Abwesenheit auf ihrem Handy hatte, das, wie immer, auf lautlos gestellt war. Es war der Chefredakteur. Sie beeilte sich, ihn zurückzurufen.

Es wurde ein kurzes Gespräch.

„Fuß aufs Gaspedal, Flash. Wir sollen sofort zum Polizeipräsidium fahren. Der Vizepolizeidirektor hat uns endlich etwas zu erzählen", sagte sie und steckte das Handy zurück in die Tasche.

14
Alexandria, Ägypten

Kamilla konnte sich im Dunkeln nicht orientieren. Sie hörte die Wellen des Meeres gegen den Strand schlagen und roch das Salzwasser, aber kein Mensch war da.

„Bist du sicher, dass es hier ist?", flüsterte sie mit klopfendem Herzen hinter dem Fotoapparat, der am Riemen um ihren Hals hing.

„Das hat Hafez gesagt. Es sollten ein paar Motorboote kommen, die sie zu einem größeren Schiff bringen würden. Die Fischer nennen die Boote *Fischgräten*, ägyptischer Fischerjargon." Abubakar lächelte nicht, als er das sagte. Sein Gesicht war ernst und verkniffen. Er spähte hinaus in die Dunkelheit.

„Es frischt auf, glaubst du nicht, sie haben es wegen der Aussicht auf schlechtes Wetter abgeblasen?" Sie zog die Jacke fester um sich.

„Die Schleuser lassen sich ihr Geld nicht entgehen, und falls es auf später verschoben wurde, dann nur aufgrund des Risikos, entdeckt zu werden. Vielleicht warten sie auch gerade darauf, dass der Sturm zunimmt. Bei Unwetter kann der Radar der Küstenwache sie nicht sehen, besonders nicht, wenn sie Gummiboote benutzen."

„Gummiboote?" Kamilla glaubte, sie hörte nicht richtig, doch Abubakar nickte. Ein Gummiboot in diesen Wellen, die sich allmählich auftürmten, war völlig undenkbar. Der reine Selbstmord.

Sie warteten, aber es passierte weiterhin nichts. Der Strand war still und menschenleer, so weit das Auge reichte.

„Kannst du Hafez nicht kontaktieren?“, fragte sie, als sie eine weitere halbe Stunde gewartet hatten.

„Ich hab’s versucht, aber er geht nicht an sein Handy.“

Kamilla hörte, dass Abubakar nervös war, das steckte an.

„Was können wir tun?“

„Nichts. Komm, wir setzen uns da oben hin. Vielleicht meldet er sich später.“

Kamilla folgte Abubakar den Strand hoch zu ein paar Steinen, wo sie im Windschutz waren, immer noch mit Überblick über den Strand und außer Sicht für diejenigen, die sowohl vom Meer als auch der Straße kommen konnten. Sie setzten sich.

„Vielleicht sind wir nicht an der richtigen Stelle“, schlug sie nochmal vor. Alexandria hatte überall schöne Strände rund um die Stadt, wo ein Luxushotel neben dem anderen stand, aber natürlich hatten die Schleuser ein Gebiet ausgesucht, das nicht belebt war. Wie hier.

„Hafez sagte, hier. Wir warten noch eine Stunde.“ Abubakar zündete eine Zigarette an und rauchte schweigend, während er verloren übers Meer schaute.

Dass jemand es fertigbrachte, in ein Boot zu springen und sich hinaus zum schwarzen, unbekannten Horizont führen zu lassen, war nicht zu fassen. Das konnte nur aus reiner Verzweiflung möglich sein. Flucht vor etwas Schlimmerem. Kamilla fror ein bisschen, obwohl der Wind nicht kalt war. Die Wellen wurden größer und gewaltiger. Sie war sich sicher, dass die Reise abgesagt worden war - oder verschoben. Jetzt hinauszusegeln wäre viel zu gefährlich. Auch für die Schleuser. Sie machte ein paar Bilder von den Wellen.

„Wie lange dauert es eigentlich, von hier nach Europa zu segeln?“

„Das kommt natürlich auf die Bedingungen an, aber ungefähr sechs Tage oder länger kann das schon dauern. Jede Woche segeln

Schiffe mit mehreren hundert Flüchtlingen hier aus Ägypten los. Einige der Schiffe sind bis zum Bersten vollgepackt und mit deutlich mehr Leuten, als es für eine Überfahrt zu verantworten wäre. Je mehr diese zynischen Schleuser auf die Boote gestopft kriegen, desto mehr verdienen die.

„Was bezahlen sie für die Reise?"

„Das hängt immer ein bisschen davon ab, von wo sie reisen, vom Transportmittel und ob es auch falsche Pässe und Dokumente beinhaltet. Aber die Reise nach Europa kann leicht über 97.000 ägyptische Pfund kosten."

„Ungefähr 80.000 dänische Kronen. Das ist richtig viel Geld! Wie in aller Welt können sie sich diese Reise leisten?" Kamilla schaute auch aufs Meer, wo die Wellen richtig groß geworden waren. Überall waren weiße Schaumkronen.

Abubakar schüttelte verzweifelt den Kopf. „Die meisten haben alles verkauft, was sie besitzen, um das Geld für die Flucht zusammenzubekommen. Einige arbeiten und sparen in dem Land, in das sie flüchten, bis sie genug Geld haben, um die Schleuser zu bezahlen, weiter nach Europa gebracht zu werden. Aber nicht mal da können sie sich sicher fühlen. Es finden Übergriffe, Vergewaltigungen und Morde an Flüchtlingen statt. Es ist passiert, dass die Schleuser sie bedroht haben, ihr Geld, ihren Schmuck und die Handys auszuhändigen und sie zurückgelassen haben. Keiner weiß, wem er vertrauen kann." Abubakar schickte Zigarettenrauch in den dunklen, sternlosen Himmel. „Die Ärmsten haben keine Chance. Sie enden in Flüchtlingslagern und kommen nicht weiter. Die, denen es gelingt, mit auf ein Boot zu kommen, kommen nicht weiter als bis in das Land, in dem sie landen und enden dort in der Regel ebenfalls in Flüchtlingslagern, mit dem Risiko, zurückgeschickt zu werden zu Armut, Krieg und Verfolgung. Also, wenn sie es überhaupt so weit schaffen. Die Armen haben kein Geld und in der Regel keine Ausbildung, sie können auch keine andere Sprache als ihre eigene. Es ist eine unmögliche Situation für sie. Für euch Europäer ist es schwer, sich das vorzustellen.

Das da draußen ist dabei, zu einem großen, makabren Friedhof zu werden. Ein Massengrab."

Kamilla wusste nicht, was sie sagen sollte. Abubakar hatte recht, es war schwer, sich das vorzustellen, aber nun hatte sie es mit eigenen Augen gesehen und die Bedingungen im Flüchtlingslager mit ihrem Fotoapparat dokumentiert. Mehrmals in der Nacht, als sie schwitzend keine gute Hotelnacht verbracht hatte, hatte sie darüber nachgedacht, warum sie diesen Auftrag so weit weg von ihrem Vater und ihrem Halbbruder im friedlichen, sicheren Djursland angenommen hatte. Sie hatte doch geahnt, was sie hier erleben würde. Und dabei hatte sie noch nicht einmal alles gesehen.

Sie fuhr zusammen, als Abubakar plötzlich fest nach ihrem Arm griff. Er hatte etwas gehört. Jetzt hörte sie es auch. Jemand schrie. Nun erkannte sie auch undeutlich die Motorboote, die sich der Küste in den hohen Wellen näherten und aussahen, als würden sie in die Tiefe gezogen und danach wieder ausgespuckt. Abubakar machte Zeichen, sie solle sich ducken und ganz still sein. Sie versteckte sich hinter den Steinen, legte das Kameraobjektiv darauf als Ersatz für ein Stativ und hoffte, das würde reichen, damit die Bilder nicht verwackelten. Sie stellte scharf, als eine Gruppe von der Plantage hinter ihnen in den Sand zum Meer lief. Die Männer in den Booten riefen weiter, und plötzlich drehten sie sich um und segelten von der Küste weg.

„Was ist da los? Was sagen sie?", flüsterte Kamilla.

„Die Küstenwache ist unterwegs, rufen sie. Sie schicken sie zurück."

Einige der Flüchtlinge liefen dennoch ins Meer, während auch sie schrien. In den Stimmen lag so viel Verzweiflung, dass es ihr tief im Inneren wehtat, obwohl sie die Worte nicht verstand. Sie konnte nicht sehen, ob sie alle an den Strand zurückgekehrt waren. Die es taten, rannten zur Plantage, von der sie gekommen waren. Ein grelles Licht wurde angeschaltet und erhellte den Sand. Kamilla sah flüchtig ein paar Jungen und einen älteren Mann, der sich beeilte, auf das Licht zuzulaufen. Ein Kind weinte laut. Ein Stück hinter den Jungen lief eine Frau mit einem Bündel in den Armen. Sie trug einen schwarzen Niqab und bewegte sich stolpernd im Sand. Kamilla fand sie im Sucher und stellte scharf. Der Wind erfasste ihre Kleider und das, in dem das Kleine eingewickelt war. Sie schoss eine Serie Fotos und bemerkte, dass das Baby keine dunkle Hautfarbe hatte. Die Haut war ungewöhnlich weiß. Es sah aus wie ein kleiner Geist. Die Frau deckte das Kind rasch wieder zu und setzte ihren unbeholfenen Lauf im Sand fort. Das Licht wurde ausgeschaltet, als der Strand wieder leer war, und alles wurde still.

Kamilla hörte ihren eigenen keuchenden Atem. Das Ganze hatte wenige Minuten gedauert und nun war wieder nur das Brüllen des Meeres im Dunkeln zu hören, als wäre nichts passiert. Dann entdeckte sie, dass sie hinter den Steinen Gesellschaft bekommen hatten.

„Das ist Hafez", flüsterte Abubakar und Kamilla schaute in die erschrocken und verstört blickenden Augen des Mannes neben ihr. Er roch stark nach Schweiß.

„Duckt euch", flüsterte Hafez atemlos. Ein kräftig gebauter Mann lief am Strand herum und schien nach etwas zu suchen. Er ging bis an die Wasserkante, spähte über das aufgewühlte Meer und blieb eine Weile stehen. Sie hielten die Luft an. Endlich machte er kehrt. Es dauerte lange, bis jemand von ihnen etwas zu sagen wagte. Hafez erhob sich als Erster.

„Lasst uns verschwinden", sagte er mit bebender Stimme.

Abubakar stand ebenfalls auf, schaute sich um und reichte Kamilla die Hand, um ihr aufzuhelfen. Ihre Beine zitterten. Sein Auto parkte an der Straße neben der Plantage. Keiner sagte etwas, bis sie am Auto angekommen waren und sich hineingesetzt hatten.

„*Was it the police?*", fragte Kamilla.

Abubakar drehte sich um und schaute zu Hafez auf dem Rücksitz.

„Vielleicht - oder rivalisierende Schleuser."

Er sprach besser Englisch als Abubakar, aber er war immer noch außer Atem und schnappte nach Luft.

„Es gibt einen Kampf um die Flüchtlinge. Die Polizei greift selten ein. In der Regel haben die Schleuser ihnen Bestechungsgeld gezahlt“, erklärte Hafez. „Gerüchten zufolge ist der Boss vielleicht ein hochrangiger Polizist. Hier gibt es viel Korruption.“

Er starrte hinaus in die Dunkelheit, alles war still. Nur die Blätter der Limettenbäume auf der Plantage bewegten sich.

„Sie haben uns alle in einer Wohnung in der Stadt gesammelt und anschließend in einem Lieferwagen hierhergebracht. Hier wurde mir dann klar, wo wir hinsollten, und ich habe dich angerufen, Abu. Wir waren viele, während des unbequemen Transports zusammengequetscht, auch Frauen und Kinder. Wir wurden herumkommandiert und sie haben mir mein Handy abgenommen“, sagte Hafez ruhig. „Es gab Gerüchte, dass die Küstenwache in der Gegend auf Patrouille sei, aber die Schleuser wollten nicht warten. Wir haben uns hier auf der Plantage versteckt, bis sie meinten, die Boote seien gekommen, aber, wie ihr gesehen habt, haben sie uns wieder zurückgejagt. Es war zu gefährlich für die Schleuser, weil die Küstenwache unterwegs war. Dann entdeckte ich, dass du mir Zeichen gabst, Abu, und habe mich beeilt, zu euch zu kommen.“

„Wo bringen sie sie nun hin?“, fragte Abubakar und zündete für Hafez die Zigarette an, die er mit zitternden Händen entgegengenommen hatte, als ihm die Schachtel hingehalten wurde. Kamilla schüttelte den Kopf, als Abubakar auch ihr eine anbot.

„Vielleicht zurück in die Wohnung, bis es sicherer ist. Oder sie verstecken sie hier auf der Plantage. Ich weiß es nicht“, antwortete Hafez und schaute nervös aus dem Fenster. Er hatte eine Glatze und sah älter aus, als Kamilla ihn zunächst geschätzt hatte. Er lehnte sich auf dem Sitz zurück und entspannte sich ein bisschen mit der Zigarette. Sie ließen ihn in Ruhe rauchen. Kamilla bekam in Abubakars altem Fiat 128 fast keine Luft, obwohl alle Fensterscheiben heruntergelassen waren. Die Nachtluft war warm und feucht.

„Der Mittelsmann hat uns eine Luxuskreuzfahrt verkauft. Er versprach eine kurze Reise per Schiff ohne Umsteigen unterwegs auf offenem Meer und dass uns jemand in Empfang nähme, wenn wir die Küste erreichten. Es gäbe Wohnungen und Jobs für uns alle, wenn wir es ganz bis nach Norden schafften - also für die, die extra dafür bezahlt hatten. Er kannte alle Regeln und wusste, wo und wie es am leichtesten sein würde, Asyl zu bekommen und mit der Familie vereint zu werden", sagte Hafez heiser vom Rücksitz. „Ich traue mich nicht zurückzugehen, die hätten uns in diese Boote gezwungen, wenn die Küstenwache nicht aufgetaucht wäre. Bei diesem Sturm! Aber die meisten wären dafür verzweifelt genug gewesen."

„Konntest du Fotos davon machen?", wollte Abubakar wissen.

Kamilla nickte bewegt. „Ja, aber ich weiß nicht, wie gut sie werden. Das muss ich auf dem Laptop im Hotel sehen."

„Okay, dann lasst uns fahren. Wir können nicht mehr tun."

Kamilla wollte auch nur noch zurück ins Hotel, duschen und etwas schlafen, wenn das möglich war. Sie sah die ganze Zeit die Frau und das weiße Kind vor sich. Was wurde jetzt aus ihnen?

15

„Sander Lindholm hat keinen Bonus bekommen!", stellte Mark fest, nachdem er die Kontoauszüge des Beamten durchgegangen war. „Nie! Und Polizeidirektor Harald Andersen zufolge hat er auch keine Überstunden ausbezahlt bekommen. Wie in aller Welt kann er es sich dann leisten, mit der ganzen Familie in die USA zu reisen? Alberte arbeitet bei der Friseurkette Poul M, so viel verdient eine Friseurin wohl nicht? Wo ist das Geld für die Reise hergekommen? Gestohlen?"

„Viele Familien leben doch heutzutage über ihre Verhältnisse. Haben sie vielleicht einen Kredit dafür aufgenommen?", murmelte Roland müde und lustlos.

Zaid war leise nach unten in die Waschküche geschlichen, die er zum Gebetsraum auserkoren hatte, um vor dem Morgengrauen

Fajr zu beten, aber Roland hatte die Treppe dennoch knarren hören, weil er vorher schon wach gewesen war. Es war schwer, sich daran zu gewöhnen, dass ein Fremder im Haus wohnte. Er musste zugeben, er fühlte sich ein bisschen unwohl. Berufskrankheit? Vielleicht. Erfahrung? Er wusste, was Irene meinen würde, falls er sich ihr anvertraute. Paranoia. Sie hatte natürlich tief und fest geschlafen und den restlichen Morgen hatte er ihrem rhythmischen Atmen gelauscht, gemischt mit dem Gesang der Amsel im Garten, bis der Wecker klingelte und das Ganze abbrach.

„Das geht jedenfalls nicht aus seinen Kontoauszügen hervor. Auch nicht aus denen seiner Frau", antwortete Mark.

„Hmm. Gibt's was Neues von dem Sohn?"

Mark schüttelte den Kopf. „Es war der Polizei Fünen nicht möglich, einen Durchsuchungsbeschluss für den Aufenthaltsort der Black Swan zu erwirken. Nicht bei der schwachen Beweislage."

„Schon klar. Es gibt ja nichts anderes als Alberte Lindholms Aussage, an die sie sich aus irgendeinem Grund nicht mehr erinnert. Ob sie bedroht wurde?"

„Im Krankenhaus? Das bezweifle ich."

„Wird sie überwacht?"

„Rund um die Uhr!"

Mark lehnte den Kopf ein wenig zurück in den Wind, der heute die hohen Sommertemperaturen ein bisschen abkühlte und seine Haare leicht flattern ließ. Roland wollte eigentlich gerade das Fenster zumachen, da es schwer war, die Papiere auf dem Tisch unter Kontrolle zu halten. Nun genoss auch er die kühle Brise im Nacken.

„Die Polizei Fünen hat Ressourcen für Überwachung?"

„Offenbar."

Roland schloss den Bericht über die Verhaftung der Black Swan-Mitglieder, den er durchgelesen hatte. Sander hatte tatsächlich einen Alleingang unternommen und Roland sah im Geiste, wie sein Partner, Bo Kruse, mit ihm hatte hineingehen müssen, obwohl er auf die gerufene Verstärkung warten wollte. Was wollte

Sander beweisen? Er hatte gelesen, dass er die Polizeischule nur mit Ach und Krach absolviert und es früher Beschwerden über ihn gegeben hatte von Kollegen, die meinten, er sei ein schlechter Partner. Doch seine guten Ergebnisse in der Polizeiarbeit waren das, was die Leitung am höchsten schätzte. Roland wusste, wie wichtig ein guter Partner war, und die Gefühle drückten in der Brust, wenn er an seinen eigenen treuen damals bei der Ostjütländischen Polizei dachte. Mikkel Jensen.

„Na, da kommt es ja", unterbrach Mark Rolands Erinnerungsmomente.

Roland schaute auf. „Was kommt?"

Mark hatte ungewöhnlich oft auf sein Handy geschaut, seit er mit Harald Andersen gesprochen hatte. Roland war davon ausgegangen, dass er einen Anruf erwartete, aber jetzt war Mark von etwas auf dem Bildschirm gefesselt. Er starrte es mehrere Minuten an, wobei sein Gesichtsausdruck undefinierbar blieb.

„Ich schick das mal an dein Handy, Roland. Das ist ein Videoclip, den Harald Andersen heute Morgen bekommen hat."

„Von wem?"

„Guck's dir an."

Roland hörte am Klang des Handys, dass eine Mail eingegangen war. Er öffnete den angehängten Videoclip. Es war schwer zu sehen, was dort passierte, die Beleuchtung war schlecht, aber die Geräusche waren unverkennbar. Sie stammten von einer Schlägerei. Dann ging ihm auf, dass es in dem halbdunklen Tunnel in Odense aufgenommen worden war, wo man Alberte und Sander Lindholm überfallen und Janus entführt hatte. Er konnte auch ein Kind wimmern und weinen hören und es wurde etwas gesagt, das er nicht verstand. Der Ton war auch nicht besonders gut.

„Wer hat das geschickt?"

„Ein Anonymer. Vielleicht ein Mitglied der Black Swan. Das glaubt der Polizeidirektor jedenfalls."

„Verstehst du, was sie sagen?"

„Beim ersten Mal habe ich es nicht verstanden. Versuch, es noch einmal abzuspielen und hör gut zu."

Roland ließ das Video erneut ablaufen und nun erfasste er Bruchstücke.

„Falls der, der das gesendet hat, ein Mitglied der Black Swan ist, könnte es der sein, der damals beim Verhör behauptet hat, ein Beamter habe ihr Geld gestohlen."

Roland nickte. „Aber das hier reicht nicht für einen Beschluss? Hier hört man doch - wenn auch undeutlich - wie gesagt wird, dass sie gegen den Sohn tauschen können. Jetzt ist es nicht mehr nur etwas, das Alberte behauptet hat."

Harald hatte den Clip noch nicht bekommen, als er den Richter das erste Mal um den Beschluss bat. Aber jetzt versucht er es hoffentlich nochmal."

Roland spielte den Videoclip ein weiteres Mal ab und versuchte die Gesichter zu erkennen, aber das Ganze ging zu schnell und derjenige, der gefilmt hatte, hatte auch nicht ganz still gestanden. Aber etwas fiel ihm trotz des Tempos doch auf. Als er es zum vierten Mal abspielte, hielt er die Filmsequenz an und nun hatte er überhaupt keinen Zweifel mehr.

„Es *ist* Black Swan, das können wir mit Sicherheit festhalten", sagte er und drehte den Bildschirm seines Handys zu Mark. Das, was er angehalten hatte, war eine Bewegung zu einem Schlag von einer Hand, die im Fokus war, als ob sie gerade den Filmenden traf. Man sah ganz deutlich die Tätowierung eines schwarzen Schwans mit ausgebreiteten Flügeln auf dem Handrücken. „Sollen wir einfach davon ausgehen, dass die in Odense es selbst merken?"

Mark kniff die Augen zusammen, als er auf den Bildschirm schaute.

„Das ist ihre Ermittlung, Roland. Ich rechne damit, dass sie dieses Video sehr gründlich untersuchen. Aber ich rufe Harald trotzdem erneut an", beschloss er.

Während Mark telefonierte, suchte Roland eine Adresse heraus. Es gab jemanden, mit dem sie sprechen mussten. Jemand, der ihnen vielleicht Antworten auf einige Fragen zu Sander Lindholm geben konnte. Er schaute auf und grüßte Karina Ottesen, die gerade zur Tür hereinkam.

„Na, bist du wieder von der Teufelsinsel zurück?“, witzelte er. Karina brauchte Aufmunterung, es war etwas passiert, seit sie aus dem Pfingsturlaub zurückgekommen war. Sie war nicht mehr dieselbe. Ihr Sohn, Oscar, war krank gewesen, aber das konnte es nicht sein, da sie erzählt hatte, es gehe ihm wieder richtig gut und er sei im Kindergarten. „Lief's gut?“, fügte er hinzu, da sie lächelte und die Tasche auf ihren Bürostuhl legte, bevor sie Kaffee holte, den sie, so wie sie aussah, nötig hatte.

„Ja, jetzt sind alle Vernehmungen rum, sodass wir nicht mehr nach Kopenhagen müssen. Ich vermute, kein Beamter wird beschuldigt werden. Wir sind dabei, zu dem Fall eine juristische Stellungnahme für den Staatsanwalt in Kopenhagen auszuarbeiten.“

„Dann ist sie also selbst gesprungen?“ Roland schauderte bei dem Gedanken daran, einer der beiden Beamten zu sein, die Zeuge gewesen waren, wie sich eine frischgebackene Mutter von einer Fußgängerbrücke im Einkaufszentrum in Fields gestürzt hatte, nachdem sie sie wegen Drogenbesitzes und Ladendiebstahls gejagt hatten.

Karina trank einen großen Schluck Kaffee, nickte, schmiss die Tasche auf den Boden neben ihrem Schreibtisch, setzte sich auf ihren Platz und weckte den Computerbildschirm. Sie war heute Morgen früh im Büro gewesen, dann aber gemeinsam mit Viktor nach Kopenhagen gefahren, bevor die anderen erschienen.

„Die Frau drohte damit, sich über das Geländer zu stürzen, sollten sich die Beamten nähern. Wahrscheinlich hat sie das Gleichgewicht verloren und ist gefallen. Auf der Stelle tot. Die Obduktion zeigte, dass sie unter Drogen stand. Glücklicherweise haben mehrere den Vorfall mit dem Handy gefilmt und das beweist, dass die Beamten die Wahrheit sagten, wenn sie erklärten, dass sie sich ihr nicht genähert hatten, nachdem sie ihre Drohung ausgesprochen hatte.“

Manchmal war diese seltsame Manie der Leute heutzutage, von allem Bilder zu machen, doch nützlich, auch wenn Roland sich darüber wunderte, dass dies das Erste war, woran man dachte, wenn man Zeuge von etwas Tragischem und Erschreckendem wurde. Das machte sich gut in den sozialen Medien. Je schlimmer, desto besser.

„Die Frau war alleinerziehend. Ihr Baby lag in seinem Bettchen in einem kleinen, klammen Zimmer in dem Keller, in dem sie wohnte, und war aufgelöst vor lauter Weinen, Hitze, Hunger und Durst. Armes Kind. Was für eine Kindheit", sagte sie.

Roland war kurz davor, sie zu fragen, wie es Oscar ging, ließ es aber. Das wäre der falsche Moment. Karina war ebenfalls alleinerziehend, aber Oscar schien es an nichts zu fehlen. Er war ein fröhlicher, aufgeweckter Junge, jedenfalls die Male, die Roland ihn getroffen hatte.

„Wie läuft es mit eurem Fall?", erkundigte sie sich.

Mark hatte das Telefonat mit dem Polizeidirektor in Odense beendet und ergriff das Wort.

„Wir sind nicht so viel weitergekommen, aber nun ist es ja geklärt, dass Black Swan Janus Lindholm entführt hat, daher haben wir auf diese Weise einen Durchbruch in der Sache."

„Inwiefern?", fragte Karina und trank einen weiteren Schluck Kaffee.

„Es ist sehr wahrscheinlich, dass die Entführung und Sanders Verhaftung der Bandenmitglieder miteinander in Verbindung stehen."

„Rache?"

„Das ist das, was wir nicht wissen. Unsere Aufgabe ist vorläufig, herauszufinden, ob Sander das Geld von der Bande gestohlen hat. Warum leugnet er, dass sie diejenigen waren, die ihn und seine Familie überfallen und seinen Sohn entführt haben?"

„Ich habe hier Bo Kruses Adresse. Sein Partner, der bei der Festnahme der Bandenmitglieder dabei war und kurz darauf ausgesagt hat. Das ist sicher ein guter Ausgangspunkt. Er wohnt in Silkeborg, es ist also nicht weit zu fahren."

„Was ist mit Sander Lindholm? Ist er wieder bei Bewusstsein?", fragte Karina, sah aber trotzdem so aus, als wäre sie hauptsächlich mit ihrem eigenen Bildschirm beschäftigt.

„Ja, wir haben ihn im Krankenhaus besucht, aber er wollte sich nicht äußern."

Mark schaute zu Roland, der aufgestanden und bereit war, nach Silkeborg zu fahren. „Willst du mit?"

„Jep. Wir sind dann mal weg, Karina."

Karina nickte nur, ohne ihren Blick vom Bildschirm abzuwenden.

Die Landschaft im mitteljütländischen Seenhochland hatte Roland immer den Atem geraubt. Hier war es so schön, unabhängig von der Jahreszeit. , und als sie auf der Ringstraßenbrücke über den Silkeborger Langsee fuhren, hatte er wieder Irenes Proteste über die Autobahnbrücke vom letzten Mal, als sie hier waren, im Ohr. Sie regte sich darüber auf, dass so schöne Natur von einer hässlichen, grauen, verkehrsreichen Autobahn verschandelt wurde, die die Landschaft und das einzigartige Tierleben zerstörte. Darin war sie sich mit dem Naturschutzverband einig. Er selbst dachte hauptsächlich als Autofahrer und mit dem Gedanken, dass sie dabei waren, in die ‚Autostadt' zu fahren, hatte sich aber nicht beliebt gemacht, als er darauf hinwies, wie schön die Aussicht sein würde, wenn man auf der Autobahnbrücke führe, die wohl zu Dänemarks hübschester erklärt werden konnte. Mark sagte nicht viel, er schaute nicht einmal aus dem Fenster, sondern war mit seinem Handy beschäftigt.

Bo Kruse wohnte im Seelustweg, einer der begehrtesten Adressen in Silkeborg. Ganz sicher nicht an der Wasserseite mit Garten in Richtung See, sondern auf der gegenüberliegenden Straßenseite. Die Villa war nicht neu und modern, aber es war ein energischer Versuch unternommen worden, sie mit Klinkerfassade so wirken zu lassen. An der Mauer neben der Klingel war ein Schild mit *Kruses Wach- und Sicherheitsdienst* angebracht anstelle eines

Familiennamens. Roland klingelte und Mark stellte sich neben ihn auf die Treppe. Von hier aus konnte man hinter der Einfahrt und dem Garten des Nachbarn von gegenüber undeutlich den See erkennen. Roland drehte sich schnell um, als die Tür geöffnet wurde. Bo Kruse war ein großer, muskulöser Mann und konnte leicht einschüchternd wirken.

„Ich bin leider gerade auf dem Weg zur Arbeit“, murmelte Kruse, nachdem sie sich vorgestellt hatten. Roland wusste nicht, warum er dem Mann, der sie dennoch einließ, auf Anhieb nicht glaubte. Vielleicht aufgrund des flackernden Blicks in den eng stehenden, rotfleckigen Augen oder aufgrund der Kaffeemaschine, die gerade zu Ende röchelte.

„Es dauert nicht lange“, versicherte Roland.

„Es geht um Ihren früheren Partner bei der Polizei Fünen, Sander Lindholm“, ergänzte Mark.

„Ja, ich habe von dem Überfall und der Entführung seines Sohnes gehört. Das ist doch furchtbar“, sagte er und setzte sich auf einen der Küchenstühle.

Keiner von ihnen folgte seinem Beispiel. Jetzt fühlte Roland sich auf einer Höhe mit dem Wachmann. Schnell hatte er festgestellt, dass der Tisch nicht für eine Familie gedeckt war. Dort stand nur eine Tasse und im Brotkorb lag ein Brötchen, ein weiteres befand sich halb gegessen auf dem Teller. Bo Kruse war in seiner Einsamkeit mitten beim Frühstück. In der Beschreibung über ihn war vermerkt gewesen, dass er verheiratet sei und drei Kinder habe. Durch die offene Tür sah das Wohnzimmer ebenfalls spärlich möbliert aus, als ob dort etwas fehlte, das einst da gewesen war.

„Wo ist Ihre Familie?“, erlaubte Roland sich zu fragen.

Bo Kruse schüttelte fast unmerklich den Kopf und starrte auf die Laminat-Tischplatte.

„Wir wurden vor ein paar Monaten geschieden.“

Es war immer schwer, eine solche Aussage zu kommentieren, sollte man kondolieren oder gratulieren? „Das tut mir leid“, sagte er dennoch.

Bo Kruse nickte.

„Vielleicht hat Janus' Entführung etwas mit Ihrer Festnahme der vier Mitglieder von Black Swan zu tun. Was ist an dem Abend passiert?", fragte Mark.

„Nichts weiter. Wir sind reingegangen und haben die Bandenmitglieder verhaftet", antwortete er, da ihm der Themenwechsel sichtlich gelegen kam. „Wir hätten eine Medaille erhalten sollen, statt … " Er geriet ins Stocken. „Möchten Sie einen Kaffee?"

Er wollte aufstehen, setzte sich aber wieder, als sie das Angebot ablehnten.

„Statt was?", hakte Mark nach.

„Ja, statt dem, was passiert ist …"

„Was ist denn passiert?"

Bo Kruse schaute sie mit schmalen Augen an. „Das wisst ihr doch genau! Seid ihr nicht deswegen gekommen?"

Roland und Mark wechselten flüchtig einen Blick.

„Kommt darauf an, was Sie meinen."

Kruse schien daran zu zweifeln, ob er nun noch mehr sagen sollte. Er holte die Kanne aus der Kaffeemaschine. „Ja, die Anschuldigungen meine ich. Wegen der Drogen. Ich dachte auch, der Fall wäre längst abgeschlossen."

Er setzte sich wieder und schenkte Kaffee in die Tasse ein.

„Drogen?", riefen Mark und Roland wie aus einem Mund.

Bo Kruse sah sie nervös an, während er drei Löffel Zucker in den Kaffee rührte. Der Löffel klapperte mehr als nötig gegen das Porzellan. „Ihr habt wohl beide im Dienst gearbeitet, nicht? Ehemalige Polizisten?"

Mark und Roland bestätigten.

„Dann kennt ihr den Korpsgeist und wisst, wie es auch sein kann, wenn jemand der Meinung ist, man habe sich einen Fehltritt geleistet? Hat versagt."

Kruse schaute sie lange an, als ob er auf eine Antwort wartete. Die bekam er nicht.

„Deswegen bin ich bei der Polizei Fünen ausgeschieden. Ich habe es nicht ausgehalten. Wenn die Leitung Verbrechern mehr glaubt als den eigenen Leuten."

„Sie werden wohl vertiefen müssen, was Sie meinen. Wir sind nicht wegen Drogen hier", sagte Roland und setzte sich doch. Mark blieb stehen und verschränkte die Arme.

„Black Swan behauptete, dass etwas von den Drogen fehlte, die wir beschlagnahmt haben; sie haben uns beschuldigt, wir hätten sie uns unter den Nagel gerissen. Acht Kilo Heroin im Wert von drei Millionen Kronen. Aber warum in aller Welt hätten wir das stehlen sollen? Was hätten wir damit machen sollen? Es konsumieren? Verkaufen? Wir sind doch verdammt nochmal keine Junkies, oder? Trotzdem wurden wir behandelt, als wären *wir* die Kriminellen. Da hatte ich genug!"

„Dann haben Sie einen Job bei der Kopenhagener Polizei bekommen. Aber war das nicht, weil Ihre Frau dort arbeitet?", fragte Mark.

Kruse nickte und nahm einen Schluck von dem Kaffee. Es dauerte ein wenig, bis er antwortete, er starrte auf das halbe Brötchen, als wäre ihm der Appetit vergangen.

„Ja, das war der Vorwand, aber damals hatte unsere Ehe schon einen Knacks." Er seufzte tief und resigniert. „Aber in Kopenhagen wurde es auch nicht besser, im Gegenteil. So etwas verfolgt einen wie ein Schatten und ein jütländischer Beamter, der nicht von dem Verdacht reingewaschen ist, hat es nicht leicht. Heutzutage geht es bei dem Job nur darum, die Versprechen der Politiker an die Bürger durchzusetzen und Geld in die Kasse zu bringen. Quoten, Blitzer und Bußgelder. Alle haben Kreissägen an den Ellbogen und fräsen sich vorwärts, koste es, was es wolle, und wenn sie einen potenziellen Konkurrenten kleinkriegen können, dann tun sie es. Wo ist dann der Korpsgeist, frage ich nur!"

Kruse steigerte sich immer weiter hinein, er war rot um die breite Nase geworden und atmete schwer.

„Besonders mein Vorgesetzter war ein richtiges Arschloch!" Er schüttelte den Kopf und schnaubte verärgert. „Und jetzt habe ich gehört, dass er eine leitende Position in Aarhus bekommen hat. Vizepolizeidirektor! Das ist echt typisch."

Roland und Mark tauschten erneut Blicke aus.

„Dann wurden die Drogen also nicht gefunden?", fragte Roland, um ihn wieder zurück auf die Spur zu bringen.

„Wer sagt, dass jemals welche gefehlt haben?", entgegnete Bo Kruse wütend. „Diese Schweine lügen wie gedruckt!"

„Wurden Sie und Sander Lindholm beide beschuldigt, die Drogen gestohlen zu haben?"

„Sie *sind* also deswegen gekommen! Sander hatte auch nichts damit zu tun. Das war doch eine Lüge, um uns auszuschalten - und es hat geklappt. Die sind doch Kriminelle, nicht?"

„Ist nicht auch ein großer Geldbetrag verschwunden?", fragte Mark, die Arme immer noch vor der Brust verschränkt.

„Ach, *das* ist es", nickte Bo Kruse, als wäre ihm jetzt erst klar geworden, weshalb sie gekommen waren. „Doch, aber das war auch eine Lüge. Sie haben erst das eine, dann das andere versucht! Leider glaubten ihnen alle. Die Anschuldigungen galten auch Sander, aber er stand finanziell schlechter da als ich. Und dann war auch noch das mit Janus, was ihn belastete. Er traute sich nicht zu kündigen, aus Angst, keinen anderen Job zu finden. Ich hatte das Glück - wenn man sich erlauben kann, das so zu sagen -, dass ich die Firma hier und einen großen Betrag von meinem Vater geerbt habe, sodass ich mich selbstständig machen konnte. Sander steckte fest."

„Was war mit dem Sohn?", fragte Roland, der die kleine Nebenbemerkung mitbekommen hatte.

„Er war doch krank. Sander hat nicht so viel darüber geredet, daher habe ich es auf Umwegen erfahren. War wohl ziemlich ernst."

„Wer hat an dem Abend zuerst den Aufenthaltsort der Black Swan betreten?", fragte Mark mit einem schnellen Blick zu Roland, um ihn daran zu erinnern, was der Zweck ihres Besuchs war.

„Sander. Ich wollte auf Verstärkung warten. Mit diesen neuen Banden ist nicht zu spaßen."

„Also haben Sie auf Verstärkung gewartet?"

„Nicht besonders lange. Ich musste ja meinen Partner da drinnen unterstützen, nicht?"

„Selbstverständlich. Wie lange war Sander allein in dem Gebäude?"

Bo Kruse zuckte die Schultern, während er nachdachte, die Augen schräg an die Decke gerichtet.

„Etwa eine Viertelstunde, würde ich schätzen. Dann bin ich auch reingegangen."

„War Sander allein, als Sie reinkamen?"

„Ja, er hatte das Erdgeschoss durchsucht. Dann hörten wir, dass sie sich hinter einer geschlossenen Tür unterhielten. Sander öffnete sie einen Spalt und wir konnten sehen, dass sie nur zu viert waren. Unbewaffnet und ohne Wissen über unsere Anwesenheit. Sander trat die Tür auf und wir richteten unsere Waffen auf sie. Sie hatten die Drogen auf dem Tisch und wurden auf frischer Tat ertappt. Das war's."

Er zuckte wieder die Schultern, schaute sie an, stopfte sich den Rest des Brötchens in den Mund und spülte es mit Kaffee herunter.

„Kurz darauf nahm Sander Urlaub und reiste mit seiner Familie in die USA. Wissen Sie, woher er das Geld dafür hatte?", wollte Mark wissen.

„Keine Ahnung. Das war, nachdem ich schon weg war", antwortete Bo Kruse kauend. „Die hatten sicher gespart oder glauben Sie, das hat etwas mit dieser Durchsuchung zu tun? Dass es darum ging, Geld zu stehlen?"

„Sie haben nicht bemerkt, ob Sander etwas von dort mitnahm?"

Bo Kruse hörte auf zu kauen und starrte sie böse an.

„Wie ich bereits sagte, das war reine Erfindung, dass sowohl Drogen als auch Geld verschwunden sind. Falls dem so sein sollte, war es sicher einer von denen." Er stand auf und sah auf die Uhr. „Ich habe einen Termin, daher muss ich jetzt gehen."

Mark nickte Roland kurz zu. Hier war nichts mehr zu holen und viel klüger waren sie nicht geworden. Sie dankten ihm dennoch für seine Zeit.

Marks Handy klingelte, als sie sich ins Auto setzten. Er ging ran, während er im Rückspiegel Bo Kruse beobachtete, der in seinen Kombi stieg und dicht hinter ihnen aus der Einfahrt fuhr. Sein Gesicht war ernst. Roland wartete geduldig, bis Mark das Gespräch beendet hatte.

„Worum ging es?"

„Die Polizei Fünen hat ein Black Swan-Mitglied verhaftet, das Sander Lindholm einen Besuch mit einem Gruß abstatten wollte. Sie müssen erst einen Dolmetscher organisieren, ehe sie mit dem Verhör beginnen können", sagte er.

Roland versuchte, in seinem gequälten Gesicht zu lesen. Für ihn klang das eigentlich wie eine gute Nachricht, vielleicht konnten sie etwas aus dem Bandenmitglied herausbekommen.

„Was war das für ein Gruß?", fragte er.

Mark manövrierte das Auto vom Bordsteinrand. „Ein kleiner Zeh. Der eines Kindes. Zum Glück hat es der Bote nicht bis zu Sander geschafft, er wurde vorher entdeckt. Die Rechtsmedizin ist dabei zu untersuchen, ob es der Zeh seines Sohnes ist."

16

Endlich hatten sie bei der Pressekonferenz im Polizeipräsidium etwas mehr erfahren. Es war deutlich gewesen, dass Anker Dahl es nicht genossen hatte, um Hilfe bitten zu müssen, Zeugen für die beiden Morde zu finden. Er hatte anschließend - nicht ohne Einwände - eingewilligt, sich bei dem schönen Wetter vor dem Polizeipräsidium interviewen zu lassen. Anne und Ninna waren gerade damit fertig geworden, den Beitrag zu schneiden und zu redigieren.

Sie gewöhnte sich allmählich daran, sich selbst auf dem Bildschirm zu sehen. Am Anfang war es schwer zu akzeptieren gewesen, dass es ihre Stimme war, die aus den Lautsprechern kam, und dass sie wirklich so wütend aussah aufgrund der Narbe am einen Auge, die die Augenbraue hängen ließ. Aber die Kollegen sagten, ihre Stimme eigne sich wirklich gut fürs Fernsehen und dass nur sie selbst diese Narbe sah. Nun konnte Jytte natürlich schlecht das Gegenteil behaupten.

Es hatte sie auch gestärkt zu erfahren, dass mehrere Kollegen meinten, Jytte fühlte sich bloß bedroht von ihr, da sie problemlos die nächste Moderatorin werden könnte.

Der Bericht endete mit der Wiederholung der Personenbeschreibung des Täters, die der Vizepolizeidirektor gegeben hatte. Vom Grafiker war ein 3D-Modell erstellt worden, das die Beschreibung ergänzte, eine Gestalt mit Kapuzenpullover über einem dunklen, konturlosen Gesicht. Ninna hatte es mit früher gedrehten Bildern der Tatorte gewürzt und sie waren sich einig gewesen, dass das die Erinnerung möglicher Zeugen wecken würde.

„Was machst du am Wochenende?", fragte Ninna, als sie gemeinsam die Treppe hinunter zum Fernsehsender gingen.

„Entspannen", meinte sie und wünschte den Rezeptionisten ein schönes Wochenende, bevor sie den Türcode eingab. Ninna ging mit ihr hinaus. „Und du?"

Ninna zog den Riemen ihrer Tasche weiter die Schulter hoch und setzte die Sonnenbrille auf. „Das Gleiche. Und ich will mit meinem Freund *Sculpture by the Sea* sehen, das Wetter ist genau richtig für einen Trip ans Meer." Sie winkte und bewegte sich träge zur Bushaltestelle.

Anne setzte ihre Sonnenbrille ebenfalls auf, stieg ins Auto und machte sich auf den Heimweg.

Sie erstarrte vor Schreck, als sie die Wohnung betreten hatte und plötzlich merkte, dass sie nicht allein war. Vorsichtig griff sie nach dem Baseballschläger, den sie immer in einer Ecke stehen hatte. Sie spürte, dass jemand im Wohnzimmer war. Ihr Blick wanderte an die Decke zu dem Loch von dem Haken, an dem sich eine frühere Bewohnerin mit einem Strick erhängt hatte. Der

Hund der Frau hatte versucht, sein Frauchen herunterzuholen - oder er war nach einigen Tagen ohne Fressen hungrig geworden -, sodass der Holzboden unter dem runden Teppich ruiniert war. Anne wusste nicht, ob die Geschichte stimmte. Benjamin Trolle, ihr ehemaliger Nachbar, hatte sie ihr erzählt. Er war zurück zu seiner Frau und seiner Tochter gezogen und sie sah ihn leider nicht mehr.

Etwas bewegte sich im Schlafzimmer. Sie hob den Schläger und näherte sich, dann senkte sie ihn abrupt wieder.

„Sabina, verdammt, ich hätte dich niederschlagen können!", stöhnte sie und starrte wütend in die aufgerissenen, erschrockenen Augen ihrer Stiefschwester. „Was zum Teufel machst du in meinem Schrank?"

Sabina blinzelte ein paar Mal, sah aber in keiner Weise schuldbewusst aus. „Ich wollte nur sehen, ob du was Schickes zum Anziehen hast, das ich mir leihen kann", antwortete sie ehrlich und fuhr fort, Annes Kleiderbügel durchzublättern. „Ich wusste nicht, dass du jetzt schon heimkommst."

„Warst du den ganzen Tag hier?"

Anne konnte an Sabinas Nacken sehen, dass sie nickte, und hob den Baseballschläger wieder warnend. „Wenn du nicht aufhörst, in meinem Schrank zu wühlen, schlage ich dich wirklich k.o.! Davon passt dir eh nichts."

Sabina drehte sich um. Die Zigarette wippte an ihrer Unterlippe. „Was ist mit dem hier? Ich hab abgenommen, da pass ich bestimmt rein."

Sie zog ein weißes Spitzenkleid hervor, das Anne ganz sicher zu groß geworden war, aber sie riss es ihr aus der Hand und hängte es zurück in den Schrank.

„Nein, wieso brauchst du meine Kleidung? Geh heim und zieh deine eigene an."

„Ich hab nicht so viele Klamotten mit. Und ich hab ein Date. Ich glaube nicht, dass er auf den Punkerstil steht. Das ist wichtig, *please*, Ann."

„Er muss doch wissen, dass du den Punkerstil gut findest, oder was?"

„Nein, es lief über eine Datingseite. Das Foto da ist ganz normal und langweilig."

Anne stellte den Baseballschläger zurück in die Ecke. „Du darfst meine Kleidung nicht leihen und du darfst auch nicht zu einem Date gehen."

Sie öffnete den Kühlschrank und suchte mit den Augen die spärlich bestückten Fächer ab. Es gab eine Plastiktüte mit einer halben Zitrone, grün verschimmelt, zwei Bier, eine halbe Packung Butter, ein bisschen Orange am Boden von einem Glas Orangenmarmelade, eine Packung Milch, wobei die Milch sicher sauer war, noch vier Scheiben Roggenbrot in einer Packung - und Stryhns. Zum Glück!

„Warum darf ich ihn denn nicht daten?", knurrte Sabina sauer aus dem Schlafzimmer.

Anne hörte, dass ihre Stiefschwester immer noch im Schrank kramte.

„Weil da draußen ein Psychopath herumläuft und junge Frauen ermordet, Sabina. Keiner weiß, wer er ist."

Es wurde still, dann stand Sabina plötzlich neben ihr im Türrahmen zur Küche. „Stimmt das?", fragte sie. Die Augen spielten mit einer Mischung aus Angst und Spannung.

„Ja. Kriegst du gar nichts mit? Wenn du Journalistin werden willst, musst du auf dem Laufenden bleiben, was in der Welt vor sich geht. Hast du meine Salami gegessen?"

„Wen hat er ermordet?", fragte Sabina.

Anne entschied sich für Roggenbrot und Leberpastete und erzählte Sabina das, was sie selbst im Fernsehen gesehen oder in den Zeitungen gelesen haben müsste, wenn sie nicht mit ihrem Onlinedating beschäftigt gewesen wäre. Und es war nicht, weil sie nicht die Möglichkeit gehabt hätte, auf dem Laufenden zu bleiben, entdeckte Anne, als sie sich mit ihrer Mahlzeit und einem Bier aufs Sofa vor den Fernseher setzte und bemerkte, dass er angeschaltet war, aber ohne Ton. Sie hatte keine Kraft mehr, noch weiter mit Sabina zu schimpfen, die wieder ins Schlafzimmer verschwunden war. Sie stellte lauter, als ein buntes Bild eines dem Versinken nahen, überfüllten Bootes auf dem Bildschirm erschien. Es war von einem Helikopter aus aufgenommen worden. Täglich berichteten die Nachrichten von der Welle von Bootsflüchtlingen, die an den Küsten Europas aufschlugen. Beim letzten Mal, als sie mit Giacomo telefoniert hatte, hatte er erwähnt, dass er nach Lampedusa sollte, um einen Artikel für Il Manifesto über die furchtbare Situation auf der Insel und generell in Italien zu schreiben, wo die meisten Migranten in so großer Anzahl strandeten, dass die Empfangszentren es nicht schafften, all die vielen Fälle zu behandeln und Fingerabdrücke zu nehmen. Mehrere Flüchtlinge rauschten einfach mehr oder weniger bewusst direkt durch und reisten ohne Kontrolle weiter. Giacomo beschuldigte andere Länder in Europa, das Schengener Abkommen zu brechen und Italien im Stich zu lassen. Anne hatte damit argumentiert, dass Schweden und Deutschland rein faktisch mehr Flüchtlinge aufnahmen als Italien, ganz zu schweigen von Griechenland, und Dänemark im Verhältnis zu seiner Größe und Einwohnerzahl. Damals hatte es eine schlechte Verbindung zu seinem Telefon gegeben und sie wusste nicht, ob die Verbindung deswegen plötzlich abbrach oder Giacomo einfach aufgelegt hatte.

Sie starrte auf die Bilder der ausgebeuteten Flüchtlinge, die an Bord des italienischen Küstenwachschiffs gerettet wurden. Sie drängten sich an dem einen Ende des vollgestopften Bootes, um als Erste gerettet zu werden. Der Reporter berichtete, dass viele gerade bei diesen Rettungsaktionen umkamen, weil die Boote einfach kenterten. Anne schmierte sich noch ein Leberpastetenbrot und wurde Zeugin, wie weinende Kinder hochgezogen und in Decken gewickelt wurden von Leuten in Schutzkleidung und mit Mundschutz, die sie wie Rechtsmediziner aussehen ließen. Das musste doch auch ein erschreckender Anblick für diese armen Menschen sein. Besonders für die Kinder. Sie leerte die Bierdose und schaute lange auf ihr Handy, dann fasste sie einen Entschluss und rief in Italien an. Es dauerte ein bisschen, bis sich Giacomo mit dem üblichen „*Pronto*“ meldete. Als er realisierte, dass sie es war, wechselte er schnell ins Englische mit italienischem Akzent.

„Ich gucke mir gerade die Rettung mehrerer hundert Bootsflüchtlinge an der Küste Lampedusas im Fernsehen an. Bist du da?“

Es rauschte ein wenig in der Verbindung und eine Menge Lärm im Hintergrund übertönte beinahe Giacomos Stimme. „Nein, ich bin in Paliz… Mari…“ Die Verbindung verschwand einen Augenblick.

„Hallo! Paliz … wo?“ Anne nahm das Telefon ans andere Ohr und stellte mit der Fernbedienung den Fernseher leiser. Giacomo musste auch irgendetwas getan haben, oder war irgendwo hingegangen, wo nicht so viel Lärm war, denn plötzlich hörte sie ihn klar und deutlich.

„Palizzi Marina. Das ist ein hübscher kleiner Badeort in Süditalien. Oder besser gesagt: Da war ich. Ich habe jetzt keine Zeit zu reden, Anne. Das hier ist eine Katastrophe!“

„Was ist los?“

„Ein Frachtschiff ist bei dem Unwetter direkt hier in den Küstenort gekracht. Die Krankenwagen fahren im Linienverkehr, aber wir erfahren nichts. Es ist für die Presse und alle Unbefugten gesperrt. Ich habe nur herausgefunden, dass das Schiff wohl auf dem Weg nach Europa war, aber es gibt viel, was sie nicht erzählen.“

Giacomos Stimme verschwand wieder, kam dann aber zurück. „Jemand sagt, dass das Schiff ohne Kapitän war und vom Kurs abgekommen ist, andere, dass alle auf dem Schiff tot sind, ich weiß nicht, was davon stimmt.“

„Hat das etwas mit Menschenschmuggel zu tun?“

„Ich weiß es nicht, Anne. Vielleicht ist es ein weiteres Geisterschiff, das die Schleuser einfach auf dem offenen Meer zurücklassen, voller Flüchtlinge, dem eigenen Schicksal überlassen, aber in dem Fall sieht es nicht so aus, als hätte jemand überlebt. Ah, jetzt passiert etwas. "

Sie hörte, dass Giacomo rannte, kurz darauf brach die Verbindung ab.

„Verdammt!", rief sie und versuchte ein weiteres Mal anzurufen, landete aber auf der Mailbox. Sie hinterließ eine Nachricht, er solle sie auf dem Laufenden halten, dann bemerkte sie, dass es in der Wohnung still geworden war.

„Sabina?", rief sie, bekam aber keine Antwort. Die Nachrichten berichteten über ein weiteres Unglück, die ernsten Nebenwirkungen der HPV-Impfung, die eigentlich junge Mädchen davor schützen sollte, an Gebärmutterhalskrebs zu erkranken. Sie rief erneut nach ihrer Stiefschwester, dann stand sie vom Sofa auf und nahm den leeren Teller und die Bierdose mit in die Küche. Hier war Sabina auch nicht. Anne schaute im Bad nach und ging ins Schlafzimmer. Die Tür des Kleiderschranks stand offen, und mit einer bangen Ahnung suchte sie zwischen den Bügeln. Das weiße Spitzenkleid war weg.

17
Äthiopien

Seit Assefa und das Albino-Kind verschwunden waren, hatte eine gedrückte Stimmung im Lager geherrscht. Nun waren die meisten Mitarbeiter abgereist und auch Silje hatte angefangen, ihren Koffer zu packen. Morgen Abend sollte sie nach Addis Abeba und von dort aus weiter nach Frankfurt am Main fliegen. Heute Abend hatten sie ein kleines Abschiedsfest gefeiert. Farsiris hatte den Hahn geschlachtet und zerteilt, der im Lager herumgelaufen war, seit er in der Woche zuvor auf dem Markt gekauft worden war. Es war seltsam, ihn auf dem Teller zu haben, wo sie doch zusammen mit ihm herumgelaufen war - sogar mit ihm geredet hatte an dem einen Tag, als er zu ihr hineingeschlüpft war, während sie am

Arbeiten war. In den letzten Tagen war viel zu tun gewesen und sie hatte nicht viel Schlaf bekommen.

Sie war im Flüchtlingslager vorgestellt worden, wo auch die Auszahlung der Gehälter und die Ablieferung diverser Papiere zu erledigen war, bis das Projekt an die Behörden übergeben und von ihnen fortgesetzt wurde. Samanta instruierte sie und lehrte verschiedene kleine Operationen, beispielsweise wie man sterilisiert, damit sie wussten, was zu tun war.

MSF health facilities befand sich am Eingang des Flüchtlingslagers, sodass sie nicht gesehen hatte, wie die Flüchtlinge wohnten. Aber sie hatte die Patienten begrüßt, die in der Gegend waren. Die Kinder hatten zuerst Angst vor ihr, aber wenn sie in die Hocke ging und auf ihrer Höhe war, trauten sie sich doch, näher zu kommen. Sie starrten mit ihren schwarzen in ihre blauen Augen und Silje überlegte, ob sie es wohl sehen konnten, dass sie die Tochter des Arztes war, der sie behandelte. Sie vermisste ihre eigene Tochter noch mehr, wenn sie die kleinen Mädchen im gleichen Alter wie Anya sah, und plötzlich hatte sie sich darauf gefreut, nach Hause zu ihrer Familie zu kommen. Die wenigen Male, die sie das Glück gehabt hatte, mit Tao zu sprechen, hatte er gesagt, es liefe gut, aber sie hatte das Gefühl, dass sich Anya hauptsächlich bei ihren Großeltern aufhielt.

Sie klappte den Koffer zu und schloss die Schnallen. Nun waren nur noch die Dinge im Zimmer, die sie morgens brauchte. Zahnbürste, Kamm und Seife. Sie setzte sich aufs Bett und schaute sich um. Schauderte bei dem Gedanken an die riesige Spinne, die sie abends mit einem Buch hatte totschlagen müssen, da sie mit langen, behaarten Beinen unter ihrem Bett hervorgekrabbelt war. Sie hätte nie gedacht, dass sie das fertigbringen würde. Wenn sie zu Hause im Badezimmer eine viel kleinere sah, rief sie immer Tao, dann kümmerte er sich darum. Es war unglaublich, was man selbst vermochte, wenn man dazu gezwungen war.

Das Licht im Zimmer veränderte sich plötzlich und dann fing das Geräusch auf dem Dach an. Etwas Kaltes traf ihren nackten

Fuß in der Sandale, den sie schnell zurückzog. Dann bemerkte sie, dass es Wasser war, was durch die offene Tür hineinspritzte. Sie stand auf und stellte sich in die Türöffnung. Es hatte angefangen zu regnen. Die Regenzeit war endlich gekommen. Sie lachte, als sie Farsiris entdeckte, die mit ausgebreiteten Armen mitten auf dem Hof stand und sich wie eine Ballerina in einer Spieldose auf der Stelle drehte. Die Zähne leuchteten weiß in dem schwarzen Gesicht, das zum Himmel gerichtet war und vom Regenwasser glänzte. Die Haare waren auch nass und die normalerweise krausen, wuscheligen Locken klebten platt an ihrem Kopf.

Silje trat ebenfalls hinaus in den Regen und ließ die kalten Tropfen ihr Gesicht treffen. Wie unter der Dusche zu stehen, die sie so lange entbehrt hatte. Farsiris hielt plötzlich in ihrem Tanz inne und schaute zu der Einfahrt des Lagers. Ihr Gesicht leuchtete noch mehr auf. „Sämay!“, rief sie und lief zu einem weißen Toyota Land Cruiser, der, wie Silje erst jetzt bemerkte, vor die Gebäude gefahren war. Die heftigen Regentropfen auf der harten, trockenen Erde, den Bänken und Tischen übertönten alle Geräusche. Sie strich sich ihre nassen Haare mit beiden Händen zurück und starrte den Mann an, der aus dem Auto gestiegen war und die ungestüme Umarmung der Köchin empfing. Das war *er*! Ihr Vater war gekommen. Ihr Herz hämmerte im Takt mit dem Trommeln des Regens auf dem Dach und sie war kurz davor, laut zu lachen, aber dann kam der Zweifel. Was sollte sie jetzt tun? Hinlaufen, ihn umarmen und ihm erzählen, dass sie seine Tochter war? Wie würde er reagieren?

Farsiris zog ihn mit sich zu den Küchengemächern, winkte ihr zu und rief irgendetwas. Schließlich erfasste sie die Worte.

„*Come on, Silje! Sämay has come back!*“

Silje nicke und eilte kurz in ihr Zimmer. Glücklicherweise war ihr Spiegel noch nicht eingepackt, aber es war keine Zeit, besonders viel an ihrem Aussehen zu verändern. Sie stürzte hinaus und rannte mit gesenktem Kopf hinüber. Wasser und Schlamm drangen zwischen ihre Zehen, aber wenn sie von ihrer Eitelkeit absah, war es tatsächlich sehr angenehm.

In der Küche saß Sämay am Tisch und hörte Farsiris zu, die am Herd losplapperte, während sie *injera* zubereitete, ein weiches, gesäuertes Fladenbrot. Er saß mit dem Rücken zu Silje, als sie die Küche betrat. Samanta war ebenfalls da und hatte sich ihm gegenüber gesetzt.

„Hallo Silje. Begrüß Sämay, unseren dänischen Arzt", rief sie und winkte sie an den Tisch. Silje ging zögernd hin und hatte das Gefühl, die anderen müssten ihr Herz gegen die Rippen hämmern hören. Bevor sie dort ankam, drehte er sich neugierig um, und ihre Blicke trafen sich. Silje staunte über die blaue Farbe der Augen, die in dem sonnengebräunten Gesicht unnatürlich wirkte. Waren ihre eigenen Augen wirklich genauso hübsch? In seinen war auch etwas anderes. Wie ein tiefer Abgrund oder ein See ohne Grund.

„Das ist Silje aus Dänemark, die mit dem Personal und der Buchführung geholfen hat, nachdem Gry krank geworden ist und heim nach Norwegen reisen musste", stellte Samanta sie vor. „Ja, dann hast du es doch geschafft, die Regenzeit zu erleben", fügte sie hinzu und lächelte Silje an, die den Blick nicht von ihrem Vater wenden konnte. Er sah als Erster weg und schaute auf den Teller, den Farsiris vor ihn stellte.

„*What is in it?*", fragte er.

„*Chicken*", antwortete Farsiris, nahm seinen Hut vom Tisch und legte ihn mit einer routinierten Bewegung auf einen Stuhl.

„*I doubt it*", entgegnete Sämay und sie lachten alle. Silje hatte selbst Zweifel daran gehabt, ob es nun wirklich Hühnchen war, was zum Brot serviert wurde, als sie das Gericht das letzte Mal bekommen hatten. Sie setzte sich neben Samanta. Die Bluse klebte nass am Körper und sie fing trotz der hohen Luftfeuchtigkeit an zu frieren. Vielleicht fror sie, weil sie so dicht bei ihrem Vater saß. Es war völlig unwirklich.

Sie hatte so lange nach ihm gesucht. Hatte die Samenbank kontaktiert, die nichts preisgeben wollte, im Internet gesucht und die Fertilitätsklinik gesucht, wo ihre Mutter inseminiert worden war, aber sie kannten den Samenspender auch nicht, wenn er sich entschieden hatte, anonym zu bleiben. Sie hatte auch keine Spendernummer, von der ihre Mutter behauptete, sie habe sie verloren. Silje war Mitglied eines DNA-Registers auf der Homepage *23andMe* geworden und hatte dafür bezahlt, aus einer Speichelprobe ein Profil erstellt zu bekommen. Auf diese Weise hatte sie endlich das Glück gehabt, eine Halbschwester ausfindig zu machen. 23andMe hatte die Übereinstimmung gefunden. Auf Facebook war sie danach in Kontakt mit ihrer Halbschwester getreten und dort hatten sie auch den Versuch gestartet herauszufinden, wer ihr gemeinsamer Vater war, eine unmögliche Aufgabe, doch dann hatte ein vermeintlicher Halbbruder sie kontaktiert. Er wusste, wer ihr Vater war.

„… aber dann hoffen wir mal, dass das Flugzeug morgen fliegt, wenn du abreist", hörte sie seine Stimme durchdringen wie eine Fortsetzung eines längeren Satzes, den sie nicht mitbekommen hatte. Er sah sie sehr intensiv an.

„Warum?", stotterte sie verwirrt.

„Wegen der Regenzeit, über die wir sprechen. Sag mal, schläfst du schon, Silje?", grinste Samanta und knuffte sie mit dem Ellbogen leicht in die Seite.

„Nein, es war ein langer Tag", entschuldigte sie sich verlegen und lächelte erschöpft.

Ihr Vater aß lächelnd weiter. Sie liebte es, sein Gesicht anzusehen und bemerkte, dass sie starrte. Samanta glaubte sicher, sie wäre in den Arzt verliebt. Sie lächelte selbst mit fernem Blick. Samanta sollte es ruhig wissen. *Alle* sollten es ruhig wissen! Sie hatte Lust aufzuspringen, hinaus in die Savanne zu laufen und in den Regen zu rufen, dass das hier ihr Vater war. Wie sollte sie es ihm sagen? Es sollte ein besonderer Augenblick sein. Der perfekte. Aber würde der jemals kommen? Wann war er bereit, eine erwachsene, unbekannte Tochter zu treffen, die er vielleicht gar nicht wollte? Hatte ihre Mutter recht? Die Unsicherheit nagte wieder. Irgendetwas wirkte verkehrt. Insgesamt hatte er nichts von einem Vater. Nicht, wie der gemütliche Vater zu Hause, der ein Trampolin im Garten aufgestellt und ihr Gute-Nacht-Geschichten vorgelesen hatte. So konnte sie den Mann hier vor sich überhaupt nicht sehen. Sein Gesicht hatte die Reife, die nur viel ältere Männer haben, wenn sie ein spannendes und gefährliches Leben gelebt hatten, das ihre Männlichkeit herausgefordert hatte. Die Falten um seine Augen deuteten darauf hin, dass er oft lächelte, oder wegen der starken Sonne vielleicht bloß immer die Augen zusammenkniff. Er hatte eine helle Narbe auf dem sonnengebräunten Arm, aber die Hände waren fein und beinahe weiblich. Sie hatten hier unten viele Menschenleben gerettet, da war sie sich sicher. Er war kein Familienvater, er war Abenteurer. Aber warum war er dann Samenspender? Wohl, um Kinder zu bekommen. Weil er gerne Vater sein wollte.

Der Mut kehrte zurück. Sie musste es ihm erzählen, wenn sie alleine waren.

18
Lampedusa

Die Terrasse des Restaurants und der Bar des Hotels ging zu dem alten Garten hinaus. Es war nicht das billigste Hotel, aber als sie gebucht hatte, waren viele schon ausgebucht gewesen. Zum Glück für die Insel. Gerüchten zufolge war der Tourismus aufgrund des großen Flüchtlingsstroms eingebrochen, trotz der Tatsache, dass mehrere der Strände auf der Top-Ten-Liste der schönsten der Welt ganz oben standen.

Kamilla legte die Ellbogen aufs Geländer und beugte sich ein wenig vor. Hier waren sie also geborgen worden, Hunderte toter Bootsflüchtlinge. Sie schoss eine Serie Fotos vom Meer, setzte sich in den Schatten und wartete auf einen Cappuccino und kaltes Wasser.

Abubakar hatte sie zum Flughafen in Kairo gefahren, wo sie ein Flugzeug nach Catania und weiter nach Lampedusa genommen hatte. Es hatte nichts Neues über die Flüchtlinge gegeben, die am Strand in Alexandria hatten umkehren müssen. Hafez hatte sich die Handynummer von einem der anderen Flüchtlinge in der Gruppe besorgt, der auch aus Syrien kam, konnte aber keinen Kontakt herstellen. Sie waren spurlos verschwunden. Abubakar hatte versprochen, sie auf dem Laufenden zu halten, aber sie hatte nichts von ihm gehört, seit sie sich am Flughafen verabschiedet hatten.

„Das passiert also nicht jeden Tag", ertönte es in gebrochenem Englisch nicht weit von ihr. Sie glaubte, sie sei allein. Dass die meisten um diese Zeit Siesta hielten. Verwirrt schaute sie sich um. Der alte Mann saß im Schatten im Winkel ein bisschen hinter ihr auf einen verschlissenen Bambusgartenstuhl, der nicht zu dem übrigen Interieur in der Bar passte. Die Ärmel des zerknitterten, weißen Hemdes waren über runzelige, trockene Ellbogen hochgekrempelt und enthüllten ein Paar sehnige Arme mit hängender, überschüssiger Haut, die zeigte, dass er früher mal besser gepolstert gewesen war. Sommersprossige Hände ruhten auf einem Spazierstock mit gebogenem Chromgriff, der zwischen seinen grauen Hosenbeinen mit Bügelfalte platziert war. Die Augen tränten, aber sie waren lebendig und neugierig in dem zerfurchten Gesicht. Er könnte ein alter Fischer sein, der an das Meer und den Wind gewöhnt war.

„Was meinen Sie?", fragte Kamilla lächelnd.

„Sind Sie keine Journalistin?"

Kamilla schüttelte den Kopf.

„*Turista*?"

„Nein, ich bin Fotografin."

Der alte Mann schnaubte. „Die kommen her und glauben, dass die Toten jeden Tag an unsere Strände gespült werden." Er wandte die nassen Augen zum Hafen mit den teuren Luxusjachten und älteren Fischerbooten.

„Tun die Fotografen das?"

Er nickte. „Ja, und die Journalisten. Wo kommen Sie her? *Paese*? Land?"

„Dänemark."

Der Kellner kam mit einer großen Tasse, einem Glas und einer Flasche Mineralwasser auf einem Tablett. Sorgfältig stellte er jedes einzelne Ding auf die weiße Decke vor sie und sagte etwas auf Italienisch zu dem Mann auf dem Stuhl, der damit antwortete, mit schlaffer Hand gleichgültig nach ihm zu schlagen, ohne den Blick vom Meer abzuwenden. Drinnen in der Bar lief ein kleiner Fernseher, der oben in der Ecke über der Theke hing. Sie konnte weder das Bild sehen noch verstehen, was gesagt wurde. Der Alte saß strategisch günstiger, sodass er bloß den Kopf drehen musste, um es mitzubekommen. Aber er war immer noch mit dem Meer beschäftigt. Der Kellner ging wieder.

„Sind Sie vielleicht Fischer?", fragte Kamilla und schüttete Zucker in den Kaffee.

„Ach, vor langer Zeit. Bin jetzt pensioniert. Meinem Sohn gehört das Hotel hier." Er nickte stolz. „Am Ende bin ich nur mit Touristen gesegelt. Das ist das Einzige, von dem wir leben. Fischerei und Tourismus. Leider nicht das, wofür wir bekannt sind."

Kamilla verstand, worauf er anspielte.

„Lampedusa gehört mehr zu Afrika als zu Europa. Das sind unsere Brüder, die draußen ertrinken. Wir stehen mittendrin. Die dreckige Fußmatte Europas. Was machen wir dann, wenn sie die Haustür zuknallen."

Er murmelte und die meisten Worte klangen mehr italienisch als englisch.

Kamilla trank aus der großen Cappuccinotasse. Sie hatte gelesen, dass Lampedusa ein Teil des afrikanischen Kontinentalsockels war, und eigentlich hatte er wohl recht.

„Fühlen Sie sich dann mehr als Afrikaner denn als Italiener?", fragte sie.

Er schnaubte wieder und schüttelte den Kopf. „*Sono un essere umano*. Ich bin nur ein Mensch. Wir sind alle Menschen! Auch die." Er nickte in Richtung Meer.

Das Leben am Hafen war jetzt bei der Mittagshitze träge und nur einige wenige Touristen gingen an der Mole vorbei. Flüchtlinge sah sie auch keine, sie hielten sich wohl in dem Flüchtlingslager auf, das sie später am Tag besuchen sollte. Die Häuser in der Stadt trugen Züge spanischen, französischen und maltesischen Einflusses, von damals, als sie versuchten, im 17. und 18. Jahrhundert hier sesshaft zu werden. Im Großen und Ganzen wohnten alle Einwohner auf dem südlichen Teil der Insel.

„Wie viele Einwohner gibt es hier?"

Der Alte schüttelte den Kopf. „Ungefähr fünftausend. Vielleicht mehr. Aber mehr Flüchtlinge als Einheimische." Er hustete trocken. „Ihr tut nichts dagegen. Ihr beschwert euch, aber seht mal uns an! Wir sind vergessen. So war es immer. Italien hat nie gewusst, was sie mit uns anfangen sollen. Eine alte Pirateninsel. Wir waren nur als Gefangenenkolonie zu gebrauchen. Und das hat sich seit 1860 nicht geändert." Er stampfte mit dem Stock ein paar Mal auf die Marmorfliesen; das ließ den Kellner aus der Bar herausschauen.

„*Nonno*!", sagte er hart und warnend. Kamilla lächelte ihm beruhigend zu. Sie wusste, dass nonno Großvater bedeutete.

„Ist das Ihr Enkel?", fragte sie.

Der Großvater nickte und kniff die Lippen zusammen. „Alberto. *Non capisce nulla*. Er weiß nichts. Die Jungen verstehen nicht."

„Haben Sie immer hier auf der Insel gewohnt?" Kamilla schaute auf ihr Handy, das neben ihr auf dem Tisch lag, aber Abubakar hatte noch nicht angerufen.

„*Sempre*! Immer." Er lachte plötzlich glucksend. „Erst in den 1960ern haben wir eine Telefonleitung und Elektrizität bekommen. Dann kam das Militär." Er wurde wieder ernst.

„Das Militär?"

„Ja. Die Basis. Sowohl die italienische als auch die amerikanische. Gaddafi hat uns 1986 bombardiert. Zum Glück konnte er nicht treffen." Er lachte wieder und klopfte mit dem Stock auf den Boden, schielte in Richtung Türöffnung hinein zur Bar und guckte wieder verloren hinaus auf das blitzende Wasser. Die Sonne war gewandert, sodass er nicht mehr im Schatten saß. Ohne sich zu erheben, rückte er den Stuhl ein bisschen weg. Die Stuhlbeine schabten über den Boden. Dann deutete er mit dem Stock aufs Meer. Kamilla folgte der Richtung mit dem Blick.

„Da kommt die *Guardia Costiera*. Die Küstenwache. Wie Sie sehen können, haben sie heute niemanden gefunden. Nicht mal Strandgut. Dann ist ihnen das Geld entgangen."

„Wem? Welches Geld?"

Der Alte sah sie an und senkte den Stock. „Das ist ein Millionengewinn. Die Empfangszentren bekommen über 30 Euro pro Nase. Die Migranten kriegen nur Verpflegung für ein Fünftel davon. Was sollen Sie hier eigentlich fotografieren? Schöne Strände?"

Kamilla schaute milde in die große Tasse vor sich. „Nein, ich soll morgen das Flüchtlingslager besuchen."

„Tss, da sehen Sie es selbst!" Er machte Miene, auf den Boden zu spucken, tat es aber doch nicht. „Das ist alles, worin ihr schwelgt. Warum jetzt? Politische Strategie?

Das alles ist schon seit über zwanzig Jahren so. Hier in Lampedusa haben wir immer Menschen auf der Flucht geholfen. Wieso auf einmal all das Interesse, frage ich bloß?" Der Alte lehnte sich auf den Stock, seine braunen Augen blitzten ihr entgegen.

„Es berührt natürlich, dass so viele gestorben sind", verteidigte sie sich. „Meinen Sie denn nicht, es ist gut, dass das Problem ins Blickfeld gerät?"

„Tja, es ist natürlich nur schlimmer geworden." Er lehnte sich wieder auf dem Stuhl zurück, die Hände immer noch auf dem Stock. Der Unterkiefer bewegte sich hin und her, der Blick ruhte wieder auf dem Licht und dem Hafen. Sie schwiegen lange. Kamilla trank den Rest ihres Cappuccinos und goss Wasser ins Glas.

„Das ist unsere eigene Schuld. Die Leute flüchten unseretwegen hierher. Wir haben in unserer Gier ihre Länder zerstört. Nigeria bei der Jagd nach Öl. Libyen, weil wir ihr Staatsoberhaupt beseitigt haben, den Anführer, den sie brauchten, der aber nicht in unsere demokratische Fantasie passte. Das Gleiche gilt für den Irak. Und warum bekommt Syrien keine Hilfe vom Rest der Welt? Weil sie keine Großproduzenten von Öl sind? *Pertanto é!* Sie sind für die Machthaber nicht von Interesse. Das Ganze dreht sich um Politik und Geld."

Kamilla zuckte zusammen, als der Kellner plötzlich neben ihr stand. „*He bothers you, the old man?*", fragte er und nahm die leere Tasse.

Kamilla versicherte ihm, dass der Großvater nicht störte. Der Kellner setzte sich auf den Stuhl neben ihr. Er schaute zu dem Alten.

„Er ist mein Opa, aber ein richtig saurer, alter Anarchist. Er vergisst, dass er selbst Geld angenommen hat. Der Staat gibt den Fischern Geld dafür, die Küstenwache zu alarmieren und die Flüchtlingsboote im Auge zu behalten, bis Hilfe kommt. Viele verdienen an deren Unglück, nicht nur die Menschenschmuggler."

Er sprach besser Englisch als sein Großvater, der in dem Schattenwinkel irgendetwas Unverständliches brummte und sich unruhig auf dem Stuhl bewegte.

„Was, meint ihr, ist nötig, um den Tod auf dem Meer zu vermeiden?"

„Lasst sie nach Europa kommen. Das ist groß und reich. Wir sind nur eine kleine, arme Insel. Für Zwischengelandete, die hier nur eine Zeitlang sind, wie die Zugvögel auf dem Weg übers Mittelmeer. Nun sind sie Gefangene wie in den Gefangenenkolonien damals, weil ihr nichts mit ihnen zu tun haben wollt", brummte es aus der Ecke.

Der Kellner ignorierte ihn und schüttelte den Kopf. „Ganz vermeiden kann man den Flüchtlingsstrom wohl nie. Er ist immer da gewesen. Sie flüchten doch nicht nur nach Lampedusa, sondern auch in alle anderen Mittelmeerländer und -inseln. Mare Nostrum sollte meiner Meinung nach wieder eingeführt werden. Sie sind auf dem ganzen Mittelmeer patrouilliert. Rettung vor Kontrolle.

Die Entschuldigung, das fördere den Flüchtlingsstrom, mit der die EU kam, um nicht zu bezahlen, ist Unsinn. Mare Nostrum hat auch dafür gesorgt, dass Flüchtlinge zurück in ihr Heimatland geschickt wurden und nicht ihr Leben auf dem Meer verloren haben. Das war ein teures Unterfangen, ja, aber kann man Menschenleben mit Geld aufwiegen?"

Er nahm auch das leere Glas und stellte es sorgsam auf das Tablett neben die Tasse, als wäre es ein Schachspiel.

„Warum können die nicht einfach in den Botschaften in ihren Ländern Asyl beantragen, damit sie dafür nicht übers Meer müssen. *Grande disastro!*", sagte der Großvater.

Der Enkel ignorierte ihn wieder.

„Darf es noch etwas sein?", erkundigte er sich.

Kamilla lehnte freundlich ab. Sie musste bald los zum Flüchtlingslager.

„Aber es stimmt, dass die Journalisten ein verkehrtes Bild der Verhältnisse wiedergeben, um Sensation zu schaffen, da hat Nonno recht. Ich hoffe, Sie machen das mit Ihren Fotos nicht auch. Die Situation ist untragbar, daran besteht kein Zweifel, aber irgendjemand zieht einen Nutzen daraus, sie noch schlimmer zu machen und aufzublasen. Besonders die Politiker auf dem Festland. Wenn sie nicht das Grausamste hervorheben, ist die Chance auf finanzielle Unterstützung vom Rest Europas natürlich geringer."

Kamilla runzelte die Stirn. „Klingt das nicht ein bisschen zynisch?"

„So ist die große Politik!" Der Kellner zuckte die Schultern und stand auf. Der Großvater übernahm von seiner Ecke. Er hatte den Stuhl gedreht, sodass er den Fernseher sehen konnte.

„So ist es immer gewesen. *Sempre*! Das eine löst das andere Jahr für Jahr ab und das alles zerstört den Tourismus. Zuerst sprechen sie nur von Ebola, dann hört man nur vom Flüchtlingsstrom und dem Islamischen Staat - ist Ebola verschwunden?" Er hustete wieder, dann hob er einen gekrümmten Finger und deutete auf den

Fernsehbildschirm. „Und jetzt guckt euch das an! Eine weitere verdammte Katastrophe!“

Kamilla drehte sich um und konnte den kleinen Bildschirm drinnen in der dunklen Bar gerade so erahnen. Das Bild zeigte reihenweise grüne, blaue und schwarze Leichensäcke, die an einem Strand aufgereiht waren. Die Leichenwagen standen im Hintergrund.

„Was ist da passiert?“, fragte sie den Kellner.

„Ein Frachtschiff ist im Sturm außer Kontrolle geraten und in einen kleinen Küstenort in Süditalien gesegelt. Alle umgekommen, meint man.“

„Waren Flüchtlinge an Bord?“

„Das wird verschwiegen. Selbst die Journalisten haben nicht die Möglichkeit, die Wahrheit zu erfahren, und dürfen sich der Unglücksstelle nicht nähern.“

Der Kellner schüttelte den Kopf und ging mit dem Tablett zurück zur Bar. Der Alte war mit der Sendung beschäftigt. Der Kiefer mahlte wieder hin und her, als kaute er Tabak. Die Augen tränten.

19

Anker Dahl riss den Schlips vom Kragen und knöpfte den obersten Hemdknopf auf, als er ins Büro zurückkam. Nicht allein aufgrund der drückenden Hitze, von der die Meteorologen sagten, sie komme aus Afrika, und die ihrer Vorhersage zufolge bald in Donner enden sollte, sondern auch, um nach der Pressekonferenz Luft zu bekommen. Er fühlte sich wie ein Gladiator, der sich gegen einen Haufen angreifender, gieriger Löwen verteidigt hatte. Aber nun war es überstanden und er hoffte, dass die Presse trotz allem die Menschen dazu bewegen konnte, sich mit brauchbaren Informationen zu melden. Die anmaßende Journalistin von TV2 Ostjütland hatte Glück gehabt, ihn zu einem zusätzlichen Interview auf der Straße zu überrumpeln, aber trotz der Tatsache, dass er am liebsten darauf verzichtet hätte, wurde er anschließend das Gefühl nicht los, dass es vielleicht etwas bringen konnte. Obwohl sie aufdringlich und unfassbar irritierend war, war sie gut darin, die richtigen Fragen zu stellen, sodass die wesentlichste Botschaft rüberkam. Sie war mehr darauf eingegangen, die Beschreibung des Täters zu beleuchten und die Zeitpunkte, wo jemand ihn gesehen haben könnte, wohingegen die anderen Journalisten hauptsächlich an den Details der Morde selbst interessiert gewesen waren.

Er hatte sehr wohl bemerkt, dass Kim Ansager von seinem Platz aufgestanden war, sobald er zur Tür hereinkam, und nun in seinem Büro stand und sich offenbar verpflichtet fühlte, als Erster sein Mitgefühl zu zeigen.

„Na, hast du die Geier überlebt?“ Er lachte ein bisschen nervös, als Anker Dahl nicht antwortete. „Mit ihr, Anne Larsen, solltest du vielleicht mehr zusammenarbeiten. Roland Benito hatte viel Freude an ihr. Sie ist oft mit Informationen voraus, da sie andere Methoden nutzen kann als wir.“

Kim schwieg abrupt, als Anker Dahl ihn nun vorwurfsvoll anschaute.

Nur schlechte Polizisten arbeiteten mit der Presse zusammen. Die, die es nicht selbst hinkriegen.

„Haben wir schon Hinweise bekommen?“

„Ja, ein paar. Nichts Halbes und nichts Ganzes.“

„Schön, dann sortieren wir sie später und schauen, was von Bedeutung sein kann. Noch was?“

Kim nickte. „Ja. Das Ergebnis der Blutanalyse ist gekommen. Von der Katze. Sie haben eine schwache DNA-Spur gefunden.“

„Schwach?“

„Ja, aber trotzdem sind sie sich recht sicher. 98 Prozent, meint die Rechtsmedizin. Das Resultat war kurz nach Mittag hier.“

„Das hat ja lange gedauert.“

„Sie entschuldigen sich mit Krankheit, Freizeitausgleich, Urlaub.“

Anker Dahl nickte missbilligend.

„Das Positive ist, dass es einen Treffer in unserer Datenbank gibt. Der Täter von ein paar alten Morden, ist Jahre her."

Anker Dahl lebte auf. Es war wichtig, dass er bald Ergebnisse vorweisen konnte, damit der Polizeidirektor nicht bereute, sich für ihn anstelle von Kurt Olsen entschieden zu haben, der, wie er nur zu gut wusste, versucht hatte, zu erreichen, noch eine Weile auf dem Posten gelassen zu werden, indem er Anker Dahls Familientragödie als Vorwand dafür anführte, dass dieser sich nicht für den Job eigne. Kurt Olsen hatte sogar, der Vertraulichkeit des Polizeidirektors zufolge, keinen Hehl daraus gemacht, dass er seine Entscheidung, in Rente zu gehen, bereute. Erst später war Anker Dahl auf den Gedanken gekommen, dass die Vertraulichkeit des Direktors auch eine Drohung gegen ihn hatte sein können. Falls er nicht die Ergebnisse vorwies, die die Leitung von ihm erwartete, gab es einen alten, treuen Mitarbeiter, der in den Startlöchern stand, um zurückzukommen. Er schüttelte den Gedanken ab.

„Ist er denn entlassen, auf Bewährung - oder entflohen?"

Kim setzte sich auf den Stuhl vor dem Schreibtisch und faltete die Hände im Schoß. „Der Täter ist damals spurlos verschwunden, wurde nie gefunden und bestraft. Er ist der Einzige, der durch Benitos Netz geschlüpft ist."

Noch besser. Anker Dahl war kurz davor, sich die Hände zu reiben, aber schaffte es, sich zusammenzureißen.

„Aber haben wir eine Personenbeschreibung von ihm?"

„Gewissermaßen. Ein Bild. Isabella sucht gerade die Fallakte heraus."

„Passt sie auf diese Beschreibung? Ein Kerl mit Kapuzenpullover?"

„Soweit ich mich erinnere, hat er die Morde damals auch in einem Kapuzenpullover begangen."

Sie wurden von Isabella unterbrochen, die mit einer Akte des alten Falls hereinkam und sie ihm reichte. Anker Dahl griff hastig danach, doch Isabella hielt sie zurück.

„Es ist einige Jahre her. Ich wurde in dem Jahr gerade eingestellt. Ist es nicht gefährlich, wenn wir uns blind auf diese Theorie stürzen?“

Sie ließ die Akte los. Anker Dahl zog sie mit einem festen Ruck und einem bösen Blick an sich. Dieses Benehmen mochte er nicht, besonders nicht, wenn andere anwesend waren.

„Dass es die gleiche DNA ist, die auftaucht, muss doch etwas bedeuten. Haben wir eine Adresse von ihm?“ Er blätterte in den Unterlagen.

Isabella und Kim tauschten Blicke aus.

„Er ist in Afrika verschwunden und man vermutet, dass er immer noch irgendwo da unten wohnt. Das ist ein großer Kontinent, daher ist er nach all den Jahren fast unmöglich, ihn zu finden.“

„Unmöglich zu finden? Wurde er deswegen damals nie verhaftet? Man kann alle finden, und wenn der Mann vor Kurzem in Dänemark gewesen ist und zwei Morde begangen hat, kann er wohl nicht so weit weg sein“, sagte Anker Dahl sehr selbstsicher. „Hat er Familie hier?“

„Sein Vater ist tot, seine Mutter wurde ermordet. Sein Stiefvater kam in das damals gerade frisch eingeweihte Staatsgefängnis Ostjütland“, informierte Isabella.

„Also eine belastete Familie?“

Die beiden Beamten sahen sich wieder vielsagend an, was Anker Dahl zu irritieren begann.

„Okay, ich lese den Bericht. Geht einfach wieder zurück an eure Arbeit. Danke für die Hilfe“, fügte er dennoch hinzu, als sie gingen.

Afrika? Niemand konnte verschwinden, selbst in Afrika nicht. Gab es damals noch kein Interpol? Anker Dahl lächelte bei dem Gedanken daran, er könnte zwei Morde aufklären und vielleicht obendrein welche, die selbst Roland Benito nicht hatte lösen können. Das heiterte ihn auf. Er erhob sich und schloss die Tür hinter den beiden Beamten. Lernten die das nie?! Dann nahm er sich eine Tasse Kaffee und setzte sich hin, um zu lesen.

Nach beendeter Lektüre war der Kaffee ebenso kalt geworden wie seine Selbstsicherheit. Er musste erkennen, dass Roland Benito und sein Team gute Ermittlungsarbeit geleistet hatten. Wie er in den Fallakten las, waren sie in ihrer fortgeschrittenen Arbeit von der Leitung aufgrund mangelnder Ressourcen unter den gegebenen Umständen gestoppt worden, nämlich, dass ein anderer die beiden Morde, um die es ging, an einem Arzt und einer Kellnerin, gestanden hatte. Der Fall war also nicht aufgrund von Inkompetenz und schlechter Polizeiarbeit unaufgeklärt. Da Roland Benito anscheinend immer noch den Stiefsohn des Verhafteten für den wahren Schuldigen hielt, hatte er diesen zur Fahndung ausschreiben wollen, aber die Beweise hatten offenbar nicht ausgereicht, seinen Wunsch zu erfüllen. Das musste Roland Benito geärgert haben. Nichts nagte mehr an einem echten Polizisten als unaufgeklärte Verbrechen. Er selbst hatte nur eins davon im Gepäck, aber das ließ ihn auch weiterhin mitten in der Nacht aufwachen mit dem Gefühl, dass es etwas gab, was er nicht vollendet, er sich geirrt und versagt hatte. Deswegen war er besonders empfindlich gegenüber der Kritik seines Vaters an seiner Arbeit gewesen. Des Vaters, von dem er immer geglaubt hatte, dieser opfere sein Leben und seine Gesundheit für das Polizeikorps. Er, dem er sein ganzes Leben lang zu genügen versucht hatte. Er, der ihn dazu gebracht hatte, sich bei der Polizeischule anzumelden und in seine Fußstapfen zu treten. Damit war jetzt Schluss. Eigentlich war das eine Befreiung, aber gleichzeitig hatte es etwas anderes geweckt. Eine Sehnsucht nach jemandem, der ihn bewundern und ihm die verdienten Klapse auf den Rücken geben würde. Robin bewunderte ihn, aber das sollte ein Sohn selbstverständlich. Wenn er nachdachte, hatte wohl nur er selbst versagt. Wer sonst? Die Leiche des kleinen Jungen, der erst vier und damals in Robins Alter gewesen war, wurde nie gefunden, deswegen gab es nicht viele Beweise, denen man hätte nachgehen können. Kein rechtsmedizinischer Befund, kein Motiv, nichts. Die Eltern waren beide die Hauptverdächtigen aufgrund ihrer Lebensweise im Drogenmilieu und anderer kleiner Details, die nachzuprüfen es nie die Möglichkeit gegeben hatte. Der Vater hatte sich das Leben genommen, was den Verdacht gegen ihn erhärtete. Aus der Mutter hatte er nie etwas herausbekommen, eine mysteriöse und verschlossene Frau, die seinem Gefühl nach ein sehr dunkles Gemüt hatte, und als sie einige Jahre später an Krebs oder einer Überdosis oder was auch immer es nun gewesen war, starb, hatte es nicht viel nachzuforschen gegeben und der Fall musste als unaufgeklärt geschlossen werden. Keine gute Anmerkung in seinem Lebenslauf. Und die ganze Zeit hatte er das Gefühl, dass der Täter immer noch da draußen war.

So musste es Benito auch gehen mit diesen unaufgeklärten Fällen hier. Ob sie ihm wohl immer noch das Gefühl der Unvollkommenheit gaben? Denn falls er nun den Täter hier finden und ihn auch für die Morde damals verurteilen lassen könnte, würden sowohl sein Vorgänger als auch der Polizeidirektor sehen, wer er in Wirklichkeit war. Dass er nicht die gleiche Enttäuschung war wie sein Vater, über den die meisten sicher hinter seinem Rücken redeten.

20

Es gab Himbeerschnitten zum Kaffee, als Roland und Mark am Nachmittag zur DUP zurückkamen. Der Ermittlungschef spendierte sie aufgrund des bevorstehenden Wochenendes und, was ihn betraf, seines vierzehn Tage dauernden Urlaubs. Das war alter Urlaub, den er letztes Jahr nicht hatte antreten können.

Die Vernehmung des Bandenmitglieds von Black Swan durch die Polizei Fünen hat nicht viel ergeben, informierte er sie.

„Er hat sich geweigert, sich zu irgendetwas zu äußern, und hat im Übrigen dem Dolmetscher nicht getraut."

Viktor zuckte entschuldigend die Schultern.

„Konnte er gar kein Dänisch?", fragte Kenneth Ejersen, der das Ruder übernehmen sollte, während der Chef in Urlaub war.

Viktor Enevoldsen schüttelte den Kopf. „Oder vielleicht tut er nur so, wer weiß?"

„Der kleine Zeh eines Kindes", kaute Karina mit einem Gesichtsausdruck, der klar Abscheu zeigte.

„Vielleicht, um zu verhindern, dass der Junge abhaut?", schlug Kenneth vor. „Aber natürlich auch, um den Eltern ein Signal zu senden."

„Auf jeden Fall ist es furchtbar", meinte Mark.

„Haben sie Bescheid bekommen?", fragte Roland.

„Die Eltern? Nein, die schonen sie noch ein bisschen. Sie wollen erst ganz sicher sein, dass der Zeh zu Janus Lindholm gehört."

„Natürlich, zu wem sonst?", fragte Karina kopfschüttelnd.

Niemand widersprach ihr.

„Hatte Sanders' Partner auch nichts zu erzählen?", wollte Viktor wissen.

„Doch. Offenbar verschwand bei der Razzia nicht nur Geld. Bo Kruse erwähnte Drogen, die die beiden Beamten angeblich auch gestohlen haben sollen."

„Wie viel?"

„Acht Kilo."

Viktor Enevoldsen pfiff. „Wie kommen wir weiter?"

Er musste sich eigentlich nicht darum kümmern und schon gar nicht in der ersten Person Plural sprechen. Aber es war löblich, dass er als Chef Interesse für die Sache zeigte, auch wenn Roland leicht sehen konnte, dass er mental auf dem Weg nach Sharm el-Sheikh war, wo die Familie in einem Fünf-Sterne-Luxushotel wohnen, im Roten Meer baden und die Pyramiden sehen würde. Der Kontrast dazu, dass Zaid sein Leben aufs Spiel gesetzt hatte, um nach Dänemark zu kommen, und nicht alle Bootsflüchtlinge die Reise übers Mittelmeer überlebt hatten, beeindruckte ihn. Die ungleiche Verteilung von Gütern auf der Welt.

„Falls wir keine Beweise dafür finden, dass Sander Lindholm und Bo Kruse diese Verstöße begangen haben, müssen wir den Fall schließen", gab Mark zu.

„Wenn es Sander und seiner Frau besser geht, müsst ihr es mit einer neuen Befragung versuchen. Nehmt sie ein bisschen härter ran."

Viktor Enevoldsen knüllte die leere Bäckertüte zusammen und traf den Papierkorb mit der Präzision eines professionellen Basketballspielers. Er war ein talentierter Sportler in beinahe allen Disziplinen. Er lief Marathon und Ironman und würde zweifelsohne auch eine Menge Zeit auf dem Golfplatz verbringen, der zum Hotel in Sharm el-Sheikh gehörte. Roland zweifelte nicht daran, dass seine Frau, der mehrere Fitnesscenter in Aarhus C gehörten, bei dieser Tour einen großen Teil zur Reisekasse beigesteuert hatte. So viel verdiente ein Ermittler nicht. Selbst als Chef nicht. Ob seine beiden kleinen Jungen auch mit sollten?

„Was ist mit dem Sohn? Es ist doch wichtiger, dass er gefunden wird," meinte Roland. Viktor Enevoldsens Blick traf ihn umgehend.

„Du weißt, für was und wen du arbeitest! Wir müssen entweder ausschließen oder beweisen, dass Sander Lindholm das Gesetz übertreten hat. Die Entführung seines Sohnes ist Aufgabe der Polizei Fünen. Erinnere dich daran, Roland!"

Es war nicht das erste Mal, dass Roland in die verkehrte Richtung gezogen wurde, was die Ermittlung anging. Gerade jetzt war es für ihn verlorene Liebesmüh, Kraft darauf zu verwenden, zwei Beamte entweder reinzuwaschen oder sie dafür anzuklagen, vielleicht eine zutiefst kriminelle Bande bestohlen zu haben, die viel mehr auf dem Gewissen hatte als die Entführung und die Verstümmlung eines kleinen, unschuldigen Jungen. Alberte Sanders Augen blitzten seitdem immer wieder vor ihm auf, vor Hoffnung leuchtend, als sie die Ermittler in der Tür zum Krankenzimmer gesehen hatte und glaubte, sie hätten ihren Sohn gefunden. Er hatte so inständig gehofft, sie könnten ihr diese Botschaft überbringen und nicht, dass sie stattdessen kamen, um Beweise dafür zu finden, dass ihr Mann bestraft werden musste. Sie hatten zwei ungeborene Kinder verloren und das Schicksal ihres Sohnes war ungewiss. Manchmal fühlte er sich auf der falschen Seite des Gesetzes. So war es ihm seit dem Fall im Herbst gegangen und dem, was mit Mikkel Jensen passiert war.

„Ich bin geneigt, Roland recht zu geben", sagte Karina und stand auf. „Dieser Junge muss gefunden werden, bevor es zu spät ist und bevor ihm mehr als ein kleiner Zeh fehlt, ohne den er trotz allem leben kann. Aber vermutlich kann die Polizei Fünen dies auch alleine schaffen?" Sie schaute zu Roland, als sie sagte: „Ich sollte jetzt auch lieber nach Hause zu meinem Sohn. Schönes Wochenende allerseits."

„Gleichfalls, Karina. Und danke für den Einsatz heute. Das war gute Arbeit in Kopenhagen", sagte Viktor Enevoldsen lächelnd.

„Danke, Viktor. Und dir und Bente einen schönen Urlaub."

„Wie geht es ihr?", fragte Roland, sobald Karina aus der Tür war.

„Ich habe auf dem Weg nach Kopenhagen mit ihr geredet, sie hat ja einiges um die Ohren", entgegnete Viktor. Er schenkte Kaffee nach, trank und schaute gleichzeitig auf seine Uhr, als fiele ihm ein, dass er eigentlich doch keine Zeit für diese zusätzliche halbe Tasse hatte.

„War etwas mit ihrem Sohn?" Roland hatte nur unbestätigte Gerüchte gehört.

„Ja, ihr Ex-Mann hat wieder geheiratet und jetzt wollen sie den Sohn haben. Sie benutzen Karinas Job und ihren fehlenden Partner als Mittel, um ihn zu bekommen."

„Fehlender Partner? Hat das heutzutage, wo alleinstehende Frauen Kinder kriegen können, was zu sagen?", protestierte Kenneth.

„Die bauen es darauf auf, dass ein Kind eine Mutter und einen Vater haben müsse, aber das wird schon. Karina ist doch lange gut allein mit Oscar klargekommen." Viktor Enevoldsen leerte die Tasse und verzog das Gesicht. Er stand auf, schob den Stuhl unter den Tisch und drückte sich einen Augenblick mit gestreckten, trainierten Armen gegen die Stuhllehne, während er Roland nachdrücklich ansah. „Ich bin mir sicher, dass ihr die Stellung haltet, solange ich weg bin. Denkt nur immer daran, wir arbeiten im Dienste der Wahrheit."

Im Dienste der Wahrheit. Die Worte vermischten sich mit den Tönen von Mozarts Symphonie Nr. 40 in G-Moll, Molto Allegro, die er im Radio laut gedreht hatte. Die Violinen schmeichelten seinen Ohren, aber er fühlte sich überhaupt nicht *molto allegro.* Wenn er nur wüsste, was mit dem kleinen Jungen passiert war und warum er gefangen gehalten wurde. Sein treuherziges, sorgloses und kindlich begeistertes Gesicht war auf der Titelseite aller Zeitungen und auf den Aushängen von *Extrablatt* vor den Kiosken abgebildet. *Immer noch keine Spur des sechsjährigen Janus von Fünen,* war der Begleittext in fetten Großbuchstaben. Die Presse hatte anscheinend noch nichts von dem makabren Gruß an die Eltern gehört, sonst wäre der Zeh groß aufgemacht gewesen.

Roland seufzte noch tiefer, weil er buchstäblich auf Mette Birkelund Kusks Auto vor seinem Haus stieß, als er in die Einfahrt bog. Er schaffte es gerade noch zu bremsen, auszuweichen und seinen Platz unter der Blutbuche zu finden. Ungesehen von den Fenstern der Villa begutachtete er beide Autos, ob sie beschädigt wurden, aber glücklicherweise war nichts passiert.

Er hatte vergessen, dass Angolo nicht zu Hause war, und wartete auf die begeisterte Begrüßung des Hundes am Ende der Treppe. Stattdessen guckten ihn ein paar andere, sehr schwarze Augen erschrocken an. Dann fiel ihm ein, dass Mette ja heute mit den beiden somalischen Jungen kommen wollte.

„Hallo", sagte er. Der Junge wich zurück und rannte in die Küche, wo Roland Stimmen hörte.

„Gutten Taaaag, Rolaaaando", rief Zaid mit blendendem Gebiss, sobald Roland die Küche betrat. Zaid ging jeden Vormittag zum Dänisch-Unterricht und es war beeindruckend, wie schnell er die Sprache lernte. Zwischen Mette und Zaid saß ein weiterer dunkler Mann am Küchentisch und Roland fragte sich gerade, für wie viele sie wohl Platz hatten, als Irene ihn als Dolmetscher für Rashid und Amaal vorstellte. Ein zweiter Junge saß am entgegengesetzten Tischende und warf ihm ebenfalls einen verschreckten Blick zu.

„Das ist Amaal und das ist Rashid“, stellte sie vor und deutete auf den Jungen am Tisch und den anderen, der sich ein Stück hinter Zaid versteckte. „Sie haben gehört, dass du Polizist bist.“

„Die Polizei ist in ihrem Land nicht das Gleiche wie hier in Dänemark“, erklärte der Dolmetscher ernst.

„Ich bin doch kein Polizist mehr, Irene!“

„Du willst Kaffe, Rolaaando?“, unterbrach Zaid und streckte sich nach der Kanne in der Kaffeemaschine. Roland lehnte ab. Wenn Zaid ihn gemacht hatte, sträubten sich selbst einem Glatzkopf die Haare.

Mette hielt ihre Tasse hin und nickte Zaid lächelnd zu.

„Ich habe Rashids Cousin gefunden; er kommt bald und besucht ihn“, sagte sie, während Zaid ihr einschenkte. „Wir wollen mit ihm unter anderem über die Möglichkeit sprechen, dass er vielleicht Rashid und Amaal bei sich aufnimmt, während die Ausländerbehörde entscheidet, ob sie Asyl bekommen.“

Roland nickte zustimmend und setzte sich neben Irene. Amaal rückte auf dem Stuhl ein bisschen weg. Der Dolmetscher sagte auf Somalisch etwas zu ihm, woraufhin Amaal dem Dolmetscher ins Ohr flüsterte. Die dunklen Augen des Jungen ähnelten denen eines aufgescheuchten Tieres, als er wieder zu Roland sah. Der Dolmetscher antwortete ihm, lächelte freundlich und tätschelte ihm das kurze, krause Haar.

„Er hat Angst, dass Sie ihn nach Hause schicken werden. Ich habe ihm erklärt, dass hier in Dänemark nicht die Polizei bestimmt. Naja, aber ich muss auch weiter. Danke schon mal.“

Er stand auf und gab einem nach dem anderen die Hand. Den Jungen boxte er kameradschaftlich gegen die Schulter und stellte sich danach in Positur wie beim Auftakt zu einem Boxkampf. Dann lachte er und Irene begleitete ihn hinaus.

Roland freute sich darüber, wie rührig sie in letzter Zeit geworden war. Sie stützte sich nur ein einziges Mal auf den Tisch, als sie aufstand, und der Gang war ein bisschen steif, aber wenn er daran dachte, dass sie vor nicht allzu langer Zeit an einen Rollstuhl gefesselt gewesen war, war es fast ein Wunder. Mette Birkelund Kusk hatte seinen Blick bemerkt.

„Ihre Frau meistert das gut."

Er riss seinen Blick von Irene los und schaute in ihre blauen, vertrauenerweckenden Augen, die ihm einen Augenblick lang den Glauben gaben, dass sie das Richtige taten.

„Irene hat immer den Willen gehabt", meinte er und musste insgeheim zugeben, dass die ehrenamtliche Arbeit bei der Dänischen Flüchtlingshilfe ihr gut getan hatte. Vielleicht war es die Gesellschaft, die sie nun hatte, während sie bei der Arbeit war. Sie war nie allein.

Zaid kramte im Kühlschrank und suchte nach etwas zum Abendessen; es war beinahe Tradition geworden, dass er syrisches Essen machte. Die beiden Jungen waren mit dem Dolmetscher und Irene nach draußen gegangen. Nun konnte er sie durchs Fenster sehen. Irene hatte ihnen den Handball der Mädchen gegeben und ihre Gesichter waren verändert. Jetzt sahen sie wie normale, unbeschwerte Kinder aus. Das war das, was Kinder sein sollten - Kinder. Und unbeschwert. Vielleicht taten sie wirklich das Richtige. Machten einen Unterschied, wie es so modern hieß.

„Was passiert, wenn sie keine Aufenthaltsgenehmigung bekommen?"

„Tja, dann müssen sie wohl zurückgeschickt werden. Aber die Behörden können entscheiden, ihnen Aufenthaltsrecht in Dänemark zu gewähren, bis sie 18 sind, wenn sie nicht reif genug sind, ein Asylverfahren zu durchlaufen oder sie in Gefahr sind oder in ihrem Heimatland in Not geraten würden. Letztes Jahr haben vierzehn Minderjährige hier auf diese Weise eine Aufenthaltsgenehmigung bekommen." Mette richtete die Brille und sammelte die Papiere auf dem Tisch zu einem Stapel zusammen, den sie in ihre Tasche legte.

Roland erinnerte sich an eine Überschrift in der Zeitung, dass mehrere hundert junge Asylbewerber erwischt worden waren, wegen ihres Alters gelogen zu haben, und dass nun die Rede davon war, eine Alterseinschätzung vorzunehmen, um sicherzustellen, dass sie wirklich unter 18 waren. Er räusperte sich und beobachtete das Spiel der beiden Jungen im Garten. Er war sich sicher, dass sie nicht gelogen hatten.

„Kann keiner von ihnen Englisch oder wenigstens ein bisschen Dänisch?", fragte er besorgt.

„Sie sind während des halben Jahres im Asylzentrum zur Schule gegangen und haben ein kleines bisschen gelernt, aber nicht besonders viel. Sie sollen natürlich weiterhin in die Schule gehen und Dänisch lernen. Die Gemeinde Aarhus, die mit fünf Volksschulen an Empfangsklassen arbeitet, um Integration und Bildung von Kindern und Jugendlichen zu ermöglichen, hat Platz in der Læssøesgade Schule gefunden. Sie haben dieses Jahr acht Empfangsklassen mit circa 80 Schülern im Alter von sechs bis achtzehn Jahren und haben sie beide aufgenommen", sagte Mette Birkelund Kusk.

„Das passt doch gut, dann kannst du sie mitnehmen, wenn du zur Arbeit fährst, Rolando", ermunterte Irene, die gerade zurück in die Küche kam.

Mette Birkelund Kusk legte eine Hand leicht auf seine Schulter.

„Dann muss ein bisschen am Vertrauen gearbeitet werden", sagte sie freundlich, aber entschieden.

21

Er zitterte. Fror und schwitzte. Kratzte sich die Arme, die bereits blutig waren. Das Blut saß unter den Nägeln.

Sie waren in einen hohen Zaun nach dem anderen gelaufen, aber hier waren sie außer Sicht. Es waren immer noch Leute bei den Kränen und er hatte ihnen bedeutet, ganz still zu sein. Wo die anderen abgeblieben waren, wusste er nicht. Sie hatten sich wohl bei der Polizei gemeldet und würden in Asylzentren landen, aber er wollte nicht mehr eingesperrt werden. Nie wieder. Das sollte seine Familie auch nicht. Sie schliefen jetzt. Sein Bruder war zusammengekauert wie ein geschlagener Hund und drückte die Tüte mit seinem einzigen Besitz an sich. Dass er die noch hatte! Er selbst hatte seine unterwegs verloren. Vermutlich gestohlen. Der Onkel lag in einer seltsamen Stellung an einem der Container, hinter denen sie sich versteckten. Er hatte Fieber und atmete schwer. Die Luft roch nach Diesel. Oder war das der Gestank, der immer noch an ihm festhing, der durch seine Kleidung und Haut gedrungen war, in alle Körperzellen und die Lunge. Es tat weh zu atmen. Weit weg konnte er Verkehrsgeräusche hören.

Die Muskeln im Zwerchfell versuchten wieder, den Mageninhalt hoch in den Hals zu pressen, als wäre er immer noch seekrank. Er krabbelte ein Stückchen von den anderen weg, aber es gab nichts zu erbrechen. Das, was es gegeben hatte, war am Boden des Verlieses gelandet, zusammen mit dem der anderen, und seitdem war nichts Neues dazugekommen. Wann hatte er zuletzt etwas gegessen? Der Darm schrie, als würde er von innen aufgefressen. Der Geruch von Kotze stach noch in der Nase. Er versuchte es erneut, aber es kam nur das Geräusch und eine Menge Schleim in seinen Mund.

Er zog seine Jacke aus, faltete sie als Kissen unter dem Nacken, legte sich auf den Rücken und schaute hoch in den Himmel. Es gab nur wenige Sterne. Nicht wie zu Hause, wo sie um die Wette funkelten. Das hier war also Dänemark. Glaubte er jedenfalls. Das hatten sie gesagt. Vielleicht betrogen sie ihn wieder, wie in dem Moment, als er plötzlich extra dafür bezahlen sollte, dass sie weiter nach Norden kamen. Das war ein neuer und sehr viel sicherer Transport, der jede Kontrolle und die Chance, entdeckt zu werden umging, hatten sie gesagt. Aber der daher natürlich auch mehr kostete. Wenn es ihnen nicht möglich gewesen wäre, Geld von Freunden und Familie daheim zu leihen, wäre es überhaupt nicht machbar gewesen weiterzukommen, dann wären sie in Libyen gestrandet. Lakita hatte für das Geld gesorgt. Seine geliebte Frau. Er vermisste sie. Und die Kinder. Er kramte nach dem Handy und fand es in der Innentasche der Jacke. Das Foto von ihnen allen vor ihrem Zuhause in Al-Hirak, bevor es zerbombt wurde, war das Hintergrundbild. Die Tränen kullerten seine Wangen hinunter und wurden von der Jacke aufgesaugt. Er drehte sich auf die Seite. Aber jetzt würde das Leben anders werden. Er würde eine Arbeit finden, Geld verdienen und sie hierherholen. Hier konnten die Kinder eine Ausbildung bekommen und die Träume realisiert werden und wäre die Reise dann nicht das Ganze wert gewesen, auch wenn er gedemütigt, terrorisiert, seiner Besitztümer beraubt und betrogen worden war? Er hatte auf mehreren Facebookseiten von den gefährlichen Reisen anderer übers Meer gelesen. Viele hatten Familienmitglieder verloren und Brüder und Schwestern ertrinken sehen. So war ihre Reise nicht gewesen, aber sie hatten auch nichts anderes als Dunkelheit in einem engen Kerkerloch gesehen. Keine frische Luft oder freien Himmel, all die vielen Tage oder Wochen - er wusste es nicht - es ging einfach endlos weiter. Zu wievielt waren sie zusammengepfercht gewesen? Fünfzig vielleicht. Oder mehr? Sie hatten nur das Essen gehabt, das sie selbst mitgebracht hatten, aber immerhin Wasserkanister mit lauwarmem Wasser und Decken zum Daraufsitzen und Darinschlafen bekommen, aber die waren schnell mit all dem, was aus einem Menschen herausmusste, besudelt. Viele waren in Panik geraten nach kurzer Zeit im Stockfinsteren, wo nichts passierte und sie nichts hörten. Nur die Bewegungen des Meeres zeugten davon, dass sie immer noch unterwegs waren. Einige hatten gerufen und geschrien und sich die Fäuste an der verschlossenen Eisentür blutig geschlagen, sodass es hallte. Er spürte sie auch. Die Panik. Aber er hatte früher schon mal im Gefängnis gesessen und gelernt, sich die Ohren zuzuhalten, die Augen zu schließen und die Welt um sich herum zu ignorieren. So hatte er überlebt. Was hatten sie mit denen gemacht, die es nicht hatten? Die Frau neben ihm war auf jeden Fall tot. Er hatte ihre Haut gespürt, kalt wie Marmor, als er sich eines Nachts in einem Albtraum herumgewälzt hatte. Aber es hatte weder Bahren noch Särge gegeben, als sie endlich herausgelassen wurden. Worauf hatten sie gewartet, lange, nachdem das Schiff nicht mehr segelte? Die Nacht? Glücklicherweise war es dunkel gewesen, als sie endlich freigelassen wurden und die andersartige, kühle Luft spürten. Nur das Licht einer Lampe am Hafen hatte ihn geblendet. Sie waren hungrig und hatten kein Geld. Aber die Erleichterung darüber, dass sie alle drei die Reise überlebt hatten und immer noch zusammen waren, machte sie ganz euphorisch.

Er kratzte sich wieder, dieses Mal am Schienbein, dann drehte er den Kopf und schaute zu Abdal. Er war der Jüngste von ihnen und hatte selbst keine Familie zu Hause, weder Frau noch Kinder. Er hoffte einfach auf eine hellere und bessere Zukunft. Der Blick glitt weiter zu seinem Onkel. Irgendetwas stimmte nicht. Atmete er? Er robbte zu ihm hinüber, während er sich weiter kratzte. Schüttelte ihn und bekam keine Antwort. Der Kopf fiel schwer vornüber. Er riss sein zerlumptes Hemd auf und horchte an seinem Brustkorb. Kein Herzschlag. Er schüttelte den alten Mann erneut und trat gleichzeitig nach seinem Bruder. „Abdal, wach auf!"

Es dauerte ein wenig, bis sich der Bruder rührte und verstört umsah. In seinem Gesicht spiegelten sich alle Gefühle wider, als ihm klar wurde, dass der Albtraum vorbei war. Dass er nicht länger in diesem engen, dunklen Kerkerloch war. Vielleicht hatte er geträumt.

„Was ist los, Nazir? Sollten wir uns nicht ein bisschen ausruhen?", murmelte irritiert.

„Tarik ist tot."

Abdal setzte sich schnell auf. Er krabbelte auf allen vieren zu ihm und horchte ebenfalls am Herz des Onkels und fühlte seinen Puls.

„Was ist passiert?"

„Ich weiß es nicht. Gestern Abend fiel ihm das Atmen schwer. Die Reise war wohl doch zu hart für den Alten."

„Was hat er da auf der Brust? Hatte er die schon immer?"

Nazir nahm Tariks Brustkorb näher in Augenschein. Der ganze Körper war damit übersät.

„Was ist das?" Abdal weinte nicht laut, aber die Tränen strömten aus seinen Augen.

„Ich weiß es nicht! Aber wir müssen bald weiter. Wir können ihn nicht hier liegen lassen."

„Was tun wir, Nazir?", schluchzte Abdal.

Der Wind trug den Geruch von Meerwasser mit sich. Tarik hatte das Meer geliebt. Er hatte immer davon geträumt zu segeln und dass sein Traum so grausam in Erfüllung ging, brachte Nazir zum Weinen. Aber Abdal durfte das nicht sehen, er musste der Starke sein. Er legte die Arme auf die Knie und verbarg den Kopf darin, als ob er nachdachte. Sein Bruder setzte sich wortlos neben ihn. Abwartend. Dann stand Nazir schnell auf. Er wischte sich die Augen trocken.

„Komm!"

„Was machen wir?"

„Komm schon, nimm seine Füße."

Abdal zögerte. „Was machen wir?", wiederholte er.

„In der Nähe ist Wasser, hörst du das nicht? Da müssen wir ihn zurücklassen." Er schluckte den Kloß im Hals.

„Im Wasser!" Abdal ließ wieder los und die Füße seines Onkels schlugen hart auf den Asphalt. Nazir war kurz davor ihn zu verlieren.

„Das können wir doch nicht, wir können doch nicht einfach …"

„Hast du eine bessere Idee? Er wird hier schnell gefunden und was glaubst du, passiert dann?"

Abdal drehte sich verwirrt um die eigene Achse. Er griff sich an den Kopf und kniff die Augen fest zusammen, wie um das Ganze zu verjagen. Dann schnappte er sich wieder die Füße des Onkels und sie gingen zu der Stelle, wo sie Wasser plätschern hörten.

„Das sieht wie ein Fluss aus, Nazir. Wir können Tarik noch nicht in einen Fluss schmeißen."

Sie legten den schweren Mann ins Gras. Nazir konnte auch nicht mehr. Die Kräfte waren aufgebraucht.

„Wir haben kein sauberes Wasser. Wir können ihn nicht waschen und ihm ein richtiges Begräbnis geben. Allah wird ihn und uns strafen", jammerte Abdal.

„Allah wird uns und Tarik vergeben. Tarik ist ein Märtyrer und kommt direkt ins Paradies. Das Wasser hier ist sauber, das dient als Waschung. Die Strömung wird ihn mit hinaus in Meer nehmen. Er liebte das Meer", versuchte Nazir seinen Bruder zu überzeugen. Er knöpfte das Hemd auf. Schweiß tropfte von seinem Körper. Er wusste, es war verkehrt, obwohl er nicht auf die gleiche Weise gläubig war wie sein Bruder, aber es gab keinen anderen Ausweg. Sie starrten sich lange mit brennenden Augen an, die versuchten, den anderen zu verstehen. Schließlich bückten sie sich gleichzeitig, legten den Onkel auf die rechte Seite und rollten ihn vorsichtig über den Abhang. Er fiel mit einem fast unhörbaren Platschen ins Wasser.

„Im Namen Allahs und seines Propheten", flüsterte Abdal. Er weinte nicht mehr, sondern starrte versteinert ins Wasser. Blasen stiegen auf, dann wurde die Oberfläche wieder ruhig. Die Sonne ging langsam auf und es wurde bald Zeit für das Ṣalāh al-Fajr.

„Komm, wir müssen eine Stelle fürs Fajr finden und sehen, dass wir von hier wegkommen."

Der Bruder starrte ihn an.

„Was ist los?"

„Das da ..." Abdal deutete auf ihn. „Du hast es auch! Genau wie Tarik."

Nazir knöpfte das Hemd wieder zu. Es war jetzt keine Zeit, sich darum zu kümmern.

22

Anne versuchte wieder, Sabina anzurufen. Das hatte sie das ganze Wochenende getan, aber ohne Erfolg. So, wie auch dieses Mal. Sie kannte die Adresse der Facebook-Freunde, bei denen sie sonst wohnte, nicht und die Unruhe pochte im Magen, sodass sie das Frühstück nicht herunterbekommen hatte.

Jetzt kam der Hunger, als Ninna ein Plunderteilchen aus der Bäckertüte auspackte und keine neuen Meldungen über weitere ermordete junge Mädchen aufgetaucht waren. Sabina würde schon klarkommen. Sie waren beide gut gerüstet durch das Aufwachsen in einem Zuhause mit Gewalt und Alkohol, redete sie sich ein.

Sie huschte rüber zum Bäcker im Skejby Center auf der anderen Straßenseite. Das konnte sie gerade schaffen, bevor sie zum nächsten Auftrag sollten, den sie eigentlich versucht hatte, auf jemand anderen abzuwälzen. Wenn es kein Kriminalstoff war, wollte sie es am liebsten vermeiden. Aber der Redakteur hatte sie überzeugt, dass sie die einzig freie Journalistin sei und es über eine spannende Sache zu berichten gäbe. Vielleicht könnte es sogar zu einem Kriminalstoff werden, hatte er gesagt und ihr zugezwinkert.

„Haben uns die Eltern selbst kontaktiert?“, fragte Ninna, als sie nach dem Frühstück in dem TV2 Ostjütland-Auto auf dem Weg ins Universitätskrankenhaus in Skejby waren. Das Auto nahmen sie nur wegen der Kamera und der Ausrüstung, es waren nicht mal zwei Kilometer bis zum Krankenhaus.

„Ja, die frischgebackene Mutter. Sie wollte darauf aufmerksam machen, dass das, was einfach nicht passieren können dürfte, trotzdem passiert.“

„Und sie wollte nicht bloß kaschieren, dass sie einen kleinen Seitensprung gehabt hatte?“

„Nee, das ist es nicht. Ich habe versucht, die Samenbank Seminis zu kontaktieren, aber von denen will sich keiner der Presse gegenüber äußern.“

„Ist doch verständlich. Das ist sicher ein Skandal für die! Aber trotzdem, ein Kind ist doch wohl ein Kind, warum also der große Krach?"

Anne warf einen Seitenblick zu Ninna und wechselte den Gang. „Das könnte doch ein Scheidungsgrund werden, wenn die Mutter dem Vater nicht erzählt hatte, dass sie inseminiert wurde. Manche entscheiden sich tatsächlich, es vor dem werdenden Vater geheim zu halten."

„Wirklich?"

„Ja, so, wie sich manche Spendereltern entscheiden, ihren Kindern zu verheimlichen, dass sie Spenderkinder sind."

„In diesem Fall hier werden sie es ja wohl zugeben müssen. Oder ist das ein Remake von *Ich, beide & sie*", sagte Ninna und unterdrückte nicht das Lachen in der Stimme.

Anne musste an Kamilla denken, die früher in den guten alten Tagen beim seligen Tageblatt ihre Fotografin gewesen war und auch erst als Erwachsene von ihrem biologischen Vater erfahren und ihn gefunden hatte. Kinder können ohne Weiteres im Unklaren über ihren Ursprung sein, auch wenn sie nicht mit Spendereizelle oder Spendersamenzelle entstanden sind. Kamilla hätte sich jetzt nicht amüsiert.

Anne konzentrierte sich auf die Kurve im Brendstrupgårdsweg. Die Straßen waren beim Bau des DNU, wie Die Neue Universitätsklinik in Skejby verkürzt genannt wurde, total umgestaltet worden. Ein gelber Bus versperrte die Straße vor ihr. Sie hielt sich dahinter.

„Da ist es! Entbindungsstation steht da", rief Ninna und deutete auf das Schild mit einer großen Neun. „Du fährst gerade zu weit!"

„Hier müssen wir rein", sagte Anne ruhig und bog stattdessen bei dem allerletzten Gebäude vor einem Schild mit einer Elf ein. Sie parkte so nah wie möglich am Eingang.

„Die Mutter-Kind-Station liegt im Erdgeschoss", sagte sie und sprang aus dem Auto.

Ninna trug die Kamera. Anne half mit der übrigen Ausrüstung und registrierte die Blicke der Krankenschwestern, die sie auf dem

Flur trafen. Sie fragte eine von ihnen, wo das Zimmer der frischgebackenen Mama sei. Die Krankenschwester schaute zu Ninna und der Kamera.

„Wissen die, dass ihr kommt?“, fragte sie und steckte die Hände in die Kitteltaschen.

„Dorthe Holmetoft hat uns selbst kontaktiert“, beteuerte Anne. Die Krankenschwester ging vor und zeigte ihnen die Tür zum Zimmer.

„Versucht, nicht zu sehr zu stören“, sagte sie.

Die Frau im Bett hatte lange, blonde Haare, war schlank und hatte katzenhafte, grüne Augen. Sie trug das weiße Krankenhaushemd und Anne wusste nicht, warum sie sie sofort in teuren angesagten Designerklamotten vor sich sah. Etwas an ihrer Ausstrahlung. Sie setzte sich behände auf, als sie hineinkamen. Es war nicht zu sehen, dass sie gerade erst entbunden hatte. Anne schaute nach einer Wiege, aber es gab keine. Über einer Stuhllehne hing eine schwarze Anzugjacke. Vermutlich die des Ehemanns. Er wohnte sicher auch hier. Anne stellte sie beide vor.

„Mein Mann kommt gleich. Er holt gerade Kaffee“, erklärte Dorthe Holmetoft und schob das Kopfkissen hinter ihrem Rücken an seinen Platz.

„Okay. Als Allererstes möchten wir Ihnen natürlich zum Nachwuchs gratulieren“, lächelte Anne und setzte sich auf den Stuhl neben dem Bett.

Dorthe Holmetoft antwortete nicht, sondern sah sie nur mit schmalen Katzenaugen an. „Sie wissen doch wohl, was passiert ist, oder nicht?“

„Natürlich, deswegen sind wir ja hier.“ Sie konnte nicht anders als den gleichen scharfen Ton anzuschlagen.

Ninna hatte die Kamera startklar gemacht. Anne nahm an, dass sie schon angefangen hatte zu filmen.

„Erzählen Sie zuerst: Wie lief die Geburt?“

„Muss ich das? Können wir nicht direkt zur Sache kommen? Seminis wird für das hier büßen.“

In dem Moment kam ein Mann zur Tür herein, in jeder Hand eine Kaffeetasse. Er hielt inne und blieb einen Augenblick lang wie versteinert stehen. Dann reichte er seiner Frau die eine Tasse und strich das blonde Haar zurück. Er erinnerte Anne an den Fußballspieler Nicklas Bendtner.

„Ah, Sie sind gekommen. Ich hatte noch versucht, Sie zu stoppen", murmelte er und wirkte nicht begeistert von dem Besuch. Er stellte seine Tasse auf den Tisch und setzte sich auf den Stuhl mit dem Jackett.

„Entschuldigung, Schatz, ich dachte nicht, dass sie mit einer Kamera und so etwas kommen würden. Wir wollen nicht gefilmt werden."

„Das ist Fernsehen, du kleiner Dummkopf. Natürlich haben die eine Kamera dabei. Sie dürfen mich nicht filmen! Unsere Namen dürfen auch nicht genannt werden", fügte er hinzu und hielt ihnen abwehrend zwei gut gepflegte Hände entgegen. Die Uhr war von der teuren Sorte, vielleicht eine echte Rolex, aber das konnte Anne nicht beurteilen. Der Duft seines Aftershaves, das schwarze Hemd und der silbergraue Schlips zusammen mit akkurat gebügelter Hose, die zum Jackett passte, vermittelten den Eindruck eines erfolgreichen Geschäftsmannes.

„Tobias reist viel im Land herum und ist nur wegen der Geburt zuhause. Es wäre nicht so klug, wenn er ... Sie verstehen ..."

Anne verstand nicht, nickte aber trotzdem. Vielleicht waren die vielen Reisen der Grund dafür, dass er keine Zeit gehabt hatte, seine Frau mit eigenen Spermien zu schwängern - oder aber er konnte nicht.

Dorthe presste zwei Finger an die Stirn und kniff die Augen zusammen, als hätte sie starke Kopfschmerzen. „*Die* sollten Sie vor Ihre Kamera stellen. Haben Sie sie kontaktiert?", fragte sie.

„Wen?" Anne hatte Notizblock und Stift herausgeholt, das bevorzugte sie gegenüber dem Diktiergerät, so musste sie nicht in diese Katzenaugen sehen.

„Na, die Samenbank Seminis natürlich."

„Nein, wir konnten sie noch nicht erreichen."

„Typisch!", sagte Dorthe entrüstet, hauptsächlich an ihren Mann gerichtet. „Du hast sie wohl auch nicht erreicht?"

Er schüttelte den Kopf.

„Das ist alles deren Schuld."

Ganz unerwartet fing sie an zu weinen. Anne bewegte sich unruhig und schaute zu Tobias Holmetoft, aber sein Gesichtsausdruck war neutral, als ob er es gewohnt war, sie weinen zu sehen.

„Wir hatten uns so auf dieses Kind gefreut", schluchzte sie, „das war alles, was uns in unserem Leben fehlte. Wir hatten es schon so lange selbst versucht, aber … Wo wir doch nun so sorgfältig gewesen sind und Rasse, Augen- und Haarfarbe ausgewählt und uns vergewissert haben, dass der Samenspender gesund und munter, ohne Handicaps war, was konnte denn dann schiefgehen? Ist das eine Strafe? Wir wussten doch nicht, dass er … dass er …" Sie biss sich auf die Unterlippe und schüttelte bloß den Kopf.

„Schwarz war?", ergänzte Anne, die sehr wohl wusste, dass ein laut Wörterbuch genauso geeignetes lateinisches Adjektiv, das das Gleiche bedeutet, politisch nicht korrekt war.

Nun fing Dorthe so heftig zu weinen an, dass ihr Mann doch eingriff. Er deutete gebieterisch auf die Tür. „Sie gehen jetzt! Knöpfen Sie sich stattdessen diese Samenbank vor. Die sollen verdammt noch mal für das hier bezahlen", knurrte er, setzte sich auf die Bettkante und umarmte seine unglückliche Frau.

Anne winkte Ninna mit sich hinaus.

„Hormone?", flüsterte Ninna draußen auf dem Flur.

„Sicher mehr als das."

Anne hielt eine Frau an, die vorbeilief. Sie war älter als die andere, die sie zuvor gesehen hatten, und hatte ein nettes, mütterliches Gesicht. Auf dem Namensschild ihres Kittels stand, sie sei Hebamme.

„Entschuldigung, wo finden wir das Baby der Holmetofts?", fragte sie.

Die Frau sah sie lange an, die Augen stellten mehrere Fragen auf einmal.

„Wir sind dabei, ein Porträt dieses kleinen Wunders zu machen", sagte sie überzeugend und lächelte.

Die Frau lächelte ebenfalls und nickte mehrmals. „Ja, das ist er wirklich. Kommen Sie einfach mit."

Sie folgten ihr in ein Zimmer, wo eine Krankenschwester gerade damit fertig war, den Kleinen mit der Flasche zu füttern. Die Hebamme hatte recht. Auf dem gebeugten Arm der Krankenschwester lag, das süße Köpfchen, bedeckt von einem schwarzen Flaum, die Wimpern ebenfalls kohlschwarz. Die Nasenflügel waren breit und der Mund zwei sehr wohlgeformte schmale Lippen. Anne erinnerte sich an eine Negerpuppe, die sie als Kind gehabt hatte. Damals, als man sie noch so nennen durfte. Sie hatte diese Puppe geliebt, und wie könnte jemand diesen wohlgestalteten, kleinen Jungen nicht lieben? Sie hielt ihm einen Finger hin und streichelte die winzig kleine, dunkle, geballte Faust. Das Baby schaute zu ihr hoch mit braunen Augen, die noch nicht die Fähigkeit zu fokussieren hatten. Die Krankenschwester, die ihn hielt, strahlte stolz, als wäre es ihr eigenes Kind.

„Also, ich verstehe nicht, dass sie ihn nicht haben wollen", seufzte sie und fing sich einen warnenden Blick von der Hebamme ein.

„Sie wollen ihn nicht haben?", fragte Ninna überrascht.

„Nein, er hätte ja nicht diese Farbe haben sollen", sagte die Krankenschwester, legte das kleine Bündel über die Schulter und tätschelte sanft den Rücken des Jungen. Er machte ein Bäuerchen und die Krankenschwester lächelte zufrieden.

„Wie kann das passieren? Haben Sie das schon mal erlebt?", fragte Anne.

Die Hebamme, die die Arme verschränkt hatte und der es sehr offensichtlich missfiel, die Schweigepflicht zu brechen, schüttelte den Kopf. „Es ist äußerst selten, dass Samenbanken diese Art Fehler machen. Aber natürlich kann eine fehlerhafte Insemination vorkommen."

„Was passiert dann jetzt mit ihm?", wollte Ninna wissen.

„Sie haben sich entschieden, ihn zur Adoption freizugeben“, sagte die Krankenschwester.

„Wir warten noch mal ab. Gerade ist es ein Schock für sie und die Mutter weigert sich, ihn zu stillen. Aber vielleicht kommen sie auf andere Gedanken“, schätzte die Hebamme.

Ninna war mit ihrem Handy beschäftigt, sobald sie auf dem Parkplatz waren.

„*Jetzt* verstehe ich, warum Tobias Holmetoft nicht ins Fernsehen und seinen Namen nicht erwähnt haben wollte. Weißt du, wer er ist?“, fragte sie, als sie ins Auto stiegen.

„Der Name kommt mir bekannt vor.“, murmelte Anne und machte die Tür zu.

„Ich habe ihn gerade auf dem Handy gegoogelt. Er sammelt Unterschriften für diese neue Partei DFD - Dänemark für Dänen. Hast du nicht davon gehört?“

Anne nickte. Ein bisschen hatte sie gehört, dieser neuen, patriotischen Partei jedoch nicht besonders viele Chancen eingeräumt und hatte deswegen auch ihr Parteiprogramm - oder den Mangel eines solchen - nicht sonderlich aufmerksam verfolgt.

„Die sind viel weiter rechts als es die Dänische Front war. Wenn er sich mit einem schwarzen Kind auf dem Arm im Fernsehen zeigt, würde das sicher nicht viele Unterschriften geben. Eigentlich entspricht er ja auch nicht dem Stereotyp.“

„Die Meinungen und Haltungen der Leute sieht man ihnen äußerlich nicht an, Ninna. Aber der arme Junge, dass er zufällig ausgerechnet in diese Familie geboren wurde.“

„*Falls* es zufällig ist. Vielleicht wollten die politischen Gegner der neuen Partei in die Quere kommen“, konspirierte Ninna.

„Selbst wenn, das wäre doch sicher ein bisschen zu anspruchsvoll.“

„Man weiß nie, zu welch fiesen Methoden die greifen, wenn es um Politik geht.“

Anne lächelte und brummte vor sich hin, da sie es nicht über die Kreuzung beim Randersweg geschafft hatte, bevor es rot wurde.

„Wie traurig, dass es so ist. Dass schwarz und weiß so viel bedeuten kann!“, fuhr Ninna fort. „Warum gelten Weiße als bessere Menschen? Was stimmt denn nicht mit diesem niedlichen, kleinen Jungen?“

„Tja, in Wirklichkeit sind nur 15 Prozent der Weltbevölkerung weiß, daher müsste es eigentlich umgekehrt sein“, überlegte Anne und registrierte unterbewusst, dass die meisten Autos, die vorbeirasten, weiß waren. Selbst Fahrzeuge wurden in dieser Farbe bevorzugt.

„Ja, nimm nur mal euren Gott, der in Bethlehem geboren wurde, in einem Land mit dunkler Hautfarbe, warum wird er eigentlich immer als blond und blauäugig dargestellt?“

„Darüber habe ich nie nachgedacht. Was ist mit deinem, Allah?“

Ninna zuckte die Schultern.

Sie hatten gerade im Parkhaus von TV2 Ostjütland geparkt, als Annes Handy in der Tasche vibrierte. Wieder rutschte ihr das Herz in die Hose. Es war ihr eine Weile gelungen, nicht an Sabina zu denken. Auf dem Display stand eine italienische Nummer.

„*Ciao, Giacomo. Come stai?*“ Sie konnte es nicht lassen, ein bisschen mit ihren wenigen Italienischkenntnissen anzugeben, jetzt, wo Ninna dabei war. Aber sie polterte so sehr mit der Kamera hinten am Auto, dass sie es sicher nicht mal hörte und Anne Giacomos Antwort kaum verstehen konnte, obwohl die Verbindung dieses Mal völlig in Ordnung war.

„Was sagst du, soll ich untersuchen?“

Sie hielt einen Finger vor Ninna hoch um ihr zu signalisieren, sie sollte nicht so viel Krach machen.

„Bist du sicher? Das klingt unheimlich. War das wirklich auf dem Weg nach Dänemark?“

Sie lauschte wieder seiner Stimme. Ninna schaute sie neugierig an.

„Wo, sagst du?“

Dann nickte sie und das Adrenalin schoss ihr wieder ins Blut.

„Das werde ich schon herausfinden“, versprach sie.

23

Die die aus den Lautsprechern knarzende Stimme der Stewardess, die die Passagiere bat, sich anzuschnallen, da der Landeanflug auf den Flughafen Billund bald beginnen werde, weckte Silje.

Sie saß auf dem Fensterplatz neben einer kräftigen Mannsperson, die nach Bier und Zwiebeln roch und so über den Flugzeugsitz quoll, dass sie sich eingezwängt fühlte. Das hatte sie seit Frankfurt am Main getan, wo sie zwischengelandet war. Er war eingeschlafen, direkt nachdem sie langweiligen Flugzeugfraß gegessen hatten. Das weiße T-Shirt war voller Flecken auf dem geblähten Bauch und einer seiner verschwitzten Arme lag schwer auf ihrem Oberschenkel. Sie traute sich nicht, ihn zu bewegen, aus Angst, er würde aufwachen. Er kam aus Ribe und hatte in einem fort über seine Sauftour in Frankfurt geredet, wie viele Bier er an Bord gekippt hatte und dass er auch an dem jährlichen Oktoberfest der deutschen Stadt teilnehmen würde. Sie hatte mit halbem Ohr zugehört und hoffentlich an den richtigen Stellen genickt oder den Kopf geschüttelt.

Eigentlich hatte sie gehofft, den restlichen Heimweg in Frieden ihren Gedanken nachhängen zu können. Tao und Anya würden sie am Flughafen Billund abholen und nun freute sie sich darauf, sie wiederzusehen. Besonders Anya. Alle Grübeleien, wie sie Tao die Wahrheit sagen könnte, hatte ihre Mutter ihr erspart. Das war ihr klar geworden, als sie endlich anständiges Telefonnetz hatte und zu Hause anrufen konnte. Tao war zuerst aufgebracht gewesen und hatte mit ihr geschimpft. Silje hatte ihre Mutter verflucht, dann aber eingesehen, dass es ihre eigene Schuld war, weil sie Tao nicht von ihrer Suche nach ihrem biologischen Vater und deren erfolgreichem Abschluss in Afrika erzählt hatte.

Jetzt war sie dankbar dafür, dass diese Konfrontation überstanden war.

Sie drehte den Kopf und ließ den Blick in der Atmosphäre schweifen. Das Flugzeug war jetzt so weit unten, dass die

Patchwork-Landschaft Dänemarks unter ihr sichtbar wurde. Wunderbares Dänemark! Plötzlich wurde ihr bewusst, was für ein Glück sie hatte, ausgerechnet dort geboren zu sein.

Trotzdem gab es im Auto einen kleinen Streit. Tao war natürlich verletzt, weil sie sich ihm nicht anvertraut hatte. Sie empfand es als eine Strafe, dass er Anya nicht mitgebracht hatte. Er sagte, sie sei müde und die Fahrt wäre zu lang für sie gewesen. Sie war bei ihren Großeltern geblieben, freute sich aber auf ihre Mama.

„Wie ist mein Schwiegervater so?", fragte Tao, als er seinen Frust abgelassen und eingeräumt hatte, er sei glücklich, dass sie wieder wohlbehalten zu Hause war.

Ja, wie war er? Sie wusste nicht, wie sie ihn beschreiben sollte.

Als sie endlich dazu gekommen war, ihm zu erzählen, wer sie war, nachdem Farsiris und Samanta in ihren Zimmern verschwunden waren, hatte sie seinen Ausdruck nicht einschätzen können. Aber Freude war es nicht. Auch nicht Überraschung oder Enttäuschung, doch dann hatte er gesagt, er würde sie besuchen, wenn er das nächste Mal nach Dänemark käme, und sie hatte ihm die Adresse gegeben. Zu dem Zeitpunkt war noch nichts schiefgegangen. Erst später. Warum war sie ihm auch gefolgt? Warum! Selbstverständlich, weil sie mehr über ihn wissen, mit ihm zusammen sein wollte. Nah dran. Sie mussten sich viel zu schnell wieder trennen. Sie war schon im Bett gewesen, als sie gedämpfte Stimmen hörte. Durchs Fenster sah sie ihn zusammen mit einem der Einheimischen. Sie hatte den Mann vorher noch nie gesehen. Sie verließen das Lager und hier hätte sie einfach wieder ins Bett gehen sollen. Aber sie stand auf, zog sich Shorts und eine Bluse an und fand die beiden schnell, da sie ihren Fußspuren in der schlammigen, roten Erde folgen konnte. Der Regen hatte aufgehört und war weitergezogen. Der Mond schien, wie er es nur in Afrika kann. Die beiden Männer hatten vor ein paar primitiven Hütten angehalten. Sie erkannte die eine als die Hütte, wo Faheem und sein Großvater gewohnt hatten. Ein weiterer Mann, den sie noch nie gesehen hatte, hielt sich dort auf. Er kam heraus und gab ihrem Vater und dem anderen die Hand. Er trug ein offenes Hemd über einem stark behaarten, großen Bauch. Sie wusste nicht, wieso sie sich in einem Gebüsch in der Nähe versteckt hatte. Das war doch ihr Vater, aber irgendetwas hatte ihr gesagt, dass es besser war, wenn er sie nicht sah. Sie wäre beinahe entdeckt worden, als sie unwillkürlich laut nach Luft schnappte, weil irgendein Kriechtier ihr über eine Sandale schlich. Sie schauten alle in Richtung Gebüsch. Sie schauderte, als sie zwischen den trockenen Blättern des Busches das Auge des einen Mannes sah. Es starrte sie direkt an, aber es war weiß, ganz ohne Iris und Pupille. Er musste auf diesem Auge blind sein. Sie waren offenbar davon überzeugt, dass bloß die große Eidechse geraschelt hatte; diese kroch hinaus und verschwand im Mondlicht. Gedämpft unterhielten sie sich weiter. Dann kamen sie aus den Hütten heraus. Sie zählte insgesamt zehn Personen. Zwei Alte, vier Junge und vier Kinder unbestimmten Alters. Sie sahen abgemagert und heruntergekommen aus und einer der Männer hatte eine weiße Mullbinde um den Knöchel. Vielleicht waren das Patienten, hatte sie gedacht. Die Schar folgte dem Großen und kurz darauf hörte sie einen Automotor. Es klang nach einem größeren Auto. Die roten Rücklichter verschwanden auf der schmalen Lehmstraße voller roter Wasserlöcher in der Dunkelheit. Ihr Vater war mit dem halb-blinden Mann dageblieben. Er reichte ihm einen Metallkoffer, sie konnte aber nicht hören, was er sagte. Ihr Vater nahm ihn und ein Bündel Geldscheine entgegen, öffnete den Koffer und legte es hinein. Als er den Koffer wieder schloss, klickte es zweimal laut in der schwülen Nacht, in der nur einzelne Zikaden zu hören waren. Sie gingen dicht an ihr vorbei. So dicht, dass sie einen Teil ihrer Unterhaltung hörte. So viel, dass sie anfing, den Zusammenhang zu verstehen.

Ihr fiel erst auf, dass sie lange geschwiegen hatte, als Tao über den Schalthebel griff und ihr Handgelenk drückte.

„Du bist okay, oder?"

„Ja, ja, natürlich."

„Wie war mein Schwiegervater so?“, wiederholte er.

„Ganz nett. Ich habe ihn nicht so viel gesehen, er ist erst von einer Reise zurückgekommen, kurz bevor ich selbst abreisen sollte.“

Das, was sie in Äthiopien erlebt hatte, kam ihr plötzlich so unwirklich und fern vor, dass sie das Gefühl hatte, es sei nur ein Traum gewesen. Dass nichts davon passiert und sie nie weg gewesen war.

„Aber du hast ihm doch erzählt, dass du seine Tochter bist, oder? Dafür bist du doch so weit gereist.“

Tao verwandelte den Traum wieder in Wirklichkeit.

„Ja, ich hab's ihm erzählt. Er meinte, er würde uns mal besuchen.“ Sie versuchte, natürlich zu lächeln.

„Dann hat er dich also akzeptiert! Fantastisch. Dann hatte die Schwiegermutter doch nicht recht. Sie war sich sicher, dass du schwer enttäuscht werden würdest.“

Silje antwortete nicht.

„Und sonst? Ist er ein wohlhabender Mann in Afrika? Erbst du mal eine Diamantenmine oder so?“, grinste Tao.

Wieder wusste Silje nicht, was sie antworten sollte. In diesem Koffer war viel Geld gewesen, daran hatte sie keinen Zweifel, und auch nicht daran, wie sie ihren Abschied auffassen sollte. Hatte er entdeckt, dass sie ihn beschattet und ihr Gespräch gehört hatte? Als sie, die Beine voller Schlamm, zurück ins Lager gekommen war, war sie so heftig zusammengezuckt, als sie ihn am Tisch unter dem Mangobaum vor der Küche entdeckt hatte, dass er es bemerkt haben musste. Zuerst hatte sie die Zigarettenglut gesehen. Farsiris rauchte nicht.

„Es ist nicht klug, allein durch die afrikanische Nacht zu laufen, das kann gefährlich sein“, hatte er gesagt. Es klang mehr wie eine Drohung als eine Warnung. Vielleicht fasste sie das nach der mitgehörten Unterhaltung auch nur so auf. Einen Augenblick lang hatte es ihr völlig die Sprache verschlagen. Warum war ihr nichts Besseres eingefallen als zu sagen, sie sei auf dem Klo gewesen? Welche anderen logischen Erklärungen hätte es sonst geben können? Er war gerade an der Latrine vorbeigelaufen und wusste natürlich, dass sie nicht da gewesen war. Außerdem kam sie aus der genau entgegengesetzten Richtung.

Am nächsten Morgen war er weg gewesen und nur Samanta hatte sie verabschiedet, bevor Alem sie zum Flughafen Asosa fuhr. Samanta hatte auch nicht gewusst, wo Sämay abgeblieben war und meinte, es habe vielleicht einen Notfall im Krankenhaus des Flüchtlingslagers gegeben, obwohl sie sich gleichzeitig darüber wunderte, dass sie dann nicht auch hinzugerufen worden war.

„Ich glaube nicht, dass er reich ist, Tao. Aber jetzt lass uns über etwas anderes reden. Wie geht's Papa?"

Taos Gesicht wurde so ernst, dass sie Angst davor hatte, was sie zu hören bekäme.

„Er war sehr unglücklich darüber, dass du weggefahren bist, Silje. Ich glaube, das hat seinen Zustand verschlechtert. Hast du mal darüber nachgedacht, was das mit ihm macht, dass du plötzlich deinen Vater finden willst? Du hast doch ihn - noch."

Silje wurde übel vor lauter schlechtem Gewissen. Sie bekam keine Luft und riss an dem Sicherheitsgurt, der über der Brust spannte. Ihre Mutter hatte recht: Sie war enttäuscht und damit nicht genug. Wenn sie an die Augen ihres Vaters dachte, als er sie in der Dunkelheit unter dem Mangobaum entdeckt hatte und an die Art, wie er eine Mango mit einem krummen Messer geschält hatte, rieselte es ihr eiskalt den Rücken herunter. Ihr wurde klar, dass er nicht zufällig dort gesessen hatte. Er hatte auf sie gewartet. Er wusste, dass sie es wusste.

24

Isabella Munch erstickte Anker Dahls beginnenden Optimismus bei der ersten Besprechung der Woche am Montagmorgen im Keim.

„Er kann es nicht sein“, sie legte eine Kunstpause ein, in der alle intensiv lauschten. „Er ist tot.“

„Ja, aber das *ist* seine DNA. Ich habe mit der Rechtsgenetik gesprochen, es besteht kein Zweifel“, protestierte er.

„Das ist Blut von einer Katze, wie sicher ist das?“, fragte Niels.

„Und wie ist überhaupt Blut auf die Katze gekommen, wenn am Tatort keins war?“, bohrte Kim weiter.

„Vielleicht hat die Katze ihn gekratzt?“, schlug Yazmin vor.

„Wie wissen wir mit Sicherheit, dass er tot ist?“ Anker Dahl drehte sich zur Tafel um, an der ein neues Bild des mutmaßlichen, allerdings verstorbenen Täters hing.

„Er ist vor zwei Jahren im Gefängnis an Aids gestorben. Als eine Vollzugsbeamtin nach langer Suche den Stiefsohn ausfindig gemacht hatte, um ihn über den Tod seines Stiefvaters in Kenntnis zu setzen, erhielt sie die Nachricht, dass auch er im vorigen Jahr verstorben sei. Malaria, meinte sie.“

„Malaria! Ein Mann, der den Großteil seines Lebens in Afrika gewohnt hat, stirbt doch nicht an Malaria!“ Nur dumme Touristen, die sich nicht impfen lassen, dachte Anker Dahl weiter. „Und soll das heißen, dass eine Vollzugsbeamtin einfach mal eben so den Mann findet, den die Ostjütländische Polizei seit vielen Jahren erfolglos zu finden versucht hat?“

Isabella gestikulierte hilflos mit den Armen. „Sie hat ihn sicher nicht einfach mal eben so gefunden. Und die Ermittlungen wurden doch damals von höherer Stelle aufgrund mangelnder Ressourcen eingestellt, daher kann man uns das ja wohl kaum vorwerfen?“

Sie klang wütend. Es wirkte, als ob die Sache ihnen allen naheging. Wie es unaufgeklärte Fälle immer taten. Und bezüglich der Ressourcen hatte sie natürlich recht. Dieser Punkt war seitdem nicht besser geworden. Im Gegenteil. Wegen der vielen Terrorwarnungen, die von dem dänischen Inlandsnachrichten- und Sicherheitsdienst PET herausgegeben wurden, mussten sie landesweit immer mehr Beamte zur Bewachung diverser Terrorziele abstellen, obwohl das dänische Polizeiaufgebot aufgrund jahrelanger Kürzungen ohnehin schon nicht groß genug war. Die Hauptstadt nahm natürlich den Ehrenplatz ein. Niemand sprach darüber. Es war eine weitere brenzlige Sache bis zur bevorstehenden Wahl. Oder sie warteten einfach ab, bis eine neue Regierung kam, die ein bisschen unter Druck gesetzt werden sollte. Leider saß er nicht auf dem Posten, wo er den ganz großen politischen Einfluss hatte, aber er näherte sich. Und wenn die Zeit kam, würden die Politiker die Polizeiführung für ihr loyales Schweigen belohnen. Sie sollten etwas dafür zurückbekommen, und es gab eine Menge in Angriff zu nehmen. Mehr Geld für die Polizei, mehr Schüler auf der Polizeischule und mehr Angestellte, bessere Ausbildungs- und Pensionsmöglichkeiten, um nur ein paar Bereiche zu nennen.

„Hat er Geschwister? Eventuell einen Zwilling?"

„Meinen Informationen zufolge war er Einzelkind", erwiderte Isabella.

Anker Dahl wandte sich an Niels. Die Sonne schien ihm direkt aufs Gesicht. Der Bürstenschnitt wurde allmählich silbern und ähnelte einem Heiligenschein.

„Bist du die Hinweise nach der Pressekonferenz durchgegangen?"

Niels kniff wegen des Lichts das eine Auge zu, als er zu ihm hochschaute.

„Ja, wir haben ungefähr eine Handvoll, die es wert sind, sie ein bisschen näher anzuschauen. Unter anderem hat ein Gassigeher die Beschreibung einer Person abgegeben, die er das Treppenhaus von Zuzanna Johansens Wohnung verlassen sah. Die Beschreibung entspricht der, die der Zeuge von der Person in Frederik Valbæks Treppenhaus gegeben hat. Der Zeitpunkt passt, kurz nach dem Mord. Er hatte das Muster auf dem Rücken des Kapuzenpullovers bemerkt; er meinte, es waren ein paar Striche, die ein Motiv bildeten.

„Was für ein Motiv?"

„Ähm, das konnte er in der Eile nicht sehen. Vielleicht ein Stern."

Anker Dahl konnte nicht umhin, missbilligend den Kopf zu schütteln. Welchen Nutzen sollte das bringen?

„Okay, Isabella und Kim, ihr konzentriert euch darauf, die Familie und den Bekanntenkreis des Verstorbenen zu finden. Alles muss auf den Kopf gestellt werden. Es kann nicht sein, dass er sein ganzes Leben hier in Dänemark einfach so hinter sich gelassen hat. Außerdem muss alles, was er in Afrika getan hat, geklärt werden. Wo hat er gewohnt, was hat er gemacht? Macht seinen Totenschein ausfindig. Wo liegt er begraben? Ich will seinen Grabstein sehen. Ich will eine hundertprozentige Sicherheit haben, dass dieser Mann tot ist."

Sie nickten.

„Niels und Yazmin, ihr macht mit Zuzanna Johansens Familie weiter. Unterhaltet euch ein bisschen mehr mit der Schwester, ich habe das Gefühl, sie weiß etwas."

Niels nickte, wie um zu bestätigten, dass er das gleiche Gefühl hatte.

„Hafid, du gehst den Hinweisen nach, die wir nach der Pressekonferenz erhalten haben."

Er drehte sich um, um zu sehen, ob alle verstanden hatten.

„Gut. Dann fangen wir an!"

25

Es wunderte Kamilla, dass sie in den dänischen Zeitungen im Flugzeug überhaupt nichts über die Katastrophe in Süditalien finden konnte. Zwei Morde in Aarhus wurden erwähnt und die Entführung eines kleinen Jungen auf Fünen. Von der Flüchtlingskatastrophe war auch viel die Rede und so war es deutlich, dass der Wahlkampf bereits angefangen hatte. Aber nicht das Geringste über das Schiff, das in dem kleinen Badeort verunglückt war. Vielleicht war es doch nicht so ernst gewesen, wie es im italienischen Fernsehen ausgesehen hatte. Oder die Medien waren der Meinung, dass es die dänische Bevölkerung nicht interessierte.

Die Redaktion des Dänischen Roten Kreuzes in Kopenhagen war mit den Bildern sehr zufrieden. Die Fotoreportage würde in der nächsten Ausgabe der Zeitschrift gebracht werden, die in einer Auflage von 75.000 Exemplaren gedruckt wurde. Sie schilderte das Leben im Lager, ohne dass es zur Gefühlsduselei wurde. Der Zweck der Reportage war es nicht, Geld zu sammeln, sondern über die furchtbare Situation zu informieren, in der sich viele Flüchtlinge befanden. Besonders die Bilder aus dem Flüchtlingslager in Lampedusa waren besser geworden, als sie selbst erwartet hatte. Es war schwer, bei dem kurzen Besuch zu beurteilen, ob die Bedingungen für die vielen Flüchtlinge im Lager besser geworden waren, seit ein Videoclip im Netz für Ärger gesorgt hatte, weil die Behandlung der Flüchtlinge im Empfangszentrum an die Bedingungen in den Konzentrationslagern der Nazis erinnerte. Nackte Menschen standen in Reih und Glied - Männer, Frauen und Kinder -, um von einem Arzt untersucht und mit einer desinfizierenden Flüssigkeit abgespült zu werden. Das Video brachte die EU dazu, damit zu drohen, Hilfe zurückzuhalten, falls Italien den Bootsflüchtlingen nicht einen würdigen Empfang garantieren könne. Der Bürgermeister auf Lampedusa war sich darüber im Klaren, dass die Bedingungen nicht optimal waren, sie konnten sich aufgrund des großen Drucks einfach keine komfortableren Verhältnisse leisten, worauf sie den Rest der Welt bei mehreren Gelegenheiten aufmerksam gemacht hatten, ohne gehört zu werden.

2009 waren die Flüchtlinge in Panik geraten, da die Meldungen der Politiker bezüglich weiterer Verschärfungen über die Mauern zu ihnen durchgedrungen waren. Zu Tausenden brachen die Flüchtlinge durch die Umzäunung des Flüchtlingszentrums und demonstrierten in den Straßen Lampedusas gegen den Beschluss der Regierung über die direkte Repatriierung von Flüchtlingen unter anderem aus Ägypten und Libyen. Das passierte friedlich, zusammen mit den Bewohnern der Insel, es nützte aber nichts.

Viele begingen Selbstmordversuche, traten in den Hungerstreik, einige schnitten sich mit rostigen, in Exkremente getauchten Nägeln, sodass sie krank wurden, hohes Fieber bekamen, in der Hoffnung, aufs italienische Festland verlegt zu werden. Im Lager entstanden Aufstände und die Gebäude wurden in Brand gesteckt. Die Flüchtlinge wurden danach per Flugzeug aufs Festland transportiert, da über die Hälfte der Einrichtungen im Lager zerstört wurde. Der Alte im Restaurant hatte recht. Die Katastrophe gab es schon lange.

Die Verhältnisse waren jedoch weniger chaotisch gewesen, als sie das Lager besucht hatte. Sie war die ganze Zeit von bewaffneten Wachen umgeben gewesen, hatte sich aber zu keinem Zeitpunkt unwohl gefühlt. Die Flüchtlinge hatten ihre blonden Haare und helle Haut gemustert, einige verwundert, andere mit Bewunderung - meist die Frauen -, mehrere mit Hoffnung im Blick, als wüssten sie, dass sie hier war, um der Welt von ihrer Situation zu erzählen. Ihnen zu helfen. Ihre Bilder zeigten verlorene und unerwünschte Menschen in einer unmenschlichen Warteposition. Die Zeit sollte so gut wie möglich vergehen, bis andere über ihr Schicksal entschieden. Vielleicht bekamen sie die Erlaubnis weiterzureisen, vielleicht wurden sie zurückgeschickt zu Krieg und Armut, Folter und Hinrichtung. Die kleinen Kinder spielten fast unbeeindruckt miteinander in der Sonne unabhängig von der Religion. Kamilla hatte sie durch die Linse eingefangen und überlegte, wann der Hass aufeinander wegen Hautfarbe, Kultur und Religion sich zu entwickeln begann. Niemand konnte damit geboren sein. Was schuf diesen Hass aufeinander und den Unterschied hinsichtlich des Werts eines Menschen? Sie hoffte nur, dass die Fotos die Leute dazu bringen würden, besser zu verstehen und dazu Stellung zu nehmen, was dort vor sich ging, wenn ihnen die Katastrophe nicht aus politischen Gründen präsentiert wurde.

Die Bilder der Menschenschmuggler im Kaffeehaus in Kairo und die vom Strand mit der Frau und dem weißen Kind hatte sie nicht ans Rote Kreuz weitergegeben. Sie waren immer noch auf ihrem Laptop.

Warum sie sich so entschieden hatte, wusste sie eigentlich nicht. Sie wollte mit Abubakar darüber sprechen. Er war derjenige, der sie gebeten hatte, sie zu machen. Sobald sie zu Hause war, würde sie versuchen, ihn wieder zu kontaktieren. Er hatte nie zurückgerufen.

Als sie am Aarhuser Flughafen auf ein Taxi wartete, meinte sie, ihn zu sehen. Er sah sehr nervös aus und wirkte wie einer, der auf jemanden wartete. Er schaute die ganze Zeit auf die Uhr und zog an einer Zigarette. Das Glasauge starrte weiß in die Luft, obwohl das andere sie direkt anschaute. Hatte er sie in Kairo gesehen? Wusste er, dass sie Bilder von ihm und dem anderen Schleuser gemacht hatte? Dann kam ihr Taxi.

Sie setzte sich auf den Rücksitz. Der Fahrer verstand die Botschaft und sagte kein Wort. Nicht einmal das Radio war an. Er konnte bestimmt sehen, wie erschöpft sie nach der langen Reise war. Als sie den Kopf an die Nackenstütze lehnte, spürte sie ein unbeschreibliches Wohlbefinden. Sie schaute hinaus auf die Landschaft, die vorbeirollte wie ein Film. Hauptsächlich dichte Wälder und wild wachsende Gebüsche auf beiden Straßenseiten. Es war weit zwischen den Häusern und die öde Landschaft gefiel ihr. So gegensätzlich zu dem, was sie die letzten Wochen gewohnt gewesen war. Es überrumpelte sie, dass es so schön war, nach Hause zu kommen. Wenige Kilometer nach Tvedhuse, einem winzig kleinen Dorf, bei dem man fast nicht bemerkte, dass man durchfuhr, war sie zu Hause.

Tarzan saß im Fenster und guckte zu ihr hinaus, als sie die Koffer vom Taxi zu dem kleinen Haus schleppte, das sie sich letzten Herbst im Meilgaardsweg gekauft hatte. Es war ein großes Glück gewesen, dass ihr Vater gesehen hatte, dass das Haus zu verkaufen war. Es war nicht weit weg von Bønnerup Strand, wo er Fischer war und mit seiner Familie und Kamillas Halbbruder Mathias wohnte. Er hatte nach dem Kater geschaut, während sie weg war, und der schien sie überhaupt nicht vermisst zu haben. Treuloser Schuft, dachte sie und lächelte.

Während sie in der Tasche nach dem Schlüssel suchte, bemerkte sie einen Schwarm Vögel, die in der Vogelkirsche zwitscherten.

Der Baum war nun beinahe verblüht und sowohl sie als auch die Vögel mussten noch ein bisschen Geduld haben, bevor er feine, dunkelrote Früchte trug. Den Baum hatte sie aus ihrem Garten in Egå mitgenommen. Rasmus hatte ihn gesät, als er klein war, und hatte gespannt Jahr für Jahr verfolgt, wie der Keim wuchs und zu einem Baum wurde. Sie hatten es *seinen Baum* genannt. Glücklicherweise hatte er den Umzug überlebt. Er hatte in der djursländischen Humuserde so schnell Wurzeln geschlagen wie sie selbst. Jetzt wuchs er weiter, während Rasmus unter der Erde lag. Das Grab auf dem Egåer Friedhof besuchte sie, so oft sie konnte. Sie hatte ihn nicht mitnehmen wollen zu einem näher gelegenen Friedhof. Er gehörte nach Egå. War dort geboren und aufgewachsen. In den zehn Jahren, die er gehabt hatte. Ihr Vater hatte gesagt, sie solle loslassen. Weitermachen. Rasmus war nicht mehr da und würde niemals zurückkommen. Die Bilder von Müttern, die ihre Kinder wegen Hungers, Krankheit und sinnlosem Gemetzel durch militante Bewegungen verloren hatten, glitten vorbei. Sie zuckte zusammen, als die Tür aufging, bevor sie den Schlüssel gefunden hatte.

„Mathias! Was machst du denn hier?", rief sie erschrocken und beeilte sich zu lächeln, um den Jungen nicht einzuschüchtern. Jedes Mal, wenn sie ihn sah, sah sie Rasmus. Mathias ähnelte ihm, als wäre er Rasmus' Zwilling gewesen und nicht sein Halbonkel mütterlicherseits. Das gleiche Alter. Obwohl sie den Gedanken am liebsten nicht denken wollte, war ihr Halbbruder der Ersatz für ihren Sohn geworden und sie liebte ihn krankhaft. Sie wusste, dass viele das meinten.

„Ich habe gerade nach Tarzan geguckt. Willkommen daheim, Kamilla."

„Danke, mein Lieber." Sie umarmte ihn heftig und hielt ihn so lange fest, dass er anfing sich zu bewegen, um freizukommen. „Hast du mich so doll vermisst wie ich dich?"

„Ja. Hast du Löwen und Elefanten gesehen?"

„Überhaupt nicht. Aber ich habe eine Giraffe gesehen."

„Hast du? Echt?“

Kamilla nickte, trug die Koffer hinein und zog Jacke und Schuhe aus.

„Ja, aber nur von Weitem. Die Tiere sind sehr scheu und es war auch nicht genug Zeit, um auf eine Safari zu gehen.“

Tarzan wurde nun doch neugierig und riss sich vom Fenster und den Vögeln im Kirschbaum los. Er trottete auf sie zu. Schmiegte sich an ihre Beine und roch an den Schuhen, die fremde Duftspuren trugen, nachdem sie sich auf afrikanischem, italienischem und dänischem Boden befunden hatten.

„Cool! Willst du was trinken? Ich hab Limo gemacht.“

Mathias ging ganz selbstverständlich in ihre Küche und öffnete den Kühlschrank. Er holte die Kanne heraus und zwei Gläser aus dem Schrank, wobei er auf den Zehenspitzen stehen musste, um ranzukommen.

„Wollen wir uns in den Garten setzen?“

Kamilla nickte, hob Tarzan hoch und merkte sofort, dass er zugenommen hatte, während sie weg gewesen war. Im Gegensatz zu ihr; sie hatte vier Kilo abgenommen. Mathias wirkte wie ein kleiner Mann, als er das Tablett mit Gläsern und die Kanne mit Limonade hinaus auf den Gartentisch trug. Der Pony war hübsch zur Seite frisiert und als ein Windstoß ihn ergriff, wurde er sofort wieder an seinen Platz gestrichen. Nächstes Jahr würde er konfirmiert werden. Er *war* ein kleiner Mann.

Kamilla nahm den Kater mit nach draußen. Sobald sie ihn absetzte, verschwand er unter den Büschen. Mathias schenkte ein. Sie setzte sich erschöpft auf den Gartenstuhl und sah ihn an.

„Geht’s euch allen gut?“

Er nickte. „Papa war auf dem Meer und Mama im Laden.“

Alice hatte ein Souvenir- und Modegeschäft in Bønnerup, und im Sommer war am meisten los.

„Dann warst du ganz alleine?“, sagte sie mit übertriebenem Mitleid in der Stimme und wuschelte neckend durch seine Haare.

Sie legte die Füße hoch auf einen der anderen Gartenstühle. Ihre Beine waren nach dem Aufenthalt in den sonnigen Ländern sehr braun geworden.

Mathias streckte seine langen, nackten Beine im Gras aus, er lag halb im Stuhl. Er hatte am Strand auch Sonne abbekommen und seine Sommersprossen waren fast verschwunden. Er lächelte schief und nahm den Strohhalm zwischen die Lippen. „Nee, ich hatte ja Tarzan", grinste er.

„Hast du jetzt Sommerferien?"

„Nächste Woche. Dann können wir jeden Tag zusammen sein, oder?"

Er schaute schnell zurück, als er jemanden hinter sich hörte. Kamilla erblickte Alice in einem hellen Sommerkleid, das ihre schlanke Figur betonte und zu ihren Haaren passte, die mit dem Alter ganz natürlich eine Farbe bekommen hatten, die viele Ältere für teures Geld beim Friseur kauften.

„Ach, hier bist du, Mathias", sagte sie mit Vorwurf in der Stimme. „Hallo Kamilla. Ich wusste nicht, dass du schon zurück bist." Hier nahm die Stimme einen kühlen Unterton an, der immer darin lag, wenn sie mit ihr sprach. Es war nicht leicht gewesen, plötzlich unerwartet eine erwachsene Stieftochter zu bekommen. Nicht alle Ehen hielten das aus.

„Hallo Alice. Ich bin gerade angekommen. Möchtest du ein Glas Limonade haben?"

„Nein, danke. Mathias, du kommst jetzt nach Hause. Du erinnerst dich wohl, dass Oma und Opa heute Abend den weiten Weg aus Seeland kommen."

„Och, Mama. Das ist doch erst heute Abend. Darf ich nicht noch ein bisschen bei Kamilla bleiben? Ich würde gerne ihre Fotos aus Afrika sehen. Sie hat eine Giraffe gesehen."

„Das kannst du ein andermal machen. Jetzt gib Kamillas Schlüssel ab, die brauchst du nicht, wenn du dich nicht um die Katze kümmern sollst."

Mathias stand unwillig auf und kramte in der Hosentasche.

„Das musst du nicht, Mathias. Das ist ein Reserveschlüssel und es ist nett zu wissen, dass noch jemand einen hat."

Mathias stopfte ihn froh zurück in die Tasche. Kamilla sah, wie Alice' Augen sie anfunkelten.

„Lauf schon mal zum Auto. Beeil dich, Mathias", sagte sie. Die Arme hatte sie resolut vor der Brust verschränkt. Es sah aus, als fröre sie bei der Wärme.

„Du bist mit dem Auto da?", fragte Kamilla überrascht und schaute Mathias nach, der versuchte, Tarzan aus den Büschen zu locken, wo er eine Amsel belauerte.

„Ja, ich war einkaufen, daher passte es gerade vorbeizufahren, ich habe mir ja schon gedacht, dass er ... ich hoffe, du hattest eine gute Reise."

„Sie lief gut", entgegnete sie kurz, da es zu lange dauern würde, Alice über die Grausamkeiten, die sie erlebt hatte, zu informieren.

Alice wollte noch viel mehr sagen, das war deutlich, aber sie nickte bloß und schaute sich nach ihrem Sohn um.

„Mathias, lass die Katze in Ruhe und setz dich ins Auto. Wir fahren jetzt."

Kamilla stand auf und begleitete sie hinaus an die Straße. Sie fuhren immer noch den bordeauxfarbenen Fiat Punto. Autos interessierten ihren Vater nicht. Er war Fischer und mochte am liebsten Schiffe. Der Bedarf für ein Auto war auch nicht so groß. Alice' Geschäft lag in Laufweite von ihrem Haus und den Hafen konnte Mogens schnell per Fahrrad erreichen. Mathias kam in der Regel auch mit dem Fahrrad, wenn er sie besuchte. Auch heute. Er half seiner Mutter, es in den Fahrradständer zu stellen. Kamilla sah, dass sie diskutierten, konnte aber die Worte nicht hören. Sie kannte Mathias gut genug, um zu wissen, er wäre lieber mit dem Fahrrad heimgefahren, aber seine Mutter ließ sich nicht erweichen. Er winkte ihr zu, bevor er ins Auto stieg. Alice setzte sich ans Steuer und kurz darauf waren sie weg.

Der Anblick von Rasmus, der winkte und auf dem Fahrrad um die Ecke und auf den Mejlbyweg in Egå fuhr, glitt wieder vorbei. Sie wusste nicht, dass sie ihn da zum letzten Mal sehen würde. Die Furcht breitete sich wie Eiswasser in ihren Adern aus. Sie durfte Mathias nie verlieren. Dass Alice sie in der Familie nicht willkommen geheißen hatte, damit konnte sie problemlos leben. Auch damit, dass sie in Wahrheit ihren Vater erpresst hatte, sie als Tochter aufzunehmen, und dafür sein schreckliches Geheimnis bewahrte, das die Familie zerstören könnte. Solange sie nur Mathias hatte. Sie trug das Tablett mit den Gläsern und der Limonade in die Küche und ärgerte sich darüber, nicht ein bisschen mehr Zeit mit ihm bekommen zu haben. Es gab so viel, was sie ihm über Afrika erzählen wollte. Dann fiel ihr ein, dass sie Abubakar anrufen sollte.

Sie versuchte es drei Mal. Schließlich ertönte ein Knistern in der Leitung und es wurde etwas auf Arabisch gesagt.

„*Hallo, Abu? It is me, Kamilla*", sagte sie versuchsweise.

„*Hi*, Kamilla. Ich habe versucht anzurufen, dich aber nicht erreicht."

„Vielleicht, weil ich im Flugzeug saß. Gibt's was Neues?" Sie setzte sich und lauschte Abubakars Stimme. Es war noch schwerer, sein Englisch zu verstehen, wenn sie sein Gesicht nicht sah. Hafez hatte mehr über den Mann mit dem Glasauge herausgefunden, verstand sie.

„*Not a nice guy,*" warnte Abubakar.

Sie nannten ihn Stiffeye, und er hatte Verbindungen zu Al-Kaida und Boko Haram, sollte nun aber seine eigene kleine Terrorzelle gegründet haben. Ihre Nachforschungen hatten ergeben, dass er vielleicht Terroranschläge in Europa plante.

„Wo in Europa?", wollte sie wissen.

„Das wissen wir nicht, aber er ist nicht mehr in Ägypten."

Zum Schluss fragte er, wie ihre Heimreise verlaufen war. Es klang höflich und Kamilla machte es kurz. Sie konnte hören, dass Abubakar mit etwas anderem beschäftigt war. Im Hintergrund weinte ein Kind und eine Frau sagte etwas auf Arabisch. Sie verabschiedeten sich.

Terroranschläge in Europa. Konnte das in Dänemark sein? Hatte sie Stiffeye wirklich am Aarhuser Flughafen gesehen?

Sie konnte sich nicht zum Auspacken motivieren und setzte sich aufs Sofa. Die Fernbedienung lag nicht wie sonst auf dem Couchtisch. Sie fand sie auf dem Fernsehtisch. Ob Mathias wohl hier gewohnt hatte? Dann war Alice sicher deswegen so barsch. Es war wie ein Kampf zwischen ihnen, darum, wer am beliebtesten war.

Tarzan sprang hoch und legte sich neben sie. Gewohnheiten änderten sich in so kurzer Zeit nicht. Sie schlummerte bei einem langweiligen Wohnungsprogramm ein, erwachte aber bei dem Geräusch der Titelmelodie der Nachrichten von TV2 Ostjütland. Sie richtete sich auf, sodass sich Tarzan widerwillig bewegen musste, als plötzlich Anne Larsens Gesicht auf dem Bildschirm erschien. Mit Schminke war sie kaum wiederzuerkennen. Sie stand zusammen mit einem noblen Herrn im Anzug vor einer Verbrennungsanlage. Er wurde mit Poul Erik Hedegaard, Direktor der Hov Verbrennung tituliert. Kamilla stellte lauter.

„Wir haben keine Ahnung, wie unser Name in eine so furchtbare Sache hineingezogen werden kann", sagte der Direktor und schüttelte aufrichtig schockiert den Kopf.

„Die Papiere zeigen, dass das Schiff mit Giftmüll auf dem Weg von Algier zur Hov Verbrennung war. Wie kann es derart vom Kurs abkommen und mit einem süditalienischen Küstenort kollidieren?"

„Ich kann nur wiederholen, ich habe keine Kenntnis von dieser Sache."

Während der Direktor im Hintergrund abwehrte, sah man das Video, das mit einem Handy gefilmt worden war. Es war jenes, das Kamilla in Lampedusa im italienischen Fernsehen gesehen hatte.

Wie hatte Anne diese Informationen bekommen?

26

Er hatte es in der Zeitung gelesen und nun wurde es bestätigt, als er langsam an dem Bauernhof mit dem hübschen, gepflegten Reetdach einige Kilometer außerhalb von Skåde vorbeifuhr. Isabella und Mikkel hatten sich gut darum gekümmert. Das *Zu verkaufen*-Schild stand an der Straße. Obwohl alles in ihm protestierte, parkte er und zog die Handbremse an.

„Roland! Was machst du denn hier?!"

Er hatte nicht damit gerechnet, dass Isabella zu Hause war. Er wollte sich bloß ein bisschen umschauen, aber sie hatte offenbar verborgen im Garten gesessen.

„Entschuldigung, ich bin nur gerade vorbeigefahren und habe gesehen, dass der Bauernhof zum Verkauf steht." Er behielt die Hände in den Hosentaschen, um sich Isabellas abweisender Körperhaltung anzupassen. „Ich dachte, es wäre niemand zu Hause."

Sie öffnete die Gartentür. „Möchtest du dann nicht auch drinnen gucken?"

Er wusste nicht, wie er die Einladung auffassen sollte. Sie klang nicht wohlmeinend, aber er konnte nicht weiterhin mit dem Gefühl herumlaufen, dass es etwas oder jemanden gab, den er meiden musste. Seit es passiert war, hatte er nicht mit Isabella gesprochen, und Mikkel Jensen weigerte sich, ihn zu Besuch im Staatsgefängnis in Ostjütland zu empfangen. Absolution? War es das, wonach er sich sehnte? Nicht einmal um die des Priesters hatte er gebeten, und brauchte er sie? Isabellas Blick verriet es ihm nicht. Ihre hübschen, grauen Augen mit braunem Streifen um die Pupillen sahen ihn kalt an.

„War schon jemand zur Besichtigung da?", erkundigte er sich, hauptsächlich, um etwas zu sagen, und schaute sich im Garten um, damit er ihren Blick nicht erwidern musste.

„Warum bist du gekommen, Roland?"

„Warum? Um mir den Bauernhof anzugucken. Du weißt doch, wie verliebt ich in ihn war." Mit den Worten hoffte er, sie an damals, vor ein paar Jahren, zu erinnern, wo sie zusammen hier gewesen waren, um diese schönen Gebäude zu besichtigen. Ja, eigentlich war es gewesen, um Spuren im Mordfall Helge Vangberg zu finden, dem Arzt, der hier vorher gewohnt hatte und auf dem Hof brutal ermordet worden war. „Ihr habt den Zwinger entfernt“, fügte er hinzu, falls ihr das helfen würde, sich besser zu erinnern. Dort hatten sie gemeinsam wichtige Spuren gefunden. Roland drehte sich zu ihr um, und der Kloß im Hals wuchs, als er die Tränen sah, die ihr die Wangen hinunterliefen. Die Unterlippe bebte vom unterdrückten Weinen. Sie fing an zu schluchzen, dann stürzte die Fassade ein. Roland beeilte sich, sie in den Arm zu nehmen und half ihr zu der Ecke mit den Gartenmöbeln. Sie klammerte sich an ihn und ließ sich auf die weichen Polster auf der Holzbank bugsieren.

„Ach, Mensch, Isabella. Entschuldigung“, murmelte er.

Sie schüttelte den Kopf und wischte sich trotzig die Augen, als wäre sie auf sich selbst wütend. „Ist nicht deine Schuld, Roland. Ich wusste nicht, dass er so war.“

Roland setzte sich neben sie auf die Bank.

„Wie geht es ihm, Isabella?“

Ihre Augen schwammen in Tränen und er war sich sicher, dass dennoch Verachtung darin lag, aber galt sie ihm oder Mikkel Jensen?

„Er will mich nicht sehen. Oder es ist wohl eher, weil ich *ihn* nicht sehen darf. Er ist linksseitig gelähmt, Roland.“

Roland nickte. Er wusste es. Das Projektil hatte etwas in Mikkel Jensens rechter Hirnhälfte zerstört. Er war klar im Kopf, aber die Hälfte seines Körpers funktionierte nicht mehr.

„Aber es wird besser, oder? Die Ärzte sagten das zumindest.“

„Du hast mit den Ärzten gesprochen?“

„Natürlich. Mikkel ist mein Partner.“

„Ehemaliger Partner“, korrigierte Isabella reserviert.

„Ehemaliger, ja. Aber das macht keinen Unterschied. Mikkel hat mir das Leben gerettet, hätte er seine Pistole nicht benutzt, dann …“

Sie sahen sich lange in die Augen. Er sah den gleichen Zweifel in ihren, den er selbst fühlte. Auf wen hatte Mikkel eigentlich gezielt? Wusste Isabella das?

„Na, aber du wolltest ja den Bauernhof besichtigen", sagte sie, als ob ihr das gerade einfiele und stand auf.

„Wurde viel umgebaut?" Er stand ebenfalls auf und fühlte sich erleichtert. Manche Dinge wollte man lieber nicht wissen.

Sie führte ihn auf dem Bauernhof herum. Das Ganze sah noch aus wie vorher, abgesehen davon, dass nun Isabellas und Mikkels moderne Möbel und nicht die des Arztes in den Zimmern standen. Die Ställe waren sehr gut erhalten. Ein Pferd stand darin und nickte ihnen zu, als sie hereinkamen.

„Das ist King." Isabella streichelte ihm übers Maul mit einer zärtlichen Bewegung, um die Roland das Pferd beneidete.

„Warum ist er nicht draußen auf der Koppel?"

„King nimmt ziemlich leicht zu, daher ist er täglich nur fünf Stunden draußen, sonst nimmt er so gewaltig zu, dass er dickbäuchig wird und seine Energie verliert. Auf diese Weise kann ich sein Gewicht mit anderem Futter regulieren."

Roland wünschte, er hätte für sich auch eine Lösung dieses Problems gefunden und zog den Bauch ein bisschen ein. Das Pferd war hübsch und schlank. Sein rotbrauner Körper glänzte.

„Magst du was trinken?", fragte Isabella, als sie den Bauernhof komplett angesehen hatten und Rolands Verliebtheit wiedererwacht war. Nicht nur die. Er hatte genauso viel auf Isabellas anmutige Gestalt geschaut, die ihn herumgeführt hatte, wie auf den Bauernhof. Aber es war ein anderes Gefühl als früher. Er mochte sie wirklich. Sie hatten zusammen viele Mordfälle aufgeklärt. Aber er hatte im Vorbeigehen auch das Hochzeitsbild auf dem Regal im Wohnzimmer gesehen. Sie und Mikkel hatten also geheiratet. Und er hatte nichts davon gehört. Nicht einmal das hatte ihm sein alter Partner anvertraut.

„Mikkel hat einen guten Whisky im Schrank", erwähnte Isabella, da er, ohne es zu registrieren, ihre Frage nicht beantwortet hatte. „Wir können draußen sitzen."

„Habt ihr zurzeit viel zu tun?“, fragte er, als sie mit der Flasche und zwei Gläsern kam. Er versuchte, nicht ganz so neugierig zu klingen, wie er in Wirklichkeit war.

„Ja, ziemlich, aber ich bin ein bisschen früher gegangen und beim Gefängnis vorbeigefahren. Mikkel sollte heute zu einer Untersuchung und ich habe wieder gehofft, dass er mich sehen will.“ Sie schenkte ein.

„Mich will er auch nicht sehen, Isabella.“

„Ist das nicht verständlich?“ Der Vorwurf lag wieder in der Stimme, dann bereute sie es. „Nein, entschuldige. Du hast nur deinen Job gemacht. Dass der nun mal darin besteht, uns zu bestrafen, wenn wir das Gesetz übertreten, ist etwas anderes.“

Sie lehnte sich auf dem Stuhl zurück, das Whiskyglas in den Händen, und schaute in den Garten mit blühenden Rosen. Hier war es schön. Der Wald lag direkt gegenüber.

„Ich liebe diesen Ort hier auch“, sagte sie.

„Warum verkauft ihr dann?“

„Ich kann es mir nicht leisten, Roland. Ohne Mikkels Gehalt.“

„Ihr habt geheiratet.“

Sie sah ihn an, als wäre sie bei einem Verbrechen auf frischer Tat ertappt worden.

„Woher weißt du das, ach, natürlich das Foto.“ Sie schaute wieder in den Garten und in den blauen Himmel. Es sah aus, als versuchte sie, die Tränen zurückzuhalten. „Ja, das ist bald zwei Jahre her, wir haben in aller Stille geheiratet.“

Roland nickte. Wie Anker Dahl zu Paaren am Arbeitsplatz stand, wusste er nicht. Aber er wusste, wie die oberste Leitung das sah.

„Glückwunsch“, sagte er leise.

„Ja, danke, und schau uns jetzt an. Das Glück war nur von kurzer Dauer.“

„Aber es wird ihm besser gehen, oder?“, wiederholte Roland und klang schuldbeladen.

Isabella nippte an dem Whisky und stellte das Glas auf den Gartentisch.

„Vielleicht. Er geht im Gefängnis zur Therapie. Es gibt Psychiater, Psychologen und Physiotherapeuten. Das gibt's nicht mal in dem Pflegeheim, in dem meine arme, alte Mutter wohnt."

Isabellas Blick wurde geistesabwesend. Roland wusste nicht, was er sagen sollte, und trank aus dem Glas. Mikkel hatte auch einen Sinn für guten Whisky. Nicht mal darüber war er sich im Klaren gewesen.

Sie saßen eine Weile schweigend da und starrten in die Luft. Bunte Schmetterlinge schwärmten um den Sommerflieder.

„Denkst du nie an den Mord, der hier passiert ist?", fragte er.

Isabella nickte und deutete mit dem Glas auf den Waldrand. „Er ist von da drüben gekommen. Wie lange er den Hof überwacht hat, haben wir ja nie herausgefunden."

Plötzlich kicherte sie, als wäre sie bereits betrunken. Roland schaute sie besorgt an.

„Das ist eigentlich putzig." Sie schüttelte den Kopf.

„Was?"

„Ich dürfte das wohl nicht sagen, aber, Anker Dahl glaubt, er ist zurück."

„Knud Engtoft? Aber der ist doch im Gefängnis gestorben, habe ich gehört. Du erinnerst dich sicher, dass er Aids hatte?"

„Ja, das ist ja auch nicht er. Der Stiefsohn."

Isabella drehte langsam den Kopf und sah ihn an. Sie kicherte nicht mehr. Die Mascara war unter den Augen ein bisschen verschmiert, aber nicht einmal das verunstaltete ihr Gesicht.

„Wir haben ihn ja nie gekriegt, oder?"

Roland schüttelte den Kopf. Das hässliche Gefühl, von dem er geglaubt hatte, es längst hinter sich gelassen zu haben, kehrte zurück. Ein Mörder war davongekommen. Er hatte nie daran gezweifelt.

„Du bist dir also auch sicher, dass es Sebastian Juhl war?"

„Er *war* es. Knud Engtoft hat aus irgendeinem uns unbekannten Grund die Schuld auf sich genommen. Wäre der Fall von der

Leitung nicht wegen seines Geständnisses geschlossen worden, hätten wir ihn gefunden. In Afrika."

„Der Stiefsohn drohte ihm, er hatte seinen Stiefvater im Griff", stellte Roland fest und spürte auch, wie die Dynamik zwischen ihnen wieder auflebte. Ihm wurde klar, wie sehr er sie und ihre Zusammenarbeit vermisste.

„Warum glaubt Anker Dahl, dass Sebastian Juhl zurück ist?"

„Du hast selbstverständlich von den Morden an den beiden Jugendlichen gehört, nicht?"

Das ließ sich nicht vermeiden. Roland nickte. Mit einem Ruck richtete er sich auf dem Stuhl auf. „War er das?"

Isabella nahm wieder das Glas und drehte es in der Hand, während sie nach unten in die goldene Flüssigkeit schaute. „Nein, denn er ist tot. Also, ich darf das eigentlich nicht sagen." Sie schaute ihn lange an, als wolle sie einschätzen, ob er würdig war, ein Geheimnis anvertraut zu bekommen. „Aber auf der Katze des Opfers wurde seine DNA gefunden."

„Katze?"

„Ja, das Blut aus ihrem Fell wurde analysiert. Am Tatort gab es sonst kein Blut. Der Täter hat sehr sorgfältig sauber gemacht. Die Katze hat ihn vielleicht angegriffen, es kann fast nur deswegen sein, dass sein Blut auf ihr gelandet ist."

„DNA lügt nicht."

„Nein, ich weiß. Aber ein Vollzugsbeamter hat herausgefunden, dass Sebastian in Afrika gestorben ist. An Malaria."

„Der stirbt nicht an Malaria, Isabella."

„Nein, das sagt Anker Dahl auch. Ich glaube, er hat seinen Namen geändert und ein anderes Leben in Afrika gelebt. Hat sich lange von Dänemark ferngehalten - bis jetzt."

„Was habt ihr?"

„Nicht viel. Aber nicht nur die DNA indiziert, dass er es sein könnte. Da ist auch noch etwas mit dem Messer, kannst du dich daran erinnern?"

„Ja, ein Jagdmesser aus altem, afrikanischen Stahl, hergestellt, wie es ein Stamm aus Tansania, der Haya hieß, es vor ungefähr zweitausend Jahren getan hat."

„Du erinnerst dich gut", lächelte Isabella.

„Es gibt Dinge, die man nie vergisst."

Sie nickte mit einem doppeldeutigen Lächeln.

„Aber die Mordwaffe ist ja verschwunden. Wir haben nie etwas anderes gefunden als die Spitze, die in Helge Vangbergs Rippen abgebrochen ist. Anhand derer wir den Stahltyp analysieren konnten."

„Nein, und wir wissen ja nicht, ob es der gleiche Stahl ist, aber die Stichwunde zeigt, dass das Messer krumm war wie damals. Natalie meint, es könnte ein Messer des gleichen Typs sein. Sie hat es mit den Stichwunden aus den alten Mordfällen verglichen." Isabella leerte das Glas und schnitt eine Grimasse. „Das muss natürlich nichts heißen."

„Hmm. Habt ihr nichts anderes gesehen? Keine Verbindung zu den Opfern?"

„Wir haben selbstverständlich untersucht, ob es zwischen den Jugendlichen Gemeinsamkeiten gab, aber sie haben überhaupt nichts miteinander zu tun gehabt."

„Und mit ihm? Seine Morde waren damals nicht zufällig. Er ist der Typ, bei dem es eine Ursache fürs Töten gibt. Ein Motiv. Das musst du finden."

„Aber er ist doch tot, Roland. Ich bin mir sicher, die Leitung wird es für eine Vergeudung von Zeit und Ressourcen halten, einen toten Mann in einem abgeschlossenen Fall zu suchen."

„Muss die das wissen?"

Sollte er Irene besser nicht erzählen, dass das Landhaus wieder zum Verkauf stand und er es besichtigt hatte? Es hatte beinahe ihre Ehe zerstört, als er damals ihr Elternhaus in Højbjerg verkaufen und das Landhaus erwerben wollte. Aber wenn er nun andeutete, wie viele Zimmer man aus dem Stallgebäude machen könnte.

Sie könnte ihr ganz eigenes Asylzentrum bekommen. Auf dem Heimweg im Auto, schlug sich das Gehirn mit diesem Gedanken herum. Nein, das mit den Flüchtlingen war nur vorübergehend. Ihr Leben musste weitergehen. In die dänische Gesellschaft integriert oder nach Hause geschickt werden. Entweder - oder. Dieses Landhaus durfte für ihn nicht schon wieder zur Besessenheit werden. Wie sollte er Irene auch dazu überreden umzuziehen? Er hatte sich noch nicht mit sich selbst geeinigt, als er unter der Blutbuche parkte. Es stellte sich heraus, dass sich die Gelegenheit für ein Gespräch über die Wohnsituation gar nicht ergab. Irene war außer sich, als er die Küche betrat. Mette war ebenfalls da, genauso erschüttert.

„Es ist etwas Schreckliches passiert, Rolando. Rashid ist nicht zurückgekommen."

„Was meinst du? Zurück woher?"

Irene schaute unglücklich zu Mette, die erklärte. „Rashid wurde heute Morgen von seinem Cousin abgeholt. Sie wollten ein bisschen Zeit miteinander verbringen und er sollte ihn mittags wieder abliefern, aber sie sind nicht zurückgekommen.

„Ist dieser Cousin von der Ausländerbehörde anerkannt?"

Roland setzte sich.

„Ja, auf dem Papier schon. Er arbeitet in einer Autowerkstatt. Die Finanzlage sieht solide aus. Er spricht gut dänisch, daher könnte er für Rashid ein gutes Vorbild sein. Er hat versprochen, sie würden in Aarhus bleiben. In den Freizeitpark *Friheden* gehen und so etwas."

„Sie sind sicher bloß verspätet. So ist das doch, wenn sich Familienmitglieder lange nicht gesehen haben. Sie müssen richtig viel zu bereden haben."

„Es ist nicht nur das, Rolando. Ich habe versucht, die Handynummer anzurufen, die uns der Cousin gegeben hat, aber er geht nicht ran, sondern jemand, der sagt, er kenne keinen Rabah Mohammed, so heißt der Cousin."

„Hat er eine falsche Nummer angegeben?"

„Offenbar. Mette hat die Ausländerbehörde kontaktiert, aber die haben die gleichen Informationen."

„Und ihr habt euch nicht einfach bloß verwählt?"

„Wir haben es beide mehrmals versucht, zuletzt wurde der, den wir angerufen haben, wütend. Er versichert, dass es seine Nummer ist und es immer schon war."

Roland seufzte. „Wo sind Zaid und Amaal?"

„Zaid trifft sich mit Freunden, sicher welche, die er aus dem Asylzentrum kennt. Amaal ist in seinem Zimmer."

„Und der weiß auch nicht, wo Rashid sein könnte?"

Mette schüttelte den Kopf. „Nur, dass er mit seinem Cousin zusammen ist. Sie scheinen untergetaucht zu sein."

„Es ist viel zu früh, das zu sagen", beruhigte er. „Lasst uns erst mal abwarten. Die kommen sicher gleich und entschuldigen sich für die Verspätung."

„Von sechs Stunden!" Irene schüttelte den Kopf. „Ich hatte es im Gefühl, dass wir diesem Cousin nicht trauen können."

„Jetzt hör mal, Irene. Nur, weil er eine Tätowierung hat, muss er doch kein schlechter Mensch sein. Viele aus dem Mittleren Osten und afrikanischen Ländern haben eine. Das ist ganz normal", meinte Mette.

Roland nickte, um sie zu unterstützen. Irene war viel zu aufgeregt.

„Das ist nicht nur wegen der Tätowierung. Die war ja recht unschuldig, nur eine kleine auf der Hand, fast wie aus einem Märchen. Das hässliche Entlein. Vielleicht, weil er in Odense wohnt. Es war ein Schwan. Genauer gesagt ein schwarzer", fuhr Irene unruhig fort.

27

Anker Dahl war auf dem Heimweg, als die Meldung reinkam.

„An der Küste südlich von Kolby Kås auf Samsø wurde ein Mann gefunden."

„Ein weiterer Mord?"

„Ich weiß es nicht. Die Leiche wurde in die Rechtsmedizin transportiert, und Natalie Davidsen hätte gerne, dass du gleich vorbeischaust", forderte der Diensthabende auf.

„Jetzt?!", rief er aus und sah auf die Uhr.

„Es eilt, sagte sie."

Sie empfing ihn nicht mit dem üblichen, beruhigenden Lächeln, das sie sonst großzügig verteilte, nicht nur an Angehörige, wenn sie einen ihrer Lieben identifizieren sollten, sondern auch an Polizisten und andere Beamte. Fast wie eine Entschuldigung für das, was sie auf dem Obduktionstisch zu sehen bekommen würden. Die Rechtsmedizinerin saß konzentriert an ihrem Schreibtisch und sah erst auf, als er sich räusperte.

„Ich dachte, du wärst im Obduktionssaal, sollen wir nicht ..."

„Nein, es ist am besten, wenn wir das hier machen. Setz dich und schau dir diese Fotos an", sie deutete auf ihren Computerbildschirm. „Der Verstorbene hat keinen Ausweis bei sich und ein paar Tage im Wasser gelegen. Er ist Mitte dreißig und kein Däne."

Anker Dahl setzte sich und betrachtete die Fotos, die Natalie auf dem Bildschirm anklickte.

„Kein Däne? Kannst du das ein bisschen präzisieren?"

„Ich tippe auf Mittlerer Osten."

„Auch das ist ein weiter Begriff."

„Der Rechtsodontologe meint, dass die Zahnbehandlung in beispielsweise Syrien oder dem Libanon vorgenommen sein worden kann. Der Mageninhalt verrät uns leider nichts über den Toten. Er hat lange nichts gegessen und war unterernährt."

„Ein Flüchtling?"

Natalie schüttelte den Kopf in einem Ja, Nein, Vielleicht.

„Hinten an seiner Hose und unter seinen Schuhen habe ich eine schwarze Substanz gefunden, die das Meerwasser nicht auflösen konnte. Unter anderem Naphtalin, Ethylbenzin und

Schwefelwasserstoff. Es hat sich herausgestellt, dass es sich um Heizöl handelt, HFO. Heavy fuel oil. Ein Mischprodukt."

„Das wird wohl an vielen Stellen verwendet?"

„HFO ist ein Überbegriff für eine Bandbreite verschiedener Brennöle. Sie werden in größeren industriellen Anlagen und bei Dieselmotoren eingesetzt. Aber guck dir die Bläschen auf seinem Körper an."

„Was ist das?"

„Ich weiß es nicht. Sie sind entzündet und bluten, wenn sie aufplatzen. Es sieht aus, als wäre er mit einigen sehr giftigen Schwermetallen in Berührung gekommen. Ich habe einen Cocktail aus Beryllium, Quecksilber, Blei, Kadmium, Methanol und Phenol in seinem Körper gefunden."

„Woher in aller Welt kann das stammen?"

„Das würde ich auch gerne wissen."

„Jemand in Verbindung mit dem Öl?"

„Das bezweifle ich. Kadmium ist laut der RoHS-Richtlinie der Europäischen Union ein verbotener Stoff. Er ist hochgiftig und wird leicht in den Organismus aufgenommen. Die Vergiftung löst eine Reihe ernster Symptome aus, die oft in zum Tod führen. Nach dem zweiten Weltkrieg hat Japan eine Menge Vergiftungsfälle erlebt. Hast du von der Itai-Itai-Krankheit gehört?"

Anker Dahl schüttelte den Kopf.

„Die Kadmiumverunreinigung kam vom Bergbau entlang des Jinzū-Flusses. Die Vergiftung war dem Verzehr verunreinigten Reises geschuldet. Die Reisfelder wurden mit Wasser aus dem Fluss bewässert, das, wie sich herausstellte, Kadmium enthielt, das aus einer Zinkmine kam. Kadmium ist der treue Begleiter von Zink."

Anker Dahl nickte, seine Aufmerksamkeit in Chemie war nicht rühmlich gewesen. Er musste sich immer geschlagen geben, wenn Robin bei den Chemieaufgaben für die Schule Hilfe haben wollte.

„Aber war er dann in Kontakt mit einer Zinkmine?"

„Kaum. Kadmium ist ein Metall, das man in mehreren Dingen findet, zum Beispiel in Farbstoffen, gewissen Batterietypen und Elektronik, Plastik und in der Stahl- und Eisenproduktion. Selbst in einer niedrigen Dosis ist es für Menschen äußerst giftig. Methanol und Phenol können in Krankenhäusern vorkommen."

„Ob es diese Art Produktion wohl auf Samsø gibt? Haben die nicht nur ein Krankenhaus?"

Natalie nickte. „Ja, mitten auf der Insel, in Tranebjerg. Aber der Mann ist vielleicht an die Küste getrieben und kann im Prinzip von sonst woher kommen. Euch liegt keine Vermisstenanzeige vor?"

Er sah ein Bild vor seinem geistigen Auge von dem Versinken nahen Booten mit Flüchtlingen, wie es sich Abend für Abend auf seinem Fernseher gezeigt hatte. Aber vom Mittelmeer nach Samsø zu treiben war sicher nicht möglich. Die Erdkundestunden waren ihm wesentlich leichter gefallen.

„Nein, nicht, soweit ich gehört habe, aber wenn er illegal hier im Land ist, wird das sicher auch nicht passieren", antwortete er. „Aber worum geht es hier? Meinst du, das ist Mord? Ansonsten vergeudest du meine Zeit, und ich habe tatsächlich ..."

Er wollte aufstehen, Natalie hielt ihn jedoch zurück. „Das ist noch nicht alles, Dahl. Es gibt leider noch - die Todesursache."

„Er ist wohl ertrunken?"

„Das zu glauben ist naheliegend, aber der Herz-Lungen-Bereich zeigte keinerlei Anzeichen dafür. Es war kein Wasser in der Lunge. Er war tot, als er im Wasser landete."

„Wir wissen nicht, was dieser Mann durchgemacht hat, Dahl. Ich habe noch nie eine Kombination derart vieler verschiedener Bakterien und giftiger Chemikalien in ein und demselben Körper gesehen. Es ist ein so mysteriöser Todesfall, dass wir Mord nicht ausschließen können. Vielleicht irre ich mich, aber mehrere meiner Analysen zeigen, dass sich der Cocktail zusammen mit den körpereigenen Bakterien zu einem unbekannten Virus entwickelt hat, der sich rasant ausgebreitet haben muss. Erst mit der Entwicklung von Blasen und Husten und danach inneren Blutungen. Die

Lunge war stark angegriffen. An diesem Virus ist er gestorben." Sie räusperte sich ein paar Mal und trank aus einem Glas Wasser. „Das Schlimmste ist, dass er allem Anschein nach infektiös ist."

„Ansteckend! Wie?"

„Wahrscheinlich durch Berührung, aber das weiß man noch nicht."

„Wurde es der Gesundheitsbehörde gemeldet?"

„Es gibt keinen Grund, Panik auszulösen, wenn wir nicht mehr wissen. Es gibt ja keine Meldungen von anderen Infizierten, aber es ist wichtig, schnell herauszufinden, woher er gekommen und mit wem er eventuell in Kontakt gewesen ist."

Anker Dahl stand auf. Dieses Mal stoppte Natalie ihn nicht.

28

„Was machen wir, Mama?"

Anya schlurfte in ihren pinken Flip-Flops Silje unwillig hinterher. Sie hatte sie fest an der Hand nehmen und beinahe mit sich ziehen müssen. Das Mädchen war sauer, dass es nicht bei seinem Opa bleiben konnte. Sein Zustand hatte sich verschlechtert. Er war passiv und apathisch und Siljes Mutter hatte darum gebeten, dass er ein bisschen Ruhe bekam. Silje war fast die ganze Zeit bei ihm gewesen, seit sie wieder da war. Vielleicht war es das, was ihn erschöpft hatte. Das *war* es! Er durfte jetzt noch nicht sterben!

In der Nähe hatte es keine freien Parkplätze gegeben, daher hatte sie beim Netto in der Thorvaldsenstraße geparkt. Anya war sofort an den Fluss gelaufen, um nach unten ins Wasser zu schauen, das abkühlend plätscherte, aber dafür war keine Zeit. Silje hatte geschimpft. Warum sie es so eilig hatte, wusste sie selbst nicht.

„Wir machen was Spannendes, Anya. Kannst du dich erinnern, ich habe erzählt, dass ich eine Schwester und einen Bruder gefunden habe?" Sie lächelte aufmunternder, als ihr zumute war.

Anya nickte.

„Wie macht man das einfach so? Hab ich auch Geschwister?"

Silje antwortete nicht. Ihre Tochter ging etwas williger mit, hielt sie aber weiter an der Hand. Das tröstete. Silje verspürte eine seltsame Unruhe im Körper, die sie fast die ganze Nacht wachgehalten hatte. Es war, als ob es etwas gäbe, das sie schaffen müsste zu tun. Ihre Halbschwester hatte nicht auf ihren Anruf reagiert. Sie war eigentlich so gespannt gewesen, von Siljes Treffen mit ihrem gemeinsamen Vater zu hören. Warum ging sie dann nicht ran? Beim letzten Anruf hatte eine elektronische Stimme mitgeteilt, dass die Nummer nicht mehr existierte. Bestimmt hatte sie einfach nur eine neue Telefonnummer.

Die Tür zum Treppenhaus stand offen, obwohl es eine Gegensprechanlage gab. Vielleicht zog jemand um. Oder es war wegen der Hitze.

„Bleib kurz hier, Anya", sagte sie und hielt ihre Tochter zurück, als sie als Erste hineingehen wollte.

„Wieso?"

Silje wusste es nicht. Ihr Herz hatte angefangen, hastig zu pochen. „Ich guck mal, ob sie zu Hause ist. Bleib hier, ja!"

Die Tür zur Wohnung im Erdgeschoss stand ebenfalls offen. Drinnen polterte jemand mit Möbeln.

„Zuzanna!", rief sie erleichtert, als sie das Mädchen entdeckte, das mit dem Rücken zu ihr stand und einen Umzugskarton vom Boden hochhob. Aber als es sich umdrehte, sah sie, dass es nicht ihre Halbschwester war. Sie sah ihr aber ähnlich. Ihre Augen waren rot und geschwollen.

„Wer sind Sie?", fragte sie ohne einen Funken Begeisterung in der Stimme.

„Ich suche Zuzanna. Ist sie hier?"

„Wer sind Sie?", wiederholte das Mädchen.

„Was ist hier los?" Eine Frau kam aus einem anderen Zimmer mit zwei von Zuzannas Esszimmerstühlen, einen unter jedem Arm.

„Sie sucht Zuzanna. Ich weiß nicht, wer sie ist."

„Ich bin … ich heiße Silje Vuong. Was ist passiert? Wo ist Zuzanna?"

„Sie ist … tot", sagte die Frau heiser und mit Mühe.

„Tot, ja, aber … Wie?"

Siljes Knie zitterten und die Kräfte in den Beinen versagten. Sie schaute sich um nach einer Sitzgelegenheit, aber da war nichts. Die Wohnung war fast leer. Sie stützte sich am Türrahmen ab.

„Lesen Sie keine Zeitung - oder sehen fern?", fragte das Mädchen mit verzerrtem Gesicht.

„Beruhig dich, Viola." Die Frau stellte die beiden Stühle auf den Boden und legte eine Hand tröstend auf den Rücken des Mädchens. „Woher kennen Sie meine Tochter?", fragte sie und sah Silje abschätzend an.

„Mama?", ertönte Anyas Stimme hinter ihr. Sie geriet in Panik. Musste weg und warf ihre Tochter auf dem Weg nach draußen beinahe um. Sie griff nach ihrer Hand und zog sie mit sich.

„War das deine Schwester, Mama?", schniefte Anya, die genau spürte, dass etwas nicht stimmte. Sie lief hinter ihr her zum Auto, ohne zu protestieren und ohne einen weiteren Ton zu sagen.

„Was ist passiert, Mama?" Anyas Stimme klang tränenerstickt. Sie waren eine Weile gefahren und Siljes Herz beruhigte sich allmählich wieder. Aber sie zitterte am ganzen Körper. Wie konnte Zuzanna sterben? Sie war so jung und war voller Lebensfreude gewesen, als sie sie besucht hatte. Genauso glücklich wie sie selbst, endlich ihren Spendervater gefunden zu haben. Sie hatten so viel gemeinsam.

„Nichts, Anya."

„Ist deine Schwester umgezogen?"

Silje nickte. „Offenbar."

„Bist du deshalb traurig? Warum weinst du?"

„Ich weine nicht. Du sagst Papa nichts hiervon, ja?"

„Wieso nicht?"

„Mach einfach, was ich dir sage."

Anya schmollte wieder. Sie hatte die Mandelaugen ihres Vaters geerbt und wenn sie schlecht gelaunt war, sah sie wirklich unglücklich aus. Sie hatte sie beide mit diesem Ausdruck oft besiegt.

„Entschuldigung, Schätzchen. Willst du ein Eis?"

Ihre Tochter antwortete nicht.

„Wir können beim Kiosk halten und ein Eis kaufen, sollen wir das machen?"

„Okay. Eins mit Schokolade."

„Klar, eins mit Schokolade."

Immer noch keine Spur vom sechsjährigen Janus von Fünen, begrüßte sie der Aushang von *Extrablatt* draußen vor dem Kiosk. Silje verstärkte ihren Griff um Anyas Hand und las die Titelseite des Jyllands Posten, während sich ihre Tochter ein Eis aussuchte. Es wurden zwei Morde in Aarhus erwähnt, in denen die Polizei ermittelte. Sie kaufte die Zeitung. Tao las sie immer in der Firma, wo sie sie abonniert hatten, und brachte sie erst am nächsten Tag mit nach Hause. Normalerweise überflog sie die Nachrichten im Internet. Seit sie heimgekommen war, hatte sie noch nicht die Zeit dafür gehabt. Ihr Vater hatte alle Aufmerksamkeit erfordert. Der Vater, für den sie sich entschieden hatte. Obwohl er auf dem Papier nicht ihr richtiger war, war er es doch in ihren Augen. Der ganz richtige Vater. Ihr stiegen wieder Tränen in die Augen und sie wischte sie weg, bevor Anya es bemerkte. Sie hatte ihr Schokoladeneis gefunden, Silje nahm das Gleiche. Sie bezahlte.

Sie aßen das Eis im Auto, alle Fensterscheiben unten, sodass die Luft zirkulieren konnte. Währenddessen blätterte Silje vor zur Erwähnung der Morde. Das nagende Gefühl im Bauch hatte zugenommen. Eine bange Ahnung, die immer mehr Besitz von ihr ergriff. Sie keuchte gedämpft, als es schonungslos mit einem Foto von Zuzanna bestätigt wurde. Sie war ermordet worden. Erwürgt, stand da. Die Hand mit dem fast geschmolzenen Eis zitterte so sehr, dass etwas von der Schokolade heruntertropfte. Der junge Mann auf dem Bild neben Zuzanna hieß Frederik Valbæk. Er war derjenige, der ihren Vater gefunden hatte. Ihr Halbbruder! Sie hatte ihn nie getroffen, erinnerte sich aber an den Namen.

„Mama, dein Eis schmilzt!“, warnte Anya besorgt.

Sie reichte es ihrer Tochter, die mit ihrem fertig war. „Nimm es ruhig, ich kann nicht mehr.“

„Echt! Krieg ich wirklich zwei Eis?“, jubelte sie. Silje nickte, mit Lesen beschäftigt. Er war auch ermordet worden. Erst erwürgt, dann niedergestochen. Die Polizei meinte, es könnte sich um denselben Täter handeln. Das Motiv war unbekannt. Sie suchten nach Hinweisen von möglichen Zeugen. Es gab eine Personenbeschreibung, die auf fast jeden zutraf. Sie faltete die Zeitung zusammen. Die Finger klebten von dem Eis, aber sie registrierte es mit Gleichgültigkeit. Sie hatte den Schlüssel ergriffen, um das Auto zu starten, als sie wahrnahm, dass jemand durchs Seitenfenster hineinschaute und winkte.

„Hallo Silje. Na, bist du wieder zu Hause? Du musst Anya sein, stimmt's?“

Silje hatte Rikke nicht kommen sehen. Ihre alte Klassenkameradin, mit der sie vor Kurzem auf Facebook in Kontakt gekommen war. Rikke hatte gesehen, dass sie dort nach ihrem Spendervater suchte, und ihr eine Freundschaftsanfrage geschickt. Rikkes Vater war Polizist. Sollte sie es ihr erzählen? Aber war da nicht was gewesen, dass er nicht mehr bei der Polizei war, sondern bei der Polizeibehörde? Und was gab es eigentlich zu erzählen? Dass sie die beiden Ermordeten kannte?

„Hallo Rikke. Ja, das ist Anya. Wir wollten gerade fahren.“

Rikke lächelte. „Wir auch“, sagte sie und drehte sich zu dem Mädchen um, das mit einem Schäferhund an der Leine angelaufen kam.

„Das ist Marianna, meine Tochter, zusammen mit dem Hund meines Vaters, Angolo, um den wir uns zurzeit kümmern.“

Silje nickte abwesend. Anya und Marianna unterhielten sich sofort. Anya hatte sie lange genervt, einen Hund zu bekommen, und war aus dem Auto gesprungen, um mit dem Schäferhund zu knuddeln. Er sah harmlos aus. Ein hübscher Hund, das musste sie zugeben. Er hinkte ein bisschen auf dem einen Vorderbein.

„Wir treffen uns mal, ja?", sprach Rikke weiter. „Wir wohnen ja nicht so weit auseinander und es sieht so aus, als können unsere Mädchen gut miteinander. Ich bin auch richtig gespannt, von deiner Arbeit für Ärzte ohne Grenzen zu hören. Hast du deinen Spendervater gefunden?"

Silje schielte zu ihrer Tochter, aber die war mit dem Hund beschäftigt.

„Ja, ich habe ihn gefunden. Aber meine Mutter hatte recht damit, dass es wohl eine Enttäuschung werden würde. Ich habe ja einen Vater." Sie bemerkte die klebrigen Finger am Lenkrad. Was Rikke wohl denken mochte, wenn sie das sah?

„Komm Anya, wir müssen heim. Papa wartet."

Gehorsam setzte sich Anya wieder ins Auto. Eis war immer eine gute Belohnung.

„Ja, wir treffen uns mal irgendwann, Rikke. Jetzt muss ich mich erst mal wieder daran gewöhnen, zu Hause zu sein, ich habe es noch nicht mal geschafft auszupacken. Ich ruf an."

Silje parkte in der Doppelgarage neben Taos Auto. Sie wusste nicht, wie sie nach Hause gekommen war, ohne jemanden umzufahren oder die Verkehrsregeln zu brechen. Die Gedanken waren ganz woanders, während Anya in einem fort über den Hund geredet hatte.

„Wo zum Teufel seid ihr gewesen?", fragte Tao, sobald sie ihn auf der Terrasse fanden, wo er mit einem Bier im Schatten saß.

Anya schaute sie lange an und fing dann eifrig an zu erzählen. Silje setzte sich, um nicht umzufallen. Sie hatte aufgehört zu zittern, aber die Übelkeit blieb. Anyas Redeschwall war nicht, was sie zunächst befürchtet hatte.

„Krieg ich einen Hund, Papa. Biiiitte. Wir haben Angolo getroffen, der war einfach sooo süß."

„Angolo?" Tao sah Silje an. „Wer ist Angolo?"

„Habe ich dir nicht erzählt, dass ich auf Facebook mit Rikke befreundet bin? Eine meiner alten Klassenkameradinnen. Wir haben sie und ihre Tochter vor dem Kiosk getroffen, wo wir Eis gekauft haben. Sie hatten den Hund von Rikkes Vater dabei. Einen Schäferhund. Der heißt Angolo."

„Es gibt sicher viel, was du mir nicht erzählst", lächelte Tao und nahm ihre Hand. Sie drückte seine Hand fester, als sie wollte. Diese Augen konnten sie immer beruhigen. Die Geborgenheit fand sie hier bei Tao. Wie hatte sie von ihm wegreisen und ihn belügen können? Es hatte nie zuvor Lügen zwischen ihnen gegeben. Und nun gab es mehrere.

„Ein Schäferhund ist zu groß, Schätzchen. Jetzt geh schnell rein und mach Hausaufgaben, ja?"

„Ach, Papa." Anya schmollte wieder, verschwand aber trotzdem in ihrem Zimmer. Sie wusste, wann Tao etwas ernst meinte und ein Mitleidsgesicht nicht wirkte.

„Du siehst nicht gesund aus, Silje. Du hast dir in Afrika doch wohl nichts eingefangen?", meinte Tao besorgt und strich ihr über die Wange.

„Nein, ich bin einfach nur hundemüde."

Sie lächelte, spürte aber, dass sie nicht mit dem Herzen dabei war.

„Das kann doch kein Jetlag sein, wenn du nur nach Süden gereist bist. Versprich mir, zum Arzt zu gehen, wenn es nicht besser wird." Silje nickte, stand auf und küsste ihn auf die Haare. „Ich glaube, ich gehe hoch und lege mich ein bisschen hin."

„Mach das, Schatz. Dann koche ich heute. Hast du Lust auf Phở bò kho?"

Silje nickte. Tao machte vietnamesisches Essen wie kein anderer.

29

Mehrmals hatte Nazir gedacht, ob es wohl doch besser gewesen wäre, mit den anderen zu gehen und Asyl zu beantragen. Er wusste ja nicht, dass sie krank werden würden. Dass Tarik sterben würde.

Er hoffte nur, dass er im Meer verschwunden war, und Allah ihm und ihnen vergab.

Das Fieber war gestiegen, das spürte er deutlich. Abdal ging es auch schlechter. Wie es ihnen gelungen war, vom Hafen zum Bahnhof zu kommen, wusste er nicht. Auch nicht, wie lange es gedauert hatte. Eine halbe Stunde? Eine Stunde oder mehr mit den Malen, die sie falsch gelaufen waren? In unverständlichem Englisch hatte er nach dem Weg gefragt. Leute in seltsamer Kleidung, die Frauen fast nackt, hatten sie merkwürdig angeschaut, aber dennoch geholfen.

Nun saßen sie hier auf einer Bank und konnten die Züge ankommen und weiterfahren sehen und hatten keine Ahnung, welchen sie nehmen sollten. Er hatte noch keine Antwort auf seine SMS, dass sie angekommen waren, erhalten, und was nun? Aus Angst, eine SMS zu überhören, traute er sich nicht, das Handy aus den Augen zu lassen. Er hielt es in den Händen und starrte aufs Display, wo Lakita und die Kinder ihm aufmunternd zulächelten. Er weinte. Abdal bekam es nicht mit, er lehnte an ihm, heiß und mit schweißglänzendem Gesicht. Ab und zu kratzte er sich im Schlaf. Nazir verbiss sich den Schmerz, es juckte nicht mehr, aber es brannte am ganzen Körper. Auch in der Lunge, wenn er atmete.

„Sind wir jetzt da, Nazir?"

Er wandte das Gesicht von seinem Bruder ab.

„Weinst du?"

„Nein, Abdal. Ich weine nicht. Wir bekommen bald Bescheid, welchen Zug wir nehmen sollen, dann ist das Ganze vorbei."

„Ich bin sehr krank, Nazir … warum juckt das so?"

„Das weiß ich nicht. Wir brauchen wohl ein Bad. Es war eine lange und schmutzige Reise. Ich habe ihm von deiner Krankheit erzählt, damit du Hilfe bekommst. Wir sollen in eine Stadt, die Aarhus heißt."

Abdal versuchte vergeblich, sich aufzusetzen. Das Weiße seiner Augen war gelb. Es sah schlimm aus neben der matten, braunen Iris, die ihn sowohl an- als auch an ihm vorbeistarrte.

„Nein! Wir werden heimgeschickt!"

„Ruhig, Abdal. In Aarhus gibt es eine Klinik, die uns nicht melden wird. Sie werden dich behandeln, ohne dass es jemand erfährt. Das hat er geschrieben."

Abdal wurde ruhig und schloss die Augen. Fiel schwer und heiß wieder gegen seinen Körper. Nazir erinnerte sich an früher, als sie noch Kinder waren, dicht nebeneinander unter den Olivenbäumen lagen und kicherten, während sie eines der Mädchen aus dem Nachbardorf beobachteten, das ihrem Vater und ihrem Onkel dabei half, Oliven auf der Plantage zu pflücken. Damals, als der Krieg sie noch nicht berührte. Bevor ihr Vater getötet wurde.

„Vertraust du ihm?", murmelte Abdal undeutlich.

„Selbstverständlich vertraue ich ihm. Du weißt doch, wer er ist, oder?"

Sein Bruder antwortete nicht. Er atmete mühsam. Nazir ließ ihn schlafen.

Das kleine Briefumschlagsymbol, das zeigte, dass eine neue SMS eingegangen war, erschien. Er beeilte sich, sie mit zitternden Händen zu öffnen, und las zügig die arabischen Zeichen. Der Zug nach Aarhus fuhr in zehn Minuten von Gleis 2 ab. Es würde unterwegs keine Zwischenhalte geben, er fuhr direkt nach Aarhus. Er schaute auf. Das musste der sein, der auf den Schienen bereitstand.

„Was ist mit Kontrolle?", schrieb er schnell zurück.

Die Antwort kam fast sofort, dass es nicht sicher war, ob sie es schaffen würden zu kontrollieren, bevor sie ankamen. Die Fahrt dauerte nicht mal eine halbe Stunde. Wenn die Kontrolleure kämen, sollten sie einfach im Zug herumlaufen.

Nazir zog Abdal auf die Füße.

„Reiß dich zusammen. Versuch, gesund auszusehen", flüsterte er ihm zu und merkte an seinen Muskeln unter der Jacke, dass er es wirklich versuchte.

Weitere Menschen strömten in den Zug. Sie mischten sich unter die Menge und anscheinend bemerkte sie keiner. Er half Abdal, sich in eine Ecke ans Fenster zu setzen, wo sie am wenigsten sichtbar waren. Es gab vier Sitze, aber die ihnen gegenüber waren frei. Er zuckte zusammen, als die Pfeife ertönte und sich die Türen mit einem sachten Sog schlossen. Kurz darauf setzte sich der Zug in Bewegung. Zuerst ruhig und leicht auf den Schienen schaukelnd, dann schneller. Die Landschaft zog vorbei, flach und eigentümlich mit seltsamen Gebäuden. Aber hier war es ruhig. Keine Geräusche von den Raupenketten der Panzer auf eingetrockneter Erde und Blut. Keine von Raketen, die Mauern, Menschen und Leben zerfleischten. Er schaute auf die Uhr und legte den Kopf zurück an die Rückenlehne. Wenn der Zug anhielt, waren sie da. Er würde sie dort vom Bahnhof abholen.

Plötzlich zeigte sich eine Frau in Uniform in dem Wagen vor ihrem. Er konnte sie durch die Glastür sehen. Sie lächelte freundlich und wandte sich an diejenigen, die auf den Sitzen saßen. Bald würde sie durch den Gang gehen und in ihren Wagen kommen. Einen Augenblick lang lähmte die Panik ihn. Vielleicht hatte er doch gelogen. Er hatte geschrieben, es käme keine Kontrolle. Dann erinnerte er sich, es hatte geheißen, dass es die Zugbegleiter *sicher nicht schafften zu kontrollieren.* Er verstand nicht, wie man die Tür zu dem Gang hinter ihnen öffnete. Sie sah mysteriös und mechanisch aus, wenn andere sie geöffnet hatten. Er ergriff die Chance, als zwei halb nackte Teenagermädchen herumalbernd in ihren Wagen kamen. Er zog den apathischen Abdal hoch und schleppte ihn mit sich an den Mädchen vorbei, aus dem Wagen raus und durch eine Tür, auf der WC stand. Eines der Mädchen drehte sich mit Abscheu im Blick zu ihnen um, als Abdals Kinn ihre nackte Schulter traf. Sie wischte sich seinen Schweiß mit einer schnellen Handbewegung ab, als hätte etwas Ekliges sie berührt. Er schloss die Tür. Hier war nicht viel Platz. Abdal stöhnte, als Nazir ihn auf dem Klodeckel absetzte. Hier wackelte der Zug noch mehr. Er musste die Hände an der Wand abstützen, um nicht umzufallen. Durch den Lautsprecher ertönte eine Ansage in dieser seltsamen, unverständlichen Sprache. Er schaute auf die Uhr.

Die Zeit passte, und nun merkte er, dass das Tempo stufenweise verlangsamt und das Quietschen der bremsenden Zugräder deutlicher wurde. Der nächste Halt war Aarhus. Sie sollten mit all den anderen aussteigen, dann wäre die Gefahr, entdeckt zu werden, am geringsten. Es gelang ihm, Abdal mit sich herauszuziehen, als die Türen aufgingen.

Er nahm sie auf dem Bahnsteig in Empfang.

„Alles okay?", fragte er mit vertrautem Dialekt. Sie stammten aus dem gleichen Dorf. Er bemerkte Abdal und half dabei, ihn aufrecht zu halten.

„Er muss sicher dringend behandelt werden. Was ist los?", wollte er wissen.

„Ich weiß es nicht, Erschöpfung von der Reise. Wir waren mehrere Tage - vielleicht sogar Wochen- ohne Essen und frische Luft. Tarik ist tot."

„Möge Allah mit ihm sein", sagte er bedächtig mit gesenktem Kopf. „Wo ist er?"

Nazir erklärte zögernd. „Das war das Einzige, was wir tun konnten", schloss er.

„Was ist mit dir, Nazir? Du siehst auch schlecht aus."

„Mir geht's gut", log er.

Sie hatten eine Rolltreppe erreicht, die in eine belebte, große Halle führte. Leute schleppten Koffer und Trolleys, schauten auf die Uhr und auf die Schilder mit Ankünften und Abfahrten. Der Bahnhof. Das Ganze war so fremdartig und erschreckend, dass es Nazir den Atem raubte. Abdal folgte apathisch, anscheinend ohne besonders viel mitzubekommen. Auf der Treppe beim Ausgang blieben sie stehen.

„Was machen wir?", fragte Nazir und sah nervös auf den dichten Verkehr aus Fußgängern, Autos und gelben Bussen mit Bildern auf der Seite. Ein Polizeiauto fuhr vorbei. Das Wort hatte er gelernt. Der Schleuser hatte gesagt, von denen solle er sich fernhalten.

„Wir warten auf jemanden, der sich um deinen Bruder kümmert. Da kommt sie."

Nazir folgte seinem Blick und sah das gelbe Auto, aus dem eine schlanke, blonde Frau mit Brille stieg und ihnen zuwinkte.

„Sie heißt Mette Birkelund Kusk. Ein schwerer Name. Sie ist verlässlich. Ich habe ihr von euch erzählt und sie nimmt deinen Bruder mit in die Klinik. Aber denk dran zu sagen, dass ihr meine Brüder seid und sag auf keinen Fall etwas von Tarik. Sie kann dir dabei helfen, eine Unterkunft zu finden, während Abdal behandelt wird. Vielleicht da, wo ich auch wohne, da ist eine Menge Platz."

30

Während er darauf wartete, dass Mark ein Gespräch beendete, setzte sich Roland mit einer Tasse Kaffee auf die Fensterbank und betrachtete besorgt das Leben vor dem Bahnhof.

Heute Morgen im Auto hatte er versucht, Amaal dazu zu bringen zu erzählen, was er über Rashids Verschwinden wusste. Aber der Junge hatte kein einziges Wort gesagt, bis sie die Læssøesgade Schule erreichten. Hier wurde seine Sorge verstärkt, als er Amaal mit der Schultasche auf dem Rücken auf den Schulhof gehen sah, zusammen mit den anderen dunkelhäutigen Asylkindern. Wie würde seine Zukunft werden? Wo würde er landen? Wo würden sie alle landen?

Natürlich war der Polizei gemeldet worden, dass Rashid verschwunden war. Glücklicherweise hatte sich Mette Birkelund Kusk um diesen Teil gekümmert, sodass er nicht involviert wurde. Mette machte sich große Sorgen, vielleicht, weil sie im Grunde als seine Vertreterin die größte Verantwortung für den Jungen hatte und auch diejenige war, die diesen Cousin ausfindig gemacht hatte. Die Hälfte der unbegleiteten Kinder, die nach Dänemark kommen, verschwinden, sind wie vom Erdboden verschluckt, ein Problem, das wir unter anderem mit Schweden teilen, hatte sie gesagt. Vielleicht steckten die Menschenschmuggler dahinter oder die Kinder werden aus ihrem Heimatland geradezu exportiert.

Sobald sie ins Gebiet des Schengener Abkommens gelangen und sich frei in Europa bewegen können, finden sie Verwandte, die bereits dort wohnen, und halten sich bei ihnen auf. Das Letzte klang glücklicherweise so, als könnte es bei Rashid der Fall sein, aber wer wusste das?

Irenes Äußerung über das Schwan-Tattoo bekümmerte ihn ebenfalls. Er hatte nichts zu Mark gesagt, weil er hier beim Job nichts von Irenes freiwilliger Arbeit für die Dänische Flüchtlingshilfe erzählt hatte. Und warum er das nicht hatte, fragte er sich in diesem Moment selbst, als er darüber nachdachte. Er wusste nicht, wie sie das finden würden. Wie ihre Meinungen waren. Er hatte versucht, in ihren Gesichtern zu lesen, wenn sie die vielen Fälle durchgingen, wo Bürger mit einer anderen ethnischen Herkunft als dänisch über das Verhalten der Polizei und den Sprechweise ihnen gegenüber klagten. Andersherum war es ebenso brutal - in vielen Fällen noch schlimmer. Polizeibeamte waren Gewalt und rassistischen Äußerungen groben Charakters ausgesetzt mit umgekehrten Vorzeichen. Aber das war nie aktenkundig geworden. Der Rassismus-Paragraph schien nur in eine Richtung zu gelten. Aber würde es seinen Job, seine Glaubwürdigkeit beeinflussen, wenn sie wüssten, dass bei ihm zu Hause Flüchtlinge wohnten? Würden sie beispielsweise glauben, dass er mit Black Swan sympathisierte, weil einer seiner Gäste anscheinend aus der gleichen Familie wie eines der Bandenmitglieder stammte?

Vielleicht hätte er beschlossen, sich Mark heute Morgen anzuvertrauen, aber die überragende Botschaft, die ihm der Kollege überbracht hatte, sobald er zur Tür hereingekommen war, hatte das verschoben. Sander Lindholm hatte sich selbst aus dem Krankenhaus entlassen. Selbstverständlich war er nicht gesund genug dafür, aber das Krankenhaus konnte es nicht verhindern. Es war kein Gefängnis, wie sie gesagt hatten. Sander war beschattet worden, sobald er aus der Tür der Odenser Universitätsklinik getreten war, aber als Beamter wusste er natürlich, dass das passieren würde, daher war er ihnen entkommen. Nun war er zufälligerweise von einem Streifenwagen beobachtet worden, wie er einen schwarzen Müllsack in die Nähe eines Gebäudes trug, das sich als neuer Aufenthaltsort von Black Swan entpuppte. Keiner ahnte, was dieser Sack enthielt, aber man konnte raten. Sander Lindholm wollte seinen Sohn zurückhaben, bevor es zu spät war, und er wusste offenbar, wo sich die Bande aufhielt.

Roland lehnte sich vor zum Fenster und kniff die Augen ein bisschen zusammen. War das da unten nicht Zaid? Und Mette Birkelund Kusk? Wer waren die beiden anderen? Der eine sah aus, als wäre er betrunken. Dann kam ihm der Gedanke, dass Moslems keinen Alkohol anrührten. Und er hatte keinen Zweifel daran, dass die beiden auch aus dem Mittleren Osten stammen mussten. Natürlich wohnten dort auch Christen, aber er hatte gelesen, dass es nur noch ungefähr 3,7 Prozent waren. Die Zahl sank weiter, als sich der Islamische Staat langsam durchsetzte. Nun wusste er genau, dass man Statistiken nicht immer trauen konnte.

Mette ging die Treppe zu den dreien hoch. Sie sprachen miteinander. Die beiden Fremden folgten ihr zu ihrem gelben Citroën C4 Cactus und stiegen ein. Vielleicht war der eine dieser Afghane, Khaled, der noch nicht angekommen war. Sie bogen um die Ecke und verschwanden zur Neuen Bahnhofstraße. Zaid hinkte vergnügt die Treppe vom Bahnhofsgebäude herunter und ging ruhig zu einem roten Toyota Aygo. Er fuhr in die entgegengesetzte Richtung auf die Bahnhofstraße. Roland verstand nichts, aber seine Sorge stieg weiter. Wären es nur Mette und die Fremden gewesen, hätte es nicht so viel zu verstehen gegeben, aber wie passte Zaid ins Bild?

„Ich bin so weit, Roland. Harald Andersen hat gerade das letzte Briefing gegeben. Sie haben Sander Lindholm auf frischer Tat mit den gestohlenen Drogen ertappt. Er hat versucht, seinen Sohn damit freizukaufen."

„Dann ist Janus in Sicherheit?"

Mark schüttelte den Kopf. „Leider nicht. Black Swan wollte auch das Geld haben. Beamte haben das Gebäude gestürmt, doch da wurde der Junge nicht versteckt. Aber jetzt ist Sander Lindholm bereit zu gestehen. Unsere Aufgabe ist gelöst. Wir bekommen ihn bald zur Videovernehmung. Kommst du?"

31

Anker Dahl müsste die Leitung bitten, dass sich ein anderer um einige der vielen Aufgaben kümmerte, das wusste er sehr genau. Als ihm auf dem Weg zum Parkplatz bei der Rechtsmedizin schwindelig wurde, wusste er auch, dass es das Beste für seine Gesundheit wäre. Aber es lag zu viel Prestige in allen Aufgaben und er würde das schon schaffen. Er hatte schon früher probiert, viele Bälle gleichzeitig in der Luft zu halten und er hatte seine Mitarbeiter, die er hinzuziehen konnte. Für die Familie blieb nicht viel Zeit, aber das waren sie gewohnt. Nun wollte er sowohl ihnen als auch der Leitung zeigen, dass er zu etwas taugte und fähig war, in eine höhere Gehaltsklasse aufzusteigen. Vorläufig war er nur froh, aus dem Gebäude heraus- und von den Bildern auf dem Computerbildschirm der Rechtsmedizin wegzukommen. Er hoffte, dass sie unrecht hatte. Ansteckende Krankheiten lösten immer Panik aus. Er erinnerte sich deutlich, sowohl als die Vogel- als auch die Schweinegrippe täglich in den Medien erwähnt wurden und eine besondere Abteilung in der Aarhuser Universitätsklinik in Skejby eingerichtet worden war, um Patienten aufzunehmen. Menschen, die starben.

Es stärkte ihn, alle die Mitarbeiter der Mordkommission, die nicht im Außeneinsatz waren, in Arbeit vertieft zu sehen.

„Wann sind die anderen zurück?", fragte er und hängte die Jacke an den Garderobenhaken in seinem Büro.

„Yazmin und Niels sprechen nochmal mit Viola, aber die kommen sicher bald", meinte Isabella und schaute auf die Uhr.

„Hast du ein Grab oder einen Totenschein gefunden?"

„Leider nicht. Falls er den Namen und die Identität geändert hat, ist es fast unmöglich, ihn zu finden. Besonders in Afrika, das zwanzig Prozent der Landfläche auf der Erde ausmacht. Wir wissen nicht mal, in welchem Staat wir suchen sollen. Afrika hat mehr Staaten als jeder andere Kontinent. Es gibt 48 Kontinentalstaaten und darüber hinaus sechs Inselstaaten. Und die Behörden da unten sind nicht sonderlich kooperationsbereit."

Das war Anker Dahl klar. Isabella hatte sich gründlich mit der Aufgabe vertraut gemacht, das freute ihn.

„Aber er lebt. Sonst wäre seine DNA nicht hier."

Isabella nickte. Er wusste, dass sie mit ihm einer Meinung war.

„Ich versuche, ein Motiv zu finden. Falls es derselbe Täter ist wie damals, dann gibt es ein Motiv. Das Motiv hat ihn getrieben. Also was ist das Motiv dafür, Zuzanna Johansen und Frederik Valbæk zu töten?"

„Ausgezeichnet, Isabella. Aber, hmm, lass das in diesen vier Wänden bleiben."

Es gab keinen Grund, dass die Leitung die Suche nach diesem Mann erneut stoppte. Seine DNA konnte nicht ohne ihn existieren.

Sie nickte.

„Kim?"

„Ja?" Er schaute auf und richtete die Brille. „Ich bin die Handys und Computer von beiden durchgegangen. Das Einzige, was ich herausbekommen habe ist, dass sie beide sehr ausdauernd alle Anrufe, SMS und E-Mails gelöscht haben. Als ob sie nicht wollten, dass andere sie sehen."

„Und wozu können wir das dann gebrauchen, Kim?", fragte Anker Dahl verärgert und gleichzeitig auffordernd.

„Vielleicht gar nicht. Aber ich bin dran zu versuchen, die Daten wiederherzustellen. Das dauert seine Zeit, aber wenn es klappt, können wir sehen, was sie beide jeweils versucht haben geheim zu halten. Ich warte auch auf eine Anrufliste der Telefongesellschaften. Obwohl sie die Gespräche auf den Handys gelöscht haben, stehen sie auf den Listen."

„Was ist mit Facebook?"

„Wir haben noch keinen Gerichtsbeschluss, um Zugang zu ihren Facebook-Konten zu erlangen. Facebook ist nicht so leicht zugänglich."

„Brauchen wir den?", wollte Hafid wissen.

„Jep, der Strafprozessordnung § 795 zufolge, der die Durchsuchung von Wohnungen, anderen Räumlichkeiten oder Gegenständen behandelt, über die eine Person, die nicht verdächtig ist, die Verfügung hat. Jetzt, da sie beide tot sind, ist Facebook der Eigentümer der Inhalte auf den Seiten. Hätte es sich um einen Kriminellen gehandelt, wäre es etwas anderes gewesen, aber hier sind es Opfer", belehrte Kim.

Hafid war sich darüber im Klaren, dass er nun an der Reihe war, etwas Geistreiches von sich zu geben. Er benutzte seinen Charme bei dem Versuch, das mangelnde Resultat zu kaschieren. Aber er sah schnell ein, dass der bei dem Vizepolizeidirektor abprallte.

„Es gab nicht so viel zu holen. Wir haben nur die Bestätigung bekommen, dass die Personenbeschreibung mit dem grauen Kapuzenpullover stimmt. Die Zeugen sagen das Gleiche - mehr oder weniger. Einige meinten, der Kapuzenpullover sei braun, andere meinten, rot." Bedauernd zuckte er mit den Schultern. „Das Einzige, was wir vielleicht zu etwas gebrauchen können ist, dass ein paar Zeugen nun erwähnt haben, dass etwas mit seinem Auge gewesen sei. Sie waren - wie selbstleuchtend unter der Kapuze."

„Selbstleuchtend?" Anker Dahl hob die Augenbrauen.

„Ja, sie hatten eine besondere Farbe. Ein sehr intensives blau. Andere sagten grün, ich weiß nicht recht."

Er tippte mit dem Kugelschreiber auf den Tisch und sah schnell auf, da Niels und Yazmin gerade zurückkamen.

„Seid ihr schon bei der Besprechung?", fragte Niels ein bisschen gekränkt.

„Nur ein kleines, schnelles Briefing. Was hat Viola Johansen gesagt?"

„Sie war heute ein bisschen redseliger als letztes Mal. Sie und ihre Mutter bekamen merkwürdigen Besuch, während sie dabei waren, die Wohnung der Schwester auszuräumen. Eine junge Frau, sie nannte sich …" Niels blätterte in seinem Notizbuch.

„Silje Vuong", sagte Yazmin. „Diesen seltsamen Namen muss man doch nicht aufschreiben."

„Sie hat Zuzanna gesucht und wusste offenbar nicht, dass sie tot war. Sie hatte ein kleines Mädchen dabei. Viola meinte, das sei vielleicht ihre Tochter", fuhr Niels fort.

„Ich glaube, sie ist eine kleine Unterhaltung wert", fügte Yazmin hinzu und setzte sich auf ihren Platz.

„Was wissen wir über sie?"

„Auf dem Rückweg habe ich ihren Namen bei Google gesucht. Er tauchte auf der Homepage von Ärzte ohne Grenzen auf, wo sie schrieben, dass sie nach Äthiopien geschickt werden sollte, um dort ein Flüchtlingslager zu schließen. Sie arbeitete offenbar im Bereich HR und Finanzen."

„Äthiopien."

Es ging ein Raunen durch den Raum.

„Wusste Viola nicht, was diese Silje von ihrer Schwester wollte?"

„Nein, sie hatte sie noch nie gesehen und die Mutter auch nicht."

„Wenn sie versucht, Zuzanna zu finden und nicht weiß, dass sie tot ist, ist sie vielleicht gerade erst aus Afrika heimgekommen", schlug Isabella vor.

„Wo wohnt sie?"

„In Skåde Bakker, zusammen mit ihrem Mann Tao Vuong, einem Vietnamesen, und ihrer siebenjährigen Tochter Anya."

Anker Dahl nickte Yazmin zufrieden zu. Es war keine große Leistung, Informationen über Menschen im Internet zu finden, aber dass Yazmin so vorausdachte, sagte ihm, dass sie genau der richtige Ersatz für Mikkel Jensen war.

„Wir holen sie zur Vernehmung her", beschloss er.

Kim, der sich auf seinen Computer konzentriert hatte, stieß plötzlich ein deplatziertes und lautstarkes „Yes!" aus.

„Die Anruflisten sind gekommen. Ich habe sie verglichen und Zuzanna und Frederik haben sich gegenseitig angerufen und SMS geschickt", erklärte er.

„Worüber?" Dahl konnte den Eifer in seiner Stimme nicht verbergen.

„Das wissen wir noch nicht, es sei denn, die Daten können wiederhergestellt werden. Aber das dauert wie gesagt seine Zeit."

„Während du darauf wartest, habe ich eine neue Aufgabe für dich. Auf Samsø wurde ein toter Mann an Land getrieben. Wir müssen herausfinden, woher er gekommen ist. Er ist höchstwahrscheinlich mittelöstlicher Herkunft einer Schätzung des forensischen Zahnmediziners zufolge, der meint, dass die Zahnbehandlung beispielsweise in Syrien oder im Libanon vorgenommen worden sein kann. Die Rechtsmedizinerin hat eine Personenbeschreibung mit einem DNA-Profil erstellt, das an Europol und Interpol geschickt wird, aber mit der Überlastung, die heutzutage aufgrund des Flüchtlingsstroms herrscht, dauert das wohl lange."

Sie sahen alle mit skeptischen Blicken zu ihm auf, wie um zu beurteilen, ob er das ernst meinte. Wollte er wirklich weitere Bürden auf ihre Schultern laden? Er tat, als wäre nichts.

„Ich habe die Landespolizei auf der Insel gebeten sich umzuhören, ob jemand einen Mann mit seinem Aussehen vermisst. Natalie hat bei der Obduktion eine Reihe Chemikalien in seinem Körper gefunden, und es eilt herauszufinden, wo er war und mit wem er Kontakt hatte, weil", er räusperte sich, „es sich sehr wahrscheinlich um einen ansteckenden Virus handelt."

Die Skepsis in den Augen der Mitarbeiter wurde mit einem Mal von Bestürzung und Entsetzen abgelöst.

„Sind weitere infiziert?", wollte Niels wissen.

Anker Dahl schüttelte den Kopf. „Noch nicht."

„Sind welche gestorben?", fragte Isabella.

„Bisher nur der Gefundene. Aber er hat keinen Ausweis bei sich und wir haben keine Ahnung, wer er ist und wo er sich aufgehalten hat. Also auch nicht, wie viele er angesteckt haben kann."

„Was ist das für ein Virus?" Yazmin kaute am Fingernagel ihres kleinen Fingers.

„Das wissen wir auch noch nicht genau."

„Was soll ich tun?", erkundigte sich Kim.

Anker Dahl machte auf dem Absatz kehrt und drehte sich zu ihm.

„Das Wahrscheinlichste ist, dass er vom Festland an Land getrieben wurde. Er war tot, bevor er im Wasser landete."

Zügig ging er in sein Büro und schnappte sich eine Akte vom Schreibtisch.

„Hier ist der Leichenschau-Bericht der Rechtsmedizinerin. Der Todeszeitpunkt geht daraus hervor. Untersuch die Windrichtungen und Meeresströmungen vor dem Kattegat, dem Belt, dem Sund und der westlichen Ostsee. Woher kann der Mann angetrieben worden sein? Wir haben nur das Heizöl an seiner Kleidung und den Schuhen, dem wir nachgehen können. Er ist hineingetreten und hat darauf gesessen."

„War er vielleicht an Bord eines Schiffes?", schlug Yazmin vor.

„Hmm, das wissen wir nicht. Du machst mit dieser Sache weiter, Kim, während du auf die Daten wartest. Halte engen Kontakt zu den Leuten auf Samsø."

„Ich finde, das mit dem Schiff klingt wahrscheinlich. Wird Heizöl nicht an Bord von Tankschiffen transportiert?", unterstützte Isabella Yazmin.

„Wir anderen machen mit den Mordfällen weiter", unterbrach Anker Dahl. „Wir müssen Silje Vuong auftreiben."

32

Tao war in die Firma gefahren und Anya in der Schule, als Silje erwog aufzustehen. Sie hatten unten in der Küche schwach rumort und geredet. Leise, um sie nicht zu wecken. Sie hatte Lust gehabt, gemütlich mit ihnen zu frühstücken wie früher, aber die Muskeln wollten nicht gehorchen. Sie war so unbeschreiblich müde. War sie doch krank geworden, wie Tao glaubte? Oder war es bloß die schlaflose Nacht, durch die sie sich geschleppt hatte? Nun war es still im Haus. Das Auto war gerade gefahren.

Sie drückte die Decke an sich, als sie wieder an den Anblick erinnerte wurde, als wäre es ein Traum, der im Gedächtnis auftauchte. Aber es war nicht nur ein Traum gewesen. Oder doch?

Um Tao nicht zu wecken, der früh rausmusste, hatte sie sich in einen Sessel ans Fenster gesetzt und sein schlafendes Gesicht betrachtet, das zum bleichen Mondlicht gewandt war. Die geschlossenen, asiatischen Augen waren nur zwei schiefe Striche auf der dunklen Haut. Er war damals, am letzten Tag im April 1975, noch nicht mal geboren, als Saigon fiel und die Kommunisten sein Land übernahmen.

Der Vietnamkrieg hatte mehreren Familienmitgliedern der Familie Vuong das Leben gekostet. Sein Onkel war verhaftet und ins Gefängnis geworfen worden, weil er als Offizier der früheren Saigon-Regierung gedient hatte, und sein Großvater war ins Gefangenenlager gekommen. Seine Eltern hatten versucht, sich als Bauern zu verdingen und wollten Mais anbauen, aber als der Großvater nach einigen Jahren aus dem Gefangenenlager nach Hause zurückkehrte, war er gebrochen und sterbend. Der Glaube an eine Zukunft in Vietnam war weg und er flehte den Rest der Familie an zu fliehen, bevor Taos Vater in den Militärdienst nach Laos oder Thailand gezwungen wurde. Mitten in der Nacht lag das Boot bereit in einem sumpfigen und dicht bewachsenen Gebiet am Fluss. Sie segelten drei Tage und waren hungrig und dehydriert, als sie auf offenem Meer gerettet wurden.

Silje hatte die Geschichte so oft von Taos Eltern gehört, dass sie sie auswendig konnte. Hätte das dänische Containerschiff Emma Mærsk sie damals nicht gerettet, hätte sie Tao nicht gehabt. Sie liebte ihn und Anya über alles. Sie hatten ein perfektes Leben gehabt, warum war es ihr so wichtig, ihren Spendervater zu finden? Als ob ihr etwas fehlte.

Am Nachmittag war ihr Vater ins Krankenhaus gebracht worden. Es sei kritisch, sagten die Ärzte, die Krankheit war eskaliert. War es deswegen? Weil sie wusste, sie würde ihn verlieren und glaubte, ein anderer könnte ihn und das, was sie verband, ersetzen? Das konnte doch niemand. Sie hatte den Großteil des Abends an seinem Bett gesessen. Ihre Welt schien einzustürzen. Die Gedanken waren im Kreis gefahren und hatten versucht, sich zu einem Sinn zu formieren. Zuzanna und Frederik. Warum waren sie ermordet worden?

Plötzlich hatte sie sich überwacht gefühlt, dort am Fenster in der Nacht, und daraufhin zuerst zur Tür geschaut, ob Anya aufgewacht war und nun dort stünde und sie betrachtete. Aber da war niemand. Beim Blick durch die Scheibe sah sie den Garten, wo der Mond Schatten von den Bäumen in seiner eigenen mystischen Welt erschuf. Ein Schatten passte nicht unter der einen hohen Birke. Einbildung? Konnte man sich überhaupt überwacht fühlen? Daran hat sie nie geglaubt. Doch dann war sie da. Die Glut. Wie damals unter den Mangobäumen. Die Glut einer Zigarette, die glimmte, wenn ein Zug von ihr genommen wurde, und wieder erstarb. Sie hatte sich vom Fenster zurückgezogen, wo sie vom Garten aus zu sehen war. Als sie später nach unten geschaut hatte, war der Schatten weg. Sie war wieder ins Bett gekrochen. Tao hatte sich bewegt. Ein bisschen gegrunzt und sie an sich gezogen, aber weitergeschlafen. Sie hatte sein Profil betrachtet. An seiner Haut gerochen und seinem Atem gelauscht. War selbst eingeschlafen. Vielleicht war das Ganze nur ein Traum gewesen. Das Unterbewusstsein hatte eine Geschichte zusammengemischt, beeinflusst von den vielen Eindrücken der letzten Wochen.

Die Decke war klamm vor Schweiß. Sie warf sie zur Seite und stand auf. Barfuß lief sie leicht die Wendeltreppe aus dem ersten Stock hinunter. Tao hatte das benutzte Geschirr in die Spülmaschine getan. Die Küche war sauber und aufgeräumt. So war Tao. Auf dem Tisch lag ein handgeschriebener Zettel. Er war von Anya. Mit großen, deutlichen Buchstaben, die sorgfältig geformt und fest ins Papier gedrückt worden waren, hatte sie geschrieben: „*Hallo Mama, ich geh nach der Schule zu Bodil. Hab es mit Papa abgesprochen.*“ Sie lächelte und nahm eine Tasse aus dem Schrank. In der Kanne war immer noch Kaffee, und wie sehr sie den gerade brauchte! Ihr war immer noch übel und sie hatte keinen Appetit, ein bisschen Mango war das Einzige, was sie runterbekam. Kaffee und Mango. Man gewöhnte sich während eines Aufenthalts in einem Flüchtlingslager in Äthiopien an eigenartige Essgewohnheiten.

Tao hatte die Zeitung auf dem Tisch liegen lassen. Es war die von gestern. Gleichgültig blätterte sie darin, während sie das Obst aß. *Fotografin aus Mols gewinnt Preis für Fotoreportage über Bootsflüchtlinge*, lautete eine Überschrift. War das die dänische Fotografin, die sie am Flughafen in Addis Abeba getroffen hatte? Wie hieß die noch gleich? Kamilla Holm, stand da. Ja, das war sie. Sie stellte ihre Fotos heute im *Ridehuset* aus. Als sie umblätterte, war auf der nächsten Seite das Gewinnerfoto im Großformat abgebildet. Die Frau hatte das Gesicht im Profil, ihre Kleider flatterten um die nackten Füße, während sie durch den Sand lief. Obwohl es eine Fotografie war, konnte Silje trotzdem die Bewegungen spüren. Im Hintergrund sah man andere Flüchtlinge, aber sie waren nur unscharfe, dunkle Silhouetten. Die Frau war im Fokus. Die Frau und das weiße Baby. Sie hatte keinen Zweifel. Das waren Assefa und das Albino-Kind.

Unter der Dusche kam sie zu dem Schluss, dass sie wissen wollte, wo die Fotografin das Bild gemacht hatte. Vielleicht wusste sie, wo sich Assefa jetzt aufhielt. Sie beeilte sich mit dem Anziehen, und ohne die Tasse vom Tisch zu nehmen und Taos vorbildlichem Beispiel zu folgen, schnappte sie sich die Autoschlüssel von der Anrichte und lief zur Garage. Auf halbem Weg stoppte sie und holte Luft. Wartete, bis sich ihre Atmung normalisierte. Dann überlegte sie es sich anders, öffnete das Gartentor und ging über den Rasen. Tao hatte ihn gestern gemäht. Darüber geflucht, dass so viel Moos darin war. Die Absätze versanken ein bisschen darin bei jedem zögerlicher werdenden Schritt, als sie sich den Birken näherte. Unter diesem Baum hatte sie die Glut gesehen. Sie schaute hoch und kniff wegen der Sonne die Augen zusammen, während sie von dem Baum aus das Schlafzimmerfenster anpeilte. Vielleicht war es unter dem anderen Baum gewesen. Sie ging in die Hocke und untersuchte die Erde. Es gab deutliche Fußspuren und dort lag ein bisschen Asche, aber kein Zigarettenstummel. Sie richtete sich auf und schaute in Richtung der Hecke auf den Villenweg. Anya hatte einen Trampelpfad rüber zu ihrer Freundin gemacht, die weiter die Straße hinunter wohnte. Alle konnten sich durch den schmalen Durchgang zwängen. Es war also kein Traum gewesen. Irgendjemand hatte heute Nacht hier gestanden und eine Zigarette geraucht. Sie belauert? War es ein gemeiner Einbrecher, der sein Vorhaben aufgegeben hatte oder vielleicht auf später wartete, wenn niemand zu Hause war? Sie hatte gehört, dass es in den Villenwegen in diesem Viertel hier vorkam. Oder war er es? Sie schüttelte den Kopf über ihre Gedanken und lächelte flüchtig. Er war in Äthiopien. Sein Job war da unten. Als Arzt. Er half Menschen in Not. Vielleicht hatte es sich hier nur jemand gemütlich gemacht. Ein verliebtes Paar, das sich von der Straße weggeschlichen hatte. Es gab viele Möglichkeiten, aber keine davon entfernte die Unruhe in ihr.

Bevor sie ins Auto stieg, rief sie ihre Mutter an. Der Zustand ihres Vaters war unverändert. Sie hatten ihn im Krankenhaus behalten und er hatte so viele Schmerzmittel bekommen, dass ein Besuch vor dem Nachmittag keinen Sinn hätte. Sie verabredeten, sich dort zu treffen.

Das Ridehuset erinnerte an eine alte Kirche - oder eine Burg. In Wirklichkeit war es ein geschütztes Gebäude von 1877, das, wie der Name sagte, für Reittraining gedacht war. Es gehörte zur Reiterkaserne, zusammen mit dem Offiziersgebäude, das gleich in der Nähe lag. Heute wurde das Gebäude für verschiedene mehr oder weniger kulturelle Veranstaltungen genutzt. Es stand in einer Reihe mit anderen von Aarhus' großen Sehenswürdigkeiten: Dem Rathaus, dem Musikhaus und dem Aros Kunstmuseum.

Vor dem Eingang war ein Ständer mit mehreren von Kamillas Bildern. Silje blieb stehen und betrachtete sie. Sie waren gut. Sie verstand, sie eine Geschichte erzählen zu lassen. Eine traurige Geschichte. Silje eilte hinein. Die Ausstellung war bereits gut besucht. Sie suchte nach dem Gewinnerfoto. Kamilla entdeckte sie, bevor sie es fand.

„Hallo, sind Sie nicht die vom Flughafen in Äthiopien?“, fragte sie leicht zweifelnd mit einem Glas Champagner in der Hand. Sie sah überhaupt nicht wie die Frau aus, die sie in Addis Abeba getroffen hatte. Sie hatte ein diskretes Make-up aufgelegt und trug ein helles Sommerkleid, das betonte, wie braun sie in der afrikanischen Sonne geworden war. Die gleiche Farbe, die sie selbst bekommen hatte.

„Doch, Silje Vuong. Sie erinnern sich an mich?“, fragte sie überrascht und nahm ein Glas von dem Tablett, mit dem eine junge Frau ankam. „Ganz schön vornehm.“

„Ja, das kann man wohl sagen!“ Kamilla schaute sich um, als ob sie selbst meinte, es würde viel zu viel Trara um sie und ihre Bilder gemacht.

„Wo ist das Gewinnerfoto? Ich würde es sehr gerne aus der Nähe anschauen. Ich habe es in der Zeitung gesehen.“

„Das ist hier drüben.“

Silje folgte Kamilla den entgegengesetzten Weg zum Eingang, wo das Bild in fast naturgetreuer Größe hing.

„Wo wurde das gemacht?“

„An einem Strand in Alexandria. Die Flüchtlinge waren auf dem Weg zu den Booten auf dem Meer, wurden jedoch zurückgeschickt. Soviel ich weiß, war die Küstenwache unterwegs. Ich dachte erst, es wäre wegen des Unwetters. Bei dem Wetter wäre es bestimmt keine gute Idee gewesen, sich aufs Meer hinauszuwagen.“

Silje sah die Sorge in Kamillas Augen. Sie war echt. Sie fühlte mit diesen Menschen mit, wie sie selbst es tat.

„Wissen Sie, wo sie abgeblieben sind?“

Kamilla schüttelte den Kopf und grüßte lächelnd einen Vorbeigehenden. Nippte ein bisschen an dem Champagner.

„Nein, sie sind auf eine Plantage verschwunden, wir haben sie nicht mehr gesehen."

„Ich kenne sie. Sie heißt Assefa. Sie hat ein Albino-Kind bekommen und musste sich in unserem Lager verstecken. Albino-Kinder sind in Afrika nicht gern gesehen."

„Weil sie weiß sind?", fragte Kamilla.

„Das hat eine Menge mit Aberglauben zu tun." Silje brachte es nicht übers Herz, die furchtbaren Geschichten zu erzählen, die sie darüber gehört hatte, was sie mit Albinos machten.

„Aber plötzlich ist sie aus dem Lager verschwunden, zusammen mit dem Kind. Wir haben sie gesucht." Silje trank von dem Champagner. Sie hatte ihn nie für etwas anderes gehalten als sauren Weißwein mit Kohlensäure, aber Tao liebte ihn. Sie konnte die Augen nicht von dem Bild nehmen.

„Sie wurden von den Schmugglern an den Strand gebracht, aber auch die sind verschwunden", fuhr Kamilla fort.

„Sie waren also dicht an den Schleusern dran?"

„Sicher nur an den Mittelsmännern, glaube ich." Sie zögerte, als wüsste sie nicht, ob sie mehr erzählen sollte. „Aber wenn sie in dem Lager waren, wo Sie waren, wie haben sie dann wohl den Weg vom Lager bis nach Alexandria gefunden? Jemand muss ihnen geholfen haben", sagte sie nachdenklich.

„Haben Sie welche von den Schleusern - oder den Mittelsmännern - gesehen?"

Kamilla fingerte an ihrer Halskette herum, einem kleinen, diskreten Goldkreuz. Silje wusste, dass es Ankh, das ägyptische Kreuz war, das Symbol für Leben und Unsterblichkeit. „Schlüssel des Lebens", wie man es auch nannte. Vielleicht hatte sie es in Ägypten gekauft oder es von ihrem Mann, Freund oder Liebhaber geschenkt bekommen. Sie wirkte nicht wie eine Frau, die alleine war. Alle waren damit beschäftigt, ihre Bilder zu studieren und kommentieren. Viele von ihnen wussten sicher nicht, dass sie die Fotografin war.

„Kommen Sie“, forderte Kamilla sie auf und zog sie mit in eine Ecke zu dem Tisch mit den Champagnergläsern. Dort stand auch ein Laptop. Sie klappte ihn auf und bewegte ihre Finger schnell über das Touchpad. „Schauen Sie mal. Erkennen Sie die? Haben Sie sie im Lager gesehen?“

Silje beugte sich vor, um das Licht richtig auf dem Bildschirm einzufangen. Auf dem Foto saßen vier Männer an einem Tisch. Es schien in einem Café zu sein. Das Bild war sehr dunkel, aber als Kamilla ein Bild nach dem anderen weiterklickte, konnte sie die Gesichter allmählich ausmachen.

„Ich habe sie hier ein bisschen aufgehellt“, erklärte Kamilla.

Silje richtete sich erschrocken auf, als sie den Mann wiedererkannte. Es war der mit den weißen Augen.

„Kennen Sie ihn?“, wiederholte Kamilla. „Der eine hat, glaube ich, ein Glasauge, das in die falsche Richtung zeigt.“

Silje nickte. „Ja, ich habe ihn schon mal gesehen.“

„Was ist mit dem anderen?“

Sie konnte das Gesicht unter dem Schatten des Hutes nicht deutlich sehen, aber den erkannte sie wieder. Es war ein Fedora. Plötzlich fielen alle Puzzleteile an ihren Platz. Die Teile des Gesprächs zwischen den beiden auf dem Bild, die sie gehört hatte, das Geld und das Verschwinden von Assefa und ihrem Kind. Vielleicht waren Faheem und sein Großvater auch unter den Flüchtlingen am Strand. Jetzt wusste sie ganz sicher, womit sich ihr Vater über seine Tätigkeit als Arzt hinaus beschäftigte. Vielleicht diente das nur der Tarnung. Aber wegen eines guten Herzens oder aus Zynismus und reinem Profit ohne Interesse für das Schicksal der Flüchtlinge?

„Vielleicht haben die den Flüchtlingen weiter nach Alexandria geholfen“, schlug Kamilla vor.

Das Handy vibrierte in Siljes Tasche, bevor sie antworten konnte. Ihr erster Gedanke war, dass es das Krankenhaus sein könnte, daher ging sie sofort ran. Sie entfernte sich ein Stückchen von den anderen und drehte ihnen den Rücken zu.

„Spreche ich mit Silje Vuong?“

Natürlich sprach er den Nachnamen falsch aus, dennoch bestätigte sie zögernd.

„Mein Name ist Anker Dahl. Vizepolizeidirektor bei der Polizei Ostjütland. Wir würden Sie gerne zu einem Gespräch ins Polizeipräsidium bitten.“

„Polizeipräsidium? Worum geht es?“

„Um einen Mordfall. Reine Routine“, beruhigte er.

„Ist es wegen Zuzanna?“, entfuhr es ihr, zutiefst beunruhigt.

„Ja. Können Sie in einer Stunde hier sein?“

Silje schaute auf die Uhr. Ja, das konnte sie problemlos.

33

Anne betrat die Wohnung und kickte im Flur die Sandalen ab. Während sie die Jacke abstreifte, hob sie den Kopf und atmete den Duft ein. Pizza? Im Ofen gebacken! Die Erklärung kam, als sie die Küchentür öffnete. Im Ofen brannte Licht, zwei Pizzen waren zusammen auf das Backblech gezwängt worden. Aber nicht die ganze Erklärung: Wer machte Pizza in ihrem Ofen?

Auf dem Küchentisch lagen zwei Tiefkühlpizza-Verpackungen. Die Erinnerungen durchströmten sie schmerzhaft. Es war, wie heimzukommen, als Adomas hier gewohnt hatte. Esben hätte auch diese Idee gehabt haben können. War es Esben? Sie waren sich nicht mehr begegnet, seit sie ihn rausgeworfen hatte. Gerüchten zufolge war er zurück nach Nørrebro gezogen. Dort brauchten sie so eine Sorte Anwälte, die Kriminelle verteidigte, sicher auch mehr. Trotzdem wünschte sie plötzlich, er wäre es. Ihr stand der Sinn nach Sex, um den Tag abzuschütteln. Wilden und hemmungslosen Sex. *Den* konnte er ihr geben. Das *Einzige*, was er ihr geben konnte. Sie warf die Schlüssel in die Schale auf der Kommode und spürte ihren Schoß brennen beim Gedanken an Esben.

„Sind sie fertig?“, fragte Sabina, die plötzlich in der Küche stand.

Die Begierde wurde von Erleichterung abgelöst und sie war kurz davor, ihre Stiefschwester zu umarmen. Sie war so in Sorge und voller Unruhe gewesen, da Sabina nichts von sich hatte hören lassen und nur ihre Mailbox zu erreichen war. Allein die Tatsache, dass nicht weitere Leichen junger Frauen aufgetaucht waren, hatte sie ein bisschen beruhigt.

„Sabina! Wo zum Teufel bist du gewesen!", rief sie trotzdem so wütend, dass Sabina zusammenfuhr, als hätte sie sie geschlagen.

„Nicht genug damit, dass du meine Klamotten klaust, dann bleibst du einfach weg und ich habe keine Ahnung, wo du bist!"

Sie weinte fast vor Wut, oder was auch immer es war.

„Ich hab doch gesagt, ich geh in die Stadt, oder!", entgegnete Sabina ebenso wütend.

„Aber doch nicht tagelang, warum hast du nicht angerufen?"

Sabina zeigte ihr den Mittelfinger. „Du bist ja wohl verdammt nochmal nicht meine Mutter!"

„Nein, denn die kümmert sich garantiert nicht um dich!"

Die Worte wallten zurück auf sie selbst. Die Mutter kümmerte sich auch nicht um Anne, und keiner von ihnen kümmerte sich um die Mutter. Aber Anne kam mit Menschen ohne Rückgrat nicht klar. Jetzt war ihre Mutter gerade aus Tjele nach Hause gekommen, nüchtern und ganz ohne Entzugserscheinungen. Schwor, sie würde nie wieder trinken. Kurz darauf rückte die Clique ein, Bierkästen und Weinflaschen schleppend, und sie war zurück im Rausch. Es half nicht, nur den Körper zu reinigen, wenn sie selbiges nicht mit ihrem gesamten Bekanntenkreis und ihrem Lebensstil tat. Wie eine Schlankheitskur, die auf Dauer nichts half, wenn man nicht auch die Essgewohnheiten änderte.

Sie schwiegen lange. Bis es verbrannt roch und Sabina mit einem unterdrückten Fluchen die Klappe des Ofens aufmachte und Rauch hinausströmte. Beide Pizzen waren schwarz wie Kohle. Dann fing Anne an zu lachen, sodass die Tränen kullerten. Sabina schaute sie erst zornig und verletzt an, dann fiel sie mit ein. Schließlich lachten und weinten sie beide, wie am Ende eines bewegten Disney-Films, wo das Weinen mit Lachen über eine lustige Kleinigkeit überspielt werden konnte, die geradezu bewusst direkt nach dem Traurigen eingebaut worden war.

„Wir bestellen einfach neue", schluchzte Anne und holte das Handy aus der Hosentasche.

Sabina erzählte von ihrem Date, während sie gelieferte Pizza von der San Mario Pizzeria aßen. Sie entschuldigte sich nicht dafür, nicht zurückgerufen zu haben nach all den Nachrichten, die Anne auf ihrer Mailbox hinterlassen hatte, aber je weiter die Erzählung mit schlüpfrigen Details voranschritt, desto besser verstand sie Sabina. Und beneidete sie auch. Beneidete sie um ihren Freigeist, ihren Mut und ihre Jugend.

„Hast du überhaupt nicht daran gedacht, dass er der Täter sein könnte?"

Sabina schüttelte den Kopf, den Mund voller Pizza und mit Tomatensoße auf der Oberlippe. „Das ist doch nichts im Vergleich zu dem, was auf Nørrebro passieren kann. Man kann am helllichten Tag in die Stirn geschossen werden, wenn man die Schnauze um die nächste Straßenecke steckt."

Anne nickte mit einem kleinen Lächeln über die Redewendung. Das stimmte sicher. So gefährlich war es hier in Aarhus tatsächlich nicht. Die Polizei hatte die Banden unter Kontrolle. Sagten sie jedenfalls. Das Aarhus-Modell war populär und dabei, weltbekannt zu werden. Keiner traute sich wohl, etwas anderes zu sagen und dessen guten Ruf zu zerstören.

„Wir haben einfach so viel gemeinsam, Roar und ich", seufzte Sabina und lehnte sich auf dem Stuhl zurück mit einem verliebten Blick, um den Anne sie am allermeisten beneidete. Auch das konnte man mit Disney vergleichen, mit Susis funkelnden Augen, wenn sie in diesem italienischen Restaurant in den Nachthimmel zum Vollmond hochschaut. Plötzlich sah Anne Sabina auf eine ganz neue Weise.

„So fühlt man sich wohl immer, wenn man sich gerade erst getroffen hat", sagte sie, um sie wieder ein bisschen herunterzuholen.

„Er ist einfach so *cute*! Seine Schwester ist auch nicht seine richtige Schwester, sondern seine Halbschwester. Wie wir beide."

„Und?"

„Und? Das ist doch ziemlich lustig."

„Wie man's nimmt. Heutzutage ist es fast unnormal, richtige Geschwister zu haben. In einer Familie gibt es deine, meine und unsere Kinder. Außerdem sind wir Stiefschwestern, keine Halbschwestern. Wir sind gar nicht verwandt."

Sie schämte sich ein bisschen, Sabina bewusst verletzen zu wollen, aber auf der anderen Seite war ein völlig verknalltes, junges Mädchen fast unmöglich aus dem Sattel zu werfen.

Sabina beugte sich mit bedeutungsvollem Blick zu ihr vor. „Weißt du was?"

Anne schüttelte den Kopf, da Sabina sich Zeit nahm und offenbar auf eine Antwort wartete, die eigentlich klar auf der Hand lag.

„Er kennt den, der ermordet wurde!"

„Frederik Valbæk?" Annes Alarmglocken begannen zu schrillen. „Woher kennt er ihn?"

„Er hat auf Facebook nach seinem Vater gesucht. Roar auch. Daher kennt er ihn."

Anne wischte sich den Mund mit der Serviette ab. „Weißt du, ob er ihn gefunden hat?"

„Ja, seine Eltern wurden vor fünfzehn Jahren geschieden und seitdem hat Roar seinen Vater nicht gesehen, aber dann hat er geschrieben."

„Frederik, meine ich. Hat Frederik Valbæk seinen Vater gefunden?"

Mit verzerrtem Gesicht schmiss Sabina sich ärgerlich wieder auf dem Stuhl zurück. Anne wusste sehr wohl, dass sie am liebsten die ganze Zeit über Roar reden wollte, aber das hier war etwas, das sie noch nicht über den Ermordeten gehört hatte. Genau deswegen hatte sie das Gefühl, es könnte von Bedeutung sein.

„Weiß ich doch nicht. Warum sollte ich danach fragen? Der Mann ist doch tot."

Anne schüttelte still den Kopf und drückte den Pizzakarton brutal zusammen, den sie als Teller benutzt hatten, um sich den Abwasch zu sparen. Mit dieser Wissbegierde würde Sabina nie eine gute Journalistin werden. Hätte sie sie wirklich verletzen wollen, hätte sie das sagen können, aber das brachte sie dann doch nicht übers Herz.

„Wo auf Facebook haben sie nach ihren Vätern gesucht?"

„Wieso? Hast du deinen nie gefunden?"

„Doch." Sie schaute auf das Foto von ihm, das im Regal stand. „Er wurde bei einem LKW-Unfall getötet, als ich zwei war."

Sabina folgte ihrem Blick. „Dann kannst du dich nicht an ihn erinnern, oder?"

Anne schüttelte den Kopf.

„Wie hieß er?"

„Jonas Maldeikis. Er war Litauer."

„Gooott, dann bist du ein halber Osteuropäer!"

Anne wusste nicht, ob sie es als ein Kompliment auffassen sollte, so wie es gesagt wurde. Sie kratzte sich den Kopf. „Du hast meine Frage nicht beantwortet."

„Welche?" Widerstrebend nahm Sabina die Augen von Jonas Maldeikis.

„Zum Thema Facebook."

„Ach ja. Die haben eine Gruppe gegründet, der man beitreten kann, wenn man seinen Vater sucht - oder seine Mutter. Sie helfen sich gegenseitig dabei."

Sabina misshandelte die Pizzaschachtel in gleicher Weise, wie sie selbst es getan hatte, stand auf und nahm sie und die leere Colaflasche mit in die Küche. Anne hörte sie auf dem Flur rumoren.

„Was machst du?"

„Schuhe anziehen. Ich muss jetzt los."

„Schon? Warum?"

Sabina steckte den Kopf mit den funkelnden Augen zur Tür herein.

„Ich habe eine Verabredung, ciao."

Anna blieb allein zurück und fühlte sich - allein. Sabinas ewiges Geplapper konnte nerven, wenn sie hier war, aber wenn sie ging, wurde es so unendlich leer. Sie trank einen Schluck Cola und zog den Laptop zu sich. Natürlich hatte sie keinen Zugang zu Frederik Valbæks Facebook-Profil, aber wenn sie sich bei dieser Gruppe anmeldete, bei der er Mitglied war, würde sie sehen können, was er dort geschrieben hatte. Vielleicht wurde verraten, ob er seinen Vater gefunden hatte.

Schnell fand sie heraus, dass es bei Facebook mehrere Gruppen gab, wo man nach seinen Eltern suchen konnte. Es gab Gruppen für Adoptierte, Scheidungskinder, verschwundene Eltern, verschwundene Kinder, Spenderkinder und so weiter. Sabina hatte nicht gesagt, welche Gruppe es war, aber erwähnt, dass Roars Eltern geschieden waren. Dann musste es eine von denen für Scheidungskinder sein.

Anne vergaß Zeit und Ort, darin versunken, sich bei einer Gruppe nach der anderen anzumelden, ohne auf Frederiks Namen zu stoßen. Er konnte wohl kaum einen anderen benutzen, wenn es darum ging, seinen Vater zu finden? Glücklicherweise konnte *sie* anonym sein, indem sie einen fiktiven Namen erfand, obwohl sie sich kriminell fühlte. Trotzdem zog es in ihrem Magen, wie in den Zeiten als Hausbesetzer, wo sie tief im Innern genau wusste, dass das, was sie tat, verkehrt war, der Zweck jedoch die Mittel heiligte.

Es war dunkel geworden und ihre Lider schwer wie Blei trotz literweise Kaffee und Cola, als endlich etwas passierte. Ihr gingen auch allmählich die Ideen für neue Namen aus. Es war eine Gruppe für Spenderkinder. Die letzte, die ihr eingefallen wäre. Sie zündete eine Zigarette an und dachte an den kleinen Mulattenjungen, zu dem sich keiner auf der Entbindungsstation bekennen wollte. Irgendwann einmal würde er vielleicht auch verzweifelt nach seinem Vater suchen.

Inmitten der Beiträge fand sie Frederik Valbæks Namen und Profilbild, was nicht sein Porträt war, wie bei vielen der anderen, sondern ein chinesisches Zeichen. Es sah aus, als hätte er die anonyme Spendernummer seines Vaters in der Samenbank gefunden, wie auch immer er das angestellt hatte. Er hatte einen DNA-Test machen lassen, um Halbgeschwister ausfindig machen zu können und ihnen mit der Information zu helfen, wenn sie es wollten. Eine hatte unter seinem Beitrag geantwortet, eine Halbschwester - Anne hustete einen Mundvoll Zigarettenrauch wieder aus - sie hieß Zuzanna Johansen. Die, die ebenfalls ermordet worden war.

Anne musste eine Pause machen. Sie öffnete das Fenster. Der Rauch war dicht in dem kleinen Zimmer. Die Nacht da draußen war verblüffend still, als ob die Hitze die Jugendlichen zu träge zum Feiern machte. Sonst kamen sie um die Zeit normalerweise von den Discos heim. Ein Mörder auf freiem Fuß konnte dem natürlich auch einen Dämpfer versetzen. Was Sabina wohl machte? Und wer dieser neue Freund war?

Sie nahm die Zigarette, die im Aschenbecher vor sich hin qualmte, und setzte sich auf die Fensterbank, während sie lange gedankenverloren auf das kalte, bläuliche Licht des Computerbildschirms starrte. Dann ging sie zurück und setzte sich wieder davor. Suchte weiter nach dem Faden.

Weiter unten mischte sich eine andere ein. Sie hatte den gleichen Spendervater wie Frederik und Zuzanna. Sie hieß Silje. Sie vereinbarten, sich zu treffen. Anne erschauderte. Was hatte sie hier entdeckt? Zwei von ihnen waren ermordet worden und was war mit der Letzten, Silje? Wer war sie? War sie auch in Gefahr? Oder hatte sie ihre Halbgeschwister umgebracht?

34

Sander Lindholm war ein Mann in Panik. Das war während der Videovernehmung deutlich in seinem Gesicht auf dem Monitor zu sehen. Roland verstand ihn gut. Er war auf frischer Tat dabei ertappt worden, mit Bandenmitgliedern zu verhandeln und dem

Versuch, seinen Sohn mit den eigenen Drogen der Bande freizukaufen - die er gestohlen hatte. Es sah düster aus.

„Sie gestehen also, die Drogen gestohlen zu haben?", fragte Mark, als wäre es nicht genug, dass Sander es bereits einmal gesagt hatte und sich aufgrund der Beweise unmöglich da herauslügen konnte.

Sander nickte nur.

„Und das Geld. Haben Sie das auch gestohlen?"

Er nickte wieder.

„Sie müssen meine Frage beantworten."

„Ja, ich habe das Geld genommen." Er schluckte schwer, sodass der Adamsapfel hüpfte. Das Gesicht war von den Schlägen immer noch geschwollen und leuchtete in allen Farben des Regenbogens. Die Oberlippe war genäht und das Sprechen fiel ihm schwer. „Sonst wäre … er gestorben."

Mark schaute verständnislos zu Roland. Aber er hatte sich auch mit der Aussage herumgeschlagen, die Bo Kruse in Silkeborg gemacht hatte. „Meinen Sie Janus? Er war sehr krank, oder?"

Sander nickte und nun liefen die Tränen. „Krebs. Krebs im Gehirn." Er richtete sich auf und gab sich stark und bestimmt. „Die dänischen Ärzte haben ihn aufgegeben. Nur Ärzte in den USA konnten die Operation durchführen. Wir hatten das Geld nicht, und …"

Er geriet ins Stocken und starrte sie an, als wäre er in Trance. Seine Augen flehten sie an, ihn zu verstehen. Und Roland verstand. Besser als die meisten. So war Irene aus dem Rollstuhl gekommen. Es war nicht ums Überleben gegangen, aber um Bewegungsfähigkeit und Lebensqualität. Wie könnte *er* den Beamten verurteilen?

„Dann haben Sie die Chance ergriffen, als das Geld und die Drogen plötzlich auf dem Tisch lagen und keiner bemerkte, dass Sie sie beschlagnahmten?", fragte Mark. „Das mit dem Geld verstehe ich. Aber wieso die Drogen?"

„Das war ein Fehler. Ich … ich bin in Panik geraten und habe nicht das Ganze genommen. Wenn das Geld nun nicht reichte, ich wusste ja nicht … hätte ich sie vielleicht … vielleicht verkaufen können. Ich dachte, das könnte Janus retten. Ihn freikaufen, aber … sie haben ihn immer noch. Sie haben ihm einen Zeh abgeschnitten, und auf was für Ideen können sie sonst noch kommen?" Er schluchzte laut und verzweifelt.

„Also wurde alles Geld dafür verwendet, Ihren Sohn zu heilen?"

„Es wurde benutzt, um meinen kleinen Jungen zu retten, ja. Wofür wäre es sonst verwendet worden? Um mehr Drogen, Waffen, Prostituierte zu kaufen?", schnaubte Sander plötzlich wütend.

„Es war von der Polizei sichergestellt worden, daher ist das, was Sie sagen, keine Verteidigung", erklärte Mark ruhig. „Hat Bo Kruse Ihnen geholfen?"

Sander schüttelte den Kopf. „Verstehen Sie das nicht? Janus wäre tot, wenn er damals nicht operiert worden wäre …vielleicht stirbt er jetzt. Wenn Sie ihn nicht bald finden. Warum verwenden Sie die Zeit nicht darauf?"

„Sie müssen Ihren Kollegen bei der Polizei Fünen vertrauen. Sie tun alles, was sie können."

„Und Sie haben nichts von der Krankheit Ihres Sohnes und der Reise in die USA gesagt, weil sie mit dem gestohlenen Geld bezahlt wurde. Weiß Ihre Frau das auch nicht?", fragte Roland.

Er wünschte sich tief im Inneren, dass sie nicht auch in das hier involviert war. Zu seiner Erleichterung schüttelte Sander wieder den Kopf.

„Natürlich nicht. Ich sagte, ich hätte einen Bonus bekommen und wäre für die Überstunden ausbezahlt worden. Sie hätte das nicht gemocht und je weniger sie wusste, desto besser. Muss sie es erfahren?"

Dem Beamten war der Ernst der Lage offenbar nicht klar.

„Waren Sie in dem Gebäude?", fragte Roland.

„Nur kurz."

„Haben Sie da drinnen einen Jungen gesehen? Einen Teenager – aus Afrika?"

Mark schaute Roland fragend mit gerunzelter Stirn an.

„Nein, ich habe niemanden gesehen. Nur den, der aufgemacht hat. Ein großer, glatzköpfiger Typ und … kein Janus“ Er beugte sich vornüber und sah aus, als könnte er jeden Moment in Ohnmacht fallen. Harald Andersen hatte gesagt, sie sollten es kurz halten, da Sander sofort wieder ins Krankenhaus gebracht werden sollte.

„Was passiert denn jetzt?“, murmelte er einigermaßen klar mit dem Kinn auf der Brust.

„Darüber bekommen Sie Bescheid, wenn der Staatsanwalt den Fall durchgegangen ist“, antwortete Mark.

Sie dankten dem Beamten, der nicht aussah, als realisierte er es, wünschten ihm gute Besserung und das Bild verschwand. Sie blieben eine Weile auf den Stühlen vor dem schwarzen Schirm sitzen, um sich zu sammeln.

„Was war das für eine Frage nach einem afrikanischen Jungen? Warum hast du danach gefragt?“, wollte Mark wissen und sah ihn eindringlich an.

„Ich weiß es nicht. Es war bloß ein Gedanke.“

„Weißt du etwas, das ich nicht weiß, Roland?“

„Überhaupt nicht. Aber jetzt ist der Fall ja aufgeklärt.“

Er atmete erleichtert auf, als Mark nicht weiterfragte.

„Okay. Ja, das war's also. Jetzt schreiben wir den Bericht. Höchstwahrscheinlich bekommt er eine Gefängnisstrafe. Vielleicht mit mildernden Umständen, das liegt jetzt am Staatsanwalt.“

Roland nickte und wünschte, es würde einer mit Kindern sein. Sie standen gleichzeitig auf und gingen zurück ins Büro. Papierkram, und dann ab nach Hause. Nach Hause zu anderen Problemen.

Roland überlegte es sich auf dem Weg die Treppe hinunter anders. Er nahm ein Stück Papier mit einer schnell niedergekritzelten Notiz aus der Tasche und schaute darauf, als er im Auto saß. Dann gab er die Adresse in sein Navi ein, schnallte sich an und ließ das Auto in den Verkehr gleiten. Keiner zu Hause würde sich darüber wundern, dass er später heimkam. Irene hatte sicher auch an genug anderes zu denken.

Dieses Mal musste er nicht ganz bis ins Odenser Zentrum. Der Straßenname, den er aus Sander Lindholms Bericht notiert hatte, lag am Rand eines riesigen Gewächshausgebietes. Er hatte das Radio ausgelassen, um die Gedanken zu ordnen und einen Plan zu schmieden, aber als er sich nach etwas mehr als einer Stunde Fahrt der Adresse näherte, hatte er immer noch keinen. Was wollte er eigentlich? Die Polizei Fünen hatte das Gebäude durchsucht, ohne Janus Lindholm zu finden. Anscheinend auch Rashid nicht und die Frage war auch, ob er in Wirklichkeit entführt worden war oder sich aus freiem Willen bei seinem Cousin aufhielt.

Mehrere Bandenmitglieder waren zum Polizeipräsidium in Odense mitgefahren. Das Haus sah einsam und verlassen aus. Er parkte im Schatten unter einigen Bäumen an der Straße, wo er Aussicht auf das Haus hatte, ohne selbst gesehen werden zu können, und wartete. Wusste nicht, worauf. Vielleicht war der Ort nach dem Besuch der Polizei geräumt worden. Er schaltete das Radio an und hörte leise Musik. Denken konnte er ohnehin nicht. Die Lider wurden schwer und er merkte, wie hungrig er war. Der Magen grummelte. Vielleicht hatte er ein wenig gedöst, ein Katzenschlaf, bei dem alle Sinne trotzdem wach waren. Mit halb offenen Augen bemerkte er das Auto, das sich aus der Garage des Hauses schlich. Es war ein schwarzer, neu lackierter BMW der teuren Klasse, der überhaupt nicht hierher passte, wo man höchstens einen Traktor erwartete. Er ließ ihn passieren und machte undeutlich einen dunklen, jungen Kerl am Steuer aus und einen kräftig gebauten Beifahrer dänischen Aussehens. Mehr schaffte er nicht zu beobachten, bevor der andere vorbei war. Er legte einen Gang ein und folgte dem Wagen.

Anfangs waren mehrere Autos zwischen ihnen, aber nach ein paar Kurven musste er größeren Abstand halten, um nicht entdeckt zu werden. Der Beifahrer blickte ab und zu durch die Heckscheibe und Roland war sich sicher, dass er die Straße hinter ihnen mit dem Seitenspiegel im Auge behielt. Sie wirkten nervös.

Er war jetzt aufs Land gekommen. Die Felder waren trocken und brauchten bald Wasser, aber der blaue Himmel versprach nicht, dass den Bauern ihr Wunsch demnächst erfüllt werden würde. Wo wollten die beiden jungen Kerle hin? Hatten sie einen anderen Aufenthaltsort? Es war ziemlich wahrscheinlich, dass sie Sander Lindholm nicht die richtige Adresse gegeben hatten, als er das Geld und die Drogen im Tausch für seinen Sohn abliefern sollte. Aber dass Janus überhaupt nicht vor Ort gewesen war, könnte darauf hinweisen, dass sie von vornherein nicht vorgehabt hatten ihn auszuliefern. Oder sie hatten ihn schnell woanders hingebracht, als ihnen klar wurde, dass Sander Lindholm nur die Drogen und obendrein ein ganzes Polizeiaufgebot dabeihatte.

Er las das Schild an der Straße, in die sie nun abbogen. Das weckte hässliche Assoziationen in ihm. *Løkkegravene*. Die Schlingengräber. War das eine bewusste Wahl der Bande, ihr Quartier ausgerechnet an dieser Adresse zu haben? Es war wohl eher die Lage hier draußen auf dem Land und trotzdem nicht mehr als circa zehn Minuten Fahrt bis Odense C.

In der Kurve lockte ein Schild mit frisch gepflückten Erdbeeren zum Verkauf. Er passierte ein weiteres Gewächshaus und nun befand sich ein Traktor zwischen ihm und dem BMW. Er tröstete sich damit, dass sie ihm von hier wohl kaum entkommen könnten. Der Traktor bog direkt hinter einem Bauernhof ein, der Eier aus Freilandhaltung anpries.

Der Fuß zögerte etwas auf der Bremse, als der BMW weiter vorn nach rechts abbog: auf zwei Reifenspuren, die sich ein Stück weiter vorn fortsetzten und zwischen einige Bäume führten, vielleicht ein Waldrand. Baumbewuchs und Vegetation deuteten auf ein Moorgebiet hin. Der BMW fuhr langsam die Spuren entlang und war außer Sicht, als er in den Wald abbog.

Roland fuhr das Auto weiter vor bis zu dem Feld hinter den Bäumen, sodass es den Verkehr nicht störte und vom Feldweg aus nicht gesehen werden konnte. Er blieb stehen. Löste nachdenklich den Sicherheitsgurt und zögerte ein wenig. Im Rückspiegel sah er, dass niemand gefolgt war. Die Polizei Fünen hatte also nicht die gleiche Idee gehabt. Sicher hatten sie bereits mit anderen Aufgaben alle Hände voll zu tun.

Er entschied sich und stieg aus. Es war am besten zu Fuß unterwegs zu sein, dann konnte er sich leichter verstecken. Am Anfang hielt er sich an die Reifenspuren, aber als er sich der Stelle näherte, wo das Auto verschwunden war, flüchtete er sich zwischen die Bäume. Er hielt sich etwas rechts der Reifenspuren. Sie verschwanden immer mehr im hohen Gras. Er entdeckte das Auto. Es parkte vor einer Hütte, die an ein kleines, norwegisches Blockhaus erinnerte. Das bemooste Holz, schwarz von Wind und Wetter, verschmolz beinahe mit den umstehenden Bäumen. Vielleicht ein Unterschlupf. Er überlegte, welcher Wald das in dieser Gegend sein konnte. Zwischen Amselgesang und anderem friedlichen Vogelgezwitscher hörte er einen weiteren Laut- wie aufgeregte Bienen. Als er einen Moment lang gelauscht hatte, während er die Hütte beobachtete, meinte er, es klänge wie Motorenlärm. Er richtete den Blick in die Baumkronen und hielt Ausschau nach einem Helikopter. Vielleicht war die Polizei Fünen doch vorausschauend gewesen. Doch über den Baumwipfeln war nur blauer Himmel. Das Geräusch konnte nicht von der Straße kommen. Es kam aus der entgegengesetzten Richtung, ein Stück weit hinter der Hütte.

Er versteckte sich in der Bepflanzung und duckte sich weiter, als die Tür aufging und jemand in einem weißen Kapuzenpullover herauskam. Die Person, die nicht besonders groß war, setzte sich ins Gras und lehnte den Rücken gegen die Wand des Unterschlupfs, während sie eine Zigarette anzündete. Als sie den ersten Zug getan hatte, setzte die Person die Kapuze des Pullovers ab. Es war Rashid. Er sah nicht aus, als wäre er entführt worden. Er holte ein Handy aus der Tasche, fand aber anscheinend heraus, dass er keinen Empfang hatte, und stopfte es irritiert zurück. Er wandte das Gesicht zur Sonne und schloss die Augen. Roland versuchte durch die Fenster zu sehen, was in der Hütte vor sich ging, aber er sah nur die Zweige und Blätter der Bäume, die sich in den Scheiben spiegelten. Er wartete. Plötzlich wirkte Rashid nervös und drückte die Zigarette im Gras aus. Er stand halb auf und duckte sich ein wenig, als fürchtete er etwas. Aus der Tür kam ein kahl rasierter, breitschultriger Mann. Er packte Rashid am Kragen und zerrte ihn ganz auf die Beine. Beschimpfte ihn auf Arabisch. Rashid war nicht auf den Mund gefallen und konterte. Es schien zu wirken. Der andere ließ ihn los und schubste ihn hitzig zurück, aber Rashid hielt das Gleichgewicht. Vielleicht war das der Cousin, auch wenn es überhaupt keine Ähnlichkeiten gab, abgesehen von der fast schwarzen Hautfarbe. Rashid war klein und dünn. Er hatte eine hohe Stirn, breite Nase und kohlschwarze Augen. Die Lippen waren groß und sinnlich. Wenn er lächelte, zeigten sich kreideweiße Zähne. Roland hatte dieses Lächeln ein einziges Mal gesehen, als Rashid und Amaal im Garten Ball spielten. Sein Kopf war rasiert worden. Als Roland ihn das letzte Mal gesehen hatte, auf dem Rücksitz seines Autos auf dem Weg in die Læssøesgade Schule, hatte er dichte, schwarze Locken gehabt.

Zwei weitere Personen kamen aus der Hütte. Sie hatten kahle Schädel, mehr oder weniger kleidsam. Der eine wirkte blass im Verhältnis zu den anderen. Wo seine Haare entfernt worden waren, gab es eine dunkle Zeichnung, und die Adern an seinen Schläfen traten deutlich hervor. Davon abgesehen war er ein hübscher Kerl. Auf seiner weißen Hand war die Schwantätowierung deutlich erkennbar. Sie trugen einheitliche offen stehende Hoodies. Der eine stand mit dem Rücken zu ihm. Darauf war das Logo der Bande gedruckt, der zischende, schwarze Schwan mit den ausgebreiteten Flügeln. Jetzt sah er, dass er Zähne hatte. Das hatte er auf der Tätowierung nicht sehen können. Zähne wie eine angreifende Kobra. Roland musste sich beherrschen, nicht aus seinem Versteck hervorzupreschen, als er sah, wen sie aus der Tür zerrten. Er hatte so viele Bilder von Janus Lindholm gesehen, dass er keinen Zweifel hatte. Das gestreifte FC Barcelona Trikot war schmutzig und der rechte Fuß in weiße Mullbinde eingepackt, die gewechselt werden müsste. Das Blut war durchgesickert. Sein Gesicht war tränenüberströmt, die Augen leuchteten vor Angst. Er sah älter aus als seine sechs Jahre. Die Bandenmitglieder wirkten, als wären sie unschlüssig, was sie jetzt tun sollten. Sie wussten sicher, dass Sander verhaftet worden war, und es schwer werden würde, ihr Geld und ihre Drogen zurückzubekommen.

Roland war so dicht dran, dass er hören konnte, was gesagt wurde. Der Däne zündete eine Zigarette an.

„Wir kriegen dieses fucking Geld nie!"

„Der Junge muss sterben!", zischte einer der Schwarzen. Sie konnten also Dänisch, wenn auch mit dem Akzent, der verriet, dass es nicht die Sprache war, die sie normalerweise sprachen.

„Was fucking tun wir?"

„Was sagt *er*?", fragte der Däne mit fünischem Akzent. Er trat unruhig auf der Stelle, während er Janus am Arm festhielt. Nervosität. Oder vielleicht stand er auch unter Drogen.

„Er sagt, dass wir uns fucking selbst aus dieser Scheiße hier retten müssen!", erwiderte der, von dem Roland meinte, es müsste der Cousin sein. Jetzt hatte er wie eine kameradschaftliche Versöhnung den Arm um Rashids Schultern gelegt. Rashid sagte nichts, es sah aus, als ob er nichts verstand.

„Der See", sagte der Däne.

Sie schauten sich mit verschwörerischen Blicken an. Der Cousin flüsterte Rashid eine arabische Übersetzung ins Ohr. Dann zogen zwei von ihnen mit Janus ab. Rashid folgte zögernd und schaute mehrmals zurück zur Hütte, wo die anderen geblieben waren.

Janus wehrte sich, so gut er konnte, aber die beiden Muskelpakete hielten ihn einfach an seinen Armen hoch, sodass die Beine in der Luft zappelten. Sie ließen ihn schreien, wohl wissend, dass niemand ihn hörte.

Roland ließ sie weiter ins Dickicht gehen, bevor er folgte. Die weißen Pullover waren in dem dichten, dunklen Laub leicht zu sehen. Er war nicht weit gegangen, als der Geruch vermoderten

Wassers wahrzunehmen war. Der Motorenlärm war deutlicher geworden, aber er hörte auch Wasser rauschen. Hier war also ein Moor oder ein See in der Nähe.

Janus war völlig in Panik geraten und rief und schrie wie von Sinnen. Wenn jemand es hörte, würden sie sicher glauben, dass einige Jungen wild im Wald spielten. Aber Roland saß in der Hocke hinter einigen Büschen und konnte zwischen den Zweigen alles sehen, was passierte. Sein Herz hämmerte panisch im Brustkorb. Er wusste, was er tun müsste, sein ganzer Körper und sein Gehirn schrien es ihm um die Wette mit Janus' Schreien zu, aber er war handlungsunfähig. Er hatte keine Waffe und sah ein, dass es unmöglich war, die trainierten, jungen Männer zu überwältigen, die mehrere Köpfe größer und muskulöser als er waren.

Ohne darüber nachzudenken fischte er das Handy aus der Tasche. Das, was ihn am Verhalten anderer immer gewundert hatte, wurde plötzlich das einzig Richtige. Wenn es ihnen gelingen würde, Janus zu töten, sollten sie nicht ungeschoren davonkommen. Es musste Beweise geben. Beweise, aus denen sie sich nicht herauslügen konnten.

Er fluchte innerlich, als sein Arm wieder versagte. Das kam immer, wenn er es am wenigsten gebrauchen konnte. Wenn das Blut in die Adern schoss und das Adrenalin brodelte.

Die Kamera war nicht das, was er am häufigsten benutzte, und es dauerte ein wenig, bis er nur mit der einen Hand die Einstellung fand. Er hielt das Handy über die Büsche und drückte mehrere Male blind den Auslöser. Nahm es wieder herunter und kontrollierte, was er fotografiert hatte. Konnte nichts sehen. Es gelang ihm, die Einstellungen des Handys zur Videoaufnahme zu finden. Er versuchte es wieder und hoffte, dass keiner von ihnen die Hand mit dem Handy bemerkte, die über der Vegetation herausragte. Aufschauen konnte er nicht, dann würden sie ihn entdecken.

Die Geräusche waren das Schlimmste. Janus schrie nicht mehr, aber es platschte im Wasser, wenn er dagegen ankämpfte. Roland versuchte, alles auszublenden, wie bei einer Obduktion in der

Rechtsmedizin. Eine Obduktion eines Kindes. Er musste sich übergeben.

Nun war es ganz still. Selbst der Motorenlärm hatte gestoppt. Eine Libelle glitt leicht summend an ihm vorbei und einer ihrer Flügel streifte seine Wange. Der Geruch trüben Wassers und Schlamms war markanter geworden. Nun wagte er, den Kopf zu heben und sah, dass die Bandenmitglieder mit gesenkten Köpfen am Ufer standen und ins Wasser schauten, schweigend, wie bei einer Beerdigung. Dann drehten sie sich um und gingen zurück. Ohne Janus.

Rolands einer Schuh rutschte im Gras, als er kurz darauf aufstand. Er konnte nicht schnell genug zum See kommen. An der Oberfläche trieb eine weiße Mullbinde voller Blut. Dann ging ihm auf, dass er nicht alleine war, und er drehte sich langsam um.

35

Silje hatte den Parkplatz vor dem Polizeipräsidium erreicht, als das Handy wieder brummte. Sie ging ran in dem Glauben, es sei ihre Mutter, die anrief, weil sie nicht wie verabredet ins Krankenhaus gekommen war. Aber die Stimme, die sie am Ohr hatte, erkannte sie sofort. Es war ein schwacher, undefinierbarer Akzent aus mehreren Sprachen. So sprach er. Ihr Vater.

„Hallo. Ich bin jetzt in Dänemark und wollte hören, ob wir uns treffen sollen."

Die Stimme war neutral und ohne Begeisterung darüber, bald seine Tochter wiederzusehen.

„Schon! Wann bist du angekommen?"

„Gestern Morgen. Ich würde dich gerne wieder treffen."

„Das passt gerade nicht so gut."

„Du bist vielleicht nicht zu Hause?"

„Nein, jetzt gerade nicht. Keiner von uns ist zu Hause."
„Okay. Ich habe ja deine Adresse. Du hast wohl nichts dagegen, dass ich hier warte?"

Hier? War er bereits an der Adresse? Vielleicht war Anya nach Hause gekommen. Es dauerte lange, bis Tao kam. Sie wurde von Panik ergriffen. Er *war* in Dänemark. Die Gewissheit, dass er derjenige war, der sie letzte Nacht im Garten belauert hatte, schien kristallklar zu werden.

„Du näherst dich meiner Familie nicht!", platzte es aus ihr heraus.

„Was? Das ist ja auch meine."

„Ich melde dich der Polizei, wenn du dich näherst!"

Sie hörte seinen ruhigen Atem.

„Die Polizei? Du lässt mich ja wie einen Verbrecher klingen."

Machte er sich lustig?

„Ich habe dich an dem Abend im Lager gehört. Was ist mit Assefa und dem Kind passiert?"

Es war eine Weile still. Das ließ sie zweifeln. Was, wenn sie sich irrte?

„Wovon redest du, Silje? Wo bist du? Ich finde, wir sollten uns schnellstmöglich treffen. Du hast da sicher etwas missverstanden."

Seine Stimme hatte einen anderen Klang angenommen. Wut? Kränkung?

„Es gibt Bilder von dir und dem mit dem Glasauge zusammen mit einigen Flüchtlingen in einem Café in Kairo. Ich weiß, was du machst!"

„Jetzt hör mal!"

„Wenn du mich noch mal kontaktierst, zeige ich dich an", würgte sie ihn ab.

Das Schweigen dauerte dieses Mal ein bisschen länger. Ein unheimliches, ein bestätigendes Schweigen. Sie glaubte, sie hätte ihn eingeschüchtert und wollte gerade auflegen.

„Wenn du irgendetwas über mich sagt, dann wird deine Familie darunter leiden. Anya, heißt so nicht deine Tochter? Überleg es dir sehr gut, Silje. Wir sehen uns bald."

Er war derjenige, der auflegte. Silje zitterte. Alle Spucke war aus ihrem Mund verschwunden. Es klang, als wüsste er, dass sie sich hier befand. Sie schaute in den Rück- und in den Seitenspiegel. Das Gefühl, überwacht zu werden, kehrte zurück. Es lief ihr kalt den Rücken hinunter. Sie schaute hoch zu dem roten Gebäude des Polizeipräsidiums. Sie warteten dort oben auf sie. Aber sie konnte das Leben ihrer Familie nicht aufs Spiel setzen. Anya. Tao. Trotzdem fanden ihre Finger den Griff und öffneten die Tür. Sie schaute sich um, aber da war nichts Ungewöhnliches. Es sah aus wie ein ganz gewöhnlicher Mittwochnachmittag, obwohl es sich nicht so anfühlte. Apathisch bewegte sie sich hinein und fragte nach dem Vizepolizeidirektor. Sie wurde zu seinem Büro geleitet.

Anker Dahl war ein großer Mann. Sie musste den Kopf weit zurücklegen, um ihm in die Augen zu schauen, worauf sie keine große Lust hatte. Ein Polizist würde vielleicht sehen können, wenn sie log. Er bot ihr an, sich auf einen Stuhl vor seinem Schreibtisch zu setzen. Das war genau das, was sie brauchte. Das Herz klopfte jetzt noch mehr und sie bekam fast keine Luft. Sie zog ihre Jacke aus, hängte sie über die Stuhllehne und bat um ein Glas Wasser. Eine dunkle, fremd aussehende Frau brachte das Glas.

„So geht's vielen, wenn sie hier sind", tröstete sie flüsternd und fing sich einen mahnenden Blick vom Vizepolizeidirektor ein.

„Danke, Yazmin", fertigte er sie ab.

Silje leerte das Glas in einem Zug und bekam ein bisschen Spucke im Mund zurück. Sie richtete sich auf, warf die Haare zurück und schlug selbstsicher die Beine übereinander.

„Danke, dass Sie so kurzfristig kommen konnten. Wie ich am Telefon sagte, geht es um Zuzanna Johansen, die vor einer Woche ermordet in ihrer Wohnung aufgefunden wurde. Wir wurden darauf aufmerksam gemacht, dass Sie sie kannten", leitete er freundlich ein.

„Ähm, wie?"

„Sie haben gestern ihre Wohnung besucht, als ihre Zwillingsschwester und ihre Mutter dabei waren, sie auszuräumen. Was wollten Sie von Zuzanna?"

„Ihre Zwillingsschwester", murmelte sie vor sich hin. „Ich wusste nicht, dass sie … dass sie tot war. Ich bin gerade erst aus Äthiopien heimgekommen."

Sie schaute auf und begegnete dem kühlen Blick des Vizepolizeidirektors. Seine Augen hatten ebenfalls eine spezielle blaue Farbe, aber nicht annähernd so atypisch wie ihre eigenen. Er schien die Zufälligkeit auch zu bemerken. Sein Blick hing lange an ihrem.

„Was haben Sie in Äthiopien gemacht?"

Sie spürte, dass sie sich gestählt hatte. Nun hatte sie keinen Zweifel daran, was sie wollte und sollte.

„Ich war für Ärzte ohne Grenzen unterwegs. Ich sollte mit dem Personal und den Finanzen helfen bei der Schließung eines Flüchtlingslagers."

„Schließung?", wiederholte Anker Dahl mit einem kleinen, skeptischen Lächeln, das fast sofort wieder verschwand. „Gibt es in diesen Zeiten nicht eher erhöhten Bedarf an Flüchtlingslagern?"

Es beunruhigte sie, dass es wirkte, als glaubte er ihr nicht.

„Nicht in diesem Gebiet. Anderenorts besteht größerer Hilfsbedarf."

„Und Sie waren also nur dort, um bei der Schließung zu helfen?"

Der Ton der Frage gab ihr das Gefühl, er wusste mehr, als er sagte, aber woher sollte er es wissen können?

„Ja, das dauerte nicht so lange. Ich fange nächsten Monat einen neuen Job in der Firma meines Mannes an."

Anker Dahl nickte und notierte etwas.

„Sie haben nicht darauf geantwortet, was Sie von Zuzanna Johansen wollten. Woher kannten Sie sich?"

„Ich kenne sie nur von Facebook."

„Okay. Aber Sie haben sie aufgesucht?"

„Ja. Wir hatten verabredet, uns gestern zu treffen, wenn ich von Äthiopien zurück bin."

„Hm. Kennen Sie auch Frederik Valbæk?"

Sie schüttelte den Kopf, vielleicht ein bisschen zu heftig. Und außerdem hätte sie wohl nicht direkt zu Boden sehen sollen. Sie beeilte sich, seinen Blick zu erwidern.

„Ich habe ein Bild des mutmaßlichen Täters, das ich Ihnen gerne zeigen würde. Ist das okay?"

Sie nickte und die Selbstsicherheit begann zu bröckeln.

Anker Dahl öffnete die Schublade und holte ein Foto heraus. Sie presste die Lippen aufeinander und versuchte ihre Atmung zu dämpfen. Fürchtete, was sie zu sehen bekommen würde und wie sie antworten sollte.

„Haben Sie diese Person schon mal gesehen?"

Sie schüttelte den Kopf und schob das Bild schnell weg.

Er war jünger darauf, aber es war ganz sicher er. Sie fühlte sich gezwungen, etwas zu sagen, da sie den Blick des Vizepolizeidirektors an sich kleben spürte.

„Hat er Zuzanna und Frederik ermordet?"

„Woher wissen Sie, dass Frederik Valbæk ermordet wurde?"

„Ähm, aus der Zeitung. Ich habe es gestern in der Zeitung gelesen."

Er nickte ein ‚natürlich' und legte das Foto zurück in die Schublade.

„Bleiben Sie hier in Dänemark?", fragte er.

Würde er Anya und Tao beschützen können, wenn sie ihm das Ganze erzählte? Sie unterließ es. Das Risiko wäre ihr zu hoch.

„Ja, jetzt bleibe ich in Dänemark. Wie gesagt fange ich bald in der IT-Firma meines Mannes an. Wir wohnen in Skåde Bakker."

Er nickte, als wüsste er das bereits. Tat er sicher auch.

„Wir kontaktieren Sie, wenn wir weitere Fragen haben."

Er erhob sich und Silje ebenfalls, als sie zu ihrer Erleichterung verstand, dass sie fertig waren.

Sie nahm ihre Jacke unter den Arm. Gab ihm die Hand und wandte sich zum Gehen, erstarrte aber, als Anker Dahl sie plötzlich bat stehen zu bleiben. Seine Stimme war grimmig und gebieterisch.

Sie starrten einander in die Augen. Beide erschrocken wie wilde Tiere, bei denen es um Leben oder Tod ging.

„Hilf mir, ihn zu retten … *help me to save him, please!*"

Rashid rührte sich nicht. Er umklammerte ein Messer. Die Augen drückten das Chaos aus, das in seinem Kopf herrschen musste. Er verstand kein Wort von dem, was Roland sagte, das konnte er sehen, aber er hatte keinen Zweifel daran, dass er ihn wiedererkannt hatte. Der Polizist, der ihn in Dänemark freundlich empfangen, ihm Essen und Obdach gegeben hatte, einen Garten zum Spielen und ein bequemeres Bett zum Schlafen als während der Flucht aus Somalia und im Asylzentrum. Ihn zur Schule gefahren hatte.

„*Please*", bat er erneut und streckte bittend die Hände aus, während er zum Wasser schielte, das nun ganz ruhig in der Sonne glänzte. Die Libelle tauchte wieder und hinterließ eine leicht gekräuselte Oberfläche.

Rashid wirbelte auf dem Absatz herum und lief leicht stolpernd den Weg zurück, den er gekommen war. Jetzt hatte Roland es eilig. Schnell zog er die Jacke aus, schmiss sie ins Gras, warf sich in das schlammige Wasser und tauchte. Das Wasser war trübe und er konnte nichts sehen. Seine Finger gruben im Schlamm, ohne etwas zu finden. Nach Luft schnappend kam er wieder an die Oberfläche und fürchtete, schwarze Schwäne am Ufer zu sehen. Aber dort war noch keiner. Er hatte noch Zeit und tauchte erneut, bewegte sich Richtung Mitte. Es war schwer zu navigieren. Der rechte Arm hatte noch nicht alle Kräfte wiedererlangt und hing schlaff wie ein untätiges Glied, das nur im Weg war. Zum Glück war es hier nicht sonderlich tief und das Wasser lauwarm. Blindlings griff er um sich und erwischte Schilf und heruntergefallene Zweige. Wieder hoch. Immer noch keiner am Ufer. Er paddelte wie ein Hund in die entgegengesetzte Richtung, und plötzlich stieß seine Hand auf Stoff. Er griff danach und zog. Die Schwere konnte zu einem sechsjährigen Jungen passen. Mit erneuten Kräften bewegte er sich seitwärts in Richtung Ufer und bugsierte erst sich selbst, dann den Jungen ins Gras. Wie nasse, schmutzige Robben lagen sie da. Roland atmete schwer, Janus gar nicht. Hier war immer noch keiner außer den Libellen. Kein Mensch und kein Laut. Sein Gehörgang war voller von Wasser und Schlamm.

Roland zog seine Jacke an sich und holte das Handy aus der Tasche. Kein Netz, sah er auf dem Display. Er beugte sich über den Jungen und entfernte verwelkte Blätter und Schlamm aus seinem Mund. Obwohl er wusste, dass es nutzlos war, zu spät, begann er mit Erster Hilfe. Er machte immer weiter, schüttelte den Jungen, gab ihm Mund-zu-Mund-Beatmung und Herzmassage. Erst vorsichtig, um die Rippen des Jungen nicht zu beschädigen. Aber als Panik und Hoffnungslosigkeit sich meldeten, ging er härter ans Werk. Er hörte erst auf, als er das sanfte Knacken hörte, als eine Rippe brach, und ihm fiel auf, dass sein Gehör zurückgekehrt war. Der Motorenlärm fing wieder an. Nun wirkte er näher. Direkt hinter den Bäumen.

Entschlossen wickelte er seine Jacke um Janus und wollte ihn hochheben, aber der rechte Arm war immer noch keine Hilfe, daher musste er den Jungen auf eine andere Weise tragen. Es zog im Brustkorb des Jungen, als Roland ihn über seine Schulter warf, plätscherte es nass und warm seinen ohnehin nassen Rücken hinunter. Er hielt Janus fest und fing an zu rennen. Mühsam, aufgrund des Gewichts des kleinen Jungen und des unebenen Untergrunds. Er bestand hauptsächlich aus sumpfigem Gras und Wasserlöchern und er musste aufpassen, wo er hintrat. Er hatte aufgehört, sich umzuschauen. Wenn die Mitglieder von Black Swan auftauchten, konnte er nichts machen. Dann war es vorbei.

Der Motorenlärm wurde deutlicher und nun mahlte es in seinen Ohren. Es klang wie Motorsport und er entdeckte, dass er auf einem Pfad herausgekommen war. Er folgte ihm und entdeckte sie kurz darauf. Junge Menschen in sehr hohem Tempo auf ihren Motocross-Bikes und mit all der professionellen Ausrüstung, die man braucht. Sie rasten in einer bunten Masse herum, die vor seinem verschleierten Blick zusammenfloss. Sie legten sich in die Kurven, wirbelten Staub hinter sich auf und hoben von der Erdoberfläche ab, wenn eine Unebenheit auf dem Weg war. Hier lag offenbar eine Bahn. Er merkte das Sausen, als sie ihn passierten, ohne ihn zu beachten, obwohl er um Hilfe rief. Doch ein anderer hatte ihn entdeckt und lief durch den Staub auf ihn zu. Er schrie und fuchtelte mit den Armen.

Roland war so erschöpft, dass er kurz davor war, Janus zu verlieren, der bei jedem Schritt schwerer zu werden schien.

„Weg von der Bahn! Weg von der Bahn!", hörte er die Worte durch den Motorenlärm, der nun wieder näher kam. Er schaffte es, einen Schritt rückwärts zu machen, als sie wiederum die Kurve kamen, wo er stand, und Staub und Erde klebten sich an seinen und Janus' nassen Körper.

„Was zum Teufel denkst du dir, Mann!", rief der Mann weiter. Dann bemerkte er Janus und rannte das letzte Stück. Er fing den Jungen auf, der gerade von Rolands Schulter glitt. Er war jünger als Roland, als er auf die Distanz und anhand der Stimme geschätzt hätte. Wohl nicht älter als Mitte zwanzig. Er trug einen Rennanzug in blauen, schwarzen, gelben und roten Nuancen und eine rote Kappe, die verkehrtherum auf dem Kopf saß. Die Stimme war laut und Achtung gebietend, sicher eine Gewohnheit, den Jungs bei dem Lärm etwas zuzurufen, wenn er sie trainierte.

„Was ist denn da passiert? Dem Jungen fehlt ja ein Zeh?"

„Das … das ist Janus. Janus Lindholm", stammelte Roland schockiert über das Erlebnis und darüber, beinahe von einem Schwarm Jugendlicher auf Motorrädern mit schmalen Reifen überfahren worden zu sein.

„Der, der gesucht wird?", fragte der junge Trainer. „Ach du Scheiße! Er braucht doch sicher Hilfe?"

„Ich glaube leider, dass es zu spät ist. Habt ihr einen Defibrillator?"

Der Trainer schaute auf Janus, den er in den Armen hielt.

„Ich glaube, es sieht eher so aus, als bräuchte er einen Krankenwagen. Der Kleine atmet doch."

Roland verstand nicht, was er sagte. Er starrte Janus' misshandelte Gestalt an, sah nun aber, dass sich sein Brustkorb unendlich langsam hob und senkte.

„Ich habe versucht anzurufen, aber da drinnen gab es kein Netz." Er deutete auf die Bäume und bemerkte, wie sehr seine Hand zitterte. Der Arm prickelte, das Gefühl kehrte allmählich zurück.

„Nein, das ist im Wald oft ein Problem. Versuchen Sie es noch einmal. Es eilt ja!"

Roland folgte dem jungen Mann, der in Richtung eines Gebäudes neben der Bahn ging. Janus wirkte wie eine Feder in seinen Armen.

„Wo sind wir?", fragte Roland.

„Wissen Sie das nicht?" Der Mann drehte sich halb um und schaute ihn verwundert an. „Mofa-Club Nord beim Kirkendrupper Wald. Der Krankenwagen kennt die Strecke. Die waren schon öfter hier." Roland schielte zu der wilden Fahrt auf der Bahn, während er anrief. Er verstand, was er meinte.

Während sie auf den Krankenwagen warteten, rief Roland Polizeidirektor Harald Andersen an und informierte ihn über die neue Situation. Er versprach, im Polizeipräsidium in Odense vorbeizuschauen, bevor er zurück nach Jütland fuhr. Aber zuerst musste er sein Auto holen. Er hoffte, Black Swan hatte es nicht hinter den Bäumen entdeckt, vermutete aber, dass sie den gleichen Weg zurückgefahren waren und dort nicht vorbeimussten.

Janus schaffte es nicht, zu Bewusstsein zu kommen, bevor der Krankenwagen eintraf. Sie sorgten dafür, ihn bis dahin warm und trocken zu halten. Roland war dankbar dafür, dass jemand mit so viel Wissen über Erste Hilfe in der Nähe gewesen war.

„Dann sind Sie also Polizist."

Jakob, so hatte der Trainer sich vorgestellt, riss ihn aus den Gedanken und stellte eine sehr willkommene Tasse mit heißem Kaffee vor ihn. Zwar Instantkaffee, aber das war egal.

„Nein, aber ich war's mal. Jetzt arbeite ich für Die Unabhängige Polizeibehörde."

„Hat die Polizeibehörde etwas mit dieser Art Arbeit zu tun?" Jakob nickte in Richtung von Rolands nacktem Oberkörper.

„Normalerweise nicht, das ergab sich irgendwie durch Zufall. Eigentlich arbeite ich gerade an einem ganz anderen Auftrag", antwortete Roland und wärmte sich an der Tasse.

Der Trainer hatte ihm befohlen, die nasse Kleidung auszuziehen und eine der Duschen im Club zu benutzen, damit er keine Erkältung bekam. Roland hatte ein wenig widerstrebend gehorcht und die warme Dusche genossen, die seine Wunden gesäubert hatte. Nun waren Pflaster auf der Haut, die von Zweigen zerkratzt war und hier und da geblutet hatte. Und es hätte viel schlimmer ausgehen können, wenn die Bandenmitglieder zum See zurückgekommen wären oder wenn der Schwarm von Motocross-Bikern sie getroffen hätte. Eigentlich gab es eine Bahn mit einer Schutzmauer, aber die Jungs hatten manchmal Lust, die Kräfte in der Natur außerhalb der Bahn auszutesten, hatte der Trainer entschuldigend erklärt. Er trank aus seiner Tasse und schaute aus dem Fenster. Die Jungen waren fertig mit Fahren.

„Ich vermute ja, dass es der Vater des Jungen war. Hier auf Fünen stand in letzter Zeit fast nichts anderes in der Lokalpresse. Er hatte was mit der Bande Black Swan zu tun, oder?

„Naja, nicht direkt, aber er hatte bei einer Durchsuchung Drogen und Geld von der Bande gestohlen, daher haben sie seinen Sohn entführt, um es zurückzubekommen. Mit denen ist ganz gewiss nicht zu spaßen."

Jakob schüttelte den Kopf und behielt die Jungen draußen im Auge. Sie standen an der Skaterbahn und unterhielten sich in aller Ruhe, die nun auch um sie herum eingekehrt war.

„Black Swan ist die schlimmste Bande, die wir in der Gegend haben. Die sind richtig Hardcore, aus zwei eigentlich rivalisierenden Banden gegründet. Wir tun, was wir können, um die Jugendlichen aus Ärger rauszuhalten. Kriminalität und Arbeitslosigkeit prägen die multikulturelle Gemeinschaft in Vollsmose, wo über 70 Prozent der Einwohner Einwanderer oder deren Nachkommen sind. Viele von ihnen haben keinen Glauben an die Zukunft, und wenn die Jugendlichen keinen haben, der ihnen Hoffnung gibt, kann das leicht in Extremismus und Radikalisierung enden. Wir haben großen Erfolg mit einem Mentorenprogramm gehabt, aber einige in dem ganz harten Kern können wir unmöglich erreichen. Die Polizei ist machtlos."

Roland überlegte, ob Rashid in diesem Kern enden würde. Was konnte *er* tun, um das zu verhindern? War das überhaupt seine Verantwortung?

Seine Kleidung war immer noch feucht, obwohl sie zum Trocknen in der Sonne gelegen hatte, aber er musste weiter und konnte nicht mit nacktem Oberkörper und einem Handtuch um den Leib ins Polizeipräsidium zu dem Treffen mit Harald Andersen angetanzt kommen.

Jakob fuhr ihn zurück zu seinem Auto. Zu seiner Erleichterung stand es immer noch hinter den Bäumen. Er stieg ein und warf die Jacke auf den Beifahrersitz, dann kam ihm der Gedanke, dass er noch keine Zeit gehabt hatte nachzuschauen, ob die Fotos und die Videoaufnahme, die er mit dem Handy gemacht hatte, etwas geworden waren. Die Fotos waren unbrauchbar. Sie waren verwackelt und vor der Linse waren Blätter gewesen, aber das Video war scharf genug. Er hatte das Handy höher gehalten und das Licht war besser gewesen. Zwei Mal spielte er es ab, um ganz sicher zu sein, was er sah. Wenn er nicht gewusst hätte, dass Janus am Leben und in sicheren Händen in der Odenser Uniklinik war, wären die Aufnahmen unerträglich anzusehen gewesen. Zwei hielten den Jungen fest, während der Dritte ihn an den Haaren gepackt hatte und seinen Kopf in die Tiefe zwang. Zu Beginn zappelte Janus und wand sich wie ein Aal, aber seine Peiniger waren zu stark. Zum Schluss zappelte er nicht mehr und sie ließen ihn auf den Grund sinken.

Roland schnappte nach Luft und bemerkte, dass er nicht geatmet hatte, als wäre es sein Kopf gewesen, den sie unter Wasser gedrückt hatten. Aber auch, als er sah, wer die Handlung durchführte, die als Mord hätte ausgehen können. Es war Rashid. Die anderen verpassten seinen dürren Schultern nach der Tat anerkennende Schläge mit ihren großen, tätowierten Fäusten. Vielleicht hatte er jetzt die Aufnahmeprüfung von Black Swan bestanden. Sie blieben am Ufer stehen und starrten ins Wasser, bis die Oberfläche wieder ruhig war.

Roland machte die Kamera aus und legte das Handy in den Schoß. Verloren starrte er durch die Windschutzscheibe. Die Hitze ließ den Asphalt flimmern. Trotzdem fror er in der klammen Kleidung.

Er dachte an Rashid. Das Messer in seiner Hand. Der finstere Blick. Warum war er zurückgekommen? Rolands erste Vermutung war, dass er losgeschickt worden war, um sich zu vergewissern, dass der Junge auch wirklich tot war, oder vielleicht, um die Mullbinde zu holen, die auf der Wasseroberfläche trieb und den Tatort verraten könnte. Rashid hatte nicht erwartet, jemanden am See zu sehen, das war deutlich. Aber warum hatte er das Messer nicht benutzt oder seinen Cousin oder den Rest der Bande geholt und ihn verraten?

37

Anker Dahl starrte auf die geschlossene Tür. War es falsch von ihm gewesen, sie gehen zu lassen? Hätte er etwas anderes tun können?

Es gab etwas, das sie nicht sagte. Ob sie log oder einfach die Wahrheit verschwieg, konnte er nicht entscheiden. In ihrem Gesicht war etwas passiert, als er ihr das Foto von Sebastian Juhl aus dem Bericht über die alten, unaufgeklärten Mordfälle gezeigt hatte. Insgesamt hatte ihr Verhalten verdächtig gewirkt. Sie war sichtlich erleichtert darüber, gehen zu können, und dann stand ihr das Entsetzen in ihre ungewöhnlich blauen Augen geschrieben, als er sie an der Tür stoppte. Sie hatte gerade die eine Sekunde zu lang gezögert, sich umzudrehen, die ihn sicher machte, dass sie etwas verbarg. Die Erleichterung in ihrem Gesicht, als er nach dem Muster hinten auf ihrem Kapuzenpullover fragte, war auch verdächtig. Was hatte sie geglaubt, würde er sagen? Vielleicht war es eine völlig verkehrte Spur, nach einem angeblich toten Mann zu suchen. Konnte es stattdessen eine Frau sein? Es lag jedoch kein Zögern oder Zittern in ihrer Stimme als sie erzählte, dass sie den Pullover auf einem Markt in Asosa, Äthiopien, gekauft hatte. Eine ortsansässige Näherin stellte sie her, dort im Dorf neben dem Lager, in dem sie für Ärzte ohne Grenzen gearbeitet hatte, und das Emblem auf dem Rücken stellte den Stern der Äthiopischen Flagge dar.

„Er wurde der Flagge 1996 hinzugefügt und repräsentiert die Nationen, Nationalitäten und Völker Äthiopiens", erklärte sie freimütig. Vielleicht etwas zu freimütig.

Als er um Erlaubnis fragte, ihre DNA nehmen zu dürfen, war die erste Reaktion ein Protest, aber als Isabella mit dem Wattestäbchen kam, hatte sie doch nachgegeben.

Der Canon-Drucker knurrte und hustete einen Bogen Papier aus. Anker Dahl langte über seine Kaffeetasse und nahm es vom Stapel. Es war die äthiopische Flagge. Obwohl die Striche auf der Stickerei der afrikanischen Frau nicht ganz symmetrisch waren, konnte man problemlos erkennen, dass es dieser Stern war, den das Motiv auf dem Rücken des Kapuzenpullovers darstellen sollte. War das zufällig? Oder war es der gleiche Stern, der auf den Rücken des Pullovers des mutmaßlichen Täters gestickt war? Er hängte den Ausdruck an die Tafel neben die anderen Bilder und beurteilte das Ergebnis mit ein bisschen Abstand, als wäre es ein seltenes und wertvolles Gemälde. Etwas begann zusammenzuhängen. Äthiopien spielte anscheinend eine Rolle. Konnte es sein, dass man den Täter dort fand? Waren sie zu zweit?

Er öffnete die Tür und rief die anderen herein.

Kim war mitten in einem Telefonat. Er reckte einen Daumen hoch, um zu signalisieren, dass es nicht lange dauerte.

„Sind Hafid und Yazmin unterwegs?“, fragte er, da sie nicht an ihren Plätzen saßen.

„Sie sind im Gebetsraum“, antwortete Niels.

„Im Gebetsraum? Jetzt?“

Obwohl er sich für weitere Beamte im Polizeipräsidium mit einem anderen ethnischen Hintergrund einsetzte, war er sich mit der Leitung darin uneins gewesen, dass auf Wunsch der trotz allem wenigen muslimischen Beamten ein Gebetsraum eingerichtet werden sollte. Überhaupt war er nicht für Religion und Gebet während der Arbeitszeit. Demnach lautete die Vereinbarung dem Polizeidirektor zufolge auch, dass der Dienst Priorität hatte.

„Wann sind sie fertig?“, fragte er und schaute irritiert auf die Uhr.

Niels Nyborg zuckte die Schultern.

„Hol sie!“, befahl er ihm.

Isabella kam in sein Büro und setzte sich. Kurz darauf Kim.

„Was gibt's, Kim?“

„Einige der Daten sind wiederhergestellt, aber leider nur Bruchstücke. Zuzanna und Frederik *haben* sich mehrere SMS geschickt.“ Er räusperte sich. „Die Handynummer einer dritten Person wiederholt sich bei beiden, und hier wird es interessant. Wie sich herausgestellt hat, gehört sie Silje Vuong. Sie hatten vor circa drei Wochen verabredet, sich zu treffen, aber ich habe keine Beweise gefunden, ob das zustande kam.“

„Dann wissen wir also, dass sie sich ganz sicher kannten und Kontakt hatten! Warum leugnet Silje Vuong, Frederik Valbæk zu kennen? Wir müssen wissen, was sie für eine Verbindung haben. Wir müssen auch herausfinden, ob die Zeugen, die das Symbol auf dem Rücken des Pullovers des Täters gesehen haben, es wiedererkennen.“ Er deutete auf den Stern.

„Die äthiopische Flagge?“, rief Isabella.

„Nur der Stern in der Mitte. Das Pentagramm, ohne den blauen Hintergrund."

„Soll das das Muster sein, was jemand gesehen hat? Das ist doch wohl leicht zu beschreiben", meinte Kim.

„In der Eile gesehen und von einem Afrikaner gestickt ist es vielleicht nicht so einfach", lächelte Anker Dahl.

„Woher kannte Silje Vuong Zuzanna?", fragte Isabella.

„Von Facebook, behauptet sie."

„Ach, *die* Art Freunde. Vielleicht ist Frederik auch ein Facebook-Freund. Die kennt man ja nicht unbedingt persönlich."

„Ich glaube, es steckt viel mehr dahinter, Isabella. Sie erzählt nicht alles. Warum lügen? Weißt du, wann die DNA-Analyse fertig ist?"

„Ich habe sie gebeten, sich damit zu beeilen. Du verdächtigst sie doch wohl nicht?"

„Warum sind wir sicher, dass ein Mann diese Morde begeht? Die Mordmethode mit diesen tödlichen Druckstellen am Hals kann selbst von der schmächtigsten Frau - ja, selbst einem Kind - durchgeführt waren, wenn man nur weiß, wo man drücken muss. Besonders, wenn man sich an die Opfer heranschleicht, während sie schlafen."

„Ist sie Ärztin?", fragte Isabella aufgeweckt.

Anker Dahl schüttelte den Kopf. „Sie arbeitet im Bereich HR und Finanzen. Sie hat sich in dem Lager, das geschlossen werden sollte, um die Buchhaltung gekümmert."

„Aber trotzdem, sie hat etwas von den Ärzten dort gelernt, das ergibt Sinn. Vielleicht lief es deshalb mit Frederik schief. Er ist aufgewacht, und dann musste sie das Messer benutzen, weil sie nicht genug Kraft hatte, um anders mit ihm umzugehen", schlug Isabella vor.

„Aber was ist das Motiv?", fragte Anker Dahl.

„Rache, Eifersucht, Bereicherung …"

„Silje Vuong kann nicht die Täterin sein", unterbrach Kim. „In einer SMS an Zuzanna schreibt sie, dass sie Tickets nach Äthiopien gekauft hat und für Ärzte ohne Grenzen dorthin reist. Ich habe die Tickets und die Flüge überprüft und das stimmt alles. Sie saß im Flugzeug auf dem Weg nach Äthiopien, als die Morde passierten."

Was verbirgt sie dann?, dachte Anker Dahl und bezwang sich, nicht am Ende des Eddings zu kauen.

„Wie passt Frederik da rein? Was hat er in die SMS geschrieben?"

„Aus dem, was ich wiederherstellen konnte, sieht es so aus, als seien Frederik und Zuzanna beide sehr interessiert an Silje Vuongs Reise nach Äthiopien gewesen. Sie hat beiden versprochen, ihnen Bescheid zu geben; weswegen, steht da nicht, und Zuzanna hat sich mehrfach bei Frederik für die Hilfe bedankt, aber Hilfe wobei?"

„Frederik Valbæk sollte man näher untersuchen."

Anker Dahl schaute wieder auf die Uhr. Es dauerte ja ewig, sie aus dem Gebet zu zerren.

„Und die Gespräche?", fragte er.

„Zwischen Frederik und Silje gab es keine, aber sie hat Zuzanna vom Flughafen in Addis Abeba angerufen, als sie ankam, und es mehrfach wieder versucht, als sie zurück war. Sie hat nach ihrer Heimkehr auch zwei Mal versucht, Frederik anzurufen. Natürlich kam kein Kontakt zu ihnen zustande - aus gutem Grund."

„Das bestätigt doch, dass sie nichts mit den Morden zu tun hatte, sie wusste nicht, dass sie tot waren", legte Anker Dahl dar.

„Es sei denn, sie ist sehr gewieft", nickte Isabella.

„Gut! Isabella, du machst damit weiter, den Verstorbenen in Afrika zu finden. Konzentrier dich auf Äthiopien. Wenn er einen Pullover hat wie Silje Vuongs ist er vielleicht auf dem gleichen Markt in Asosa gekauft. Er kann sich in dieser Gegend befinden. Schick ein Foto von ihm dahin und lass uns hoffen, dass sie kooperieren wollen. Ich bin mir ziemlich sicher, dass Silje Vuong unseren mutmaßlichen Täter kennt, auch wenn sie es leugnet. Wir holen sie zu einer weiteren Vernehmung, wenn wir mehr wissen. Immer noch keine Rückmeldung von Interpol?"

Isabella schüttelte den Kopf. „Ich versuche, sie nochmal zu kontaktieren."

„Ausgezeichnet! Kontaktier auch Ärzte ohne Grenzen und bring mehr über Silje Vuongs Arbeit in Erfahrung. Hast du noch etwas über diesen Fremden auf Samsø herausgefunden, Kim?"

„Die Ortspolizei auf der Insel hat nichts über ihn gefunden. Er sei keiner der ihren, sagen sie. Ausgehend von Windrichtung und Meeresströmung ab dem Todeszeitpunkt und bis er gefunden wurde, kann er im Prinzip von allen Orten an der jütländischen Ostküste gekommen sein. Ist er per Boot gekommen, dann ..."

Anker Dahl ging automatisch ans Telefon, als es klingelte, die Augen immer noch auf Kim gerichtet. Er lauschte.

„Leider hatte ich recht, Dahl", ertönte Natalie Davidsens ruhige Stimme. „Der Amtsärztliche Dienst des Gesundheitsamts und das Staatliche Seruminstitut sind unterrichtet. Wir haben bereits fünf Tote und drei weitere Infizierte sind in Quarantäne untergebracht."

„Wo?" Er setzte sich auf den nächsten Stuhl.

„Das Aufenthaltszentrum des Roten Kreuzes in Vejle, wo vor vier Tagen eine Gruppe Flüchtlinge von der Polizei einquartiert wurde. Sie hatten sich selbst bei der Polizeistation in Horsens gemeldet, um Asyl zu beantragen. Sie waren alle in miserabler Verfassung und wollten nicht sagen, wie sie nach Dänemark gekommen sind. Die Polizei meint, die Schleuser drohen damit, ihren Familien im Heimatland etwas anzutun. Vielleicht wurden sie in einen LKW gestopft, es werden Kühllaster benutzt, oder sie waren an Bord eines Schiffes."

„Gab es keinen Gesundheitscheck, bevor sie im Asylzentrum abgeliefert wurden?"

Natalie seufzte. „Das ist zurzeit echt heftig. Es kommen so viele an, dass wichtige Teile übersprungen werden. Nicht nur die Registrierung in den Empfängerländern. Wenn Flüchtlinge nach Dänemark kommen, haben sie das Recht auf einen Gesundheitscheck innerhalb von drei Monaten. Aber eine Überprüfung durch den staatlichen Rechnungshof hat gezeigt, dass nur die Hälfte innerhalb des Zeitrahmens untersucht wird. Drei Monate sind auch eine lange Zeit, auf jeden Fall mit dem Virus,

mit dem wir es hier zu tun haben. Mein Kollege in Vejle hat die vier toten Flüchtlinge obduziert und die gleichen Viren, Chemikalien und Bakterien wie bei dem Samsø-Mann gefunden."
„Wie lange ist die Inkubationszeit?"

„Schwer zu sagen. Scheint von Person zu Person unterschiedlich zu sein."

„Womit haben wir es zu tun, Natalie?"

„Wenn ich das nur wüsste. Die Analysen zeigen, dass es ein Virus ist, der zur Familie der Filoviridae gehört, er kann hämorrhagisches Fieber bei Menschen verursachen. Bisher wurden nur zwei Mitglieder dieser Virusfamilie identifiziert: Der Marburg-Virus und der Ebola-Virus. Aber es gibt auch Spuren von Stabbakterien aus der Familie der Enterobacteriaceae, zu denen beispielsweise auch Salmonellen und Yersinia pestis gehören. Neue Analysen von Pest-DNA enthüllen, dass es entgegen früherer Vermutungen zwei verschiedene Versionen von Yersinia pestis gab, die für die gewaltigen Pest-Pandemien damals verantwortlich waren. Diese Pest-DNA hatten Forscher in Zähnen einiger Leichen gefunden, die aus der Zeit bewahrt worden sind, als die Pest wütete. Dieser Virus, mit dem wir es nun zu tun haben, ist auch noch aus mehreren gebildet, die sich vielleicht aufgrund der vielen chemischen Stoffe in dem kranken Körper besonders entwickelt haben."

„Wohl keiner, der an Pest erinnert?", fragte Anker Dahl beunruhigt.

„Wohl eher Ebola, fürchte ich."

„Ebola!", rief Anker Dahl und hatte damit Kims und Isabellas volle Aufmerksamkeit. „Du hast erwähnt, dass fünf gestorben sind. Wer ist der Fünfte?"

„Ein Teenagermädchen hier aus Aarhus. Eigentlich gesund und munter, sie ist aber an dem gleichen Virus gestorben wie die Flüchtlinge. Vielleicht wurde sie im Zug von Horsens nach Aarhus angesteckt. Ihre Freundin, die auch mitgefahren ist, erzählte, dass sie vor der Toilette im Zug mit zwei Immigranten zusammengestoßen sind. Der eine sah nicht gesund aus."

„Immigranten?"

„Ja."

„Hmm, und die Freundin, hat die sich auch angesteckt?"

„Sieht nicht so aus. Der Virus wird nur von Mensch zu Mensch durch direkten Kontakt mit infizierten Körperflüssigkeiten übertragen, wenn die Person Symptome aufweist. Das kann Blut, Spucke, Sperma, Erbrochenes oder Schweiß sein. Nur eines der beiden Mädchen hatte direkten physischen Kontakt, als sie zusammenstießen. Aber wir wissen noch nicht genug."

„Soll das heißen, dass zwei kranke Flüchtlinge mit einem ansteckenden, tödlichen Virus in Aarhus herumlaufen?"

„Das befürchte ich leider, Dahl."

38

Es waren schon viele Stunden nach seiner normalen Feierabendzeit und es passte ihm überhaupt nicht, von Mette Birkelund Kusks Auto in der Einfahrt empfangen zu werden. Auf der anderen Seite hatte er eine Menge Fragen an sie. Aber nicht jetzt.

Die Kleidung war während der Heimfahrt einigermaßen getrocknet und Alberte Lindholms unbeschreibliche Freude über die Nachricht, dass ihr Sohn nun in einem Krankenhausbett in einem Zimmer direkt in der Nähe ihres eigenen in Sicherheit lag, entschädigte ihn ein bisschen. Gab dem Ganzen einen Sinn. Kompensierte, dass ihr Mann wohl für mehrere Jahre ins Gefängnis musste. Aber er spürte deutlich die Strapazen des Tages in seinem Körper. Mehrere Hustenanfälle hatten seine Fahrt auf der Autobahn gestört und er hatte das Gefühl, sein Hals und seine Lunge wären mit etwas gefüllt, das kratzte.

Mettes Besuch hatte wenigstens den Effekt, dass Irene nicht darüber schimpfte, wann er nach Hause kam und dass er nicht angerufen und Bescheid gegeben hatte. Sie war mit anderen Dingen beschäftigt. Einem neuen Untermieter. Es war einer der beiden

Männer, die er am Vormittag zusammen mit Zaid und Mette auf der Treppe vor dem Bahnhof gesehen hatte.

„Du kommst heute wirklich spät", war Irenes einziger Kommentar zu seinem späten Heimkommen. „Begrüß Nazir, er zieht in Olivias Zimmer ein anstelle von Khaled. Der kommt nicht."

Roland war kurz davor, Mette zu fragen, ob das der andere sei, der mit ihr vom Bahnhof gefahren war, und Zaid, wo er den roten Toyota Aygo geparkt hatte. Vielleicht hatte er ihn geliehen. Aber er schaffte es nicht. Plötzlich wünschte er sich einfach ein normales Leben, wo er jetzt eine Flasche Barolo geöffnet, sich an den Esstisch gesetzt und mit Irene Koteletts gegessen, ihr von den Ereignissen des Tages erzählt, Angolo hinterm Ohr gekrault und danach einen langen Spaziergang mit ihm im Sonnenuntergang gemacht hätte. Er vermisste sein altes Leben, dessen er sich beraubt fühlte. Und was sollte er mit Rashid machen? Hatte er ihn vor Black Swan verschont, um selbst geschont zu werden? Schuldete er ihm nun eine Vergeltung? Wie las man die Wünsche bei Menschen mit einer Kultur, die so anders als die eigene war? Würden ehrliche Absichten missverstanden werden und zu Hass und weiteren Missverständnissen führen?

Nazir war auch Syrer und unterhielt sich mit Zaid in ihrer gemeinsamen Sprache. Nicht einmal am Tischgespräch konnte er teilnehmen. Er schielte zu Irene, deren Gesichtsausdruck reinstes Wohlbefinden zeigte. Sie meisterte ihren Job als Gastgeberin zufriedenstellend. Die Fremden fühlten sich willkommen und heimisch. Sie war ein guter Mensch. Mette hatte ihr Ziel ebenfalls erreicht, konnte nun das Etablissement ver- und das Ganze ihnen überlassen.

„*Remember the doctor's visit tomorrow*", erinnerte sie mit einem gebieterischen Lächeln. Zaid übersetzte für Nazir, der mit blanken Augen nickte.

„*Doctor's visit*? Ist er denn krank?"

Mette warf Roland rasch einen Blick zu. „Es war eine schreckliche Reise für ihn. Ich glaube, Nazir hat Fieber."

„Kommt er denn nicht aus dem Asylzentrum? Die haben da doch wohl Ärzte?“

Mettes Blick flackerte und traf Irenes. Sie stand auf und begleitete Mette zur Tür. Ganz ohne sich an der Tischkante und dem Türrahmen abzustützen, es ging ihr mit jedem Tag besser. Als ob sie ihr Handicap völlig vergessen hatte in ihrer Mission, anderen zu helfen.

Roland wusste nicht, was er zu den Fremden am Tisch sagen sollte, aber es gab auch nicht so viel, woran er sich hätte beteiligen können. Offenbar hatten sie genug zu besprechen und er verstand nichts davon. Ab und zu wirkte das Gespräch aggressiv, aber das war wohl bloß ihre Art, sich zu unterhalten, wie wenn in italienischen Diskussionen der Funke entfacht wurde. Er stand auf und ging nach oben, um sich umzuziehen. Als er wieder herunterkam, hob er den Deckel des Topfes, der auf dem Herd stand. Noch ein fleischloser Eintopf. Er seufzte und ging in den Garten, da er Amaal entdeckt hatte, der einsam den Ball auf die Fliesen auf-und abspringen ließ. Roland setzte sich neben ihn auf die Gartenbank und versuchte sich an einige der Wörter zu erinnern, die Irene ihm beigebracht hatte.

„*Salam aleikum,* Amaal“, grüßte er. „Hattest du einen guten Tag in der Schule? Habe ich die Begrüßung und deinen Namen richtig ausgesprochen?“

Der Junge schaute ihn an und verstand sicher nichts. Roland schlug ihm den Ball aus den Händen, warf ihn auf den Rasen und lief hinterher. Das verstand der Junge hingegen sofort und sprintete ihm nach. Kurz darauf spielten sie lachend Fußball mit Irenes weißem Plastikwäschekorb als Tor. Währenddessen dachte Roland an Salvatore und wie oft sie so zusammen gespielt hatten, als er hier wohnte. Angolo hatte auch mitgespielt. Gemischte Gefühle durchströmten ihn, bis Irene sie zum Essen hineinrief.

Das Gespräch am Tisch fand auf Englisch statt. Zaid übersetzte für Nazir, wenn er nicht verstand, und ergänzte ab und zu mit ein bisschen Dänisch, das er gelernt hatte. Roland war beeindruckt. Dänisch war eine schwere Sprache. Amaal verstand nicht besonders viel, es waren auch hauptsächlich Erwachsenenthemen, und sicher vermisste er seinen Kameraden Rashid. Nazir hing am Tisch, aß nichts und fühlte sich schlecht, er ging früh ins Bett. Kurz darauf ging auch Zaid und Amaal folgte. Nach ihrem Ballspiel im Garten war er ein bisschen aufgelebt und hatte Roland während des Essens mehrmals vertrauensvoll zugelächelt. Schließlich waren nur noch er und Irene in der Küche. Sie waren für den Abwasch verantwortlich. Die beste Zeit des Tages für Roland, obwohl er lieber mit Angolo Gassi gegangen wäre, während sich Irene um die Küche kümmerte.

„Warum ist Khaled nicht gekommen?“, fragte er.

Irene wischte den Tisch ab. „Mette sagt, sein Asylantrag sei abgelehnt worden und er deshalb am Boden zerstört. Armer Mensch. Wenn wir doch nur mehr tun könnten.“

„Was hat Nazir?“

„Grippe, glaube ich. Er fühlt sich heiß an.“

„Er hat wohl in dem langärmligen Hemd geschwitzt. Hat er gebadet? Er kratzt sich ja, als hätte er Läuse.“

„Wir sprechen morgen mit dem Arzt, Rolando.“

„Aber sollte denn nicht das Asylzentrum für eine ärztliche Untersuchung sorgen?“

Irene legte den Lappen weg und sah ihm direkt in die Augen. Sie stützte sich hinter dem Rücken mit beiden Händen am Küchentisch ab und lehnte sich leicht dagegen.

„Wir müssen doch helfen, Rolando. Du betonst die ganze Zeit, dass du kein Polizist mehr bist, jetzt musst du dazu stehen. Nazir ist ohne Wissen der Behörden hier, daher müssen wir uns zurückhalten.“

„Illegal!“, rief er und Irene machte „Pscht“, während sie einen besorgten Blick zur Treppe warf, die nach oben führte, wo sich Zaid und Nazir aufhielten. Wie damals, als vor Hunderten Jahren die Kinder oben schliefen und nicht geweckt werden durften.

„Ja, aber Irene!"

„Ich weiß, Rolando. Aber guck dir nur Khaled an, der zurück nach Afghanistan geschickt wurde. Er war während des Krieges Dolmetscher für die dänischen Streitkräfte, hat sein Leben im Kampf gegen die Taliban riskiert und dann bekommt er die Nachricht, heimreisen zu müssen. Was für ein Dank für die Hilfe! Er wird dort vielleicht hingerichtet, wir können doch nicht ..."

„Du kannst nicht die Last der ganzen Welt auf deine Schultern nehmen, Irene. Sie sind dafür nicht breit genug. Wir übertreten das Gesetz, wenn wir einen illegalen Flüchtling beherbergen, das musst du doch verstehen! Die Dänische Flüchtlingshilfe ist sicher auch dagegen?"

Irene verbarg das Gesicht in den Händen. Sie wirkte so machtlos, das Roland losließ, was er in der Hand hatte, und sie umarmte.

„Ich habe mich hiermit geirrt, Rolando. Was ist aus Rashid geworden? Er war in meiner Verantwortung."

„Er war in Mettes Verantwortung. Er hat hier nur gewohnt."

Eine spontane Lust auf sie pochte in ihm, als er ihre warme Haut und die Tränen spürte. Wie lange war es her, dass sie sich geliebt hatten? Das letzte Mal, als er es versucht hatte, hatte sie ihn damit zurückgewiesen, *sie* könnten es hören. Gerade jetzt wusste er, dass es die einzige Art war, wie er seine eigene Frustration aus dem Körper loswerden konnte. Aber es wirkte nicht, als ob es Irene auch so ginge. Sie schob ihn sanft weg.

„Ja, genau, er hat hier gewohnt und wir hätten besser auf ihn aufpassen sollen. Jetzt ist er von seinem Cousin entführt worden und wird vielleicht gefangen gehalten. Und was ist dieser Cousin für ein Typ?"

Er wollte ihr gerne alles erzählen, wusste aber, dass es ihr nicht helfen würde. Im Gegenteil. Rashid war ein Mörder, oder er hätte es sein können, wäre er selbst nicht zum richtigen Zeitpunkt am richtigen Ort gewesen. Wenn alles so gelaufen wäre, wie es sollte. Seine Hoffnung war nur, dass die Polizei Fünen der Bande nun kräftig zusetzte und sie unschädlich machte, ohne dass er ihnen das Video zeigen musste. Janus hatte glücklicherweise ohne Schäden überlebt, und Rashid konnte nicht ins Gefängnis kommen, da er noch nicht strafmündig war.

„Wir wissen ja gar nicht, ob Rashid entführt wurde … wie willst du Nazir zum Arzt bringen, wenn er illegal hier ist?"

Irene wischte sich die Augen trocken und richtete sich auf. „Das Rote Kreuz hat in Zusammenarbeit mit dem Ärzteverband und der Dänischen Flüchtlingshilfe eine Gesundheitsklinik hier in Aarhus eröffnet für Migranten und Flüchtlinge, die keine Aufenthaltserlaubnis in Dänemark haben - wie die Klinik in Kopenhagen. Mette kennt die Adresse."

„Hmm, tun das nicht alle?", murmelte Roland.

„Soweit ich weiß nur die Polizei, ansonsten ist die Adresse geheim."

„Ja, aber dann liegt die Polizei wohl auf der Lauer und bekommt mit, dass ihr in die Klinik geht. Er hat ja keine Erlaubnis, hier zu sein, Irene", rief er und spürte den Polizisten, der immer irgendwo in ihm knurrte.

Irene schüttelte den Kopf und wischte ziellos ein kleines Stück des Tisches mit dem Lappen ab, obwohl sie das gerade getan hatte.

„Die Polizei hatte ein Treffen mit dem Roten Kreuz und wollen die, die ärztliche Hilfe brauchen, nicht behelligen. Der oberste Polizeidirektor hat bei dem Treffen versprochen, dass die Polizei wie immer nur Kontakt zu den illegalen Einwanderern haben wird, wenn sie in etwas Gesetzwidriges verwickelt sind."

„Ja, aber genau das sind sie ja. Sie halten sich *gesetzwidrig* hier im Land auf!"

Roland wusste, dass er bald Irenes Geduldsgrenze und Gerechtigkeitssinn übertreten würde, aber das hier war etwas, das seinen eigenen verletzte. Natürlich war er selbst einst als kleiner Junge zusammen mit seiner Mutter als Flüchtling nach Dänemark gekommen, da sie sonst von der Camorra in Neapel getötet worden wären, aber seine Mutter war dem gesetzlichen Weg gefolgt, dänische Staatsbürgerin geworden und hatte gearbeitet, um Steuern in der Gesellschaft zu zahlen, die sie versorgen sollte.

„Das sind arme, kranke Menschen, Rolando", sagte sie mit zitternder Stimme.

„Das warst du auch, als du im Rollstuhl saßest und zur Hälfte gelähmt warst, aber es gab niemanden, dem du leidgetan hast, oder? Wer hat geholfen? Wir mussten uns hoch verschulden und fast Haus und Heim verlassen, damit du behandelt werden konntest, obwohl du den Großteil deines Lebens Steuern gezahlt hast. Hätten wir kein unbelastetes Haus gehabt und unsere Ersparnisse gehabt, dann ..."

„Ja, dann wären wir dankbar gewesen, dass uns jemand hilft! Und du vergisst sicher, dass das, was wir getan haben, auch nicht legal war!"

Sie war jetzt wütend, das hörte er an ihrer Stimme und sah es in ihren Augen, die noch dunkler geworden waren. Obendrein hatte er das Thema angeschnitten, das sie sonst elegant vermieden anzusprechen.

„Entschuldige, Irene. Ich denke nur daran, wofür unsere Steuergelder am gerechtesten eingesetzt werden sollten."

„Es sind freiwillige Ärzte und Krankenschwestern, die ohne Bezahlung arbeiten. Das ist toll von ihnen. Das nimmt uns nichts weg, Rolando."

„Nicht? Wer bezahlt für den Aufenthalt der Patienten hier im Land, wenn sie selbst nichts dazu beitragen? Wer bezahlt für die Klinik, die Ausstattung, die Medikamente und so weiter?"

„Die Klinik belastet das öffentliche Gesundheitswesen nicht. Sie wird finanziert aus privaten Fonds, Beiträgen aus anderen Kliniken und Spenden in den örtlichen Niederlassungen des Roten Kreuzes."

„Na schön, aber das ändert ja nichts daran, dass die Patienten illegal hier sind und das gesetzwidrig ist. Und nun werden wir Mitschuldige. Das kann eine Gefängnisstrafe geben, Irene! Da kann ich einfach nicht mitmachen!"

„Niemand bemerkt das“, behauptete sie bittend. „Mette ...“

„Mette macht auch etwas Ungesetzliches. Was glaubst du, hält das Rote Kreuz davon?“

Oben wurde plötzlich Musik laut aufgedreht. Sie waren laut geworden, ohne darüber nachzudenken. Wieder war es wie damals, als die Mädchen noch zu Hause wohnten, wenn sie über etwas uneinig waren, das lautstark diskutiert werden musste. Abgesehen davon, dass es nun unbekannte, arabische Musik war, wo es damals „Barbie Girl“ oder „Who let the dogs out“ gewesen war, das mit ihren Stimmen um die Wette kämpfte.

„Ich geh eine Runde mit dem Hund raus“, schloss Roland und ging hinaus in den Sonnenuntergang - ohne Angolo.

39

Anker Dahl spürte die apokalyptische Stimmung im Auto auf dem Weg zum Polizeipräsidium. Sie wurde von dem Radiosprecher verstärkt, der baldiges Unwetter und *Blutregen* über Dänemark ankündigte. Das Unwetter war nötig, um die Luft zu klären und die Temperatur zu kühlen. Aber ‚Blutregen‘! Er machte lauter, als der Sprecher dem Meteorologen das Wort erteilte, der eben mit Jüngstes-Gericht-Stimme diese Behauptung weiter ausführte.

„Dänemark kann in den nächsten Tagen das Phänomen ‚Blutregen‘ erleben, das entsteht, wenn Sand und Staub aus der Wüste Sahara in mehreren Kilometern Höhe bis nach Dänemark geweht werden. Zuletzt haben wir das 2012 erlebt. Ein Tief hat einen größeren Sandsturm über dem nordöstlichen Marokko ausgelöst und nun sind die großen Mengen Staub mit einem kräftigen Südwind in der höheren Luftschicht auf dem Weg über Westeuropa mit Kurs auf Dänemark. Wir erwarten, dass er uns im Laufe des Tages oder heute Abend erreichen wird.“

„Blutregen, das klingt ja makaber, können Sie erzählen, woher der Name kommt?", fragte der Sprecher pädagogisch.

„Es klingt makaber, ja, aber es ist ja nicht so, dass Blut auf uns herabstürzt", erläuterte der Meteorologe mit einem kurzen, trockenen Lachen.

„Wer weiß?", fragte Anker Dahl ins Blaue hinein, als säße er im Studio und nähme an der Sendung teil. In der Jägerhofstraße hielt er an der roten Ampel. Die Sonne blitzte in den Fenstern des hohen, schwarzen Comwell-Gebäudes. Gerade sah es nicht nach Blutregen aus.

„Trotz allem ist es nur roter Sand und wenn gleichzeitig kein Schauer kommt, würden wir es nicht einmal bemerken. Aber die Prognosen zeigen tatsächlich eine Regenfront mit Gewitter, die über Dänemark zieht, gleichzeitig damit, dass die Konzentration des Staubes in der Atmosphäre über dem Land auf ihrem Höhepunkt ist", schloss der Meteorologe.

Anker Dahl schaltete das Radio aus, als er in die Tiefgarage des Polizeipräsidiums fuhr. Es roch nach Benzin, aber die Luft war hier drinnen kühler.

Was war Blutregen im Vergleich zu der Bedrohung durch eine unbekannte, tödliche Epidemie? Plötzlich sah er die Symbolik: Der Sahara-Sand, der in Europa als Blutregen endete und die Flüchtlinge, die den gleichen Weg kamen und ein Blutbad anrichteten aufgrund eines ansteckenden, tödlichen Fiebers. Er schauderte. Es hatte noch keine Meldungen von Seiten der Gesundheitsbehörde gegeben. Aber vielleicht wollten sie gewisse Dinge geheim halten, bis sie hundertprozentig sicher wussten, dass eine reelle Bedrohung vorlag, wie es beispielsweise bei der Schweinegrippe der Fall gewesen war. Hier stand selbstverständlich auch die dänische Schweineproduktion und der Verkauf von Schweinefleisch auf dem Spiel. Es war eine Tatsache, dass die meisten Menschen in Panik gerieten und auf diese Art erschreckender Nachrichten überreagierten. Eine Behauptung, dass die Flüchtlinge einen lebensbedrohlichen Virus nach Dänemark einschleppten, könnte so unmittelbar vor der Parlamentswahl katastrophale Folgen für die Flüchtlingsdebatte haben. Nur die rechtsextremen Parteien würden davon profitieren. Aber es bis nach der Wahl hinauszuzögern war unmöglich. Und wie wollten die Behörden verhindern, dass die Leute auf Facebook und all den anderen sozialen Medien Amok liefen?

Als er hoch in die Abteilung kam, fürchtete er, dass sich alle bereits krankgemeldet hatten. Oder im Gebetsraum waren. Im Büro war niemand. Dann bemerkte er, dass er eine halbe Stunde zu früh war.

Kim tauchte als Erster auf. Schlapp und übernächtigt schleppte er sich zur Tür hinein auf seinen Platz, glaubte sich offenbar allein. Er entdeckte seinen Chef durch den Türspalt, wünschte ihm einen guten Morgen und sah plötzlich übertrieben wach aus. Er steckte den Kopf herein.

„Es ist mir gestern Abend gelungen herauszufinden, woher die Flüchtlinge gekommen sein könnten. Der Horsenser Hafen hatte einen Austritt von Heavy fuel oil gehabt und es war noch nicht überall im Hafen gereinigt. Da kann der Samsø-Mann Öl an die Kleidung und die Schuhe bekommen haben. Die Südostjütländische Polizei hat Hinweise bekommen, dass zwei Fremde mittelöstlichen Aussehens nach dem Weg zum Bahnhof gefragt haben."

„Er ist also nicht allein gekommen?"

„Wir wissen ja nicht, ob sie zusammen angekommen sind, aber etwas könnte darauf hindeuten."

„Hatten sie physischen Kontakt mit jemandem?"

„Klingt nicht so, sie fragten nur nach dem Weg und gingen weiter. Der eine sah ziemlich krank aus, haben Zeugen gesagt."

„Es können also die beiden sein, die das Mädchen im Zug angesteckt haben?"

Kim schluckte sichtlich und nickte.

Die anderen tauchten still auf. Auch Hafid und Yazmin. Sie wünschten leise einen guten Morgen. Anker Dahl bezweifelte es.

„Die Südostjütländische Polizei wird untersuchen, welche Schiffe an dem betreffenden Tag im Horsenser Hafen angelegt haben", fuhr Kim fort.

„Schließ dich mit den Kollegen kurz. Es ist wichtig zu wissen, woher sie gekommen sind. Ich hoffe weiß Gott nicht, dass es eine Stelle mit vielen Passagieren ist."

Er beobachtete die anderen, während sie am Tisch Platz nahmen. In ihren Gesichtern war eine Veränderung. Es war deutlich, dass mehrere von ihnen nicht viel geschlafen hatten. Ein tödlicher Virus bedrohte sie und ihre Familien. Nur Kim nahm abwesend die Thermoskanne und schenkte in seine Tasse ein, trank jedoch nicht. Die anderen schauten, als glaubten sie, es wäre ein Virus im Kaffee. Was steckte an? Wer steckte an? Einer der Kollegen? Hafid und Yazmin?

Er spürte die Angst und hatte die strengen Anweisungen der Gesundheitsbehörde befolgt und seiner Familie nichts gesagt. Es gab keinen Grund, auch diese in Panik zu versetzen. Nicht, bevor er nicht mehr wusste. Und dann waren da die beiden Mordfälle, die bald aufgeklärt werden mussten, wenn er unangenehme Begegnungen mit der Polizeileitung und der Presse vermeiden wollte. Aber wenn das hier rauskam, hatten sie natürlich an anderes zu denken.

Anker Dahl ging die Aufgaben des Tages durch.

„Niels, hast du aus Zuzannas Mutter herausbekommen, wo ihre Tochter hinreisen wollte? Es kann nicht sein, dass sie sich nicht an das Land erinnert, wenn es einen so heftigen Streit ausgelöst hat."

„Wir müssen noch einmal mit Minna Johansen sprechen, jetzt hat sie sicher auch etwas Abstand zu dem Ganzen bekommen. Vielleicht weiß Viola das auch, obwohl sie keine Ahnung von der Auseinandersetzung ihrer Schwester und ihrer Mutter zu haben schien. Sie waren immerhin Zwillinge."

Dahl nickte. „Darum kümmern wir uns gemeinsam, Niels. Was ist mit Frederik Valbæk? Wissen wir mehr über ihn?"

„Ich bin dabei, seinen Schriftverkehr im Netz durchzusehen", sagte Hafid.

„Okay." Anker Dahl nickte und hoffte, dass nicht zu viele Gebete die Arbeit verzögerten.

Alle verließen schweigend sein Büro mit Aufgaben, die gelöst werden sollten.

„Lasst uns da draußen vorsichtig sein!", konnte er nicht lassen hinzuzufügen und hörte danach, dass es wie in einer amerikanischen Serie klang, die mal die Bildschirme geplagt hatte.

Es kam Anker Dahl gelegen, dass Minna Johansen allein in der Wohnung in der Hans-Schourups-Straße war. Es hatte so viel zu tun gegeben, damit, die Wohnung der Tochter auszuräumen und mit der Beerdigung, als die Rechtsmedizinerin sie endlich freigab, sodass sie sich eine Weile freigenommen hatte. Ihr Mann war wieder arbeiten gegangen. Er war Immobilienmakler und die Häuser sollten ja verkauft werden.

Sie zogen im Flur die Schuhe aus. Dieses Mal war aufgeräumt und in der Küche tröpfelte die Kaffeemaschine eine Kanne Kaffee fertig, als sie hereinkamen. Das Radio spielte gedämpft 70er-Jahre-Musik.

Sicher Erinnerungen aus ihren Teenagerjahren. *Yes Sir, I Can Boogie*, sangen die Mädchen der spanischen Discogruppe.

Anker Dahl nahm den angebotenen Kaffee an. Niels lehnte ab.

„Ist etwas Neues passiert? Haben Sie den, der das getan hat, gefunden?", fragte Minna und schenkte auch für sich Kaffee ein.

„Wir haben ein paar Verdächtige", behauptete Anker, und hörte selbst, wie hohl das klang. „Sie kannten die junge Frau, die Zuzanna besuchen wollte, also nicht? Sie heißt Silje Vuong."

„Silje Vuong? Nein, an den Namen würde ich mich erinnern, aber ich kannte ja auch nicht alle Freundinnen meiner Töchter."

Unruhig wechselte sie die Tasse von einer Hand in die andere.

„Selbstverständlich nicht. Sie sollen sich von Facebook kennen."

„Da sehen Sie's, bei so etwas kann man gar nicht mehr auf dem Laufenden sein", fiel sie schnell ein, wie um ihre Unwissenheit bezüglich der Bekanntschaften ihrer Tochter zu rechtfertigen.

„Es sieht so aus, als hätten die beiden Mädchen ziemlich viel über eine Reise nach Äthiopien geredet, wo Silje Vuong gerade für Ärzte ohne Grenzen war. Sagt Ihnen das auch nichts?"

Niels hatte sich nicht gesetzt, er erinnerte sich sicher an die unbequemen Sessel.

„Nein, wir haben nichts mit Ärzte ohne Grenzen zu tun", antwortete Minna Johansen prompt, aber in ihrem Gesicht war etwas passiert. Auf der Haut um die Unterlippe hatten sich Grübchen gebildet, wie eine Gemütsregung, die zurückzuhalten ihr schwerfiel.

„Wo wollte Zuzanna hinreisen?", fragte Niels, der im Wohnzimmer herumlief, sich die Familienportraits ansah und Frau Johansen sichtlich noch nervöser machte.

„Ich kann mich wie gesagt nicht an den Namen des Landes erinnern."

Anker Dahl beugte sich zu ihr vor. Das entlastete den Rücken.

„Wenn Sie sich darüber gestritten haben, können Sie sich wohl daran erinnern?"

„Wir haben ja nicht über den Ort gestritten." Sie berührte die Tasse wieder, ohne sie jedoch hochzuheben und zu trinken.

„Worüber dann? Die Umstände der Reise?"

Sie schaute so schnell zu ihm hoch, dass er wusste, er hatte ins Schwarze getroffen.

„Nein, es war doch wegen des Katers", sie kratzte sich unter den Haaren den Nacken, „Wir konnten nicht so lange, wie sie weg sein würde, auf ihn aufpassen."

„Warum wollte sie verreisen?"

„Das war nur … Urlaub."

Er sah deutlich, dass sie log und nicht wusste, wie sie aus dem Druck, unter den er sie setzte, herauskommen sollte. Sie zuckte zusammen, als sein Handy brummte, aber der erschrockene Ausdruck wurde schnell von Erleichterung über die Unterbrechung ersetzt, als er es aus der Tasche nahm und es ans Ohr hielt. Er stand auf, nun hatte er einen Vorwand dafür. Minna Johansen verfolgte ihn mit den Augen, als er sich ans Fenster stellte und nach unten auf die Straße schaute. Er konnte das Dach seines Autos sehen. Es stand in einer der Parklücken in der Reihe von Autos entlang der Straße vor den Gebäuden. Ihm fiel auf, wie konservativ die Wahl von Autofarben eigentlich war. Weiße, schwarze, graue und silberfarbene - ein einziges in flaschengrün.

Isabellas überraschende Neuigkeit ließ ihn sich umdrehen und Minna Johansen prüfend ansehen. Sie beeilte sich, wegzuschauen. In ihre Tasse. Sie hob sie hoch und nahm einen zaghaften, kleinen Schluck. Niels studierte immer noch Familienfotos. Anker Dahl dankte Isabella und setzte sich wieder in den unbequemen Sessel. Er musste die Frau nun auf Augenhöhe haben.

„Entschuldigen Sie die Störung, das war eine meiner Mitarbeiterinnen."

„Möchten Sie noch etwas Kaffee?", wich Minna aus, die offenbar in der Zwischenzeit festgestellt hatte, dass seine Tasse fast leer war.

„Nein, danke." Er zögerte und wusste nicht recht, wie er die nächste Frage stellen sollte, um nichts zu verderben und wichtige Informationen zu verpassen. Es könnte ihre Familie zerstören, wenn sie das, was Isabella herausgefunden hatte, nicht bereits wusste.

„Sind Sie sich ganz sicher, dass Sie Silje Vuong nicht kennen?"

„Das habe ich doch gesagt! Ich kenne sie nicht."

„War Ihr Mann Ihnen jemals untreu?"

„Was? Bent?!" Minna Johansen sah erst überrumpelt aus, dann verzogen sich die Falten um den Mund fast zu einem Anflug von Amüsement. „Nein, ich bin überzeugt, dass er das nicht war", stellte sie fest. „Denn tatsächlich ..." Die Muskeln im Gesicht entspannten sich wieder. „Wieso in aller Welt fragen Sie mich danach?"

Niels Nyborg schien das auch gerne wissen zu wollen von der Ecke des Regals aus, wo er mit einem Bild von Zuzanna und Viola in der Hand stand.

„Wir haben das Ergebnis eines DNA-Tests bekommen; Silje Vuong war so freundlich, darin einzuwilligen. Er hat ergeben, dass sie mit Ihrer Tochter Zuzanna verwandt ist."

„Verwandt?"

Die Überraschung war echt. Minna stellte die gerade angehobene Tasse so fest auf die Untertasse zurück, dass es klirrte und etwas Kaffee aufs Tischtuch schwappte.

„Sie sind Halbgeschwister. Gleicher Vater, zeigt der DNA-Test."

Minna tupfte angespannt mit einer weißen Papierserviette den verschütteten Kaffee auf und war deswegen davon befreit, Anker Dahl in die Augen zu sehen.

„Sie müssen erzählen, was Sie wissen, Frau Johansen. Der Mord an Ihrer Tochter kann sehr wohl etwas mit diesem Umstand zu tun haben."

Minna schaute erst zu Niels, der langsam das Bild der Zwillinge auf den Platz im Regal stellte, ohne seine Augen davon zu nehmen. Sie knüllte die Serviette in der Hand. Sie war braun vom Kaffee.

„Das … das stimmt, aber … Bitte sagen Sie es keinem … Bent und Viola wissen es nicht."

Die Stimme war verzweifelt und flehend, als bettle sie um ihr Leben. Bittend schaute sie sie mit großen, runden Augen an, als könnten sie so hypnotisiert werden zu schweigen und aus ihrem Gedächtnis zu löschen, was sie gerade erfahren hatten.

„Viola weiß es nicht? Aber sie sind doch Zwillinge?"

„Das ist schwer zu erklären …" Sie kratzte sich wieder im Nacken und ließ die Hand auf dem Hals liegen. „Bent war derjenige, der … der nicht konnte. Wir wurden beide untersucht und es stellte sich heraus, dass seine Spermienqualität zu schlecht war. Das hat ihn fix und fertig gemacht und als Mann geknickt. Ich schlug vor, wir könnten adoptieren, aber das wollte er auf keinen Fall, dazu war er zu stolz. Sollten wir Kinder haben, sollten es seine sein. In dieser Zeit war es unmöglich, mit ihm auszukommen. Er war kurz davor mich zu verlassen, weil ich dieses Kind unbedingt haben wollte."

„Dann haben Sie sich inseminieren lassen, ohne dass Ihr Mann es wusste?", riet Anker Dahl.

„Ja. Der Samenspender war anonym." Plötzlich lächelte sie. „Es war fantastisch, Bents Stolz zu sehen, als ich ihm erzählte, dass ich schwanger sei, und dass sich die Ärzte geirrt hatten. Wir würden Zwillinge haben. Er war wieder ein Mann. Wir hatten ein normales Leben. Haben geheiratet." Das Lächeln verschwand langsam. „Aber Zuzanna hat die Wahrheit herausgefunden. Plötzlich hatte jemand sie auf Facebook kontaktiert und sagte, sie seien Halbgeschwister. Er hatte die Spendernummer und Identität ihres gemeinsamen Vaters herausgefunden. Ich habe keine Ahnung wie."

„Kennen Sie seinen Namen? Hieß er Frederik Valbæk?"

„Nein, ich habe nicht gefragt. Er hat alles kaputt gemacht. Ich log und sagte, es sei nicht wahr, aber dann ließ sie selbst einen DNA-Test machen, der bewies, dass sie Halbgeschwister waren, und ich musste die Wahrheit sagen. Wäre er nicht gewesen, wäre das nie passiert!"

Etwas Boshaftes schlich sich in ihre Stimme und ihren Blick. Sie putzte sich die Nase mit der kaffeebefleckten Serviette.

„Es wurde zu einer Besessenheit für sie, ihren Vater zu finden, ich unterstützte sie dabei unter der Bedingung, dass sie im Gegenzug versprach, Bent und Viola nichts zu sagen. Aber sie hatte ja ein Druckmittel gegen mich, das sie grausam auszunutzen begann, doch als sie Geld haben wollte, um nach Afrika zu reisen, sagte ich Stopp. Darüber haben wir uns an dem Tag gestritten."

„Und Zuzanna hat ihrer Zwillingsschwester also nicht erzählt, dass sie auch ein Spenderkind ist?", fragte Anker Dahl.

„Nein, ich bin mir ganz sicher, sie weiß es nicht, sonst würde sie …"

Sie geriet ins Stocken und starrte vor sich hin, als ob sie plötzlich die Möglichkeit erwog.

„Wieso wollte Zuzanna nach Afrika?", wollte Niels Nyborg wissen, der sich auf einen Fußschemel gesetzt hatte.

„Da hat ihr Spendervater gearbeitet. Soviel ich weiß in Äthiopien."

40

Anne hatte völlig vergessen, dass Jytte Thomson heute aus dem Dubai-Urlaub zurückkam. Alle hatten sich um die Moderatorin geschart, als sie auftauchte.

Jytte saß auf der Kante ihres Schreibtisches, gebräunt, und trug natürlich strahlend weiße Kleidung, die die Hautfarbe betonte. Erst da realisierte Anne, dass sie keine Naturrothaarige sein konnte. Sonst wäre sie in der Sonne nicht braun geworden, sondern rot und verbrannt, so wie es ihr erging, obwohl ihre Haare kohlschwarz waren. Einige waren einfach empfindlich geboren. Aber nicht Jytte Thomson.

„Hallo, Anne!", zwitscherte sie durch den Raum, als sie sie entdeckte. „Ich höre, du hast fast meinen Job übernommen."

Sie lächelte mit extra weißen Zähnen, aber Anne wusste nicht recht, wie sie das Lächeln und die Bemerkung auffassen sollte und lächelte verlegen.

„Aaach, ich weiß ja nicht. Willkommen daheim, Jytte. Du siehst aus, als hättest du es genossen."

Mit einem eleganten Hüpfer sprang Jytte vom Tisch. Sie war eine der Wenigen, die es ertrug, in Schuhen mit hohen Absätzen herumzulaufen. Als wäre das ein stillschweigendes Signal, gingen die anderen an ihre Plätze zurück. Vielleicht war das eine Chance, die sich bot.

„Super Urlaub. Dubai ist eine total fantastische Stadt!"

Geld und Überkonsum, dachte Anne, nickte aber nur.

„Du arbeitest an einer Sache über die neue Verbrennungsanlage", stellte Jytte als starken Kontrast fest. Und irgendwie auch nicht. Der Hov Verbrennung mangelte es auch nicht an Geld.

„Ja, unter anderem." Anne setzte sich auf ihren Stuhl neben Jytte. „Die Verbrennungsanlage wird mit einem Frachtschiff in Verbindung gebracht, das mit der süditalienischen Küste kollidiert ist. Die italienischen Behörden sind nicht sonderlich kooperationsbereit und haben sämtliche Presseberichterstattung abgeblockt, sowohl die lokale als auch die internationale. Sie wollen offenbar nicht, dass bekannt wird, was genau passiert ist."

„Wie in aller Welt bringt man ein Schiff mit einer dänischen Verbrennungsanlage in Verbindung?"

„Mein italienischer Freund, Giacomo Pasquale, der Journalist bei Il Manifesto ist, hat Einsicht in einige Unterlagen bekommen, die das bestätigen."

Jytte lächelte ein bisschen nachsichtig. „Il Manifesto - ist das nicht eine stark sozialistische Zeitung? Sind die Linksorientierten nicht einfach nur darauf aus, Verschwörungstheorien zu erschaffen?"

Anne runzelte die Stirn. Was war denn an sozialistisch verkehrt?

Sie setzte Jytte ins Bild über die Sache mit der neuen Verbrennungsanlage und dem chemischen Abfall und erklärte, dass es ein großes Geschäft für die dänische Verbrennungsanlage geworden sei, anderen Ländern mit ihrem Müll abzuhelfen - selbst dem giftigen und gefährlichen.

„Wir haben offenbar bessere Möglichkeiten als alle anderen Länder", fügte sie skeptisch hinzu.

„Woher hat der Journalist diese Unterlagen?"

„Ich habe nicht gefragt. Aber schau mal hier."

Anne zeigte ihr die Sendung, die sie von der Eröffnung gemacht hatten, mit den Demonstranten vor dem Gebäude, und als sie Poul Erik Hedegaard wegen des Schiffs in Süditalien interviewt hatte.

„Kann dein italienischer Freund nicht mehr herausfinden?"

„Wie gesagt gibt es keinen Zugang zu dem Gebiet, wo das Unglück passiert ist. Aber Giacomo hat versprochen, mich auf dem Laufenden zu halten."

„Okay, ruf ihn an! Was ist mit den beiden Morden? Man muss schon sagen, hier in der Stadt ist ja während meines Urlaubs einiges passiert. Und da nennt man das Saure-Gurken-Zeit." Jytte lachte verhalten.

„Die Polizei hat eine Personenbeschreibung, aber soweit ich weiß, sind sie noch nicht viel weitergekommen. Anker Dahl weigert sich, mit mir zu sprechen, überhaupt mit der Presse zusammenzuarbeiten. Ärgerlich für ihn. Ich habe nämlich bei Facebook etwas über die beiden Opfer herausgefunden. Wie sich zeigt, sind sie Halbgeschwister. Gleicher Spendervater."

„Glaubst du, das ist von Bedeutung?"

„Ich habe das Gefühl. Es ist doch auffällig, dass zwei von ihnen mit der gleichen Methode ermordet wurden."

„War das eine nicht ein Messermord?"

„Doch, aber es wurde erst mit Erwürgen versucht wie bei dem anderen Mord. Offenbar hat das nicht geklappt. Das Opfer war groß und durchtrainiert. Übrigens war er derjenige, der den anonymen Spendervater gefunden hat."

„Sollte das möglich sein? Nicht gerade beruhigend für anonyme Samenspender."

„Ich glaube, Frederik Valbæk war ein Hacker und hat seinen Vater auf diese Weise ausfindig gemacht. Sein Profilbild im Netz ist ein chinesisches Zeichen. Ich habe es gegoogelt und es hat sich als Hackerzeichen herausgestellt."

„Werben die direkt damit?"

„Heutzutage bedeutet Hacker sein Prestige."

„Hat die Samenbank bestätigt, dass sie gehackt wurden?"

Anne schüttelte den Kopf. „Ich weiß nicht, welche Samenbank es ist. Es gibt viele, sogar im Internet. Aber glaubst du, die würden das zugeben? Wenn das geht, traut sich doch keiner mehr, anonymer Samenspender zu sein. Es gibt noch eine Halbschwester, habe ich gestern Abend auf Facebook herausgefunden. Ich werde versuchen, sie aufzutreiben. Sie heißt Silje Vuong."

„Spenderkinder? Ich sehe, du hast auch eine Frau in der

Geburtsklinik interviewt, die durch einen Fehler die verkehrten Spermien und somit ein Negerkind bekommen hat. Was sagt die Samenbank dazu?"

„Ich kann die Samenbank Seminis nicht erreichen. Die frischgebackenen Eltern wollen auch nicht mehr mit uns sprechen. Es wurde nicht gern gesehen, dass die Mutter uns kontaktiert hatte. Tobias Holmetoft ist der Vater."

Jytte dachte nach, dann riss sie den roten Mund und die grünen Augen auf. „Der, der die Partei *Dänemark für Dänen* ins Leben gerufen hat?"

„DFD, ja, und es wurden noch nicht genug Unterschriften gesammelt. Bestimmt rechnet keiner damit, dass sie es vor der Wahl schaffen."

„Ach du lieber Gott! Wie konnte die Frau da auf die Idee kommen, das öffentlich zu machen? Warum hat sie nicht einfach das Kissen benutzt?", fiel Jytte ihr mit einem ironischen Lächeln ins Wort.

„Wohl Rachedurst gegenüber der Samenbank. Sie konnte den Verantwortlichen ebenfalls nicht erreichen, und es ist doch mittlerweile ganz gängig, dass sich die Leute an uns wenden, um eine Sache ins Rollen zu bringen."

Der Chefredakteur stand unvermittelt vor ihrem Tisch und unterbrach das Gespräch. „Wir halten eine kleine Besprechung ab", sagte er ernst.

Die ursprünglichen Morgenbesprechungen waren eigentlich abgeschafft, da es schwer war, die Leuten um zehn Uhr am Vormittag zu versammeln, wo viele bereits unterwegs waren, um Sendungen zu machen.

„Was ist los? Du siehst so ernst aus?", sagte Jytte schmunzelnd.

„Es ist ernst. Kommt mit an den Tisch. Die Polizei hat gerade publik gemacht, dass ein nicht identifizierter Mann tot auf Samsø gefunden wurde."

„Saure-Gurken-Zeit!", flüsterte Jytte und hob vielsagend die aufgemalten Augenbrauen mit einem schiefen, zufriedenen Grinsen.

Das Grinsen verschwand schnell, als der Chefredakteur nach einer Pause, die wie eine Gedenkminute wirkte, zur Tagesordnung überging und ihnen von den vier Toten im Asylzentrum in Vejle und dem toten Aarhuser Teenagermädchen berichtete.

„Weitere sind in der Universitätsklinik unter Quarantäne gestellt. Sie sind dabei, eine Spezialabteilung einzurichten. Wir müssen raus und sehen, um wie viele es sich handelt. Ein Experte für Epidemien, der Arzt August Strøm vom Staatlichen Seruminstitut, wird direkt aus dem Studio in Kopenhagen Fragen beantworten und die Polizei hätte gerne Hilfe dabei, den Mann von Samsø zu identifizieren. Man geht davon aus, dass er ein Flüchtling ist - oder ein Migrant - und möglicherweise zusammen mit anderen hergekommen ist. Unter anderem mit denen, die im Asylzentrum gestorben sind. Die Polizei muss seinen Hintergrund ermitteln."

„Ist er nicht von Samsø?", fragte Anne. Ihr Mund war trocken geworden.

„Die neueste Nachricht ist, dass er im Horsenser Hafen gestorben ist und bei der Insel an Land getrieben wurde. Es ist noch ungewiss, ob er ins Meer gefallen ist oder von einem Schiff aus hineingeworfen wurde."

„Haben wir jetzt auch in Dänemark Bootsflüchtlinge?", murmelte Jytte. Sie war unter der braunen Dubai-Farbe blass geworden.

„Vielleicht. Die Südostjütländische Polizei ist dabei zu untersuchen, welche Schiffe an dem Tag am Horsenser Hafen angelegt haben, an dem er ihrer Meinung nach starb."

„Hov Verbrennung!", rief Anne, ohne darüber nachzudenken. „Es passt alles zusammen. Sie sind mit einem Schiff mit chemischem Abfall hergekommen. Ein perfektes Versteck für Flüchtlinge. Die Ladung überprüft doch keiner!"

Am Tisch war es still geworden und Anne wurde verlegen, bis der Chefredakteur nickte.

„Versuch, unter diesem Gesichtspunkt weiterzugehen, Anne. Es ist natürlich wichtig für den Vizepolizeidirektor, die Identität des Mannes schnellstmöglich herauszufinden. Er hat sogar eingewilligt, für ein direktes Interview herzukommen. Machst du das, Jytte?"

Jytte nickte eifrig.

„Anne, du empfängst Anker Dahl, platzierst ihn und machst ihn startklar."

Anne holte Anker Dahl an der Rezeption ab und brachte ihn nach oben. Alles in ihr brodelte, wie ein Vulkan kurz vor dem Ausbruch. Das war ihr Fall und jetzt übernahm Jytte einfach. Sie war wieder aufs Abstellgleis geschoben worden, aber gerade war kein Platz für Selbstmitleid.

Die Tür zu dem kleinen, dunklen Raum für Interviews stand offen, damit es dort drinnen bei der Sommerhitze nicht so stickig wurde. Anker Dahl sollte auf dem Stuhl vor der Kamera sitzen, den großen Flachbildschirm im Rücken. Hier konnten sie verschiedene Bilder als Hintergrund zeigen. Anne wählte ein Panoramabild von Aarhus, aufgenommen von einem Dach am Europaplatz, ein Teil des Meeres und die grüne Turmspitze des Doms waren auch drauf. Das passte gut, denn es war nah am Polizeipräsidium. Sie holte ein Glas Wasser für den Gast.

„Sie sollen einfach in die Kamera dort drüben an der Wand sprechen. Da ist eine kleine, rote Lampe, und wenn Sie die anschauen, wird es aussehen, als sähen Sie den Leuten in den Wohnzimmern direkt in die Augen."

Anker Dahl schien kein Interesse daran zu haben, irgendwem in die Augen zu schauen. Schon gar nicht ihr. Er wollte das hier offenbar einfach nur hinter sich bringen.

„Wir haben keine Vermutung, wer der Verstorbene ist. Er hatte keinen Ausweis bei sich und es gibt keine Vermisstenanzeigen. Wenn jemand einen Mann Mitte dreißig, mittelöstlichen Aussehens, bekleidet mit einem Karohemd unter einer kamelfarbenen Windjacke, Jeans und weißen Turnschuhen der Marke Nike gesehen hat, hören wir sehr gerne von Ihnen."

„Wissen Sie, wo er sich eventuell aufgehalten hat?", fragte Jytte aus dem Studio.

„Wir haben die Nachforschung auf Samsø konzentriert, wo er gefunden wurde. Aber neue Spuren zeigen, dass er sich am Horsenser Hafen aufgehalten hat"

„Ist die Rede von Mord?"

„Darauf deutet nichts hin. Er kann ins Wasser gefallen sein."

„Kann er ein Flüchtling sein? Vielleicht aus einem Asylzentrum?", schlug Jytte vor. Sie war in Topform und back in business.

„Wir haben alle Asylzentren kontaktiert um zu hören, ob sie jemanden vermissen." Es schwang ein unzweideutiges „selbstverständlich" in dem Satz mit.

„Mittlerweile wohnt doch ein Teil der Flüchtlinge bei Privatleuten.", fuhr Jytte freimütig fort.

„Deswegen bitten wir auch die Bevölkerung um Hilfe. Alle Informationen sind relevant und natürlich auch, wenn Bewohner aus Privathäusern verschwunden sind. Wir suchen außerdem zwei Männer, die vermutlich zusammen mit dem Verstorbenen hergekommen sind. Sie haben den Zug von Horsens nach Aarhus genommen. Der eine ist dürr, mittelöstlich aussehend mit dunklen, kurz geschnittenen Haaren und trägt eine dunkle Hose und ein hellblaues T-Shirt mit weißem Adidas-Logo auf der Brust. Der andere ist gleichfalls aus dem Mittleren Osten und sie sehen sich ähnlich. Vermutlich sind sie Brüder oder nahe Verwandte. Er trägt ein dreckiges, dunkelblaues Hemd und Jeans. Einige Zeugen meinen, sie hatten helle Jacken unter den Arm geklemmt und Rucksäcke dabei, aber das ist nicht bestätigt. Sie wirken nicht gesund. Wenn jemand sie trifft, kontaktieren Sie bitte die Polizei und kommen Sie nicht in Berührung mit ihnen, da nicht auszuschließen ist, dass sie eine ansteckende Krankheit haben."

Anker Dahl versuchte deutlich, so diplomatisch wie möglich zu sprechen. Er erwähnte keinen Virus und wie viele bereits angesteckt oder tot waren.

„Was wissen Sie über diesen Virus?"

„Kein weiterer Kommentar", wehrte Anker Dahl ab.

„Ja, aber es muss doch etwas sein, das wir wissen sollten?"

„Das ist Sache der Gesundheitsbehörde. Ich habe keine weiteren Kommentare abzugeben", wiederholte Anker Dahl.

Jytte schloss damit, welche Nummer man anrufen sollte, wenn man Informationen hatte. Anker Dahl konnte nicht schnell genug vom Stuhl kommen, als das Ganze überstanden war.

„Haben Sie untersucht, ob an dem Tag, an dem die Flüchtlinge ankamen, ein Schiff der Hov Verbrennung am Hafen angelegt hat?", fragte Anne, als sie ihm dabei half, das Mikrofon abzubekommen.

„Die Südostjütländische Polizei ist natürlich dabei, sich den Schiffsverkehr im Hafen anzusehen, ja. Horsens gehört nicht zu unserem Polizeibezirk," sagte er abweisend, schaute sie aber dennoch prüfend an, sodass sie fortfuhr.

„In Süditalien gab es ein Unglück, wo ein Schiff bei einem kleinen Badeort zerschellt ist. Gerüchten zufolge sind alle an Bord tot. Das Schiff war von Algerien aus mit Fracht zur Hov Verbrennung unterwegs gewesen und mit chemischem Abfall auf dem Weg zum Horsenser Hafen."

„Gerüchte taugen nichts, Anne Larsen. Jedenfalls nicht in unserer Branche."

Er hatte ihr bereits den Rücken zugewandt und war auf dem Weg zur Tür hinaus.

„In unserer auch nicht!", warf sie ihm spöttisch hinterher. „Aber es wäre es wohl wert zu untersuchen, ob die Flüchtlinge mit diesem chemischen Abfall nach Dänemark geschickt wurden? Und was die Morde betrifft, da gibt es etwas, was ich …"

„Ich habe nichts mehr hinzuzufügen. Auch nicht, was die Morde angeht!"

Anker Dahl war aus der Tür. Anne gestikulierte hilflos mit den Armen.

41

Verfolgte das Auto sie?

Seit sie vom Oddervej abgebogen war, befand es sich hinter ihr. Silje drehte den Rückspiegel, um besser nach hinten sehen zu können, konnte den Fahrer des Autos aber nicht erkennen. Die Sonne schien und blendete in der Windschutzscheibe.

Sie fuhr scharf nach rechts und ein gutes Stück in die Nebenstraße, obwohl sie eigentlich gar nicht dort lang musste. Wieder schaute sie in den Rückspiegel. Das Auto war ihr nicht gefolgt. Sie kam sich albern vor und wie eine gescheiterte Schauspielerin in einem schlechten Spionagefilm. Kopfschüttelnd wendete sie und fuhr zurück.

Anya unterhielt sich mit jemandem an der Hecke vor der Villa. Erst als sie den Hund entdeckte, wurde ihr klar, wer es war. Rikke hatte die Haare hochgesteckt und war nicht wiederzuerkennen. Sie war gerade nicht in der Stimmung für den Besuch alter Klassenkameraden. Das Gespräch mit dem Vizepolizeidirektor gestern hatte sie noch nicht ganz verdaut und die Drohungen ihres Vaters erst recht nicht. Wusste er, dass sie mit der Polizei gesprochen hatte und was glaubte er, hatte sie gesagt? Den Rest des Tages hatte sie die Straße und den Garten im Auge behalten - selbst letzte Nacht, als sie aufgestanden war, um hinunterzugucken. Aber es war keine Glut in der Dunkelheit und niemand zu sehen. Vielleicht war er wieder zurück nach Äthiopien gereist. Er kann kein schlechter Mensch sein, wenn er Arzt ist. Die widmen ihr Leben, um anderen zu helfen, hatte sie sich selbst beruhigt. Vielleicht hatte sie das Ganze bloß in den falschen Hals gekriegt. Wenn sie an die Unterhaltung mit ihm vor dem Polizeipräsidium dachte, kamen ihr Zweifel, und sie fragte sich, ob sie das vielleicht nur geträumt hatte. Ihre Träume konnten so realistisch wirken, und zurzeit konnte sie sie fast nicht auseinanderhalten.

Anya winkte und rief ihr etwas zu. Sie fuhr an den Bürgersteig und ließ das Seitenfenster herunter.

„Mamaaaa, dürfen Angolo und Marianna in den Garten kommen und ein bisschen spielen?", plagte ihre Tochter.

„Was sagt Rikke dazu? Hallo Rikke. Hallo Marianna."

„Hallo Silje. Für mich ist das okay. Wir gehen gerade nur mit Angolo Gassi. Wir wohnen ja direkt da oben", Rikke deutete die Straße hoch.

Tao war auf Geschäftsreise. Sie hatte versucht, ihn zu überreden, zu Hause zu bleiben. Hätte sie gesagt, warum sie gerne wollte, dass er blieb, wäre er nicht gefahren. Aber das konnte sie nicht. Es würde nett sein, nicht allein zu sein zu sein und obendrein einen Wachhund im Haus zu haben.

„Ich habe Zeit. Kommt rein. Ich muss nur gerade das Auto in die Garage fahren." Die Augen fanden wieder den Rückspiegel, als sie hineinfuhr, aber auf der Straße waren keine Autos zu sehen. Keiner war ihr gefolgt. Der Spiegel rahmte nur Anya ein, die lachend neben Marianna und Rikke herlief. Neben ihr Angolo, der flott wie ein Ross spazierte.

Rikke bewunderte die Villa. Es war eine zweistöckige, moderne, von einem Architekten entworfene Designervilla. Silje war selbst stolz darauf und freute sich über Rikkes Begeisterung.

„Wir wohnen in einem älteren, renovierten Haus", seufzte Rikke.

„Das ist doch auch gemütlich. Tatsächlich ist Tao derjenige, der diesen - viereckigen - Stil hier liebt", antwortete Silje und schaltete die eingebaute Kaffeemaschine an.

„Nein, wie modern!", rief Rikke.

„Ja, das ist auch Tao. So sind IT-Leute wohl einfach? Man darf nicht an der Ausstattung sparen, sagt er."

Rikke grinste. „Ist Tao noch arbeiten?" Sie schaute durch das große Panoramafenster in den Garten, wo die beiden Mädchen und Angolo auf dem Rasen spielten. Silje warf einen Blick zu den Birken, aber es war nicht mal ein Schatten darunter.

„Nein, er ist in Deutschland, um ein paar Geschäftspartner zu besuchen, er kommt erst morgen Abend heim."

„Ja, dann sind wir momentan beide Strohwitwen. Tim ist auch unterwegs. Er ist bei einer Fortbildung in Kopenhagen und kommt erst in einer Woche nach Hause."

Während der Kaffee fertig kochte, sah Rikke den Rest des Hauses. Sie kommentierte in fast jedem Raum wie hell es sei, und wie hoch die Decken. Sie war begeistert von der Empore im ersten Stock, die anfing, wenn man die Wendeltreppe hochkam. Von hier aus konnte man in Wohnzimmer und Küche gucken, die ineinander übergingen. Von den Fenstern oben hatte man Aussicht über den Wald. Wenn keine Blätter an den Bäumen wären, könnte man undeutlich das Meer ausmachen.

„Die Wetterfrösche haben sicher recht, dass ein Unwetter aufzieht", meinte Rikke und schirmte mit der Hand die Augen gegen die Sonne ab, als sie zum Horizont guckte.

„Das brauchen wir sicher auch bald."

Trotzdem mochte Silje es nicht, die fast dunkelviolette Wolkenformation zu sehen, die ihnen entgegentrieb. Sie hatte Angst vor Gewitter und es fiel ihr schwer, Anya zu trösten, die, falls das überhaupt möglich war, sich noch mehr fürchtete. Und nun hatte sie Tao nicht, um sie beide zu beruhigen.

Der Kaffeeduft hatte sich in der Küche ausgebreitet, als sie nach der Hausführung zurückkamen. Sie setzten sich auf die Barhocker an der Halbmauer, die die Küche und das Wohnzimmer teilte und als Theke fungierte. Sie konnten Anya und Marianna im Garten lachen und Angolo begeistert bellen hören.

„Sieht aus, als haben unsere Mädchen Spaß zusammen", meinte Silje. „Vielleicht sollte Anya doch einen Hund kriegen."

„Glaubst du, sie würde dann auch so eifrig mit ihm spielen?"

„Das weiß ich nicht, vielleicht würde es auch Alltag werden?"

Rikke nickte. „Tim will keine Haustiere haben, er sagt so klug, dass sie für die Kinder angeschafft werden, aber damit enden, die Tiere der Eltern zu werden. Aber Marianna liebt es, wenn Angolo zu Besuch kommt, sodass es keinen Kampf gibt, sie dazu zu bringen, mit ihm Gassi zu gehen. Es ist selten, dass wir ihn so lang am Stück haben. Obwohl er in Wirklichkeit der Hund meiner Mutter ist, ist Papa so vernarrt in Angolo, er kann fast nicht ohne ihn, "

„Warum passt ihr dann auf ihn auf? Sind sie verreist?"

„Nein." Rikke probierte den Kaffee. „Meine Mutter arbeitet ehrenamtlich bei der Dänischen Flüchtlingshilfe und sie haben einige Flüchtlinge bei sich aufgenommen."

„Sie sind Moslems." Silje nickte und verstand. „Es ist toll von ihnen, denen zu helfen, die nach Dänemark gekommen sind. Es ist auch großer Bedarf an Hilfe in den Ländern, aus denen sie flüchten. Wenn sie die nicht bekommen, wird sich nichts ändern."

„Nein, du hast recht, und du warst dort und hast es mit eigenen Augen gesehen. Erzähl mir von der Reise."

Rikke ließ es wie eine Urlaubsreise klingen, aber das war Silje gewohnt. Nicht viele verstanden, wie grenzüberschreitend es war, so viel Armut, Krankheit und Elend zu erleben. Es hautnah mitzubekommen, es zu riechen und zu fühlen. Nicht bloß auf Abstand durch einen Fernsehbildschirm zuzusehen. Sie erzählte von der Arbeit im Flüchtlingslager und den bescheidenen Verhältnissen, unter denen sie gewohnt und gelebt hatte - so sehr im Kontrast zu der Villa und dem Luxus, den ihr Alltag sonst bot. Zum Glück glitt das Gespräch natürlich in andere Themen über. Sie wollte am liebsten nicht darüber nachdenken, was sonst passiert war, und es gab so viel anderen Gesprächsstoff. Rikke frischte die alten Klassenkameraden für sie auf, an die sie sich nicht mehr erinnerte. Sie lachten wieder über die Lehrer, wenn ihnen deren Spitznamen einfielen, und plötzlich war sie froh darüber, dass Rikke gekommen war. Froh, dass sie Nachbarn waren. Sie kannte niemanden hier, abgesehen von ihren Eltern.

Marianna und Anya kamen einen Augenblick rein, um Limo zu trinken, und ab zurück in den Garten und zu dem Hund.

„Erzähl von deinem Vater", forderte Rikke sie auf, als die Mädchen lachend wieder in den Garten gerannt waren.

„Es geht ihm nicht so gut. Huntington. Ich bin gerade von einem Besuch im Krankenhaus heimgekommen, als ich euch getroffen habe."

„Tut mir leid, das zu hören, Silje. Das ist eine Scheißkrankheit. Aber ich meinte eigentlich deinen *richtigen* Vater. Du hast ihn doch gefunden, oder?“

Silje drehte den Becher und wusste nicht, wie viel sie erzählen sollte. Sie hatte die Frage beim ersten Mal bewusst missverstanden. Mit Rikke konnte man gut reden, aber ...

„Ja, er ist Arzt in dem Flüchtlingslager in Äthiopien. Er hilft den Kranken, und ...“

Ihr kam der Gedanke, dass sie ihn nie in Aktion gesehen hatte. Samanta arbeitete mit ihm zusammen. Sie hatte gesagt, er sei ein kompetenter Arzt.

„War es nicht merkwürdig, ihn zu treffen? Seht ihr euch ähnlich?“

„Ja, wir haben die gleiche Augenfarbe. Sie nennen ihn dort ‚Sämay'. Das bedeutet Himmel auf Amharisch.“

„Dann hat er ja auf jeden Fall schöne Augen. Seht ihr euch wieder? Zieht er nicht nach Dänemark, jetzt, wo er hier eine Tochter hat?“

Silje konnte nicht umhin, bitter zu lächeln. „Er ist Samenspender, Rikke. Er hat eine Menge Kinder auf der ganzen Welt. Aber er sagte, dass er mich eines Tages besuchen würde.“

Sie hoffte, Rikke bemerkte nicht, wie entsetzt sie bei dem Gedanken war. Als Tochter eines Polizisten tat sie es aber natürlich.

„Du wirkst nicht begeistert davon, stimmt etwas nicht?“

„Er hat sich entschieden, anonym zu sein, weil er nichts mit seinen Kindern zu tun haben wollte. Ich habe ja auch einen Vater. Einen guten Vater!“

„Klar, hast du das, Silje.“ Rikke legte eine Hand auf ihre, sie drückte sie leicht. „Sag, wenn ich dir irgendwie helfen kann, ja!“

Siljes Augen füllten sich mit Tränen und das Weinen drückte im Hals. Sie nickte und versuchte, die Sprache wiederzufinden. Es war peinlich zu weinen und Anya durfte es nicht sehen. Sie wollte Rikke so gerne erzählen, dass die beiden Mordopfer, die jeden einzelnen Tag in der Presse erwähnt wurden, ihre Halbgeschwister waren und dass sie Angst hatte. Angst davor, vielleicht die Nächste zu sein.

Beide zuckten zusammen, als plötzlich die Deckenlampen angingen. Eine smarte Technik, die Tao installiert hatte, damit das Licht von allein anging, wenn es dunkel wurde. Erschrocken schaute Silje auf die Uhr, aber so spät war es auch nicht. Die dunklen Wolken waren über die Villa gezogen und schlossen die Sonne aus.

„Wir sollten die Mädchen lieber reinholen, bevor es anfängt zu regnen!", sagte sie und stand auf.

Mit einem Mal wurde es draußen dunkel. Anya guckte hoch in die Wolken. Sie standen am Himmel wie eine Verdunkelungsgardine, die vor ein Fenster gezogen wurde.

„Wo ist Angolo?", rief sie Marianna zu.

„Da kommt er!"

Sie lachten beide, als der Hund mit dem Ball im Maul angelaufen kam, es sah so komisch aus. Die Ohren waren ganz angelegt. Angolo legte den Ball vor sie. Die Augen funkelten und bettelten darum weiterzuspielen. Sie tätschelte sein Fell und gab ihm einen Kuss auf die warme Schnauze, wofür sie ein nasses Schlecken zurückbekam.

„Ist er nicht bald müde? Vielleicht tut ihm sein kaputtes Bein weh, glaubst du nicht? Es gibt sicher auch bald Regen. Vielleicht Gewitter."

Marianna kam zu ihr und setzte sich neben Angolo ins Gras. Sie kraulte sein Fell, während sie zu ihr schaute. „Hast du Angst vor Gewitter?"

Anya nickte. Sie hasste Donner.

„Davor muss man keine Angst haben. Blitze sind toll."

Anya nickte wieder. Sie wollte ihrer neuen Freundin gegenüber kein Angsthase sein. Sie mochte sie gerne, obwohl sie älter war. Aber sie wusste es trotzdem besser. Die Blitze konnten einen treffen, sodass man in der Mitte gespalten wurde und auf der Stelle tot war. Sie hatte mal eine Kuh im Fernsehen gesehen, die vom Blitz getroffen wurde. Die Klauen waren komplett geschmolzen. Blitze steckten Häuser in Brand und man war nirgendwo in Sicherheit.

Marianna stand auf und nahm Angolo den Ball ab. Der Hund war sofort wieder bereit zu spielen.

„Es regnet ja noch nicht. Willst du werfen?"

Anya schaffte es nicht zu antworten, bevor Marianna ihn ihr zuwarf, und sie musste den vollgesabberten Ball fangen.

„Bäh!", rief sie und wischte die Hände an den Shorts ab. „Okay, dann noch ein Mal."

Angolo sprang schwanzwedelnd auf der Wiese herum und wartete auf den Ball, als sie ihn zum Wurf hob. Er flog zu hoch und in die Büsche bei der Garage. Der Hund jagte direkt hinterher. Sie wartete und schielte zum Himmel. Marianna setzte sich wieder ins Gras.

„Komm her, Angolo. Komm her, Angolo", sang Anya leise und hüpfte ungeduldig, wie wenn sie dringend musste. Sie musste nicht, aber sie wollte gerne rein zu ihrer Mutter, bevor die Blitze kamen.

„So lange braucht er normalerweise nicht, um den Ball zu holen", flüsterte sie. Sie wusste nicht, warum sie flüsterte.

„Der kommt gleich wieder", versicherte Marianna, stand aber trotzdem wieder auf und behielt die Büsche im Auge. Sie bewegten sich und Angolo fing an zu bellen, kam aber nicht. Sie gingen näher und riefen beide.

„Angolo! Angolo?"

Der Hund winselte, vielleicht war ihm etwas passiert. Anya drehte durch. Marianna lief ins Gebüsch. Außer Sicht. Dann wurde es wieder still.

Anya bekam Angst. „Marianna? Angolo?" Sie ging langsam näher und bahnte sich den Weg durch die Büsche. Sie hatten Dornen und piksten und rissen an ihren nackten Beinen.

„Wo seid ihr?" Sie war jetzt ängstlich und wütend. Wollte rein zu Mama und hatte gar keine Lust, geneckt zu werden. „Jetzt kommt raus, ja? Wir spielen doch nicht Verstecken!"

Sie war hinter der Garage angekommen. Da lag der Ball. Und da stand Marianna, wie versteinert, mit dem Rücken zu ihr. Vor ihr entdeckte Anya den Mann im Schatten. Er hatte Angolos Halsband gepackt und hielt ihn hoch, sodass er mit den Vorderbeinen nicht den Boden erreichen konnte. Er war kurz davor, erwürgt zu werden. War er schon tot? Die Zunge hing aus seinem Mund. Sie zuckte zusammen, als sie das Messer in der Hand des Mannes sah. Es war auf Angolos Hals gerichtet.

„Wenn ihr euch vom Fleck rührt oder den kleinsten Mucks von euch gebt, stirbt euer Köter, kapiert ihr das?", drohte er.

Anya hatte keinen Zweifel, dass er das ernst meinte, und nahm Mariannas Hand. Sie war ganz schlaff. Dann fing sie an zu weinen.

42

Endlich erlebte sie die hektische Aktivität, die sie bei den Zeitungsredaktionen vermisst hatte, in denen sie früher gearbeitet hatte. Die Stimmung, wenn das Adrenalin von allen Mitarbeitern dampfte, sie schwitzten und losschrieben, sodass die Luft mit den aufmunternden, klackenden Geräuschen der Tastaturen gefüllt war.

Sonst war die Redaktion von TV2 Ostjütland so gut wie menschenleer um diese Tageszeit, wo viele unterwegs waren, um Sendungen zu machen, und nur wenige Journalisten so leise schrieben, dass man kaum bemerkte, dass sie da waren. Heute waren alle Nachrichtenleute zusammengerufen worden, um über die Katastrophe zu berichten. Der Sendeplatz war für eine Sondersendung geräumt, die die Zuschauer über die aktuelle Lage informieren sollte.

Noa Maria war gerade von der Uniklinik in Skejby zurückgekommen, wo sie Ärzte interviewt und eine Reportage über die Quarantänestation gemacht hatte, die die vielen Angesteckten beherbergen sollte. Die Zahl war gestiegen, seit von kranken Asylbewerbern in den Zentren berichtet wurde.

„Warum sehen wir diese Fälle nur in Jütland?“ fragte der Chefredakteur mit rotem Kopf unter der Lampe, die sie hatten anschalten müssen wegen der Wolken, die ihnen trotz der großen Fenster der Redaktion die Sonne und das Licht weggenommen hatten. Irgendwie war es eine Erleichterung, da es die Temperatur ein wenig senkte, aber es lag auch eine Art Bedrohung darin, hatte Anne gedacht.

Sie wollte erneut ihren Verdacht über das Schiff der Hov Verbrennung äußern, das im Horsenser Hafen lag, als Giacomo endlich zurückrief. Sie hatte ihn nicht erreichen können.

„*Ciao*, Giacomo“, begrüßte sie ihn und zog ihren Notizblock zu sich. Die anderen am Tisch wurden still und lauschten, während sie Giacomo über die Katastrophe in Dänemark informierte. Sie hörte zu, nickte und notierte. Zum Schluss dankte sie ihm und musste erst mal ihren Atem unter Kontrolle bekommen.

„Ich hoffe, Anker Dahl überprüft die Hov Verbrennung. Die italienischen Behörden haben jetzt auch veröffentlicht, dass Migranten und Flüchtlinge an Bord des Schiffes waren und dass sie bereits tot waren, als das Schiff die Küste rammte. Sie starben alle an einem ansteckenden Virus. Sie wissen nicht, ob welche von den Toten Schleuser sind oder ob die es geschafft haben, das Schiff zu verlassen. Falls sie es getan haben, können sie den Infekt mit in ihre Länder gebracht haben. Aber das weiß man noch nicht.“

„Was ist mit denen, die die Toten auf dem Schiff gefunden haben?“, fragte Jytte ernst. Selbst das immer humorvolle Blitzen in ihren Augen war weg.

„Sie waren vorbereitet und hatten Schutzkleidung an, als sie an Bord gingen. Alle Toten wurden nach der Obduktion eingeäschert - auch wenn es im Islam verboten ist, die Leichen zu verbrennen.“

„Das gilt doch wohl auch für Katholiken?“, frage Bjarke.

„Jein, mittlerweile ist es auch erlaubt, sich für Einäscherung zu entscheiden, die Kirche empfiehlt aber immer noch das traditionelle Begräbnis“, informierte Anne.

„Die sozialen Medien werden zum reinen Selbstläufer", sagte Lars, der wie immer mit seinem Tablet dasaß und alles verfolgte, was sich auf diesen Plattformen abspielte. „Es gibt wilde Gerüchte darüber, dass es sich um Bio-Terrorismus handelt. Eine Zeitung schreibt, syrische Rebellen hätten einen Computer gefunden, der das bestätigt. Er soll der Terrorgruppe Islamischer Staat gehören. Die Mitglieder der DFD gehen richtig auf die Barrikaden, vielleicht verschafft ihnen das die Unterschriften, die ihnen bisher fehlten, um sich zur Wahl aufzustellen."

Jytte hielt einen Kugelschreiber hoch, um sich zu melden, während sie mit dem Daumen durch das Menü ihres Smartphones blätterte.

„Ich habe einen Termin mit einem Experten für biologischen Terror im Zentrum für Biologische Bereitschaft am Staatlichen Seruminstitut arrangiert. Diesen Blickwinkel sollten wir auch mit dabeihaben."

„Ja, gut, tu das." Der Chefredakteur deutete mit seinem durchgekauten Brillengestell auf Jytte.

„Und die Hov Verbrennung?", fragte Anne, die gerne die Meinung des Direktors über die Entwicklung hören wollte.

„Vielleicht weiß er nicht, dass seine Schiffe für Menschenschmuggel benutzt werden", schlug einer der Kameraleute vor.

„Das ist ja auch noch nicht entschieden. Was sagt die Polizei?" Die Brille wanderte zurück auf die Nase des Chefredakteurs.

„Ich bin mir sicher, dass Anker Dahl das weiterverfolgt. Die Südostjütländische Polizei war jedenfalls dabei zu untersuchen, welche Schiffe an dem Tag am Hafen angelegt haben", entgegnete Anne.

„Was ist mit den Mordfällen? Die Opfer sind offenbar Halbgeschwister?", fuhr der Chefredakteur fort und schaute Anne direkt an.

„Ja, und ich habe im Internet etwas Interessantes über Frederik Valbæk herausgefunden. Es hat sich herausgestellt, dass er sich in viele Datenbanken gehackt hat, nichts Ernstes, aber er hat im Netz damit angegeben, wie leicht das ist, und hatte verlauten lassen, dass er etwas Größeres probieren wollte. Obwohl ich das nirgendwo bestätigt bekommen habe, glaube ich, dass es ihm gelungen ist, in die Datenbank der Samenbank mit anonymen Samenspendern zu kommen."

„Diese Fähigkeit hätten viele Spenderkinder sicher gerne. Aber das wäre doch ein Mordmotiv? Vielleicht hat er etwas gefunden, was er nicht hätte finden sollen?", vermutete Jytte.

„Genau! Aber was ist dann mit Zuzanna? Warum wurde sie auch ermordet? Weil sie seine Halbschwester war?", fragte Anne.

„Hast du etwas über diese andere Halbschwester herausgefunden?"

„Silje Vuong? Ich habe sie auf dem Handy nicht erreichen können, aber ich versuche heute vorbeizufahren und zu schauen, ob ich mit ihr reden kann."

„Versuch das, Anne", beschloss der Chefredakteur.

Alle standen auf und verließen den Tisch. Die, die wegmussten, leerten die Kaffeebecher im Stehen, die anderen nahmen ihre mit zu ihren Plätzen vor den Computern. Anne setzte sich und schaute zu Jytte, die vertraulich mit dem Chefredakteur plauderte.

Währenddessen lief die Sendung mit August Strøm, Oberarzt und Experte für Epidemien, auf einem der Großbildschirme an der Wand. Jytte hatte ihn direkt aus dem Studio in Kopenhagen interviewt. Selbstverständlich hatten sie sich für ein Panoramabild von Kopenhagen hinter ihm entschieden. In Annes Augen wirkte er wie ein alternder, amerikanischer Senator mit dieser in Stahl gefassten Panto-Brille, die ihm ein intellektuelles und nachdenkliches Aussehen verlieh. Die Stimme war ruhig und die Worte wohlüberlegt: „Die Krankheit erschreckt natürlich viele, weil sie an Ebola erinnert, die eine hohe Sterblichkeitsrate und einen unangenehmen Tod zur Folge hat. Man verblutet innerlich. Aber sie ist nur ansteckend beim Kontakt mit Flüssigkeiten wie Schweiß, Erbrochenem oder Blut des Kranken. Würde die Ansteckung durch Wasserpartikel in der Luft übertragen, stünden wir einer weitaus größeren Bedrohung gegenüber."

Ob er ehrlich war oder schlicht beruhigen wollte, konnte Anne nicht durchschauen.

„Was ist mit einer Impfung?“, fragte Jytte den Experten.

„Das Labor ist dabei, einige Möglichkeiten auszutesten, ausgehend von der gleichen Theorie wie beim Ebola-Virus, nämlich, dass er sich an ein spezielles Protein namens NPC1 bindet, um die Opfer zu infizieren. Vielleicht wird man es mit der gleichen Impfung versuchen und sehen, was passiert.“

Dann sollten die sich lieber beeilen, dachte Anne, denn jetzt betrifft es den Westen. Ihrer Vermutung nach hätte eine Impfung gegen Ebola längst hergestellt worden sein können, wenn etwas früher ein Versuch unternommen worden wäre, aber solange nur die Afrikaner die Krankheit bekamen, hatte niemand Lust zu investieren. Das Gleiche galt für Aids. Die Afrikaner hatten die Krankheit viele Jahre lang gehabt mit großen Menschenverlusten, doch erst in den Achtzigern, als die Krankheit nach Großbritannien und die USA gekommen war und westliche Frauen, Kinder, Bluter und homosexuelle Männer betroffen waren, tat sich ernsthaft etwas, um ein Medikament herzustellen. Anne seufzte ein weiteres Mal über die Ungerechtigkeit der Welt.

Jytte kam zurückgehuscht.

„Saure-Gurken-Zeit“, flüsterte sie, als sie sich zu Anne beugte, um sich zu setzen. „Weißt du, wo diese Halbschwester wohnt?“

Anne nickte, sie hatte die Adresse herausgefunden.

„Was ist mit dem Spendervater, hast du seine Adresse auch?“

„Nein, sie haben ihn auf Facebook nicht namentlich erwähnt.“

„Den müssen wir auch finden!“, forderte Jytte sie auf. „Könnte er der Täter sein?“, fügte sie hinzu und fing an, das Interview mit dem Experten für Bioterrorismus vorzubereiten.

Anne warf einen Blick auf den finsteren Himmel. Es regnete noch nicht. Aber das konnte nicht mehr lange dauern. Sie nahm einen Regenschirm mit ins Auto und fuhr in Richtung Skåde Bakker.

43

Die Luft war verändert. Sie war so schwül und feucht, dass Anker Dahl fast nicht atmen konnte und sich fühlte, als sei er in eine kleine Kiste eingesperrt. Die dunkle Wolkenfront, die den Himmel bedeckte, verstärkte das Gefühl.

„Minna Johansen hat ein Motiv!", stellte Niels fest, als sie wieder im Auto saßen. „Zuzanna wollte ihr Geheimnis verraten und hat ihre Mutter mit ihrem Wissen erpresst. Frederik Valbæk war ebenfalls eine Bedrohung, da er das Geheimnis entdeckt hatte. Sie ist Arzthelferin, sie weiß, wie man einen vasovagalen Schock auslöst, außerdem passt sie zur Höhe und Breite des Täters." Er starrte fest überzeugt durch die Windschutzscheibe, die Hände entschlossen auf den Oberschenkeln zu Fäusten geballt.

„Hmm, wäre das Motiv ausreichend, um zwei Menschen zu erschlagen? Der eine war trotz allem ihre eigene Tochter. Und wir wissen ja auch nicht, ob Frederik Valbæk derjenige war, der den Spendervater gefunden hat."

„Nein, aber ihr Mann hätte sie verlassen."

„Vielleicht, ja. Aber trotzdem, Niels."

„Aber wer dann? Der Spendervater?"

„Er war auch enthüllt. Es gibt wohl einen Grund dafür, dass sich ein Mann entscheidet, ein anonymer Samenspender zu sein."

„Dann glaubst du also, er war es. Der Samenspender? Ihr Vater?"

„Ich glaube gar nichts, Niels. Aber lass uns das Ganze mal übergeordnet betrachten. Als du mit Frederik Valbæks Mutter gesprochen hast, erwähnte sie da, dass Frederik seinen Spendervater gefunden hatte?"

Niels schüttelte ein wenig resigniert den Kopf. „Nein, sie erwähnte auch nicht, dass er ein Spenderkind war. Sie war nicht gesund. Zu viele Zigaretten und Alkohol, glaube ich. Auf jeden Fall sagte sie, dass sie COPD, eine chronisch Lungenerkrankung, hat."

„Wir müssen wissen, wer der Spendervater ist. Der mit dem Kapuzenpullover?“

Er hörte sehr wohl, dass er mit dem Beamten sprach wie mit einem Kind auf Abwegen, aber Niels hatte oft die schlimme Neigung, sich in etwas zu verrennen und nicht weiterzudenken, hatte er festgestellt.

„Lass uns Frau Valbæk sofort einen Besuch abstatten. Wo wohnte sie doch gleich?“

Der Nydam Park mit der Aarhus Tech und Danmarks Radio als Nachbarn war ein typisches Exemplar des Wohnungsbaus aus den Sechzigern. Gelbe Ziegel und graue Betonbalkone. Åse Valbæk wohnte im Erdgeschoss. Es dauerte eine Weile, bis sie sich an der Gegensprechanlage zu erkennen gab.

„Was wollen Sie?“, fragte sie heiser und hustete.

„Entschuldigen Sie die Störung. Wir kommen von der Polizei Ostjütland. Es geht um Ihren Sohn Frederik.“

Es kam keine Antwort. Nur ein Summen der Tür machte ihnen klar, dass sie den Besuch akzeptierte.

Wieder mussten sie warten, als sie an ihre Tür geklopft hatten. Vielleicht wollte sie gerade noch aufräumen, bevor Besuch von den Ordnungshütern kam, dachte Anker Dahl. Endlich machte sie die Tür auf, so weit es die Sicherheitskette zuließ. Die Haare waren mittelblond und grau meliert, die Haut unter den Augen erinnerte an in Falten gelegte braune Gardinen und die Augen waren matt wie ein trüber See.

„Frederik ist nicht hier, er ist tot“, sagte sie scharf. Es klang, als wäre sie es gewohnt, dass die Polizei sie aufgrund ihres Sohnes aufsuchte. Aber er stand nicht in ihrem Strafregister.

„Ja. Darüber würden wir gerne mit Ihnen sprechen.“

Sie zeigten ihre ID durch den Türspalt. Åse schloss die Tür. Anker Dahl wartete auf das Geräusch einer rasselnden Kette, wenn sie aufschloss, aber das blieb aus. Er sah Niels vielsagend an und wollte gerade sein Klopfen an der Tür wiederholen, als sie wieder auf Kettenlänge geöffnet wurde. Dieses Mal hatte Frederiks Mutter eine Brille auf.

„Darf ich die Ausweise noch einmal sehen?“, fragte sie Achtung gebietend und sie mussten sie ein weiteres Mal aus der Tasche holen.

Die Tor ging zu, die Kette rasselte und sie öffnete ihnen. Der Geruch von Zigarettenrauch war so markant, dass Anker Dahl nach Luft schnappte, und die erste Eingebung war, ans Fenster zu stürzen, die orangefarbenen Vorhänge zurückzuziehen und die Fenster weit aufzureißen.

„Setzen Sie sich“, empfahl Åse und setzte sich selbst in den zerschlissensten Sessel in einer Sofagruppe in ansonsten gutem Zustand. Das dunkelbraune Leder sah fast neu aus. Sie drückte die Zigarette in einem vollen Aschenbecher auf dem Tisch aus. Sie setzten sich beide nebeneinander auf das Sofa ihr gegenüber. Sie fragte nicht einmal, ob sie den Mörder ihres Sohnes gefunden hatten.

„Zigarette?“

Sie nahm erst selbst eine aus der Packung und schmiss sie auf die blauen Keramikkacheln des Couchtisches, sodass sie direkt vor ihnen landete.

„Nein, danke“, antworteten sie unisono. Etwas anderes wurde ihnen nicht angeboten. Åse Valbæk zündete ihre grüne Cecil an und lehnte sich weit zurück in dem Sessel, als sollte sie einer Vorstellung beiwohnen, an die sie keine großen Erwartungen hatte. Der Rauch der Zigarette, die sie zwischen zwei nikotingelben Fingern hielt, stieg langsam zur Decke. Es war so still, dass man ihren keuchenden Atem hören konnte. Anker Dahl stellte sich vor, dass das hier ihr Alltag war. Dort im Sessel mit den Zigaretten als Gesellschaft vor dem Flachbildfernseher. Hier wurde das Leben gelebt. Es gab auch nicht viel mehr Platz, um sich zu entfalten. Die Wohnung war nur eine Einzimmerwohnung von etwa dreißig Quadratmetern, schätzte er. Neben dem Wohnzimmer war eine sehr kleine Küche, deren Tür offen stand, und hinter der geschlossenen Tür in dem kleinen, engen Flur, durch den sie hereingekommen waren, vermutete er ein Miniatur-Badezimmer. In der Ecke des Wohnzimmers stand eine zusammengeklappte Liege. Darauf schlief sie sicher.

„Ich will gleich zur Sache kommen. Während der Ermittlungen zum Mord an Ihrem Sohn haben wir erfahren, dass Frederik ein Spenderkind war."

Åse nickte nur, als ob das eine Selbstverständlichkeit sei.

„Das haben Sie nicht erwähnt, als ich vor einigen Tagen mit Ihnen sprach", warf Niels ihr vor.

„Warum sollte ich? Ist das denn so wichtig?"

„Vielleicht", übernahm Anker Dahl. „Kennen Sie den Namen des Vaters?"

Åse lachte. Die Zähne waren gepflegter, als man anhand des restlichen, verwahrlosten Körpers hätte annehmen sollen.

„Wir haben natürlich einen anonymen Samenspender benutzt. Da waren wir uns einig."

„Wir? Sie und Ihr Mann?"

„Mein Mann? *Ich* war der Mann in dieser Beziehung, obwohl ich das Kind bekommen habe. Ich hatte die Hosen an!"

Niels nickte, als sei das etwas, was er kannte, aber Anker Dahl hatte etwas anderes herausgehört.

„Sie waren also ein lesbisches Paar?"

Åse nickte wieder und starrte ausdruckslos auf die Zigarettenglut. „Wir wurden beide inseminiert. Nur bei mir hat es geklappt. Ich habe den Gewinn gezogen."

„Wo ist Ihre Partnerin jetzt?"

„Ja, wo ist sie? Sie ist abgehauen! Kinder waren ohnehin nicht ihr Ding, als es darauf ankam. Dabei war sie diejenige, die welche wollte. Man muss dazusagen, dass die Bedingungen damals besser waren." Sie gestikulierte mit den Armen wie eine bescheidene Präsentation ihres Heims. „Wir wohnten in einem feinen Reihenhaus in dem schönen Viertel draußen in Lystrup. Wir hatten beide gut bezahlte Jobs. Aber als sie abgehauen ist, konnte ich das mit einem Kind ja nicht ganz alleine stemmen. Und dann wurde ich obendrein noch krank und krankgeschrieben. Seitdem Frührentnerin. Das zu werden, war damals nicht so schwer wie heutzutage."

„Was ist mit Frederik? Wie alt war er, als Sie sich trennten?"

„Er war erst ein paar Jahre alt. Ja, ihn hatte ich dann ja am Hals, aber glücklicherweise war er ein sehr einfacher und selbstständiger Junge, er kam gut allein zurecht. In der Schule haben sie ihn als krank bezeichnet. Die Lehrer. Sie meinten, er wäre Autist. Das Einzige, worin er aufging, waren Computer. Die Programme. Oder das, was drinsteckt. Er konnte ‚hacken', wie er sagte." Sie lachte heiser. „Ich weiß es echt nicht. Ich verstehe von so etwas nichts. Er konnte einfach eine Menge mit diesem Computer, saß die ganze Zeit davor und nerdete damit. Aus ihm hätte sicher was Großes werden können, wenn er gewollt hätte. Na, aber als er ein bisschen älter war, erzählte ich ihm dann, dass ich lesbisch bin, erklärte ihm, was das bedeutete und dass er mithilfe eines anonymen Samenspenders entstanden war. Das schien damals für ihn völlig okay zu sein. Aber dann ganz plötzlich, als er 16 wurde, wollte er seinen Vater finden. Sagte, ihm fehle ein väterliches Vorbild."

Sie schüttelte den Kopf, als ob sie es nicht verstand, und hustete. Diesmal so heftig, dass sie nach Luft schnappen musste. Verzweifelt fingerte sie in ihrer Tasche, holte einen Inhalator heraus, nahm einen tiefen Zug und entspannte sich wieder.

„Hier ist ein schlechtes Raumklima. Aber daran wird jetzt was gemacht. Nächstes Jahr fangen die an, draußen zu renovieren, und der Wohnungsbauverein hat versprochen, dass es viel besser wird", sagte sie erleichtert.

Anker Dahl bezweifelte, dass das etwas ändern würde, es sei denn, man würde es absaugen wie in einer Verbrennungsanlage. Oder die Frau achtete auf ihren Körper und hörte mit Rauchen auf.

„Und dann ist es Ihrem Sohn also gelungen, seinen Vater zu finden? Wissen Sie, ob er Kontakt zu ihm aufgenommen hat?"

„Nein, wir redeten nicht mehr besonders viel miteinander. Er ist von zu Hause ausgezogen, bevor er 17 wurde. Erst in etwas WG-mäßiges, dann hat er dort ein Mädchen kennengelernt, sie sind zusammengezogen - und haben sich wieder getrennt. So läuft das doch immer. Er hat ein paar Mal den Job gewechselt, zuletzt lebte er von Sozialhilfe."

„Wie heißt Ihre Partnerin?"

„Meine Partnerin? Welche von denen?" Sie kicherte wie ein Schulmädchen.

Anker Dahl notierte sich, dass die Trauer darüber, ihren einzigen Sohn verloren zu haben, nichts war, was sie zur Schau stellte.

„Sie hat wohl einen Namen? Die, mit der Sie Frederik bekommen haben", griff Niels mit irritiertem Tonfall ein.

„Was hat sie damit zu tun? Sie kannte ihn ja nicht." Åse zuckte gleichgültig die Schultern. „Sie hieß Ilse. Ilse Iversen. Ich glaube, sie ist nach Norwegen oder Schweden gezogen, vielleicht Finnland."

Es sah immer noch aus, als amüsierte sie sich, als sie sich über den Tisch beugte und die Zigarette ausdrückte, bereit für die nächste.

„Mehr habe ich Ihnen nicht zu erzählen", schloss sie gespielt bedauernd und schaute sie danach an, um zu sagen, dass die Vorstellung vorbei sei.

Anker Dahl inhalierte die Luft mit Erleichterung, als er raus zum Auto kam, obwohl es nach Diesel roch von einem Stadtbus, der gerade von der Haltestelle abgefahren war.

Niels war auf dem Rückweg zum Polizeipräsidium schweigsam. Er saß tief in Gedanken versunken, die Augenbrauen zusammengezogen. Anker Dahl fragte sich, ob er wohl das Gleiche wie er selbst dachte. War der Husten der Frau nun durch COPD oder war sie infiziert? Ein großer Prozentsatz der Bewohner waren Einwanderer und deren Nachkommen. Einer von ihnen konnte mit dem kranken Flüchtling verwandt sein und sich vielleicht dort aufhalten. Der Nydam Park war einer der sogenannten sozialen Brennpunkte in Aarhus. Es war wohl deswegen, dass eine

Renovierungsvereinbarung mit der Gemeinde getroffen worden war, wie man es auch im Gellerupparken sah. Es konnte wie ein Versuch wirken, die Probleme zu kaschieren. Hatten die Umgebung und das Aussehen der Wohnungen in Wirklichkeit so viel zu sagen? Er war gespannt zu sehen, ob die Erwartungen an das Ergebnis erfüllt wurden. Er hoffte es.

„Dann war der Sohn offenbar ein Computernerd. Haben wir Meldungen über Hackerangriffe einer Samenbank bekommen?“, murmelte Niels, der sich einen Kaugummi in den Mund gesteckt hatte.

„Das kannst du ja untersuchen, wenn wir zurückkommen, aber es ist ja nicht sicher, dass es eine Samenbank in Aarhus ist.“

„Die weltgrößte liegt in Aarhus.“

„Dann fang damit an, dich bei denen umzuhören.“

Yazmin und Kim waren über ihre Computer gebeugt, als sie zurück ins Polizeipräsidium kamen.

„Gibt's was Neues?“, wollte Anker Dahl wissen und versuchte munter zu klingen, hörte jedoch selbst, wie sehr das misslang.

Kim sah zuerst von seinem Bildschirm auf. „Ich habe dir eine Mail von der Südostjütländischen Polizei weitergeleitet. Die Liste mit Schiffen, die im Industriehafen angelegt haben. Der Jachthafen ist ein bisschen umfangreicher, aber ob die wohl da angekommen sind?“

„Jemand hat sie vielleicht aus dem Meer aufgesammelt“, schlug Yazmin hinter ihrem Computerbildschirm vor.

„Steht die Hov Verbrennung auf der Liste?“, fragte Anker Dahl, der die Bemerkung der Journalistin von TV2 Ostjütland nicht aus dem Kopf bekam. Ihre Theorie war vielleicht glaubwürdig. Das Frachtschiff konnte Flüchtlinge an Bord gehabt haben, und der chemische Abfall war eine logische Erklärung für den Fund der Rechtsmedizinerin in den toten Körpern. Aber dann war auf jeden Fall etwas mit der Sicherheit im Argen.

„Ich meine, ja. Wieso fragst du?“

„Sorg dafür, dass der Verantwortliche für die Verbrennungsanlage zur Vernehmung kommt."

„Auf welcher Grundlage?", fragte Kim verwundert.

Anker Dahl lockerte den Schlips. Die Hitze war nicht auszuhalten. Nun durfte dieser sogenannte Blutregen ruhig endlich in die Gänge kommen.

„Sag einfach, wir würden gerne mit ihm reden."

Er schloss die Tür zu seinem Büro und nahm sich eine Flasche Mineralwasser, die noch von der morgendlichen Besprechung auf dem Tisch stand. Sie war lauwarm, aber das war egal. Er setzte sich und öffnete das Mailprogramm. Die Liste mit den Schiffen im Horsenser Industriehafen war schnell abgehandelt. Das Frachtschiff, *Zinaida*, kam - wie die Journalistin gesagt hatte - ganz richtig aus Algier. Selbstverständlich war es schon weitergefahren und sicher auch bereits in einem Hafen in einem anderen Land.

Er griff nach dem Telefon, als es klingelte, und klang vielleicht ein bisschen barsch mit seinem kurzen „Ja?"

„Anker Dahl?"

„Ja, Entschuldigung. Natalie ..."

„Ich habe gerade eine neue Analyse der DNA in den Mordfällen erhalten. Die Rechtsgenetische Abteilung hat die Profile der beiden Opfer und des mutmaßlichen Täters abgeglichen. Es hat sich herausgestellt, dass sie beide mit ihm verwandt sind. Er ist ihr Vater. Er ist der Samenspender. Das heißt, dass er auch Silje Vuongs Vater ist."

44

Es war still, als Roland etwas später als normal ins Büro kam. Amaal wollte nicht in die Schule und Irene hatte Hilfe von der persönlichen Vertreterin des Jungen hinzurufen müssen. Mette Birkelund Kusk hatte einen Dolmetscher dabei, aber Roland wusste nicht, ob es ihnen gelungen war, Amaal auf andere Gedanken zu bringen. Mette hatte versprochen, ihn zu fahren, falls sie es taten, sodass Roland nicht zu spät zur Arbeit kam.

Er hörte gedämpfte Stimmen aus dem Raum gegenüber. Alle waren dort drinnen vor einem Fernseher versammelt. Roland stellte sich diskret ganz nach hinten und schaute mit. Vielleicht hatten die anderen gar nicht bemerkt, dass er ausnahmsweise zu spät gekommen war.

Der Mann auf dem Bildschirm hatte eine seltsame Verteilung von Haarwuchs auf dem runden Kopf, weil der Scheitel nackt und glänzend war, während sich der kräftige Backenbart von den Ohren abwärts in einen gepflegten Vollbart ausbreitete. Mittendrin saß eine viereckige Brille mit grauem Gestell und unterbrach das Ganze. Er war unnatürlich gebräunt, was im Kontrast zu dem fast weißen Bart stand.

„Biologische Kriegsführung bedeutet den Einsatz von Bakterien, Viren und anderen krankheitserregenden Organismen oder Toxinen, die man in der Natur findet", vertiefte er. Es klang wie die Antwort auf eine zuvor gestellte Frage.

„Wer ist das?", flüsterte Roland Karina zu, die vor ihm stand.

Sie schaute ihn nicht einmal an, als sie antwortete, dass er Experte für biologischen Terror im Zentrum für Biologische Bereitschaft beim Staatlichen Seruminstitut sei.

„Wie sicher sind wir, dass wir uns nicht gerade in einer solchen Situation befinden?", fragte die Moderatorin.

„Es ist schwer, die Diskussionen zu bestätigen oder zu widerlegen, die im Augenblick in den sozialen Medien stattfinden. Keiner hat Verantwortung für einen eventuellen Terroranschlag übernommen, aber da Sie es gerade ansprechen: es ist jetzt notwendig, dass wir uns zukünftig auf diese neue Ära von Terrorismus vorbereiten, wo die Zivilbevölkerung das primäre Angriffsziel ist. Krankheiten, die man lange als mögliche Bedrohung wahrgenommen hat, sind unter anderem Ebola, Lungenpest, Cholera, Toxoplasmose und Pocken. Die Biowaffe kann heutzutage angesichts bekannter Krankheiten mit Techniken der Genverpflanzung effektiv entwickelt werden. Biologische Waffen sind einfach und billig herzustellen, sie erfordern keine großen Fabriken oder Atomanlagen, und die Sterblichkeit ist oft hoch."

„Wie können wir uns vorbereiten?"

„Das erfordert Schulungen an Allgemeinmedizinern, sodass sie eine präzise Diagnose und Behandlung gewährleisten können. Die meisten praktischen Ärzte kennen sich mit biologischen Kampfstoffen oder den Krankheiten, die sie hervorrufen können, nicht aus."

Schweißperlen waren kurz davor, auf seine glänzende Stirn zu laufen, und er trank aus dem Wasserglas und tupfte sich mit einem Taschentuch schnell über die Stirn, während er offenbar glaubte, die Kamera sei auf die Moderatorin gerichtet.

„Dann ist Dänemark für einen solchen Angriff überhaupt nicht gewappnet?"

Es gab keinen Zweifel, wohin die Moderatorin das Gespräch lenken wollte. Sensation und Katastrophe.

„Wir sollten uns jetzt nicht unnötig Sorgen machen", sagte der Experte mit einem müden Lächeln. „Zuerst sollten wir die Krankheit unter Kontrolle bringen und herausfinden, von welchem Virus oder welchen Viren die Rede ist und ob es sich überhaupt um Terror handelt. Anschließend geht es darum, ausreichend Antibiotika und Impfstoffe auf Lager zu haben."

„Ein Video-Blogger hat angedeutet, dass es bereits eine Impfung geben soll, aber so wenig davon, dass sie ‚wichtigen Personen' und denen, die es sich leisten können, vorbehalten sei. Aber ich werde Sie wohl nicht dazu bringen, das zu bestätigen?"

„Natürlich nicht. Wenn dieser Blogger recht hat, würde ich gerne hören, an welche Impfung er denkt. Leider gibt es keine. Unabhängig davon, ob es sich um Terror oder eine Epidemie handelt, stehen wir auf diesem Gebiet großen Herausforderungen gegenüber."

Roland schaute auf die Rücken der anderen und verstand nicht, dass für so etwas Zeit war. Wäre Viktor Enevoldsen nicht in Urlaub gewesen, hätte das sicher nicht stattgefunden.

„Das ist ja schrecklich! Ich habe mich heute gar nicht getraut, Oscar in den Kindergarten zu schicken, man weiß ja nie“, sagte Karina, die ihren Kaffeebecher mit beiden Händen umklammerte.

„Was ist denn passiert?“, fragte Roland und fühlte sich unwissend, als sich die anderen umdrehten und ihn erstaunt ansahen.

„Hast du das gar nicht gehört? Kriegst du nichts mit? Auf Facebook reden sie über nichts anderes mehr!“, wunderte sich Mark.

„Ich bin nicht bei Facebook“, gab er zu und lächelte sanft, wie wenn Rikke und Olivia ihm das vorwarfen. Besonders Olivia, die in Rom wohnte und meinte, sie könnten viel besser miteinander kommunizieren, wenn er bei Facebook wäre, und er könnte Fotos der Zwillinge sehen, die sie kontinuierlich aktualisierte. Nun war es fast, als ob man weder in der Politik noch in den täglichen Nachrichten auf dem Laufenden bleiben konnte, wenn man nicht bei Facebook war.

„Ein tödlicher Virus ist nach Dänemark gekommen. Es kursieren Gerüchte, dass es ein Terroranschlag ist. Ein Teenager aus Aarhus hat sich im Zug aus Horsens angesteckt und ist gestorben. Viele sind in der Uniklinik in Skejby in Quarantäne“, erklärte Karina.

Ihm wurde bewusst, wie isoliert er mittlerweile lebte, und dass es lange her war, dass er zuletzt Nachrichten im Radio gehört oder ferngesehen hatte. Irene war der Meinung, sie sollten sich nichts angucken, was die Gäste nicht verstanden, und schon gar nicht mit all den furchtbaren Bildern, die es zurzeit gerade über Flüchtlinge gab. Daher lief im Fernseher, wenn er denn mal an war, ein arabischer Sender. Er lebte bald selbst wie ein Moslem. Kein Alkohol, keine Frikadellen, Leberpastete oder Koteletts. Kein Zugang zur Waschküche, wo die Gebetsteppiche lagen und nicht beschmutzt werden durften. Kein Angolo zum Spielen, Kuscheln und Gassi gehen. Heute Morgen hatte er auf dem Weg hierher keine Nachrichten gehört, obwohl Amaal nicht mit im Auto gesessen hatte, weil er dafür zu spät dran war. Er hatte es vor lauter Gedanken und Gefühlen, die in ihm tobten, völlig vergessen.

„Sie suchen zwei Männer, von denen sie meinen, sie könnten die Infektion verbreitet haben. Sie haben den Zug von Horsens nach Aarhus genommen, daher weiß man noch nicht, wie viele wirklich infiziert sind“, fuhr Karina aufgeregt fort. „Ein dritter Mann wurde tot auf Samsø gefunden. Sie wissen immer noch nicht, ob er etwas mit den anderen beiden zu tun hat, aber die Polizei ist dran herauszufinden, wie sie ins Land gekommen sind”, ergänzte Mark und ging zurück ins Büro. Roland ging mit. Er schenkte Kaffee in seinen Becher. Auch das hatte er zu Hause nicht geschafft.

„Ins Land gekommen, meinst du, dass es ...“

Mark nickte. „Ja, sie meinen, es sind Flüchtlinge, die die Infektion eingeschleppt haben. Daraus sind die Gerüchte um Terror entstanden.“

Roland setzte sich und schaltete den Computer an. Das erste Normale, was an diesem Morgen passierte.

„Aber die Empfangszentren müssen doch dafür sorgen, dass niemand mit ansteckenden Krankheiten über die Grenzen kommt.“

„Was sollen die machen, Roland? Gerade herrscht großer Druck, der größte seit dem zweiten Weltkrieg, und viele Asylbewerber und Migranten weigern sich, sich auf dem Weg durch Europa registrieren und untersuchen zu lassen, aufgrund der Dublin-Verordnung, die bedeutet, dass ihr Fall in dem Land verhandelt werden muss, in dem sie registriert werden. Wie viele man hier wohl illegal finden mag?“, fragte Mark.

Das Hemd klebte an Rolands Rücken. Er stand auf und öffnete das Fenster. Es waren nicht so viele Menschen auf dem Weg in den und aus dem Bahnhof wie sonst. War es die Bedrohung eines tödlichen Virus, der die Leute zu Hause hielt? Er schaute in die Wolken.

„Was glaubst du, Mark?“, fragte er mit dem Rücken zu seinem Kollegen.

„Ich glaube nicht richtig an diese Terrortheorie, das ist zu mühsam, zu gefährlich, selbst für die Terroristen und ein zu langwieriges Projekt. Die haben ja keine Kontrolle darüber, wie viele infiziert werden und wer. Da gibt es leichtere Methoden wie zum Beispiel unser Trinkwasser zu vergiften oder ein kleines Flugzeug oder eine Drohne mit einer Ladung ansteckender Viren über die Großstädte zu schicken."

Roland schaute nochmal in die Wolken, sie hatten einen seltsamen rötlichen Schimmer. Nur ein Schwarm Möwen kreiste dort oben, als ob sie nicht wussten, wo sie Zuflucht suchen sollten. Es war ganz sicher ein Unwetter im Anmarsch. Ein Rieseln den Rücken hinunter zog ihn vom Fenster weg.

„Ich muss gehen, Mark", sagte er und eilte aus der Tür.

45

Silje rief wieder nach Anya, dieses Mal noch lauter, aber immer noch keine Antwort. Die Mädchen waren nicht im Garten. Der Hund auch nicht. Sie versuchte, Mariannas Namen zu rufen, was Rikke dazu brachte, ans Panoramafenster zu kommen und rauszuschauen.

„Was ist?", rief sie.

„Sie sind nicht hier! Wo sind sie? Anya ist noch nie irgendwohin gegangen, ohne es zu sagen."

„Marianna auch nicht", rief Rikke entrüstet zurück, als ob Silje Marianna verdächtigte, das zu tun, und Rikke fasste es als Kritik an ihrer Kindererziehung auf.

Große Regentropfen begannen zu fallen. Einer traf Siljes Arm. Es sah wie ein rostroter Blutstropfen aus. Wie ein Vorzeichen. Sie hatte Angst und ihr Herz klopfte so heftig, dass es von innen gegen die Rippen trommelte.

„Anya!", rief sie erneut, so laut sie konnte. Sie ging über den Rasen und zu den hohen Birken. Hier war auch niemand. Panik ergriff sie. „Anyaaa!", schrie sie.

Sie war auf dem Weg zur Garage, als sie registrierte, dass Rikke ans Fenster zum Garten klopfte. Es ging vom Boden bis zur Decke und sie konnte Rikke in voller Größe sehen. Sie hämmerte mit beiden Händen gegen die Scheibe.

„Silje!", rief sie mit einer merkwürdig heiseren Stimme. Warum kam sie nicht einfach raus? Weil es regnete? Sie könnte wenigstens suchen helfen. Dann erkannte sie, dass Rikke nicht alleine war. Die Mädchen waren drin, das wollte sie ihr also mitteilen. Sie rannte los und rutschte beinahe auf dem glatten Rasen aus, der nass von dem nun stärker werdenden Regen war.

„Ah, Gott sei Dank, sind sie beide …", schaffte sie zu sagen, bevor sie bemerkte, dass es nicht die Mädchen waren, mit denen Rikke zusammen war. Das krumme Messer, mit dem er die Mango geschält hatte, als sie ihn zuletzt gesehen hatte, lag an Rikkes Hals. Mit der linken Hand hatte er ihren Nacken gepackt, sodass Daumen und Mittelfinger auf der jeweiligen Seite des Halses auf einen Punkt drückten.

Silje stoppte abrupt, wie wenn eine kurze Leine sie zum Stehen gebracht hätte.

„Entschuldigung, Silje, er …", stammelte Rikke mit Tränen in den Augen, verstummte aber, als das Messer fester an die Haut gepresst wurde. Ihr Kopf war nach hinten gebeugt, um der scharfen Schneide des Messers auszuweichen, der Kehlkopf trat hervor und die Pulsadern pochten daneben. Das war das Einzige, was Silje jetzt gerade mitbekam.

„Weißt du, was passiert, wenn ich hier am Hals deiner Freundin zudrücke?", fragte er.

Blutflecken waren auf seinem T-Shirt und an seiner Hand, aber die schienen nicht von Rikke zu stammen.

„Wo ist Anya? Wo ist meine Tochter!", rief sie mit einer Stimme, die völlig außer Kontrolle war.

„Du weißt es also nicht? Sie stirbt sofort. Es wird wie ein Herzinfarkt aussehen. Wir wollen doch nicht zu viel Blut haben, oder?"

„Warum tust du das?"

„Du hättest keine Gäste einladen sollen. Schon gar nicht einen Köter, der mein Versteck aufgestöbert hat. Wir beide hätten es uns allein gemütlich machen sollen. Ein bisschen Vater-Tochter-Zeit miteinander verbringen."

Siljes Blick glitt hinaus in den Regen und hinüber zu den Büschen um die Garage. Dort hatte sie den Hund zuletzt hinlaufen sehen. Er war die ganze Zeit hier gewesen. Hatte sich sicher in Taos Schuppen hinter der Garage versteckt und gewartet. Gewartet, bis sie allein war. Heute sollte *sie* sterben.

„Wo sind meine Tochter und Marianna?", fragte sie wieder und kämpfte darum, nicht hysterisch zu klingen.

„Wie ich sagte, sie hätten nicht hier sein sollen."

„Du kommst damit nicht ungeschoren davon. Du hast es hier mit der Tochter und der Enkelin eines Polizisten zu tun. Weißt du das?"

Ihre Beine zitterten. Er war ihr Vater. Sie teilten Blut und Gene. Es musste eine Möglichkeit geben, zu ihm durchzudringen.

Er zog Rikke rückwärts mit sich, die Finger immer noch an ihren Hals gepresst. „Wer ist dein Vater?", flüsterte er Rikke ins Ohr. Das Messer wurde fester an ihre Kehle gepresst.

„Rolando … Roland Benito", antwortete sie heiser.

Ein Lächeln glitt über seine Lippen. Er war hübsch, wenn er lächelte. Sie war so stolz darauf gewesen, dass dieser Mann mit den tollen blauen Augen ihr Vater war.

„Benito", wiederholte er, als wäre es ein lange vermisster Name. „Er hat mit dabei geholfen, den *Afrikaner* zu beseitigen, meine Plage von bösem Stiefvater." Das Lächeln verschwand wieder. „Kommt mit, aber beruhig dich. Du weißt, dass ich das hier gerne benutze, stimmt's?" Er wedelte mit dem Messer vor Siljes Gesicht.

Sie folgte ihm zögernd. Versuchte auszurechnen, was seine Pläne waren. Rikke war im Weg gewesen. Er hatte nicht gewusst, dass sie auch im Haus war.

Er blieb vor einer geschlossenen Tür stehen. „Ist hier das Bad?"

Mehr als ein Nicken gelang ihr nicht als Antwort.

„Mach auf."

Verängstigt gehorchte sie. Er zog Rikke mit sich ins Badezimmer und verstärkte langsam den Griff um ihren Hals, dann ließ er sie los. Silje sah noch, wie sie auf die Fliesen fiel und leblos liegen blieb, bevor er die Tür zumachte, sie abschloss und den Schlüssel in die Hosentasche steckte.

Silje schnappte vor Angst nach Luft. Rikke war tot. Genau wie Zuzanna und Frederik. Und was war mit den beiden Mädchen und dem Hund passiert? Die Tränen verschleierten ihren Blick. Sie versuchte sie wegzublinzeln.

„Endlich allein mit meiner Tochter", sagte er und kam näher.

Silje wich vor ihm zurück. „Wieso kannst du uns nicht einfach in Frieden lassen?", flehte sie tränenerstickt.

„*Du* hast mich aufgesucht. Denk daran! Das war ein Fehler, mein Mädchen. Ein großer Fehler. *Ihr* wart diejenigen, die *mich* nicht in Frieden lassen wollten."

„Du bist unser Vater! Warum bist du Spender, wenn du nichts mit deinen Kindern zu tun haben willst?"

„Geld, mein Schatz. Das war, als ich jung war. Ich brauchte Geld, um mein Medizinstudium zu beenden. Meine Mutter …" Er lachte plötzlich. „Deine Oma - stell dir mal vor - war Krankenschwester. Das Schicksal der Frauen in unserer Familie wiederholt sich."

„Was … was meinst du?"

„Sie wurde auch getötet. Ermordet. Fünfundzwanzig Jahre lang in einem Moor versteckt!"

Silje fiel fast rückwärts über den Rand der kleinen Treppenstufe hoch zur Küche, die sie erreicht hatte. Der Regen peitschte gegen das große Fenster zum Garten und hinterließ rötliche Streifen auf der Scheibe.

„Willst du mir nicht erzählen, was du mit Anya gemacht hast? Sie ist deine Enkelin. Denk daran."

„Wenn ihr nicht mein Leben aufgemischt hättet, hätte ich in Afrika leben können, ohne mich um eures zu kümmern. Das wäre mir am liebsten gewesen. Alle glaubten, ich wäre tot. Du bist trotzdem zur Polizei gegangen und hast mich verraten!"

Das Messer kam näher. Die Mauer hinter den Barhockern traf ihren Rücken kalt und hart und brachte sie zum Stehen.

„Ich habe nichts gesagt", weinte sie. „Das schwöre ich. Sag mir jetzt, wo Anya ist. Wir sagen nichts. Nie und nimmer!"

Er schüttelte den Kopf. Die Spitze des krummen Messers berührte sie unterm Kinn und zwang sie, zu ihm hochzuschauen.

„Wirklich zu schade. Du hast einen hübschen, schlanken Hals und sehr schöne Augen. Ich wünschte, ich könnte dir vertrauen."

„Das kannst du. Das kannst du, Vater", schluchzte sie und hoffte, es würde helfen, ihn an ihr gemeinsames Band zu erinnern. Ein Band, das unzerstörbar sein musste.

Er legte die andere Hand hinter ihren Nacken. Sie war warm und weich. Die Hand eines Arztes, die heilen sollte. Es hätte angenehm sein können. Machtlos schloss sie die Augen und stellte sich vor, dass es das war. Als er leicht drückte, wurde ihr schwindelig. Dann spürte sie die kalten Stahlbeine des Barhockers an ihrer Hand. Sie schloss die Finger darum, hob ihn mit unerwarteten Kräften hoch und schwang den Stuhl in Richtung seines Kopfes. Das Messer fiel aus seiner Hand und klirrte über den weiß lackierten Holzboden. Überrumpelt schwankte er zurück. Sie nutzte die Chance und lief zu den Panoramafenstern. Ein Druck auf einen Schalter an der Wand öffnete die Terrassentür. Sie stürzte atemlos hinaus in den Regen, der kalt auf ihre nackten Schultern und Arme traf. Hier draußen hatten sich bereits kleine Pfützen gebildet. Sie erinnerten an die in Äthiopien. Die gleiche rötliche Farbe. Der Regen, auf den sie so lange gewartet hatten, war endlich gekommen. Wie hatten sie ihn im Radio noch gleich genannt?

Beim ersten Mal, als er ihren Arm packte, glitt er aus seiner Hand, weil er nass war. Sie wankte weiter. Beim zweiten Mal erwischte er auch ihre Haare. Sie rutschte mit ihren Sandalen auf dem nassen Untergrund weg. Mit ihrer Wange knallte auf die nassen Fliesen und eine Sekunde wurde ihr schwarz vor Augen. Ein Blutrinnsal lief aus ihrer Nase. Es schlängelte sich und mischte sich auf den weißen Terrassenplatten mit dem rostfarbenen Regenwasser. Blut ist dicker als Wasser, dachte sie. Dann war er über ihr. Seine Hand lag wieder warm auf ihrem Nacken wie eine liebevolle väterliche Geste. Die Finger begannen vorsichtig zuzudrücken, als hätte er Zweifel, ob er das wollte. Das Sehvermögen verschwand nach und nach in einem flimmernden Nebel. Sie spürte, wie die Regentropfen schwer und kühl ihr Gesicht trafen. Dann erinnerte sie sich: Blutregen. Seine Finger drückten zu.

46

Die Scheibenwischer kamen nicht hinterher. Die roten Sandpartikel blieben am Rand der Wischerblätter hängen und Roland fürchtete, sie könnten die Scheibe verkratzen. Aber war das nicht einfach nur sehr feiner Staub? Normalerweise freute er sich über die kleinen Wunder der Natur, wie Sand aus der Sahara in unseren Breitengraden. Aber jetzt war an anderes zu denken. Wie zum Beispiel, warum Irene nicht an ihr Handy ging.

Er bog mit viel zu hohem Tempo in die Einfahrt. Seine Angst beeinflusste das Urteilsvermögen, aber er schaffte es gerade noch, auf die Bremse zu gehen, als er in dem dichten Regen etwas vor sich registrierte. Es saß zusammengekauert mitten in der Einfahrt mit klatschnassem Fell, das an dem zitternden Körper klebte, und winselte leise. Er hörte es erst, als er aus dem Auto sprang und hinlief.

„Angolo! Kleiner Angolo, was ist denn passiert?"

Die Wiedersehensfreude war auf beiden Seiten gleich groß. Trotz deutlicher Schmerzen versuchte der Schäferhund, ihm das Gesicht abzuschlecken und den Hinterkörper zu heben, um mit dem Schwanz zu wedeln.

„Komm mit rein, du sollst doch nicht hier sitzen und frieren. *Wir* wohnen hier!", sagte er plötzlich wütend.Im Flur rief er nach Irene, aber das Haus war still. Kein Geruch nach Linsensuppe und fremden Kräutern, keine arabische Musik.

Er zog den Hund mit in die Waschküche und strich das Wasser aus seinem Fell. Es kam Blut an seine Hände und das stammte definitiv nicht von dem Blutregen. Angolo war verletzt.

„Wo bist du denn reingerannt? Bist du etwa Rikke ausgebüxt?“, plauderte er beruhigend und wusste, dass Angolo alles verstand. Er leckte ihm die Stirn, als Roland sich nach unten beugte, um die Wunde in Augenschein zu nehmen. Sie war am Hals. Sie blutete nicht mehr und er schätzte, sie war oberflächlich. Dann meldete sich eine neue Angst. War Rikke oder Marianna etwas passiert? Vielleicht beiden. Und wo war Irene? Wie ein Wirbelwind rannte er durchs Haus. In die Küche, ins Bad, das Wohnzimmer, die Treppe hoch in den ersten Stock, öffnete die Türen zu allen Zimmern, aber hier war keine Menschenseele. Zurück in die Küche, wo Irene auf die Idee gekommen sein könnte, einen Zettel zu hinterlassen, wenn sie ihn nicht hatte erreichen können. Auf dem Tisch standen fünf benutzte Tassen, aber ein Zettel lag dort nicht.

Mit zitternden Händen ging er vergeblich sein Handy nach unbeantworteten Anrufen durch, während er Angolo im Auge behielt, der sich, den Kopf auf den Vorderpfoten, auf einen der Gebetsteppiche gelegt hatte. Er winselte immer noch leise. Ihre Augen trafen sich und Roland wusste, dass irgendetwas nicht stimmte. Und zwar ganz und gar nicht.

Er tippte Rikkes Nummer zwei Mal ein und ließ es klingeln, bis die Mailbox ranging. Dann versuchte er es auf Tims Handy. Zum Glück meldete er sich sofort.

„Nein, ich weiß nicht, wo sie sind. Ich bin auf einer Fortbildung in Kopenhagen“, antwortete er zwischen Lärm von Musik und sich laut unterhaltenden Leuten. „Sind sie nicht einfach mit dem Hund draußen?“

„Nein, denn er …“ Roland schwieg, es gab keinen Grund, Tim -möglicherweise unnötig- zu beunruhigen, wenn er so weit weg von zu Hause war.

„Vielleicht besuchen sie ihre alte Klassenkameradin. Sie hat davon gesprochen, dass sie das an einem der Tage machen wollte.

Sie wohnt ja nicht so weit von uns", fuhr Tim fort. Irgendjemand brach im Hintergrund in lautes Gelächter aus.

„Silje?", fragte Roland. Er erinnerte sich gut an sie von als Kind. Ein hübsches kleines Mädchen war sie gewesen, wohlerzogen und immer nett, wenn sie zu ihnen kam. Tim bestätigte.

„Du hast nicht zufällig ihre Telefonnummer?"

„Leider nicht, Rolando. Es ist doch wohl nichts passiert?"

„Nein, nein. Mach dir keinen Kopf, Tim."

Er dankte seinem Schwiegersohn und wünschte ihm eine gute Fortbildung. Hoffte, er hatte seiner Stimme nicht angehört, wie nervös er war. Aber bei dem Schwiegersohn klang es, als würden ein paar Drinks gekippt und der Lärm im Hintergrund hatte es hoffentlich auch verhindert.

„Komm, Angolo. Kannst du laufen oder soll ich dich tragen?"

Angolo stand auf und die Körpersprache war deutlich genug. Roland hob ihn hoch in seine Arme. Das war nicht mehr passiert, seit er ein Welpe gewesen war, und seit damals waren ein paar Kilo dazugekommen. Das Fell roch nach nassem Hund; seine Jacke und sein Hemd wurden schmutzig, aber Roland dachte an nichts anderes als daran herauszufinden, was in seiner Familie vor sich ging. Vielleicht war Irene bei Rikke, wenn etwas passiert war. Gott bewahre! Aber wo waren dann die Gäste? Was war mit dem Virus und der Ansteckung, die auch drohte? Ihm fiel auf, dass er in seinem Leben noch nie so viel Angst gehabt hatte. Vielleicht noch an dem Abend, als er vom Polizeipräsidium heimkam, der Krankenwagen auf dem Hof gestanden hatte und dann mit Irene wegfuhr.

Er legte Angolo auf eine Decke auf dem Rücksitz. Anschließend würde er zum Tierarzt fahren, doch das musste warten.

Rikke hatte erzählt, dass Silje in der schicken Designervilla am Wald wohnte. Er brauchte nur fünf Minuten nach Skåde Bakker. Der Regen hatte nachgelassen, als er vor der Villa parkte. Er vergewisserte sich, dass Angolo okay war, und stieg aus in die Wasserpfützen. Blieb kurz stehen und guckte zur Villa. Teuer und prachtvoll sah sie aus mit klaren Linien und viereckigen Formen.

Da wohnte jemand, der es sich leisten konnte. Das Licht brannte in den riesigen Panoramafenstern, die zum Garten rausgingen, also waren sie offenbar zu Hause.

Roland klingelte. Er konnte nicht hören, ob die Türklingel funktionierte. Die Isolierung war so gut, dass kein Laut nach außen drang. Er ging zur Fensterfront und schaute hinein. Die Inneneinrichtung war in klassischem Weiß gehalten. An einem sonnigen Tag musste man auch drinnen eine Sonnenbrille tragen. Drei hohe Barhocker in schwarzem Leder und blankem Stahl hoben sich vor einer Halbmauer ab. Aber er konnte niemanden sehen. Tatsächlich sah die Villa fast unbewohnt aus. Auf dem Boden direkt vor dem Fenster bei der Mauer war Wasser. Es musste Regenwasser sein, denn eine feine Schicht rostroter Sahara-Sand lag darin. Das Fenster war auch eine Schiebetür zur Terrasse, bemerkte er, und es war nicht ganz geschlossen, da es reinregnete.

„Hallo!", rief er durch den Spalt. „Ist da jemand?"

Niemand antwortete.

Er schaute zurück und über den Garten. Es gab einen riesigen, gepflegten Rasen und ganz unten eine Garage. Angolo hatte sich im Auto aufgesetzt. Er bellte. Gott sei Dank, dann ging es ihm nicht allzu schlecht. Dann sah er den Fleck am Glas auf der Innenseite der Terrassentür. Er hatte keinerlei Zweifel. Es war Blut. Ein blutiger Fingerabdruck. Er versuchte, die Tür zur Seite zu ziehen, aber sie saß zu fest und es gab keinen Griff. Drinnen an der Wand war ein Doppelschalter, auf dem ‚Terrassentür' stand. Er steckte die flache Hand durch, erreichte den Schalter jedoch nicht. Er zwängte die Hand weiter durch den Spalt und wusste, dass er jetzt festsaß, wenn es nicht klappte. Die Frage war auch, welcher der beiden Knöpfe die Tür öffnete. Ging sie stattdessen zu, verlor er vielleicht die Hand. Die Spitze des Mittelfingers kam gerade so ran. Er drückte und die Tür klemmte noch mehr; das war die falsche Richtung. Glücklicherweise gab es einen automatischen Sicherheitsstopp, wenn etwas dazwischengeriet, sodass die Tür von selbst anhielt. Aber jetzt steckte die Hand gnadenlos fest. Er bewegte die

Finger, erreichte den anderen Knopf und drückte noch einmal. Zu seiner Erleichterung glitt die Glastür beinahe lautlos auf.

Das war kein Haus, das er normalerweise mit nassen Schuhen betreten würde. Der weiß lackierte Fußboden verbat es, aber an gute Erziehung zu denken- dazu war jetzt keine Zeit. Er rief erneut und blickte die Treppe zum ersten Stock hoch. An der Wand entlang war eine Empore, aber keiner zu sehen. Vielleicht konnten sie ihn nicht hören, wenn sie oben waren. Vielleicht hatten sie es sich im Schlafzimmer gemütlich gemacht. Was machte er? Ein neuer blutiger Abdruck auf dem Stahlgeländer der Treppe, für ein ungeübtes Auge fast nicht sichtbar, trieb ihn weiter und die Treppe hoch. Die Türen waren schwarz lackiert; oben gab es drei Zimmer. Er klopfte an die erste und öffnete sie, als keine Antwort kam. Es war ein Mädchenzimmer. Eine Menge Farben, Puppen und Teddys und ein riesiges Puppenhaus mitten auf dem Fußboden, das alles andere als Design-Stil war. Rikke hatte auch erwähnt, dass Silje mit einem Vietnamesen verheiratet war und sie eine hübsche Tochter fast im gleichen Alter wie Marianna hatten. Er schloss die Tür und schob die nächste auf, die nicht ganz zu war. Es sah aus wie ein Arbeitszimmer mit einem Apple-Laptop auf dem Schreibtisch und schwarzen Ordnern in weißen Regalen. Die nächste Tür musste das Schlafzimmer sein. Er zögerte ein wenig. Sie war auch nur angelehnt, trotzdem klopfte er schnell an. Es kam keine Antwort und kein Laut, daher wagte er es, sie ganz aufzuschieben.

Im Bett lag eine Frau. Er war kurz davor umzudrehen und wieder zu gehen, als er sah, dass sie schlief. Wieder fragte er sich, was er hier machte. In das Haus fremder Menschen einzudringen wie ein Einbrecher. Und welches Motiv hatte er eigentlich? Das Blut? Jemand konnte sich einfach in den Finger geschnitten haben. Dennoch ging er vorsichtig näher. Irgendetwas war mit ihr. Er hatte so viele Tote gesehen, dass er keinen Zweifel hatte. Es war etwas an der Haut und den Lippen. Als ob man dort sehen konnte, dass der Körper nicht mehr atmete. Sie lag auf der Seite, die eine Hand ruhte entspannt auf dem Kissen. So wie man oft lag, wenn man schlief, und hätte er nicht mit zwei Fingern an der Halsschlagader gespürt, dass es keinen Puls gab, hätte er sich leicht davon täuschen lassen. Ihre Haare waren nass.

Er kramte in seiner Tasche und bemerkte, dass er sein Handy auf dem Beifahrersitz des Autos vergessen hatte. Hundegebell drang durch das offene Fenster zu ihm. Er schaute hinaus auf die hohen Birken im Garten und den Rasen. Das Garagendach. Angolo war im Auto völlig ausgerastet. Er sprang gegen die Scheiben und bellte wie ein Verrückter. Es sah ihm nicht ähnlich, sich so aufzuführen. Roland rannte nach unten, und versuchte, eine Erklärung für all diese Ereignisse zu finden. Natürlich hatte er von den Morden an den beiden jungen Menschen gelesen, die auch Isabella erwähnt hatte. War der Mörder hier gewesen? Aber wo waren Siljes Mann und Tochter - und seine eigene und Marianna? Der Puls pochte in den Ohren.

„Rikke! Marianna!", rief er, als er wieder im Erdgeschoss war. Es gab nur eine Tür, als er die Klinke herunterdrückte, war sie abgeschlossen. Er hämmerte mit geballten Fäusten dagegen. „Macht auf da drinnen!"

Er nahm Anlauf und legte alle Kräfte darein, die Tür mit der Schulter zu öffnen, doch sie gab keinen Millimeter nach. Neue, solide Bauweise. Er ging in die Hocke und schaute durchs Schlüsselloch. Von innen steckte kein Schlüssel, aber er konnte niemanden drinnen sehen. Wo zum Teufel war dieser Schlüssel? Seine Schulter tat weh, er gab die solide Tür auf und lief stattdessen zu den Küchenschubladen, zog sie eine nach der anderen heraus, um ein geeignetes Werkzeug zu finden. Zwei Fleischspieße mussten als Dietrich herhalten. Er fummelte lange damit im Schloss, bis er das Klicken hörte und die Tür öffnen konnte. Drinnen trat er beinahe in Erbrochenes.

Sie saß mit angezogenen Beinen in der Duschnische, das Gesicht in den Armen verborgen. Sie schaute nicht hoch zu ihm, als er sich neben sie setzte, und als er sie umarmen wollte, schrie sie und schlug auf ihn ein. Er hielt sie fest.

„Rikke, ich bin's. Papa. Ganz ruhig, es ist jetzt vorbei."

Sie zitterte und klammerte sich an ihn, während sie weinte.

„Ich dachte … er wäre zurückgekommen, Papa", hickste sie. „Er wollte uns töten!"

„Er ist weg. Es ist jetzt vorbei", wiederholte er und strich ihr die Haare aus dem Gesicht. Am Hals sah er die roten Würgemale und ihm ging auf, wie er knapp er dem entgangen war, seine Tochter zu verlieren. In seinen Armen beruhigte sie sich ein wenig. Dann erstarrte sie und sah ihn an. Die Augen waren rot geädert und leuchteten panisch.

„Wo ist Marianna! Hat er Marianna? Finde sie, Papa!"

„Kannst du allein bleiben? Komm mit raus."

Er half ihr auf und führte sie zu einem weißen Ledersofa.

„Leg dich hin. Versprich mir, dass du hierbleibst."

Er zog seine Jacke über den Kopf und rannte hinaus in den Regen.

Angolo sprang bellend aus dem Auto, sobald er die Tür geöffnet hatte. Roland schnappte sich sein Handy vom Sitz und rief im Polizeipräsidium an.

„Ich schicke einen Wagen. Bleiben Sie, wo Sie sind, bis sie ankommen", sagte der Wachhabende, als spräche er mit einem Zivilisten. Er war sicher neu. Er hatte den Namen Roland Benito nicht gekannt und Roland erkannte die Stimme nicht. „Schicken Sie auch einen Krankenwagen", fügte er hinzu.

Angolo bellte wieder. Mit seinem Blick war er dem Hund gefolgt, während er telefonierte. Er war vor der Garage stehen geblieben und bellte, als könnte er sie damit töten. Roland lief hin, ging in die Hocke und schaute ebenfalls zum Garagentor.

„Was willst du da drin?", fragte er und tätschelte ihm den Hals. Die Wunde hatte von all den Anstrengungen wieder angefangen zu bluten. „Wir kommen da nicht rein."

Der Hund schaute zu ihm hoch, dann rannte er humpelnd in den Garten und verschwand hinter den Büschen. Roland beugte die Zweige zur Seite und folgte ihm. Dort lag ein Ball. Angolo blieb stehen, als ob er sich vor etwas fürchtete, und winselte wieder.

An der Garagenrückseite gab es eine Tür. Roland zögerte nicht und riss sie auf. Es sah wie eine Werkstatt aus, aber genauso weiß, schön und freundlich wie der Rest der Villa. Das Werkzeug hing in perfekter Ordnung an der Wand und die Gartengeräte standen in Reih und Glied. Pedantisch, war Rolands erster Eindruck. Angolo neben ihm bellte wieder.

„Marianna!", rief Roland. Aber niemand antwortete und der Schuppen war leer. Angolo knurrte und schickte ihm zwei hohe Kläffer entgegen. Er hatte sich bei einer Auflagenbox hingelegt, die an der Mauer stand. Das gleiche Modell, das sich Roland bei BAUHAUS auch angeschaut hatte. Eine LoungeBox der Firma Biohort, Größe 160 cm in Silber metallic mit Seitenwänden aus feuerverzinktem Stahlblech und Deckel aus pulverbeschichtetem Aluminium. Er konnte die Werbung auswendig. Irene hatte gemeint, das sei viel zu viel Aufhebens für ein paar alte Polster. Billig war das nicht. Aber deswegen wusste er, dass ein Zylinderschloss eingebaut war und ein fast unerträglicher Gedanke nahm Gestalt an. Es dauerte nur wenige Minuten, sich einen Überblick über die Geräte an der Werkzeugwand zu verschaffen und ein Brecheisen zu finden. Er steckte es unter den Deckel beim Schloss und brach es auf. Ganz so gesichert gegen unerwünschten Zutritt wie es die Werbung versprochen hatte, war es Gott sei Dank nicht. Er hebelte nur ein paar Mal mit dem Brecheisen, bevor das Schloss nachgab und er den Deckel aufreißen konnte.

Die beiden Mädchen lagen übereinander. Sein Herz sprang hoch bis zum Hals und ein Schluchzen war die Folge. Er hob sie heraus und legte sie vorsichtig auf den Holzboden des Abstellraums. Rüttelte sie behutsam. Angolo umkreiste sie, als hätte er das Gefühl, etwas tun zu müssen, und schleckte schließlich Marianna übers Gesicht. Ihre Lider zitterten. Sie hustete und Roland schnappte vor Erleichterung nach Luft. Um das andere Mädchen stand es schlimmer. Er konnte nicht feststellen, ob es atmete, und versuchte es mit künstlicher Beatmung. Hoffte, dass der Krankenwagen bald auftauchte.

Marianna drehte den Kopf und schaute ihn an. „Opa …", sagte sie matt, und ein kleines Lächeln kreuzte ihre Lippen. Dann erstarb es wieder. „Wo ist … Mama?"

„Mama ist okay. Sie ruht sich aus."

Er erblickte sie in der Türöffnung. Schwankend stützte sie sich am Türrahmen ab. Ihr Kleid war nass und klebte am Körper. Er wollte ihr verordnen reinzugehen und sich wieder hinzulegen, wusste aber, dass es nutzlos war.

„Marianna! Schätzchen!", wimmerte sie und setzte sich neben ihre Tochter. „Gott seid Dank!"

Erst, als sie ihren Kopf in ihren Schoß bettete, entdeckte sie das andere leblose Mädchen auf dem Boden.

„Was ist mit Anya passiert? Sie ist doch wohl nicht …"

„Sie atmet jetzt, aber …"

Das Polizeiauto fuhr auf den Rasen. Er konnte es vom Fenster aus sehen. Zwei Beamte sprangen hinaus und liefen zur Villa.

Roland steckte den Kopf zur Tür heraus. „Sie ist im Schlafzimmer im ersten Stock", rief er ihnen nach. Der eine blieb stehen und ging mit raschen Schritten zum Abstellraum.

„Was ist hier los?" Dann stoppte er jäh. „Benito!", rief er überrascht, und ein Lächeln erhellte sein Gesicht, dann war es, als fiele ihm ein, dass Roland für den ‚Feind' arbeitete und sein Gesichtsausdruck veränderte sich.

„Was machst du hier?", fragte er misstrauisch, als fühlte er sich angeklagt oder überwacht.

Es war Morten Holsted. Sie waren ehemalige Kollegen und hatten früher zusammengearbeitet, bis er ins Polizeipräsidium in Randers versetzt worden war. Vielleicht war er zurück nach Aarhus gekommen. Es hätte viel Gesprächsstoff gegeben, aber Roland deutete auf die Mädchen.

„Erwürgt, fürchte ich. Die beiden sind meine Tochter und meine Enkelin. Der Krankenwagen ist auf dem Weg."

Morten sah verwirrt aus, meinte aber offenbar, dass eine nähere Erklärung warten konnte. Vielleicht hatte er auch Angst, etwas Falsches zu tun oder zu sagen. Roland vermisste den Zusammenhalt. Die Kameradschaft. Das Erste, was er in Morten Holsteds Blick gesehen hatte. Doch nun war er stattdessen derjenige, von dem die alten Kollegen Abstand nahmen und den sie fürchteten. Einer, der ihnen den Job kosten konnte. Der andere rief durchs Schlafzimmerfenster im ersten Stock nach seinem Kollegen.

„Ist Silje im Schlafzimmer? Ist sie …?"

Rikke zog Marianna noch dichter an sich.

Roland nickte. Er setzte sich zu Rikke und den Mädchen.

Angolo legte den Kopf auf Mariannas Brustkorb und beruhigte sich.

„Opa", sagte Marianna mit geschlossenen Augen.

Er strich ihr übers Haar. „Ganz ruhig, Schätzchen, bald kommt ein Krankenwagen. Du kommst wieder in Ordnung. Ihr beide!"

„Angolo … hat ihn gebissen …"

„Wen? Wen hat er gebissen, Marianna?"

„Den Mann … er hat meinen Hals zugedrückt … er …" Sie hustete wieder. „Angolo … ist ihn angesprungen … der Mann hat getreten und mit einem Messer zugestochen … Angolo hat gebissen … und ist abgehauen. Seine Hand hat geblutet …"

Ihre Stimme verebbte, als ob sie am Einschlafen war. Ihre Hand lag in Angolos Fell vergraben. Der Blick des Hundes war unverwandt auf ihn gerichtet, wie um Mariannas kraftlosen Bericht zu bestätigen. Er tätschelte ihm dankbar den Kopf.

Rikke strich ihrer Tochter beruhigend über die Wange. „Ruh dich ein bisschen aus, Marianna."

„Wie sah er aus?", fragte Roland.

Rikke nahm den Blick nicht von Marianna, als sie antwortete. „Er war sehr braungebrannt, blond und hatte merkwürdige, blaue Augen. Ich glaube, er ist Siljes Vater. Der, den sie gerade in Äthiopien gefunden hat. Es war seltsam, denn es klang, als würde er dich kennen."

Sebastian Juhl! Isabella hatte erwähnt, dass sie seine DNA an den

Tatorten gefunden hatten. Er schüttelte sich bei der Erinnerung an seine blauen Augen, die wie die eines Siberian Husky aussahen.

Endlich kam der Krankenwagen.

47

Ein lauter Donnerschlag grollte und schwere Regentropfen hämmerten insistierend an die Scheibe, als hätten sie in Verbindung mit der Vernehmung des Direktors von Hov Verbrennung etwas Wichtiges zu sagen. Vielleicht war es das Unwetter, das seine lebensgefährlichen Schiffe vom Kurs abgebracht und an die Küste Süditaliens getrieben hatte, dachte Anker Dahl.

„Gott sei Dank!“, rief Poul Erik Hedegaard aus, schaute erleichtert aus dem Fenster und wischte sich mit der linken Hand, an der ein Goldring mit schwarzem Onyx schwer am Ringfinger hing, den Schweiß von der Stirn. An der rechten saß ein klassischer Ehering. Er war gut gekleidet und Anker Dahl verstand, dass er mit der Anzugjacke über Hemd und Krawatte schwitzte. Ob sich seine Bemerkung auf den Regen oder die kleine Unterbrechung der Vernehmung bezog, war nicht leicht zu erkennen.

„Ja, wir brauchen diesen Regen“, stimmte Isabella zu, die mit ihrer feinen weiblichen Intuition davon ausging, dass der Direktor den meinte.

Anker Dahl nickte. „Dann ist die Zinaida also ein griechisches Frachtschiff, das von Algier gekommen ist, sagen Sie?“, nahm er das Gespräch wieder auf. Er hatte schon lange nicht mehr viel Zeit zusammen mit Robin und Ann-Marie verbringen können, und er hoffte, dass es heute Abend klappte. Sie hatten auf jeden Fall verabredet, zu dritt schön zu Abend zu essen.

Poul Erik Hedegaard räusperte sich und schüttelte die Hand, an der die Uhr saß. Er hatte das mehrmals getan wie eine Art Zwangshandlung. Vielleicht sammelte die moderne Uhr durch Bewegung Energie, um die Triebfeder aufzuziehen. Vielleicht aber war es Nervosität. Doch Anker Dahl hatte angefangen, daran zu glauben, dass der Direktor unschuldig war und keine Ahnung hatte, falls die Frachtschiffe mit seinem chemischen Abfall für illegalen Menschenschmuggel benutzt wurden. Er hatte freiwillig seine Rechnungen vorgelegt und es sah nicht aus, als gäbe es andere Einnahmen als durch Abfall. Über alle Posten wurde mit Belegen Rechenschaft abgelegt. Dass man so viel damit verdienen konnte, Dreck fortzuschaffen, war ein anderes Thema.

„Ja, normalerweise sorgen die Länder, deren Abfall beseitigt werden soll, für die Fracht nach Horsens. Darauf habe ich keinen Einfluss. Ich verstehe überhaupt nicht, wie jemand ernsthaft auf die Idee kommen kann, Menschen mit diesem Typ Abfall zu transportieren."

„Schleuser werden von Gier und Zynismus angetrieben."

„Natürlich. Aber dass das obendrein dazu beigetragen haben soll, dass uns alle ein todbringender Virus bedroht, ist unfassbar. Der Abfall ist ordnungsgemäß verpackt, daher sollte das überhaupt nicht möglich sein. Ich habe den Kunden in Algier kontaktiert, der sagt, sie haben damit nichts zu tun. Haben wir nun auch Beweise dafür, dass die infizierten Flüchtlinge so ins Land gekommen sind?"

„Nein, noch nicht. Vorläufig sind das nur Vermutungen. Wer trägt die Verantwortung für die Verpackung?"

„Die, die den Abfall absenden."

„Um welchen Typ Abfall kann es sich handeln?"

„Ähm, der wird rundherum aufgesammelt. Das kann Krankenhausabfall sein oder Elektroschrott von Computern, Fernsehern und so etwas, aber selbstverständlich gut verpackt", versicherte er wieder.

„Ich würde dennoch empfehlen, alle zukünftigen Transporte einzustellen, bis wir mehr wissen."

Poul Erik Hedegaard öffnete schockiert den Mund.

„Das können wir doch nicht! Sie sind die Rechnungen selbst durchgegangen und haben gesehen, um wie viele Millionen Kronen es geht."

„Wie Sie selbst gerade sagten, werden wir alle von einem tödlichen Virus bedroht!“

„Ja, allerdings ist das nächste Frachtschiff bereits unterwegs.“

„Wann erwarten Sie es am Hafen?“

„Morgen, meine ich. Ich bin mir den Zeitpunkt betreffend nicht ganz sicher, aber das kann ich herausfinden.“

Isabella hatte eine Aktenmappe mit Papieren vor sich. Sie zog eines davon heraus und legte es vor den Direktor. „Von dieser Liste hier ausgehend, die ich bezüglich der letzten Ladung für die Hov Verbrennung bekommen habe, ist es auffällig, dass die Zinaida noch so lange nach dem Ausladen im Hafen lag. Ist das ein normales Prozedere?“

Hedegaard angelte eine Lesebrille aus der Jackentasche und setzte sie auf die Nase. Er lehnte den Kopf ein wenig nach hinten, als er auf das Papier schaute.

„Naja, ich nahm an, das war, weil sie ein bisschen Ärger mit dem Motor hatten. Das ist auf jeden Fall das, was ich gehört habe.“

Er schüttelte wieder den Arm, sodass das Uhrenarmband aus Stahl rasselte.

Anker Dahl war der Meinung, dass hier nicht mehr zu holen war, und dankte dem Direktor.

Poul Erik Hedegaard setzte die Brille ab, steckte sie zurück in die Tasche und stand auf. Er glättete die Krawatte und sah sich im Büro um. „Es hat sich einiges verändert, wie ich sehe. Ja, hier bin ich oft gewesen. Nein, missverstehen Sie mich jetzt nicht. Nicht wegen Vernehmungen; meine Frau und ich sind gute Freunde von Eve“, informierte er ungezwungen.

„Eve?“, fragte Anker Dahl verständnislos.

„Ja, Eve Olsen, natürlich. Kurt Olsens Ehefrau. Der ehemalige Vizepolizeidirektor“, ergänzte er, da der Gegenwärtige nicht besonders viel zu verstehen schien.

„Ach so, ja, klar.“

„Kurt Olsen geht es ausgezeichnet. Wir waren gerade zu einem hervorragenden Abendessen bei ihnen in ihrem Sommerhaus. Es ist deutlich, dass er den Job vermisst, auch wenn er das nicht direkt sagt", plauderte er weiter auf dem Weg zur Tür, als ob es Anker Dahl interessierte.

Endlich konnte er die Tür hinter ihm schließen und sah Isabella an.

„Was denkst du? Weiß er etwas?"

Isabella schüttelte den Kopf. „Ich glaube nicht. Willst du das Schiff durchsucht haben, wenn es morgen im Hafen ankommt?"

„Ja, informierst du die Südostjütländische Polizei darüber? Wir sollten uns nicht in ihren Polizeibezirk einmischen, es sei denn natürlich, sie wünschen unsere Hilfe."

Isabella nickte lächelnd und verließ sein Büro.

Es dauerte jedoch nicht lange, bis sie mit roten Wangen und leuchtenden Augen zurückkam. Er hatte nur geschafft, seinen Posteingang zu öffnen und ein paar Mails durchzusehen.

„Ich habe gerade mit Samanta Lund gesprochen, die Krankenschwester in diesem Flüchtlingslager in Äthiopien ist, in dem Silje Vuong gearbeitet hat. Sie hatte nicht so viel über Silje zu sagen, außer dass sie sympathisch ist und ihren Job zufriedenstellend ausgeführt hat. Aber das Bild unseres Täters hat sie Alarm schlagen lassen. Sie ist sich sicher, dass er einer ihrer Ärzte ist, auch wenn er auf dem Foto sehr viel jünger ist. Entgegen unserem Wissen heißt er laut Samanta nicht Sebastian Juhl, sondern Tristan Bendixen. Im Lager nannten sie ihn ‚Sämay' aufgrund seiner ungewöhnlich blauen Augen. Das bedeutet Himmel auf Amharisch. Das ist er, Dahl! Er hat seinen Namen geändert."

„Dann kann Silje Vuong ihn im Flüchtlingslager getroffen haben!"

„Anscheinend. Vielleicht war er derjenige, den sie in Äthiopien treffen wollte. Er ist ja ihr Vater."

„Warum hat sie das nicht einfach gesagt? Weiß die Krankenschwester, wo er sich aufhält?"

„Sie arbeitet jetzt in einem Flüchtlingslager im Libanon, konnte jedoch berichten, dass er nicht so oft im Lager in Äthiopien war. Er ist viel gereist. Sie hat keine Ahnung, wo er jetzt ist. Er hat einen

Kapuzenpullover mit dem Symbol auf dem Rücken. Samanta hat all die Pullover für die Mitarbeiter im Lager gekauft und zwar bei dieser örtlichen Näherin, um sie finanziell zu unterstützen. Ich bin mir sicher, er ist in Dänemark. Wir haben ihn, Dahl!", wiederholte Isabella sicherer, als er war.

„Wir schreiben ihn zur Fahndung aus! Das Bild muss in alle Medien und auf unsere Homepage. Schick es auch an TV2 Ostjütland!"

Isabella hatte sein Büro gerade wieder verlassen, als eine Meldung des Wachhabenden einging.

In Skåde Bakker war ein weiterer Mord gemeldet worden. Die Adresse gehörte Tao und Silje Vuong. Zwei Kinder und eine Frau waren ins Krankenhaus gefahren worden und er müsse kommen.

Er schaffte es nicht, Ann-Marie anzurufen, bevor er zur Tür hinausstürmte.

48

Anne erkannte ihn sofort wieder, als Jytte sein Foto via MMS schickte. Sie war von ihm angetan gewesen, als sie ihm vor vielen Jahren zum ersten Mal begegnet war, im Zuge der Berichterstattung über die Moorleiche. Er hatte ein sympathisches und gewinnendes Wesen, das leider oft ein charakteristischer Zug bei Psychopathen war. Es war dasselbe Bild wie damals, als sie nach ihm gesucht hatten, nachdem er in Afrika verschwunden war. Sebastian Juhl. War er wirklich zurückgekehrt nach all den Jahren? Und warum? Sein Stiefvater hatte die Morde gestanden, für die Sebastian gesucht wurde. Nun war der Stiefvater im Gefängnis an Aids gestorben und Sebastian hätte in Afrika unter dem neuen Namen Tristan Bendixen sein Leben als Arzt leben können. Was in aller Welt hatte ihn zurück nach Dänemark getrieben, um neue Morde zu begehen? Anscheinend an seinen eigenen Spenderkindern. Das passte überhaupt nicht zusammen.

Jytte wollte sich um die Suche nach ihm kümmern, während Anne Silje Vuong ausfindig machte. Jetzt war es noch wichtiger, ein Interview mit ihr zu bekommen. Sie war die Halbschwester der beiden Toten und der mutmaßliche Täter war ihr Vater.

Sie war froh, ihren Regenschirm mitgenommen zu haben. Es schüttete. Sie trat fest auf die Bremse, als sie in die Straße einbog, in der Tao und Silje Vuong wohnten, und ein Krankenwagen mit ohrenbetäubenden Sirenen an ihr vorbei in die entgegengesetzte Richtung raste. Blaulichter von einem weiteren, geparkten Krankenwagen und Polizeiautos flimmerten draußen im Regen. Dann realisierte sie, dass sich das bei der Adresse abspielte, die sie gerade ansteuerte.

Sie parkte ein Stück entfernt, nahm den Regenschirm mit und ging geschützt zu der modernen Villa. Die Sanitäter wollten gerade eine Trage in den wartenden Krankenwagen schieben. Daneben stand ein Mann und hielt dem kleinen Mädchen auf der Trage die Hand. Es hatte eine Sauerstoffmaske auf. Er beugte sich vor und küsste sie auf die Stirn. Wasser tropfte aus seinen Haaren, aber er schien es nicht zu bemerken. Anne sah ihn im Profil. Ihr Herz machte einen zusätzlichen Schlag. Es war Roland Benito. Sie hatte ihn lange nicht gesehen. Es gehörte zu den Seltenheiten, dass sie Kontakt mit den Ermittlern bei DUP hatten. Sie wusste nicht, ob sie stören oder sich im Hintergrund halten sollte, als er sie bemerkte.

„Anne?“, sagte er heiser.

„Benito! Was ist hier los?“

Er drehte ihr den Rücken zu und winkte dem Mädchen, als die Trage in den Krankenwagen gefahren wurde. Matt hob es die Hand und winkte zurück. Eine Frau saß im Krankenwagen bei ihr. Sie war in Decken eingepackt und Anne erkannte sie trotz der nassen Haare. Das war Rikke. Rolands älteste Tochter.

„Ist es ernst?“

„Marianna wird's wohl überstehen. Rikke steht unter Schock, hat aber keinen physischen Schaden genommen.“

„Fährst du nicht mit ihnen mit?“

„Ich kann nicht da sein. Außerdem will Rikke das allein schaffen. Kommst du ganz ohne Kavallerie?"

„Ja, ich soll mit Silje Vuong sprechen. Was ist passiert?", wiederholte sie.

Benito starrte dem Krankenwagen nach und sah sie erst wieder an, als der nicht mehr zu sehen war.

„Du kommst also nicht wegen des Mordes?"

„Mordes?"

„Silje Vuong ist tot."

Anne sah ihn skeptisch an. Es war sehr deutlich, dass er nicht mehr bei der Ostjütländischen Polizei angestellt war, sonst hätte er ganz sicher nicht so viel erzählt.

„War es ihr Vater?"

Anne hielt den Regenschirm vor, sodass Roland darunter Schutz fand, auch wenn es umsonst war, er war ohnehin schon nass bis auf die Knochen.

„Wir kennen ihn, Anne. Ich bin mir sicher, dass er es ist."

„Ja. Sebastian Juhl, stimmt's?"

Roland nickte. „Wir haben ihn damals nicht fassen können. Jetzt ist er zurück. Er hätte meine Tochter und meine Enkelin töten können, aber glücklicherweise ..."

„Und Silje Vuongs Tochter und ihr Mann?"

„Die Tochter ist auch im Krankenhaus, der Mann ist, soviel ich weiß, verreist."

Sie schauten beide auf, als der blaue Lieferwagen der Kriminaltechniker und der PKW der Rechtsmedizinerin beinahe gleichzeitig in der Nähe parkten. Natalie Davidsen kam zu ihnen herüber, als sie Roland entdeckte.

„Bist du zurück?", fragte sie, und Anne verspürte einen Funken Hoffnung in ihrer Stimme. Sie grüßte Anne mit einem kurzen Nicken.

„Nein, ich bin rein zufällig hier", wich Roland aus.

Anne folgte seinem Blick zu seinem Auto, das vor der Villa stand. Ein Schäferhund guckte durch die Heckscheibe.

Natalie hatte zu tun und eilte mit ihrem Koffer und einem entschuldigenden Lächeln hinein.

Nicht überraschend war Vizepolizeidirektor Anker Dahl der Nächste auf dem Plan. Er spannte einen Regenschirm auf, fast bevor er aus dem Auto stieg, und steuerte direkt auf die Beamten zu, die dabei waren, das Absperrband zu spannen. Er gab ihnen einige kurze Instruktionen und betrat die Villa, ohne andere anzusehen, die er sicher für die üblichen neugierigen Nachbarn hielt. Von denen gab es zur Abwechslung nur wenige. Entweder konnten die Nachbarn das Ganze von den Fenstern aus sehen oder dachten, dass es ein Virusausbruch war, zu erschreckend, um sich hinauszuwagen. Oder aber, es war nur wegen des Regens.

„Wo kann er sein?", murmelte Roland.

„Ich glaube, ich weiß es", sagte sie.

49

Kamilla konnte den Blick nicht von der Aussicht über den Aarhuser Hafen abwenden. Hübsch, obwohl schwere Regenwolken die Bucht überschatteten. Das gab ein besonderes Licht im Meer, was ihr fotografisches Auge entzückte.

Nicolaj kam mit Kaffeetassen auf einem Tablett zurück an den Tisch. Es gab keinen Zweifel, wo die Tassen hingehörten. Das blaue Logo von Media House Denmark war ins Porzellan eingeprägt.

„Tolle Aussicht, nicht?", fragte Nicolaj, da Kamilla den Blick immer noch nicht vom Panoramafenster nahm.

„Ja, das kann man wohl sagen. Und hier sitzt ihr dann jeden Tag und esst zu Mittag und genießt den Blick."

„Jeden Tag, genau. Das wird ja schnell zur Gewohnheit. Obwohl wir erst vor einem knappen Monat in dieses Gebäude gezogen sind, guckt fast keiner von uns mehr raus."

Kamilla lächelte. „Eine Schande."

Sie schwiegen eine Weile. Sie freute sich, dass Nicolaj sie eingeladen hatte. Es war fast wie in alten Zeiten beim Tageblatt, nur Anne fehlte.

„Ich bin froh, dass du gekommen bist, Kamilla. Der Chefredakteur ist begeistert von deinen Bildern."

„Was passiert denn jetzt damit?", wollte sie wissen und nippte am Kaffee, der gewaltig stark aussah.

„Wir machen jetzt eine Reportage. Ich bin mir sicher, du bekommst deine eigene kleine Beilage in den gedruckten Zeitungen. Unsere Niederlassungen in England, Frankreich und Italien sind auch daran interessiert. Die Flüchtlinge sind ja in allen europäischen Ländern ein aktuelles Thema. Hast du deine eigene Homepage, auf die wir in der Web-Ausgabe verlinken können? Oder vielleicht Facebook?"

„Nee, hab ich nicht. Das ist ja so neu. Ich hatte keine Ahnung, dass meine Fotos so beliebt werden würden."

„Du hast einen Preis gewonnen, Kamilla. Das hast du, weil du eine brillante Fotografin bist! Das hier wird viel für deine Karriere bedeuten."

Kamilla schnitt eine zweifelnde Grimasse. „Du warst doch auch so dicht dran, einen Preis zu gewinnen, Nicolaj. Sogar den Cavling-Preis! Was ist da eigentlich passiert?"

„Darüber möchte ich lieber nicht sprechen, Kamilla."
„Hat das etwas mit Anne zu tun? Warum habt ihr euch verkracht? Weil sie gefeuert wurde?"

„Naja, damit hatte ich ja nichts zu tun. Anne hat sich eigentlich selbst entschieden aufzuhören. Man hatte ihr in einer großen Sache, an der sie intensiv gearbeitet hatte, einen Maulkorb verpasst, weil sie für die Leitung im Media House Konzern höchst kompromittierend war. Und damit wollte Anne sich nicht abfinden."

„Natürlich nicht." Kamilla konnte nicht umhin zu lächeln. „Aber hat das etwas mit deinem Preis zu?" Plötzlich sah sie ihn bestürzt an und stellte die Tasse ab. „Hättest du dafür ..."

Nicolaj nickte. „Das waren Enthüllungen, die - wenn wir gewisse Firmen und Personen nicht erwähnt hätten - aufsehenerregend gewesen wären. Es bedeutet großes Prestige für eine Redaktion, einen Journalisten mit dem Cavling-Preis zu haben. Ich habe an der Seitenlinie mit Anne zusammengearbeitet und der Chefredakteur hat auf mich als geeigneten Kandidaten verwiesen, als Anne abgehauen ist."

„Dann hast du Annes Recherche geklaut!"

Nicolaj schüttelte den Kopf, während er aus der Tasse trank und gleichzeitig den Blick auf einen der vielen Fernsehbildschirme gerichtet hatte, die in der Kantine an den Wänden hingen. Kamilla hatte sechs Bildschirme gezählt, jeweils mit einem Programm aus einem anderen Land. Die Mitarbeiter im Medienhaus durften offenbar nicht mal in ihren Essenpausen verpassen, was draußen in der Welt passierte. Die Sendungen, die den Großteil der dänischen Kanäle prägten, thematisierten den tödlichen Virus.

„Ich habe den Preis ja ohnehin nicht gewonnen, Kamilla, und das Ganze endete damit, dass Anne einen Traumjob bei TV2 Ostjütland bekommen hat."

„Trotzdem, du hast Anne im Stich gelassen."

Nicolaj schaute in seine Tasse. „Ich vermisse das oft, Kamilla. Unsere Zusammenarbeit damals. Uns alle drei. Sieh nur, was wir heutzutage hätten ausrichten können bei all dem, was passiert."

„Du meinst die Flüchtlinge und diesen furchtbaren Virus?"

„Ja, jetzt ist herausgekommen, dass er durch Flüchtlinge verbreitet wird, die auf einem Schiff mit chemischem Abfall nach Dänemark eingeschleust wurden", sagte er, als glaubte er, Kamilla hätte nicht davon gehört. Sie spürte, dass er gerne über etwas anderes als Anne und den Cavling-Preis sprechen wollte.

„Einige reden von Terroranschlägen und dass die kranken Flüchtlinge Selbstmordattentäter seien. Glaubst du das?"

„Es kursieren viele Gerüchte, daher ... Hast du Angst?"

„Klar, haben das nicht alle? Aber wenn man eine Berührung mit den Kranken vermeidet, passiert wohl nichts", erwiderte Kamilla schwach.

„Das ist doch auch nicht schlimmer als die Vogel- oder die Schweinegrippe. Das wird immer zum Schlimmsten aufgeblasen", urteilte Nicolaj.

„Ja, von euch! Den Medien!"

„Ich finde jetzt nicht, dass wir das aufblasen. Wir informieren über die Gefahren. Viel schlimmer ist doch Facebook und Twitter, wo …"

„Wo ihr heutzutage auch ungehemmt euer Wissen herholt", unterbrach Kamilla.

„Selbstverständlich, dort passieren die Dinge, und …" Er geriet ins Stocken und Kamilla folgte seinem Blick zu einem Fernsehbildschirm. Es war TV2 Ostjütland und das Foto auf dem Schirm hatte Nicolaj zum Verstummen gebracht.

„Das ist doch der von den Morden damals. Sebastian Juhl!", rief sie.

Nicolaj nickte und hielt eine Hand hoch als Zeichen, dass er zuhörte und sie ruhig sein sollte. Der Ton war nicht besonders laut.

„Die Polizei sucht ihn in Verbindung mit den beiden Morden und einem Mordversuch an zwei kleinen Mädchen und einer Frau in Skåde Bakker."

„Mordversuch?"

„Ja, aber es ist ihm gelungen, eine weitere junge Frau zu töten. Sie heißt Silje Vuong."

„Silje Vuong! Die kenne ich. Wir haben uns am Flughafen in Addis Abeba getroffen und sie ist zu meiner Ausstellung im Ridehuset gekommen!"

„Er hat unter falschem Namen in Afrika gelebt. Er ist ausgebildeter Arzt und arbeitet offenbar für Ärzte ohne Grenzen."

Kamilla starrte auf das Foto von Sebastian auf dem Bildschirm, jetzt war sie sich sicher. Deswegen hatte er damals in dem

Kaffeehaus in Kairo etwas Bekanntes an sich gehabt. Er war älter als auf dem Foto, aber die Gesichtszüge waren dieselben. Und die Augen. Diese Augen vergaß man nie.

„Er ist ein Menschenschmuggler, Nicolaj. Ich bin mir sicher, dass er das ist."

Sie hatte Nicolajs Interesse. „Was meinst du?"

Kamilla holte ihren Laptop aus der Tasche und schaltete ihn an. Als sie die Bilder aus dem Kaffeehaus gefunden hatte, drehte sie den Bildschirm zu ihm um.

„Ich habe diese Fotos hier in Kairo gemacht, zusammen mit Abubakar, einem ägyptischen Journalisten. Das sind Schleuser, die mit Flüchtlingen über die nächste Tour übers Mittelmeer reden. Schau dir den da rechts an. Den mit der Kapuze. Kannst du nicht sehen, dass er das ist?"

Nicolaj nickte mechanisch. „Doch, das ist er ganz sicher. Woher weißt du, dass er ein Menschenschmuggler ist?"

„Vielleicht ist er ein Mittelsmann, aber der links von ihm ist Journalist. Er heißt Hafez. Er arbeitet zusammen mit Abubakar daran, die Schleuser und den Boss zu entlarven. Hafez war derjenige, der erzählt hat, dass sie sich in diesem Kaffeehaus treffen wollen."

„Aber was hat das mit den Ermordeten zu tun?"

Kamilla zuckte die Schultern. „Silje Vuong hat in einem Flüchtlingslager für Ärzte ohne Grenzen gearbeitet. Vielleicht hat sie ihn dort getroffen. Vielleicht hat sie herausgefunden, was er macht, und wollte ihn auffliegen lassen? Ich habe ihr diese Bilder hier bei der Ausstellung gezeigt und sie sagte, sie kenne ihn. Aber dann bekam sie einen Anruf und musste schnell los. Ich habe nie mehr erfahren."

„Das klingt plausibel, aber was ist dann mit den anderen Mordopfern?"

Kamilla schüttelte den Kopf und zuckte nochmal die Schultern. Sie kannte Silje nicht sonderlich gut, aber dennoch gab es ihr ein scheußliches Gefühl, dass sie tot war. Ermordet.

Nicolaj lauschte wieder dem schwachen Ton des Fernsehers.

„Sie suchen nach Zeugen, die ihn gesehen haben."

Lange schauten sie sich an.

„Kannst du dich an die Stelle erinnern, Kamilla?"

Sie nickte und sie standen gleichzeitig auf.

„Komm", sagte Nicolaj.

50

„Verdammtes Weibsbild", schnaubte Roland, aber nur Angolo auf dem Rücksitz hörte ihn.

Sie hörte nie auf Warnungen und Verbote und ohne, dass er es verhindern konnte, hatte sie ihr Auto gestartet und war losgedröhnt, vorbei an den neugierigen Zuschauern, die nun entlang der Straße eingetrudelt waren.

Der Hund richtete die Ohren zu ihm. Er wirkte ganz munter. Die Wunde blutete nicht mehr. Der Tierarzt musste diesmal noch warten.

„Leg dich hin, Angolo", sagte er bestimmt, genauso bestimmt, wie er Anne Larsen gebeten hatte, es der Polizei zu überlassen, sich um Sebastian Juhl zu kümmern, aber hier gab es glücklicherweise jemanden, der gehorchte. Der Hund legte sich auf dem Rücksitz sofort hin.

Er wusste sehr gut, wo sich Sebastian Juhl Annes Meinung nach aufhielt. Aber wie wahrscheinlich war es, dass er sein damaliges Versteck benutzte? Vielleicht war es gerade deshalb wahrscheinlich. Keiner rechnete damit.

Er blieb eine Weile sitzen und betrachtete die Villa. Der Blutregen hatte nachgelassen und die rostroten Flecken waren auf den weißen Terrassenplatten verteilt. Das Absperrband hing, belastet vom Wasser, durch. Müsste er Anker Dahl kontaktieren, der immer noch dort drinnen war? Er kannte die Antwort. Aber was, wenn es nun falscher Alarm war? Er schaltete in den Rückwärtsgang. Anne sollte diesem Psychopathen auf jeden Fall nicht allein gegenüberstehen.

„Verdammtes Weibsbild“, murmelte er nochmal, fuhr in die gleiche Richtung wie Anne.

Ihr Auto stand verlassen auf der Straße. Hier hatte sich nichts verändert. Der Sand von Skæring Strand sah grau und nass aus, und die Wellen schlugen rhythmisch gegen die Küste. Das Sommerhaus lag immer noch oben zwischen den Bäumen, ein bisschen verfallener, ähnelte aber ansonsten einem eingefrorenen Bild von damals. Er war gerade aus dem Auto gestiegen, als ein weiteres Auto ankam und hinter ihm parkte. Einer der PKW von Media House Denmark. Roland hatte nicht übel Lust, noch heftiger zu fluchen. Woher wussten die schon, dass hier vielleicht etwas passierte?

Der Journalist Nicolaj Bang begrüßte ihn mit den gleichen Worten, wie es die Rechtsmedizinerin Natalie Davidsen getan hatte. Er gab ihm die gleiche Antwort: „Nein, ich bin rein zufällig hier. Und Sie?“

„Wir haben gerade im Fernsehen gesehen, dass Sie - dass die Polizei Sebastian Juhl sucht, und da dachten wir …“

Es überraschte ihn, die Fotografin Kamilla Holm mit ihrer Kamera aus dem Auto springen zu sehen. Er hatte sie schon ewig nicht mehr gesehen und meinte, sie sei aus der Stadt weggezogen.

„Habt ihr die Polizei kontaktiert?“, fragte er und hoffte es.

„Ich habe im Polizeipräsidium angerufen und von unserem Verdacht berichtet, aber ob die etwas daraus machen, weiß ich nicht“, erwiderte der Journalist und schaute zum Sommerhaus. „Ist er da oben?“

„Anne ist da. Dort steht ihr Auto“, stellte Kamilla fest und ging mit Nicolaj die Böschung zum Sommerhaus hinauf. Roland folgte. Seine glatten Schuhe rutschten im Schlamm und es war schwer, das Gleichgewicht zu halten. Es beunruhigte ihn, dass es beim Sommerhaus, das eher einem Holzschuppen ähnelte, so still war.

„Bleibt hier!“, flüsterte Roland bestimmt und kommandierend, als der Journalist Anstalten machte, die Tür öffnen zu wollen. „Wir sollten uns lieber erst mal ein bisschen umsehen.“

Die Fotografin machte Bilder.

Roland sah durch die Fenster und erblickte durch eines davon Anne. Sie saß paralysiert und mit Tränen in den Augen mitten auf dem Boden und starrte auf irgendetwas vor sich. Er konnte nicht sehen, was es war. Wurde sie mit einer Waffe bedroht? Er hasste Waffen.

„Still", flüsterte er Nicolaj zu, der ihm auf den Fersen folgte. Dann öffnete er die Tür so leise wie möglich.

Anne drehte sich langsam zu ihnen um. „Bleibt lieber, wo ihr seid", warnte sie heiser.

Sebastian Juhl lag auf dem Sofa. Er hatte Annes Handgelenk fest gepackt, die Hand war blutverschmiert. In der anderen hielt er ein Messer.

„Lassen Sie sie los!", befahl Roland.

Sebastian drehte den Kopf und fokussierte ihn mit rot geäderten Augen. Das Blut lief aus seiner Nase und den Mundwinkeln und er schnappte nach Luft. Die Worte waren nahezu unverständlich.

„Benito! Roland Benito. Oder sagt man Rolando? *Long time no see.* Kommen Sie ruhig näher. Das hier ist das letzte Stadium. Wenn der Patient blutet, ist es zu spät bei Ebola." Er hustete und mehr Blut sammelte sich in seinem Mundwinkel.

„Das ist kein Ebola, Sebastian. Aber vielleicht genau so gefährlich."

„Ich heiße nicht Sebastian! Ich bin jetzt ein anderer. Ich bin Arzt. Ich helfe …" Er hustete wieder. „Ich helfe Menschen."

„Sie töten wie damals. Und ich bin jetzt infiziert", sagte Anne mit brüchiger Stimme und sah sie bittend an, als könnten sie etwas tun. „Er lag auf dem Sofa, als ich hereingekommen bin. Ich dachte, er schliefe, aber dann hat er mich gepackt und mit dem Messer bedroht …"

Kamilla war auf dem Weg zu Anne, Roland hielt sie zurück.

„Rufen Sie einen Krankenwagen. Sagen Sie, dass es um den Virus gehen könnte", trug er Nicolaj auf. Der eilte nach draußen. Roland sah ihn vor dem Fenster in sein Handy reden.

„Er ist auch Menschenschmuggler. Ich habe Fotos, die das beweisen“, sagte Kamilla hauptsächlich an Roland gewandt.

Anne versuchte wieder, ihren Arm zurückzuziehen.

„Und Ihre Kinder haben Sie gefunden, nicht? Zuzanna, Frederik und Silje. Sie hätten enthüllt, dass Sie nicht tot sind und damit auch, wer Sie eigentlich sind. Deswegen mussten sie sterben, stimmt's?“

Sebastian antwortete nicht, sondern drehte den Kopf weg und ließ Annes Arm los. Sie stand schnell auf. Unwillkürlich wichen Kamilla und Roland beide zurück, damit sie sie nicht berührte, obwohl Kamilla ins Gesicht geschrieben stand, dass sie sie am liebsten umarmt hätte.

Anne wischte Sebastians Blut an ihrem Pullover ab.

„Seine Kinder?“ Roland sah sie verständnislos an.

„Ja, sie sind alle drei seine Spenderkinder. Wie viele haben Sie eigentlich, Sebastian? Wie viele weitere sollten sterben?“

„Legen Sie das Messer weg, Sebastian!“, befahl Roland.

Es glitt langsam aus Sebastians Hand. Roland hielt Nicolaj zurück, als er es aufheben wollte.

Zum zweiten Mal heute hörte er mit Erleichterung die Sirenen. Anne und Sebastian wurden jeweils in einen Krankenwagen geschoben. Die Sanitäter trugen Schutzkleidung und einer von ihnen kam herüber.

„Waren Sie mit den beiden in Berührung?“

Roland erklärte, dass sie sich im Hintergrund gehalten hatten.

„Trotzdem müssen Sie umgehend und direkt zur Kontrolle in die Aarhuser Uniklinik. Infektionsstation Q“, ordnete er an.

„Ja, aber …“, fing Roland an.

„Das ist ein Befehl! Wir haben die klare Anweisung, kein Auge zuzudrücken! Es gilt zu vermeiden, dass sich die Infektion ausbreitet.“

Aus dem Augenwinkel sah Roland Vizepolizeidirektor Anker Dahl zum Sommerhaus hochkommen. „Was ist hier los? Roland Benito?“, fügte er überrascht hinzu, als er ihn entdeckte.

„Der Täter wird gerade in dem Krankenwagen da weggefahren. Aber ganz ruhig, der läuft nirgendwohin“, informierte Roland erschöpft, und während er die Worte aussprach, ging ihm deren Bedeutung auf. Sebastian Juhl hatte Rikke und Marianna angefasst. Sie konnten ebenfalls infiziert sein. Sein Herz schlug plötzlich viel zu schnell.

„Ich muss euch befragen“, sagte Anker Dahl resolut.

„Dann sollte das schnell sein. Wir sind auf dem Weg zur Untersuchung. Und fass uns auf keinen Fall an.“

Kamilla Holm und Nicolaj Bang waren sehr schweigsam geworden und saßen im Auto von Media House Denmark, während sie darauf warteten, dass das Gespräch von Anker Dahl mit Roland zum Abschluss kam. Nicolaj hatte drei Zigaretten geraucht, bis sie an der Reihe waren. Roland versuchte erneut, Irene anzurufen, bevor er sich ins Auto setzte. Sie ging immer noch nicht ran, aber er hatte eine Nachricht von Rikke. Er rief sie zurück. Anya lag immer noch im Koma und die Ärzte befürchteten, dass ihr Gehirn von dem langen Sauerstoffmangel Schaden genommen hatte. Rikke und Marianna waren okay und konnten vielleicht schon morgen wieder nach Hause. Sie erwähnte nichts von einem Virus und er wollte nicht fragen, um sie nicht noch mehr zu ängstigen. Die im Krankenhaus wussten sicher, was sie taten. Aber das beruhigte ihn im Hinblick auf Irene nicht. Rikke hatte ihre Mutter auch nicht erreichen können. Der neulich angekommene Flüchtling, Nazir, war krank gewesen. War er mit diesem Virus infiziert? Hatte Irene ihn berührt? Zweifelsohne. Rolands Unruhe wuchs weiter. Sie hatte erwähnt, dass sie ihn heute in die Rote Kreuz Klinik mitnehmen wollten. Sie und Mette Birkelund Kusk. Dann haben sie bemerkt, dass er krank ist, tröstete er sich selbst. Dann wurde Irene auch untersucht. Aber warum hatte sie nicht angerufen? Und warum ging sie nicht ans Telefon?

Die Infektionsstation Q in der Aarhuser Uniklinik in Skejby war überhaupt nicht, wie Roland erwartet hatte. Er hatte sich etwas im

Stil der Horrorszenen aus dem Film *Outbreak- Lautlose Killer* mit Dustin Hoffman vorgestellt, aber das Ganze verlief in ruhigem Tempo.

Die Krankenschwester und der Arzt, die sie in Empfang nahmen, trugen keine Seuchen-Schutzanzüge, sondern wasserabweisende Kittel, Handschuhe und Visier in Form einer großen Plastikbrille und eine Atemschutzmaske. Der Arzt erklärte, das sei die Empfehlung der Gesundheitsbehörde zum gegenwärtigen Zeitpunkt, aber dass sie auf Seuchen-Schutzanzüge umsteigen könnten, falls es notwendig würde.

„Ich nehme mal eine Blutprobe um zu sehen, ob die Infektion im Blut ist", kündigte die Krankenschwester an und lächelte fast entschuldigend.

Er hatte früher nie etwas dagegen gehabt, Blut abgenommen zu kriegen, aber seit seinem Krankenhausaufenthalt in Neapel hatte sich das geändert. Er hasste es, die Nadel unter die Haut und in die Ader gleiten zu spüren und das Blut aus ihm herausströmen zu sehen, sodass er währenddessen das Gesicht abwandte. Die Krankenschwester stand auf und sah ihn durch die Plastikbrille an.

„Es dauert nicht lange, bis Sie Bescheid bekommen."

Sie verschwand und Roland blieb allein zurück. Sein Herz klopfte noch schneller und das Risiko, an Herzflimmern zu sterben, schien drohender als ein Virus. Er hatte Anne und Sebastian nicht angefasst. Er hatte diesen kranken Flüchtling nicht berührt.

Die Krankenschwester lächelte und hatte die Plastikbrille und die Atemschutzmaske abgezogen, als sie zurückkam. Das beruhigte ihn.

„Keine Spur von einem Virus. Sie haben sehr effizientes Immunglobulin im Blut, das ist eine der körpereigenen Verteidigungen gegen fremde Organismen und Substanzen, zum Beispiel Bakterien und Viren. Hatten Sie eine ernste Erkrankung, die Ihnen diese guten Antikörper gegeben haben kann?"

Unwillkürlich schüttelte Roland den Kopf. Dann nickte er.

„Vielleicht. Zählen Schlangenbisse dazu?"

„Schlangenbisse?" Die Krankenschwester lächelte skeptisch, als ob sie glaubte, er scherzte. „Das weiß ich nun gerade nicht, aber falls Sie Fieber bekommen, sollten Sie uns unbedingt kontaktieren."

Roland stand erleichtert auf, unterließ es aber dennoch, ihr die Hand zu geben. An der Tür hielt er einer plötzlichen Eingebung nachgebend inne.

„Können Sie mir sagen, ob Sie hier eine Patientin namens Irene Benito haben? Meine Frau?"

Die Krankenschwester schaute ihn verwundert an, ging aber dann zu einem Computer und tippte. Kurz darauf nickte sie. „Sie ist in Isolation in einem Mehrbettzimmer."

„Isolation? Ist sie infiziert?"

Die Krankenschwester nickte.

„Wir versuchen eine Behandlung mit Medikamenten. Das scheint zu wirken."

„Was ist das für ein Medikament?"

Die Krankenschwester kramte ziellos in einigen Unterlagen.

„Eine Mischung aus mehreren verschiedenen monoklonalen Antikörpern."

„Monoklonale?"

„Es scheint glücklicherweise zu wirken", unterstrich sie nochmals.

„Scheint? Das Medikament ist hoffentlich getestet?"

„Soll ich einen Arzt rufen, der Ihnen mehr erzählen kann?", wich die Krankenschwester aus.

„Warum wurde ich nicht informiert? Ich bin ihr Mann!", fragte er verärgert.

„Das kann ich Ihnen nicht beantworten. Aber Sie dürfen sie gerne besuchen. Ich zeige Ihnen rasch, wie Sie die Maske benutzen müssen."

51

Das Unwetter, das inzwischen weitergezogen war, hatte nicht die ersehnte Abkühlung gebracht. Ein klebriger Film hatte sich auf Anker Dahls Stirn gelegt und die Hände pappten am Steuer, obwohl das Seitenfenster offen war und der Wind seine Haare flattern ließ. Einen Augenblick lang hatte er überlegt, ob es vielleicht Fieber war. Hatte er sich auch angesteckt? Der Täter lag im Sterben und Roland Benito war zur Untersuchung im Krankenhaus. Aber was hatte er dort überhaupt gemacht - an *seinem* Tatort? Dass er zufällig da gewesen war, wie er gesagt hatte, glaubte er einfach nicht. Und der Journalist von Media House Denmark und die Fotografin, was wollten die? Hatte Roland Benito sie mitgenommen, um seinen Anteil an der Aufklärung des Falls dokumentieren zu können? *Seines* Falls.

Der Anblick von Silje Vuong, exakt wie die beiden anderen Opfer auf dem Bett drapiert, wollte auch nicht von seiner Netzhaut verschwinden. Er hätte sie nicht gehen lassen sollen. Aber er konnte Leute ja nicht festnehmen, nur weil er meinte, dass sie nicht die Wahrheit sagten. Dann wären die Gefängnisse noch überfüllter als ohnehin schon. Er hätte ihr vielleicht - rückblickend betrachtet - Polizeischutz geben sollen, aber wer hätte das wissen können?

Der Polizeidirektor hatte versucht, ihn auf dem Handy zu erreichen, aber er hatte es ignoriert. Er konnte sich schon denken, was er sagen würde. Ein weiterer Mord, den er nicht verhindert hatte, trotz der Tatsache, dass das Opfer wenige Tage zuvor in seinem Büro gewesen war. Er wischte sich mit dem Handrücken über die Stirn und nahm einen Schluck aus einer Flasche Mineralwasser, die er an der Tankstelle gekauft hatte. Der Polizeidirektor würde auch nicht begrüßen, dass er sich nun auf der Autobahn auf dem Weg nach Horsens befand, aber die Südostjütländische Polizei sollte nicht allein die Lorbeeren dafür einheimsen, die Menschenschmuggler an Bord des Schiffs, das in einer Stunde für die Hov

Verbrennung anlegen würde, zu verhaften. Er konnte im Augenblick nicht viele Resultate als sein Verdienst aufweisen. Die waren ihm irgendwie gestohlen worden.

Die Südostjütländische Polizei ging kein Risiko ein. Das Auto der Kriminaltechniker stand am Kai bereit, zusammen mit einem Streifenwagen und einem Krankenwagen. Die LKW der Verbrennungsanlage parkten auch in Reih und Glied.

Anker Dahl erblickte seinen Kollegen schnell: einen kleinen, korpulenten Mann in leicht gebeugter Haltung und mit ergrauten Schläfen um eine Glatze. Er stand in angemessenem Abstand zu den Kriminaltechnikern, die Schutzanzüge trugen. Ginge es nach Anker Dahl, hätte sich das Empfangskomitee außer Sicht halten sollen, bis das Schiff angelegt hatte, aber er würde sich da nicht einmischen. Er hielt sich noch weiter im Hintergrund. Wieder vibrierte das Handy in seiner Tasche, aber er schaute nicht einmal nach, wer es war.

Das große Frachtschiff kam an dem diesigen Horizont in Sicht und steuerte direkt den Kai an. Erst da ging Anker Dahl ruhig dorthin und stellte sich neben Vizepolizeidirektor Kragh. Der schaute mit einem verblüfften Ausdruck in einem verschwitzten Gesicht zu ihm hoch.

„Dahl? Sind Sie nicht ein bisschen außerhalb Ihrer Grenze?“, fragte er mit einem spöttischen Lächeln.

„Tja, aber da nun mal die Hov Verbrennung in der Odder Kommune der Sünder ist, gehört es zu meinem Gebiet“, antwortete er, ohne den Blick von dem sich nähernden Schiff zu lassen.

Aus dem Augenwinkel sah er, dass Kragh nickte und die Aufmerksamkeit ebenfalls wieder auf das Schiff gerichtet hatte.

Die Männer in Schutzkleidung gingen an Bord, sobald es angelegt hatte. Kragh hatte beide Hände tief in den Hosentaschen vergraben und wippte ungeduldig auf den Fersen.

Anker Dahl beobachtete das Aus- und Umladen der Behälter mit Abfall auf die LKW. Ein Kran hob sie hoch und platzierte sie auf einem Truck, der sie zu den Ladeflächen der Lastwagen fuhr.

Keine Menschenhände berührten sie. Alle waren als gefährlicher Abfall und Gefahrgut gekennzeichnet.

Kragh musste seinem Blick gefolgt sein. „Sie sind alle ordnungsgemäß verpackt. Die Absprache mit dem Hafen ist, dass diese Fracht umgehend entfernt und in sicheren Autos direkt zur Verbrennung gefahren werden muss."

„Wenn die Flüchtlinge davon, mit diesen Behältern gereist zu sein, krank geworden sein sollten, wie ist das dann passiert?", wunderte Anker Dahl sich laut.

„Das ist die Frage. Ich würde behaupten, das ist unmöglich. Es sei denn, sie befinden sich im gleichen Raum und die Behältnisse sind undicht."

„Und darüber hat es keine Meldungen gegeben?"

„Nein, überhaupt nicht."

Ein Kriminaltechniker kam zu ihnen herüber. Er nahm die Haube ab und sog frische Luft ein. So frisch sie am Hafen eben war.

„Es sind keine blinden Passagiere mehr an Bord. Aber im Frachtraum ist jemand gewesen. Wir haben Decken und einen Eimer gefunden, der für die Notdurft benutzt wurde. Es gibt auch Erbrochenes. Kein Wunder, dass sie da unten bei so vielen Tagen ohne Luft und Licht seekrank geworden sind." Der Kriminaltechniker verzog das Gesicht.

„Was schätzen Sie, wie viele es waren?", fragte Kragh.

Der Kriminaltechniker überschlug im Kopf, die Augen zum grauen Himmel gewandt. „Von den Decken ausgehend vielleicht ungefähr 20-30 Personen, eng zusammengezwängt."

„Aber wo sind die dann jetzt?", wollte Anker Dahl wissen.

„Ziehen Sie sich Schutzkleidung über und untersuchen Sie das Schiff von Steuerbord bis Backbord. Falls sie auf dem Schiff sind, müssen sie gefunden werden", befahl Kragh seinen wartenden Beamten. „Wir nehmen den Käpt'n und die Mannschaft mit zum Verhör." Er drehte sich zu Anker Dahl um, der Anstalten machte mitzugehen. „Ich kontaktiere Sie, sobald ich mehr weiß", erklärte er abweisend.

Irene teilte sich mit drei anderen das Zimmer, markiert mit einem gelben Schild, auf dem ISOLIERSTATION stand und mit Illustrationen eines Kittels, eines Handschuhs und einer Maske und ganz unten *Besucher: Kontaktieren Sie bitte das Personal.* Der eine der Mitpatienten war Mette Birkelund Kusk. Sie schlief.

Roland fühlte sich seltsam mit den Handschuhen und dem Kittel. Er hoffte, dass die Maske den Großteil seiner Sorge verbarg; doch die in den Augen ließ sich nicht verstecken. Er hatte die Anweisung bekommen, Irene so wenig wie möglich zu berühren. Das war schwer, da sie sofort nach seiner Hand griff. Er nahm sie in seine behandschuhte und drückte sie fest.

„Irene. Warum hast du dich nicht gemeldet?"

„Es passierte plötzlich so viel, Rolando. Ich habe versucht anzurufen, als wir in der Klinik waren und Bescheid bekommen haben, dass alle im Haushalt untersucht werden sollten. Aber erst war besetzt und dann bist du nicht rangegangen. Was hast du gemacht?"

So undramatisch wie möglich erzählte er ihr von Angolo in der Einfahrt und Marianna und Rikke, ohne den Mord an Silje Vuong und das furchtbare Schicksal ihrer Tochter zu erwähnen. Das konnte warten. Er schaffte es, sie zu beruhigen und davon zu überzeugen, dass es beiden gut ging.

„Und was ist mit Angolo? Wo ist er jetzt?"

„Er wartet draußen im Auto."

„Rolando!"

„Ja, ich weiß, Schatz, aber was hätte ich sonst tun sollen? Ich bringe ihn zum Tierarzt, dann sind wir alle untersucht worden." Er versuchte, es humorvoll klingen zu lassen, aber es gelang nicht. „Es geht ihm gut. Es geht ihm gut", wiederholte er, um auch sich selbst zu überzeugen.

„Ich bin so dankbar, dass du nicht infiziert bist, Rolando. Sie sagen, das Medikament scheint bei mir gut anzuschlagen, dann bin ich auch bald wieder zu Hause", sagte Irene mit unerschütterlicher

Überzeugung. Sie hatte so viel durchgemacht, und er wunderte sich immer darüber, woher sie ihren Optimismus nahm.

Roland war ein bisschen besorgt darüber, dass sie ein ungetestetes Medikament bekam, aber Hauptsache, es wirkte. Die im Krankenhaus wussten wohl, was sie taten.

„Was ist mit Mette?", fragte er und schaute zu dem blonden Haarbüschel, das in dem anderen Bett unter der Decke hervorlugte.

„Ihr geht es den Umständen entsprechend auch gut, aber sie ist sehr müde. Das kann man von dem Medikament werden. Wir schaffen das schon, Rolando", versicherte sie.

„Sind die anderen auch hier?"

„Amaal fehlte nichts. Er war ja größtenteils in der Schule und mit Nazir gar nicht in Berührung. Zaid hat den Kontakt mit den Kranken ebenfalls vermieden, sodass auch er nicht infiziert ist, aber sie halten ihn, soweit ich weiß, eine Weile unter Beobachtung. Entschuldigung, Rolando. Es war falsch von mir, einen illegalen Flüchtling zu verstecken. Jetzt sind er und sein Bruder Abdal beide hier im Krankenhaus registriert, daher sind sie nicht mehr illegal."

„Wo sind sie?"

„Nazirs Bruder, Abdal, liegt im Sterben, sie können ihn, soviel ich weiß, nicht mehr retten. Nazir geht es auch nicht gut. Ich glaube, sie liegen in einer Spezialabteilung."

Die Krankenschwester kam in Schutzkleidung, ähnlich der von Roland.

„Jetzt ist es Zeit fürs Essen und die Medizin, daher muss ich Sie leider bitten, morgen wiederzukommen", sagte sie freundlich lächelnd und schob einen Essenswagen hinein.

Roland stand auf und drückte nochmals Irenes Hand. Er würde nie vergessen, wie sie ihn in genau dieser Sekunde ansah.

Er steckte den Kopf in ein Büro auf dem Flur und fragte nach Anne Larsen. Er erfuhr, wo sie lag, dass sie aber nicht gestört werden durfte. Sie aß gerade.

„Schafft sie es?", fragte er in einem Tonfall, als erkundigte er sich nach einer seiner Töchter.

„Sind Sie Familie?“, fragte die Krankenschwester und sah ihn über ein paar schmale, viereckige Brillengläser hinweg an.

„Gewissermaßen.“

„Sie ist in Behandlung und spricht gut darauf an. Wir glauben sehr an dieses Medikament, daher: Seien Sie beruhigt.“

„Ihr geht's gut, Benito“, ertönte eine Stimme hinter ihm. Er drehte sich um, es war die Fotografin.

„Ich habe sie gerade besucht. Ihr geht's gut. Was ist mit Ihnen?“

„Nicht infiziert. Und Sie?“

„Mir fehlt nichts. Nicolaj auch nicht. Er wartet im Auto auf mich. Wir haben die Kranken ja glücklicherweise nicht berührt.“

„Wissen Sie etwas über ihn? Sebastian Juhl?“

Kamilla schüttelte den Kopf. „Sieht, soweit ich weiß, nicht gut aus. Wahrscheinlich war er mit den kranken Flüchtlingen in Kontakt. Ich habe Fotos, die beweisen, dass er Schleuser ist - oder ein Mittelsmann.“

Kamilla öffnete ihre Tasche und zog einen Laptop heraus, während sie zum Ausgang gingen. Sie erzählte von ihrer Fotoreportage für das Magazin des Roten Kreuzes, die Reise ins Flüchtlingslager, ihr Treffen mit dem ägyptischen Journalisten und zeigte ihm Bilder der mutmaßlichen Menschenschmuggler an einem Tisch in einer caféähnlichen Umgebung. Der eine war ganz sicher Sebastian Juhl.

„Ich bin nicht derjenige, dem Sie die zeigen sollten, ich bin nicht mehr bei der Polizei“, präzisierte er. „Zeigen Sie sie Vizepolizeidirektor Anker Dahl. Er wird Sebastian Juhl verhören.“

„Ich hab's versucht, aber ich kann ihn nicht erreichen.“

Sie stopfte den Computer zurück in die Tasche. Roland hielt ihr die Tür auf. Schweigend gingen sie gemeinsam zum Parkplatz.

53

Es war immer ein besonderes Gefühl, die letzte Besprechung in Mordfällen abzuhalten. Normalerweise war es gut und zufriedenstellend, wenn sie aufgeklärt waren, aber dieses Mal war Anker Dahl nicht ganz zufrieden, da ihm keine richtige Anerkennung zufiel.

Die Südostjütländische Polizei hatte die Lorbeeren für die Aufklärung geerntet, wie die Flüchtlinge an Bord des Schiffes durch die eigentlich regelkonform aufbewahrten und markierten Behältnisse mit chemischem Abfall krank geworden waren. Es war keine Bedingung, dass für den Transport neue Behältnisse verwendet wurden, Hauptsache, sie waren sicher. Dadurch war die Sicherheit seitens des Kunden in Algier heruntergeschraubt worden. Einige Behälter waren unter Druck explodiert und die gefährlichen Dämpfe und Bakterien von unter anderem Krankenhausabfall hatten den Frachtraum gefüllt, der den Flüchtlingen während der gesamten Überfahrt als sicheres Versteck diente. Eine Untersuchung des griechischen Frachtschiffs Zinaida hatte es enthüllt und anschließend war eine Durchsuchung der Behälter beim Kunden in Algier vorgenommen worden. Weitere Behälter wurden zerstört und dem Direktor der Hov Verbrennung wurde die Erlaubnis entzogen, chemischen Abfall in den Horsenser Hafen zu transportieren. Einige Köpfe mussten ja in so einem Fall immer rollen. Der Kapitän war verhaftet worden, nachdem einige Besatzungsmitglieder unabhängig voneinander berichtet hatten, dass den Flüchtlingen, die an Bord gewesen waren, befohlen worden war, ins Meer zu springen, als sie die Meldung bekommen hatten, dass die dänische Polizei am Hafen wartete. Es war ein Stück bis zum Land gewesen und einige konnten nicht schwimmen. Es war eine Suche gestartet worden, aber Anker Dahl hatte noch nicht gehört, dass jemand von ihnen lebendig gefunden worden ist.

Er hatte gehofft, die Aufklärung der Mordfälle würde den Polizeidirektor zufriedenstellen, aber dieser hatte seine vielen Argumente nicht gewürdigt, dass er auch die alten, ungelösten Mordfälle aufgeklärt hatte, die der Ehemalige- Roland Benito aufgegeben hatte. Im Gegenteil hatte der Polizeidirektor mehrmals daran erinnert, dass ebenjener Roland Benito Sebastian Juhls Versteck im Sommerhaus in Skæring ausfindig gemacht hatte.

„Und außerdem kann man ja keinen Mann für etwas verurteilen, für das bereits ein anderer die Schuld und die Strafe auf sich genommen hat. Auf jeden Fall nicht ohne ausreichend neue Beweise. Und wo sind die, Dahl?“, hatte er gebrummt.

Die hatte er natürlich nicht, aber er hatte Beweise für die neuen Morde. Der Kapuzenpullöver mit dem Pentagramm auf dem Rücken und die Tatwaffe waren in Sebastian Juhls Sommerhaus gefunden worden und es waren auch seine Fingerabdrücke in dem Blut am Tatort in der Designervilla in Skåde Bakker. Dass es dieselbe DNA war wie in den alten Fällen und dadurch klar auf Sebastian Juhl deutete, konnte keiner leugnen, daher versuchte er erneut, den Polizeidirektor zu überzeugen.

„Das ist nicht dasselbe Messer. Das Messer von damals verschwand, daher kann ich dir auch hier nicht recht geben. Du musst ein Geständnis des Täters kriegen, wenn du mich überzeugen willst“, war er wieder abgefertigt worden.

Und das konnte er nicht kriegen. Sebastian Juhl hatte offenbar beschlossen, das Geständnis mit ins Grab zu nehmen. Den Ärzten zufolge hatte er nicht mehr lange, und für wie glaubwürdig würde ein Geständnis gehalten werden, wenn es von einem sterbenden, mit schmerzstillenden Medikamenten betäubten Mann käme?

Isabella entfernte die Bilder von der Tafel, während er seinen Schreibtisch aufräumte. Als das Telefon klingelte, ging er ohne Interesse ran.

„Dahl“, meldete er sich abweisend, während er eine Schublade schloss.

„Hier ist die Fotografin Kamilla Holm. Ich habe Beweise dafür, dass Sebastian Juhl ein Schleuser ist“, sagte die Stimme an seinem Ohr.

Anker Dahl richtete sich auf. „Welche Beweise?“

Isabella sah ihn fragend an.

„Fotos, die in Kairo aufgenommen wurden. Das ist Sebastian Juhl, zusammen mit einem anderen, der der Boss sein kann."

„Wie können Sie sich sicher sein, dass es um Menschenschmuggel geht?"

„Können wir uns treffen?", fragte Kamilla Holm.

Die Frau saß auf der anderen Seite seines Schreibtisches und stellte ihren Laptop vor sich.

Etwas an ihr erinnerte ihn an Ann-Marie. Die blonden Haare, die ihr ins Gesicht fielen, wenn sie nach unten schaute, und die mit einer leichten, femininen Bewegung hinters Ohr gestrichen wurden, wenn sie wieder aufsah. Genau wie Ann-Marie. Die Augen waren grün und nicht blau wie die seiner Frau, aber dennoch lag der gleiche wissende Blick darin, den man nur in den Augen von Frauen sah, die mehr erlebt hatten als nötig. Die Ähnlichkeit bohrte in seinem schlechten Gewissen gegenüber Ann-Marie und nicht zuletzt Robin. Hätte er ihnen doch nun endlich beweisen können, dass seine ewige Abwesenheit und sein Versagen eine Ursache gehabt hatten. Wenn er Ehre und respektvolle Erwähnung bekäme, dann würden sie verstehen. Aber vielleicht konnte diese Frau das ändern.

„Ich habe Silje Vuong am Flughafen in Addis Abeba getroffen. Sie hat mir nicht erzählt, dass sie im Flüchtlingslager arbeiten wollte, weil ihr Spendervater dort für Ärzte ohne Grenzen tätig war und selbstverständlich erst recht nicht, dass Sebastian Juhl ihr Vater war."

„Was wollen Sie mir dann erzählen?"

„Silje Vuong hat Sebastian Juhl und den anderen wiedererkannt, der, den wir für den Boss halten, auf den Bildern hier, die ich ihr zeigte, als sie meine Ausstellung im Ridehuset besuchte." Kamilla klappte den Computer auf und schaltete ihn an. „Silje Vuong entdeckte, was ihr Vater trieb und wurde für ihn zur Bedrohung. Sie hätte sowohl seine Identität als auch seine kriminellen Machenschaften auffliegen lassen können."

„Ja, das haben wir auch herausgefunden", sagte Anker Dahl und lehnte sich mit einem reservierten und enttäuschten Lächeln zurück. Hatte sie wirklich nichts anderes vorzuweisen?

„Ich habe zwei ägyptische Journalisten getroffen, die daran arbeiten zu enthüllen, wer der Schleuserboss ist. Ich war mit in einem Kaffeehaus in Kairo, wo die Schleuser Absprachen mit den Flüchtlingen trafen."

Sie klickte durch die Bilder. Anker Dahl beugte sich zum Bildschirm vor, um besser zu sehen.

„Der eine davon ist Sebastian Juhl. Der mit der Kapuze."

„Wer sind die anderen?"

„Zwei von ihnen sind Flüchtlinge, mit denen sie verhandelten. Wir glauben, der da ist der Boss. Sie nennen ihn Stiffeye. Sicher ein Spitzname wegen des Glasauges. Er hat Verbindungen zu mehreren Terrororganisationen, unter anderem Al-Kaida und Boko Haram, haben die Journalisten in Kairo mir erzählt. Sie haben ihn überwacht und herausgefunden, dass er Terroranschläge irgendwo in Europa plant. Ich habe ihn am Aarhuser Flughafen gesehen, als ich nach Hause gekommen bin. Wegen des Glasauges dürfte er sehr leicht zu finden sein."

„Warum sollten wir ihn suchen?"

„Diese Fotos hier beweisen, dass er Menschen übers Mittelmeer schleust. Sehen Sie, hier sitzt er mit einer Karte mit einer eingezeichneten Route. Ist es wirklich nicht genug, dass Stiffeye diesen Hintergrund hat und in Erfahrung gebracht wurde, dass er Terroranschläge plant? Können Sie sich nicht beim Geheimdienst umhören? Vielleicht kennen sie ihn."

Anker Dahl verspürte neuen Optimismus. Keiner zweifelte daran, dass es die Bosse waren, die man finden musste, um den illegalen Flüchtlingsstrom zu stoppen, und einen Terroranschlag in Dänemark zu verhindern, würde ihn in die ganz richtige Position befördern.

54

Beim letzten Mal, als er Irene aus dem Krankenhaus abgeholt hatte, hatte er gehofft, das würde nie wieder passieren. Nicht, dass er sie abholen sollte natürlich, sondern dass sie ins Krankenhaus musste.

„Frau Benito ist noch nicht ganz fertig. Können Sie einen Augenblick warten?", sagte die Krankenschwester.

Roland ging währenddessen eine Runde auf dem Gang spazieren und hielt vor Anne Larsens Zimmer an. Die Tür war offen und er steckte den Kopf hinein. Sie wirkte noch dünner und blasser als normal, aber sie saß im Bett und las.

„Das ist keine Isolierstation, oder?", fragte er spöttisch und sie schaute überrascht von der Zeitschrift auf.

„Roland! Hi. Nein, Gott sei Dank nicht. Wie geht's Irene?"

„Jetzt, nachdem eine Woche rum und die Ansteckungsgefahr vorbei ist, haben die Ärzte beschlossen, sie heimzuschicken."

„Hat sie's gut! Mich behalten sie noch eine Weile da. Ich hab immer wieder Nasenbluten, aber sie glauben nicht, dass es ernst ist."

„Zum Glück."

Er blieb in der Türöffnung stehen.

„Komm ruhig rein. Ich bin nicht mehr ansteckend."

Er schaute auf die Uhr. „Irene ist bald startklar, ich wollte nur mal kurz reinschauen und hallo sagen."

Sie nickte und sah wieder in ihre Zeitschrift. Sie tat ihm leid. Sie wirkte immer so allein.

„Hast du das von Sebastian Juhl gehört?", fragte sie und schaute wieder zu ihm hoch.

Roland nickte.

„Er ist tot. Wieder."

„Ja, aber dieses Mal wohl ganz sicher."

„Hat er die Morde gestanden?"

„Nicht, soweit ich weiß, aber die Beweise sind sicher eindeutig genug."

Roland wurde fast von hinten niedergewalzt von einem Mädchen, das mit einem großen Rucksack ins Zimmer geplatzt kam und sich kurz und verwirrt entschuldigte, bevor sie an Annes Bett eilte.

„Sabina!", rief Anne mit einem strahlenden Lächeln, das ihr stand, und legte die Zeitschrift weg. „Das ist meine Schwester", stellte sie vor.

Roland begrüßte das Mädchen, das klein und in seiner Erscheinung komplett schwarz war. Schwarze Haare, schwarzes Augen-Make-up, schwarzer Lippenstift, schwarzes Kleid, schwarze Strumpfhose und schwarze Stiefeletten. Er schätzte, dass der Kaugummi, auf dem es beharrlich kaute, auch schwarz war. Nur der Rucksack hob sich ab, er war pink aus imitiertem Schlangenleder.

„Ich wusste nicht, dass du Geschwister hast."

Er drückte die schlaffe Hand, die ihm das Mädchen reichte, und hatte das Gefühl, er zerquetschte sie, da es keinen Gegendruck gab.

„Davon habe ich wirklich eine Menge. Also Stiefgeschwister. Sabina ist gerade in die Wohnung neben mir gezogen, sie fängt im September an der Journalistenhochschule an."

Roland nickte mit einem vielleicht etwas zu überraschten Lächeln.

„Offenbar muss jemand auf sie aufpassen", sagte Sabina und setzte sich auf den Bettrand. Die Stimme war weich, klar und rein mit dem gleichen Nørrebro-Dialekt wie Anne, und völlig im Kontrast zu dem harschen Äußeren. Taff auszusehen war in dem Viertel, in dem sie aufgewachsen waren, die Art zu überleben. Ein raues Milieu und eine brutale Kindheit. Vielleicht würde sich das mit der Zeit ändern. Wie es bei Anne passiert war, die auch der grobe Typ gewesen war, als er sie zum ersten Mal getroffen hatte.

„Na, ich sollte jetzt lieber mal Irene abholen. Gute Besserung, Anne."

Es freute ihn, dass Anne eine Schwester hatte. Dann war sie doch nicht ganz allein auf der Welt.

Irene war fertig und stand mit ihrer Tasche vor dem Zimmer bereit. Endlich konnten sie das Krankenhaus verlassen. Er empfand die gleiche unbeschreibliche Freude wie beim letzten Mal, als er sie unterhakte und mit ihr zum Auto ging. Die Hitzewelle war von normalen Sommertemperaturen abgelöst worden und weiße Wolken trieben langsam am blauen Himmel. Eine angenehme Brise ließ die Blätter auf dem Parkplatz leicht rascheln. Mit weniger Begeisterung sah er Mette Birkelund Kusk ihnen entgegenkommen. Selbstverständlich war er froh, dass auch sie wieder genesen und aus dem Krankenhaus entlassen war. Aber Mette hatte nichts Gutes mit sich gebracht, daher verkrampfte sein Lächeln etwas, als er sie grüßte. Der Wind ergriff ihre Haare und sie drückte herzlich erst seine, dann Irenes Hand.

„Wie schön, dass du wieder gesund und einsatzfähig bist", meinte sie.

Roland mochte die Worte „wieder einsatzfähig" nicht.

„Danke, ebenso, Mette. Sind Rashid und sein Cousin aufgetaucht?"

Mette schüttelte den Kopf. „Rashid geht leider in die Statistik ‚verschwundene unbegleitete Minderjährige' ein", seufzte sie. „Aber es gibt gute Neuigkeiten zu Zaid. Er hat Asyl und eine gute Arbeit in Bilka bekommen. Er soll dabei helfen, Waren in die Regale zu füllen, das wird seinem Dänisch ganz sicher nützen. Er zieht in eine eigene Wohnung in Tilst."

„Schön zu hören", sagte Irene und warf Roland ihren Was-habe-ich-gesagt-Blick zu.

Sie verabschiedeten sich von Mette und Roland fühlte sich erleichtert, als er endlich das Auto starten und nach Hause zur Villa in Højbjerg fahren konnte.

Roland hatte eine Reinigungsfirma angeheuert, die ganze Villa vom Keller bis zum Dachgeschoss zu putzen und zu desinfizieren, sodass es herrlich duftete, als er aufschloss und Irene die Tür aufhielt.

„Wie still es hier ist", sagte sie traurig, als sie hereinkamen.

Dann hörten sie Krallen über die Fliesen klicken und ein lautes, fröhliches Bellen. Angolo sprang an ihnen hoch, ohne dass sie ihn tadelten. Das hatten sie ihm eigentlich schon längst abgewöhnt, aber er hatte sich während des Aufenthalts bei der Tochter und der Enkelin einige schlechte Angewohnheiten angeeignet.

„Ihm scheint auch nichts zu fehlen", lachte Irene.

„Angolo geht es gut. Das Pflaster am Hals fällt in einigen Tagen von allein ab. Die Wunde war nicht so tief und glücklicherweise waren keine großen Adern oder Sehnen beschädigt. Eine Rippe war geprellt, der Tierarzt meinte, das käme von einem Tritt mit einem Schuh."

„Doch wohl nicht meine Mutter?", rief Irene und Roland konnte nicht umhin zu lächeln.

„Nein, Marianna hat erzählt, dass Sebastian Angolo getreten hat, als er ihn biss, das können wir Dagny also trotz allem nicht ankreiden."

Er setzte Irene an den Esstisch in der Küche und klatschte kurz geheimnistuerisch in die Hände. „Jetzt machen wir es uns richtig gemütlich!"

Angolo bellte und wedelte begeistert mit dem Schwanz.

Roland öffnete den Kühlschrank und begann summend, die im Voraus zubereiteten Speisen auf den Tisch zu stellen. Kleine Frikadellen, Schweinebauch-Aufschnitt, Kassler, Leberpastete und Krustenbraten.

„Hör auf, das können wir doch nicht alles essen", lachte Irene.

„*Ich* kann. Und weißt du, was wir dazu trinken werden?" Er griff nach der Flasche, die temperiert auf dem Tisch bereitstand und zeigte ihr das Etikett wie ein Kellner in einem Gourmet-Restaurant.

„Ja, aber das ist ja dein bester Barolo, Rolando! Zu Schweinefleisch?"

Er nickte und holte zwei Gläser aus dem Schrank.

„Wie war die Arbeit heute? Es ist schön, dass sie den entführten Jungen unversehrt gefunden haben. Aber was ist mit seinem Vater?", fragte Irene, während er den Wein einschenkte.

Es gab so viel, das er in letzter Zeit mit Irene nicht hatte besprechen können. Vor vielem hatte er sie schonen wollen. Sie wusste nicht, wie Janus gefunden worden war. Kannte Rolands Anteil am Schicksal des Jungen nicht. Oder Rashids. Tatsächlich wollte er am liebsten nicht darüber reden.

„Janus geht es gut. Abgesehen davon, dass sein Vater sicher ins Gefängnis kommt und er doch keine kleinen Geschwister bekommt."

„Das Ganze ist ja nicht deine Schuld, Rolando. Guck nicht so traurig. Gibt es was, das du mir nicht erzählt hast?"

Er hasste es, sie zu belügen, aber war nicht zu antworten lügen?

„Momentan ist die Lage ein bisschen angespannt. DUP muss nach drei Jahren evaluiert werden, das steht in der Gesetzesvorlage, als man das Gesetz über die Polizeibehörde verabschiedete. Da sind die gerade dabei."

„Ja, aber es gibt doch wohl keine großen Änderungen?"

Roland legte sich eine dicke Scheibe Leberpastete auf sein Brot und dekorierte es mit einem Stapel gebratenem Bacon. Genoss den Duft. „Man weiß nicht, was passiert. Mehrere sehen unsere Arbeit schief an, sowohl Bürgerorganisationen als auch die Polizei, daher weiß man nie."

„Das ist auch kein leichter Job, Rolando. Ich habe es dir damals doch gesagt. Du musst gegen deine Kollegen ermitteln. Und sieh dir nur mal den armen Mikkel Jensen an." Irene schwieg. „Wann erfährst du das Ergebnis der Evaluation?"

„Wohl erst nächstes Jahr."

Irenes Handy klingelte, das passte ihm sehr gut. Dennoch hoffte er, sie würde es klingeln lassen.

„Hallo Mette. Ja, wir sind jetzt gut zu Hause angekommen."

Sie hörte zu und er lauschte, konnte aber nur schwach Mettes Stimme hören, nicht die Worte.

„Selbstverständlich." Irene schielte zu ihm und er mochte diesen schuldbewussten Blick nicht. „Wann kommen sie?"

„Bitte keine Gäste mehr, Irene", bat er, als sie das Gespräch beendet und das Handy weggelegt hatte.

„Es sind zwei Jungen aus dem Südsudan, 11 und 13 Jahre alt, Rolando. Das Asylzentrum ist überfüllt und wir haben doch Platz, nicht?“

„Sagt Mette das?“

„Wir *haben* Platz! Sie können im Keller wohnen. Wir müssen helfen.“

Angolo erhob sich aus seinem Korb und setzte sich ihm zu Füßen, als könnte er die Unterhaltung verstehen und wäre auf seiner Seite. Vielleicht war es auch nur der Schinkenduft. Roland kraulte ihn zwischen den Ohren und sah Irene fest an. Es half, den Hund an seiner Seite zu haben. Er nahm ihn am Halsband.

„Okay, aber wir haben Bedingungen, Angolo und ich. Jetzt bestimmen wir! Nur die beiden Jungen! Keine illegalen Flüchtlinge und sie müssen einen Gesundheitscheck machen, bevor sie hereinkommen dürfen. Der Gebetsraum ist in der Garage und Angolo bleibt hier. Wenn die Jungs keine Hunde mögen, müssen sie woanders wohnen. Ich will meine Koteletts, meinen Schweinebauch-Aufschnitt und meine Leberpastete essen und meinen Wein und Whisky genießen können. Jetzt sollen sich mal die Gäste anpassen!“

Irene lächelte erleichtert, hob das Glas und stieß mit ihm an.

„Abgemacht, Rolando.“

55

Die Möwe landete an Deck. Weitere kamen hinzu. Der Klang der Glocken der Aarhuser Domkirche erreichte das Meer. Der Wind rauschte im Tauwerk der umliegenden Schiffe, sodass es knackte und krachte. Erschrocken flatterte die Möwe zurück und setzte sich abwartend auf die Reling. Eine neue Möwe ergriff die Chance. Es roch nach Fischinnereien, und der Hunger trieb sie. Vorsichtig wagte sich die erste trotz des Lärms aus dem Steuerhaus des Bootes näher an den Eimer mit Abfall. Auf einem kleinen Fernseher lief ein arabischer Sender. In Kairo war vor einer Zeitungsredaktion eine Autobombe explodiert. Zwei ägyptische Journalisten wurden getötet. Der Mann hatte den Rücken abgewandt und schien sich nicht darum zu kümmern. Das Messer schlitzte einen weiteren Fisch auf. Er packte die Eingeweide mit seiner großen, dunklen Hand und schmiss sie in den Eimer. Ein Säugling weinte. Die Möwe verzog sich auf die Reling und hielt sich wieder auf Abstand.

Die Frau, die im Dunkeln unter Deck saß, hob den schwarzen Niqab und legte mit einem leisen „Pscht" das Baby an ihre Brust. Zärtlich strich sie mit der Hand über den hellen Flaum, den man auf dem kleinen Kopf fast nicht sehen konnte. Die weiße Haut der Wange des Kindes leuchtete vor ihrer fast schwarzen.

Wenig später roch es nach Gas, Flammen stiegen kurz aus der Brennstelle des Herdes auf und erstarben, als die Bratpfanne daraufgestellt wurde. Es zischte, als er die Fischfilets hineinwarf und der Duft wurde noch unwiderstehlicher. Die Möwen fassten neuen Mut, wichen aber wieder zurück, als direkt neben dem Eimer das Handy klingelte. Der Mann ging ran. Das Gespräch war kurz und auf Arabisch. Er wendete die Filets, bevor er einen Koffer unter der Pritsche hervorzog. Vorsichtig öffnete er ihn. Die Behälter lagen in Reih und Glied. Er zählte sie und schloss den Koffer wieder. Die Fische waren fertig.

Die Möwe war nun ungesehen ganz dorthin gelangt, aber der Eimer kippte um, als sie einen Leckerbissen schnappen wollte, und blutige Fischinnereien glitschten übers Deck. Der Mann kam hinausgeeilt. Er rief etwas auf Arabisch und focht mit dem Messer nach den Möwen. Die Sonne schimmerte in der Messerschneide und das weiße Glasauge leuchtete.

Danksagung der Autorin

Blutregen ist reine Fiktion, aber der Roman ist auch mit wahren Begebenheiten vermischt. Das Thema des Buches sind die Flüchtlinge, deren furchtbare Situation überall gemischte Gefühle, Meinungen und Vorurteile auflodern lässt. Aber was, wenn das schlimmstdenkbare Wirklichkeit wird? Ich möchte hier unterstreichen, dass die Haltungen meiner Figuren ihre ganz eigenen sind und nichts mit meinen zu tun haben.

Mette Birkelund Kusk ist eine reale Person. Mette hat das Facebook-Gewinnspiel von Føtex gewonnen, namentlich in Blutregen genannt zu werden und durfte selbst wählen, ob sie Heldin oder Schurke sein wollte. Mette entschied sich, mich über ihr Schicksal entscheiden zu lassen. Ich hoffe, sie ist mit ihrer Rolle zufrieden.

Unterwegs sind Fragen aufgetaucht, wo ich Menschen, die sich auf dem Gebiet auskennen, um Hilfe bitten musste. Denjenigen möchte ich gerne ein riesiges Dankeschön schicken, da ich wieder viel mehr nützliche Informationen bekommen habe, als ich in Wirklichkeit brauchte.

Tausend Dank an:
Rechtsmediziner Markil Gregersen. Ermittlungschef Niels Raasted, Die Unabhängige Polizeibehörde. Oberstaatsanwältin Mette Møller, Spezialfälle bei der Polizei Mittel- und Westjütland. Camilla Plesner Nielsen, HR Coordinator bei MSF (Ärzte ohne Grenzen). Sandra Bøjsen Hahn, Cryos International ApS. Medizinische Direktorin Ursula Bentin-Ley, Dänische Fertilitätsklinik.

Vielen Dank auch an Anna Louise Tranæs Didriksen, freiberufliche Journalistin und Moderatorin bei TV2 OSTJÜTLAND für die

Führung durch das Fernsehstudio in Skejby und für die Information über Arbeitsabläufe und andere nützliche Dinge für die Aufgaben meiner Journalistin Anne Larsen an diesem spannenden Arbeitsplatz.

Einen besonderen Dank an meine Lektorin Connie Møller Christensen für die unentbehrliche Hilfe beim Korrekturlesen und Redigieren.

Ich schulde es auch meinen fantastischen Kooperationspartnern, ihnen zu danken: Danke an den Lindhardt und Ringhof Verlag für die wunderbare Zusammenarbeit, die Bücher, E-Books und Hörbücher der Serie auf dem deutschen Mark herauszugeben. An Nota für die Hörbücher, E-Books und Punktschrift für Leser mit Handicaps, sodass auch Blinde, Legastheniker und Sehbehinderte dabei sein können. Danke an den Dänischen Supermarkt Bogindkøb für die gute Zusammenarbeit und die fantastischen Kampagnen und nicht zuletzt danke an Nørhaven in Viborg für immer effizienten und schnellen Druck und Lieferung der Bücher.

Ich bin auch sehr dankbar für die Unterstützung, die ich während des Schreibprozesses von Kollegen, Freunden und Bekannten bekommen habe. Einen besonderen Dank sende ich meiner Freundin Margit Hjort dafür, dass sie wieder Lust hatte, das Manuskript auf Fehler und Mängel durchzusehen.

Danke an Per fürs immer da sein als Stütze und Rückhalt sowohl im Hinblick auf Ideen als auch die Schreibarbeit, Messen, Vorträge und das Durchgehen des Manuskripts mit seinem detailorientierten und kritischen Blick und seinen Verbesserungsvorschlägen.

Den allergrößten Dank schulde ich jedoch meinen Lesern, die der Grund dafür sind, dass die Serie fortgesetzt werden kann. Danke, weil ihr die Rolando Benito-Serie lest und hört und danke für die vielen schönen Mails und Facebook-Kommentare. Sie tragen dazu bei, den Mut und die Motivation aufrechtzuerhalten.

Inger Gammelgaard Madsen

Der Schrei der Kröte

„… noch eine potenzielle Krimiprinzessin. Herzlich willkommen, wir werden sehen, wie sich das Ganze entwickelt."
DBC lektørudtalelse

„Das Buch wird nie langweilig oder durchschaubar und man kann sich auch nicht gleich denken, wer der Mörder ist. Parallel zu dem Verbrechen und seiner Aufklärung verfolgen wir die Geschichte einer aufkeimenden Liebe. Einer Liebe, die hübsch und verdient sein könnte, von der man als Leser jedoch Bauchschmerzen bekommt, weil man weiß, dass sie dazu verurteilt ist, katastrophal zu enden!"
Krimifan

„Gut geschrieben, enthält gute Figurenbeschreibungen und ein sehr aktuelles Thema. Ich hoffe sehr, mehr von der Debütantin zu lesen."
Rundtombogen.dk

„Man kann Inger Gammelgaard Madsen zu einem vorzüglichen und hochwertigen Krimidebüt gratulieren."
Kochs Krimier

Mord auf Antrag

Die Bibliothek empfiehlt:
„Ausgezeichneter Krimi für einen dunklen Abend. Ein spannendes Buch, das schwer aus der Hand zu legen ist."
Mariager Fjord Bibliotekerne

„Der Plot ist kompliziert und gut und es gibt sowohl in Rolands Ermittlungen als auch in Annes Recherchen viele originelle Ideen."
Kochs Krimier

„In einigen der Kapitel wird langsam aufgerollt, was den Mörder zu seinen Handlungen getrieben hat … ein spannender und mitreißender Krimi, versehen mit feinen Milieu- und Figurenbeschreibungen."
KrimiCirklen

„Spannender Krimi aus Aarhus in einem wohlbekannten und bewährten Stil. Es werden bereits einige Spuren für eine willkommene Fortsetzung gelegt."
DBC lektørudtalelse

Letzte Umarmung

Die Bibliothek empfiehlt:
„Ein spannender dänischer Krimi, der einen nicht loslässt – ein Krimi der Sonderklasse. Das Buch ist wirklich spannend und gut geschrieben. Die Figuren sind so charakterisiert, dass es einem als Leser nicht schwerfällt, sich in ihre Situation und oft harten Schicksale hineinzuversetzen. Man wird von Anfang bis Ende gut unterhalten."
Egedal Bibliotekerne

„… ein weiteres Mal serviert Inger Gammelgaard Madsen ein wohlkonstruiertes Krimirätsel mit einem großartigen und gut durchdachten Plot."
Krimi-Cirklen

„… traditionelle unterhaltende Spannung für unersättliche Leser nordischer Krimis."
DBC lektørudtalelse

Die Beichte

„Die Beichte ist plotmäßig sowohl spannend als auch interessant und die verschiedenen Milieus sind gut und messerscharf gezeichnet. Wohl der beste der bisher vier Krimis von Inger Gammelgaard Madsen."
Krimi-Cirklen

„Diesen speziellen Aarhuser Lokalkolorit findet man auch bei Autorinnen wie Elsebeth Egholm und Inger Wolf, und im Übrigen werden sich die Leser von Sara Blædel und Liza Marklund von diesem Krimi gut unterhalten fühlen."
DBC lektørudtalelse

Gestohlene Identität

„Gut geschrieben und spannend bis zum Schluss, mit viel Drive und einem durchdachten Plot. Man bleibt mit einem Gefühl von Betroffenheit zurück bei der Erkenntnis, wie leicht es ist, die Identität eines anderen zu stehlen und dessen Leben vollständig zu zerstören."
DBC lektørudtalelse

„Zum fünften Mal zeigt Inger Gammelgaard Madsen, dass sie sowohl eine spannende Geschichte als auch einen realistischen Plot konstruieren kann. Sie schreibt sich klammheimlich in die Elite der dänischen Kriminalliteratur. Das steht eindeutig fest!"
Krimi-Cirklen

„Ein wirklich gutes und spannendes Buch, das Stoff zum Nachdenken gibt, darüber, wie viel man selbst mit Facebook zu tun hat und was man über sich hochlädt. Ein Buch, das man schwer aus der Hand legen kann, auch weil man unbedingt wissen will, was eigentlich mit Sara passiert."
Krimifan.

Leichen bluten nicht

„Ein Krimi mit aktuellen Themen und Fakten als Hintergrund für einen spannenden Plot ..."
DBC lektørudtalelse

„Wieder hat Inger Gammelgaard Madsen einen gut durchdachten und realistischen Plot geschaffen, der den Leser durchweg in Atem hält. Trotz der Sommerhitze erschaudert man unwillkürlich."
Krimi-Cirklen

Schlangengift

„Gammelgaard Madsen schreibt gut und hat offensichtlich Ahnung von Recherche ... Ein guter und fundiert recherchierter Krimi in einer Serie, die sich qualitativ entwickelt."
DBC lektørudtalelse

„Warnung: Wenn Sie an Arachnophobie leiden, sollten Sie sich vor dem Take-off gut anschnallen, denn dieses Buch verursacht ein Kribbeln."
Føtex Mood Magasinet

„Wenn man ein neues Buch von Inger Gammelgaard Madsen erwischt, ist immer gediegene, spannende Unterhaltung garantiert. Und ihre einzigartigen Beschreibungen von Figuren und Milieus machen die Geschichte glaubwürdig und authentisch."
Krimi-Cirklen

Richter und Henker

„... allmählich nimmt das Ganze Form an und entwickelt sich zu einer schlüssigen Geschichte mit moralischen/ethischen

Dilemmas. Kann man Selbstjustiz in einigen Fällen rechtfertigen? Das Buch wird von interessanten Themen, Figuren und Milieus getragen, ein sinnvoller und schnell gelesener Krimi …"
DBC lektørudtalelse

„In *Richter und Henker* – dem achten Buch mit dem in Italien geborenen Kriminalkommissar Rolando Benito – fährt Gammelgaard Madsen damit fort, Fiktion aus der Wirklichkeit zu erschaffen (Kinderkriminalität, Polizeigewalt, Selbstjustiz). Ein so eigener Drive im Erzählstil, dass sie die nächste große, internationale Krimiautorin aus Dänemark werden kann."
Media I Morron I Dag, Schweden

„Super Krimi mit Action … Seien Sie jedoch gewarnt: Sie werden Lust bekommen, all die vorhergehenden Bücher zu lesen."
Føtex Mood Magasinet

„Tipptopp gediegene Unterhaltung von der ersten bis zu letzten Seite."
Krimi-Cirklen

Blutregen

„Gut geschriebener Krimi aus Aarhus mit aktuellen Problemstellungen und einem durchdachten und gut funktionierenden Handlungsverlauf. Für die, die einen guten Krimi mögen."
DBC lektørudtalelse

„*Blutregen* ist absolut einer der allerbesten Krimis von Inger Gammelgaard Madsen. Auf eine authentische, spannende und realistische Weise lässt sie das ganze Puzzlespiel erneut aufgehen. Wir können *Blutregen* nur wärmstens empfehlen."
Krimi-Cirklen

„Die Sprache ist wie immer flüssig und blumig. Inger Gammelgaard Madsen hat eine herrlich unnachahmliche Art zu schreiben. Die Figuren sind vertraut und wohlbekannt, obwohl man Rolando als Kriminalkommissar vermisst. Die Polizeibeamten und die anderen festen Charaktere füllen gerade genug, dass man das Gefühl hat, sie zu kennen und sich freut, mehr über ihr Leben zu lesen, aber nicht so viel, dass es den Fokus von den Fällen und der Aufklärungsarbeit nimmt. Eine wirklich tolle Gewichtung."
Litteratursiden

Die Roland Benito-Reihe

Band 1 der Reihe

Inger Madsen
Der Schrei der Kröte
Kriminalroman
Aus dem Dänischen
von Hanne Olsen
Deutsche Originalausgabe
354 Seiten
Broschur
ISBN 978-3-95510-106-0

In einem Abfallcontainer in Aarhus wird die Leiche eines zehnjährigen Mädchens gefunden. Polizeikommissar Roland Benito stößt bei seinen Ermittlungen auf einen Zeitungsartikel der Reporterin Anne Larsen, der erste Hinweise liefert. Das Mädchen hat sich offenbar in Chatrooms zu freizügigen Fotos hinreißen lassen. Bald häufen sich die Verdachtsmomente. Als ein weiteres Kind verschwindet, beginnt für Benito und Larsen ein Wettlauf gegen die Zeit.

Spannung aus der dänischen Erfolgsschmiede! Auftakt für ein außergewöhnliches Ermittlerduo.

Band 2 der Reihe

Inger Madsen
Mord auf Antrag
Kriminalroman
Aus dem Dänischen
von Kirsten Krause
Deutsche Originalausgabe
317 Seiten
Broschur
ISBN 978-3-95510-107-7

Kommissar Roland Benito wird auf einen schwierigen Fall angesetzt: Zwei Jungen finden in einem Moor bei Mundelstrup eine Frauenleiche. Den gerichtsmedizinischen Untersuchungen zufolge liegt der Mord bereits zwanzig Jahre zurück. Während bei der Aarhuser Polizei erste Spuren nach Afrika führen, klingelt bei Anne Larsen, Journalistin der Dagens Nyheder, das Telefon. Ein anonymer Anrufer behauptet, die Identität des Opfers zu kennen. Und er prophezeit weitere Morde.

Band 3
der Reihe

Inger Madsen
Letzte Umarmung
Kriminalroman
Aus dem Dänischen
von Kirsten Krause
Deutsche Originalausgabe
333 Seiten
Broschur
ISBN 978-3-95510-118-3

Es sieht nach einem der üblichen Einbrüche in ein Landhaus aus, doch diesmal findet man einen Bewohner bestialisch erschlagen auf dem Küchenfußboden. Zur gleichen Zeit, in der Roland Benito seine Untersuchungen aufnimmt, wird die Journalistin Anne Larsen arbeitslos, da das Tageblatt in der Finanzkrise schließen muss. Als ein Obdachloser tot aufgefunden wird, beginnt sie, auf eigene Faust Nachforschungen anzustellen. Diese führen sie bis in die Wikingerzeit zurück und zu einer kleinen Schar von Anhängern des Asenglaubens.

Band 4 der Reihe

Inger Madsen
Die Beichte
Kriminalroman
Aus dem Dänischen
von Kirsten Krause
Deutsche Originalausgabe
339 Seiten
Broschur
ISBN 978-3-95510-119-0

Nach einem Partyabend mit Freunden im Nachtleben von Aarhus verschwindet ein junger Mann spurlos. Bei seinen Untersuchungen stößt Inspektor Roland Benito in der Familie des Gesuchten auf grausige Geheimnisse. Benito kommt in diesen Ermittlungen zunächst nicht voran, bis eine junge Frau unter unheimlichen Umständen in einem Kloster tot aufgefunden wird. Auch privat hat Benito mit Dämonen zu kämpfen. Seine Frau wird im Sozialamt von einem Klienten bedroht, ein Fall, in den auch die Journalistin Anne Larsen verwickelt wird.

Band 5
der Reihe

Inger Madsen
Gestohlene Identität
Kriminalroman
Aus dem Dänischen
von Kirsten Krause
Deutsche Originalausgabe
370 Seiten
Broschur
ISBN 978-3-95510-132-9

Eine Karnevalsreise nach Venedig endet für Sara Dupont und ihren Freund unerfreulich: Ihre Tasche wird gestohlen und am nächsten Morgen wird im Kanal vor ihrem Hotel eine junge Dänin tot aufgefunden. Ein Jahr später flieht eine junge Frau, die wegen Mordes einsitzt, aus der Gerichtspsychiatrie in Risskov und ermordet auf der Flucht eine Krankenschwester. Schnell stellt sich für Roland Benito die Frage, ob beide Fälle zusammenhängen. Und nicht nur für ihn. Auch die Journalistin Anne Larsen, die sich mit ihrem früheren Praktikanten Nicolaj selbständig gemacht hat, begibt sich auf die Spur der Mörderin.

Band 7 der Reihe

Inger Madsen
Schlangengift
Kriminalroman
Aus dem Dänischen
von Kirsten Krause
Deutsche Originalausgabe
327 Seiten
Broschur
€ 12,00 (D) / € 12,40 (A)
ISBN 978-3-95510-144-2

Kriminalkommissar Roland Benito macht mit seiner Familie Urlaub in Italien, als ihn in einem Café ein ihm unbekannter Däne anspricht. Der Mann sucht nach seiner Tochter: Sie ist auf einer Tauchreise verschwunden, und der Fremde bittet ihn um Hilfe. Benito hat genug damit zu tun, seiner eigenen Tochter zu helfen, die ebenfalls in Gefahr ist. Doch ehe er sich versieht, wird er in einen Fall verwickelt, der ihn mit längst verdrängten Ereignissen konfrontiert. Dabei muss er sich nicht nur mit seiner eigenen, sondern auch mit der Vergangenheit seines ermordeten Vaters auseinandersetzen. Roland Benito bekommt das Gift der Schlangen zu spüren und muss erfahren, dass die Mafia nie vergisst.

Band 8 der Reihe

Inger Madsen
Richter und Henker
Kriminalroman
Aus dem Dänischen von
Julia Pfeiffer
387 Seiten
Broschur
€ 12,00 (D) / € 12,40 (A)
ISBN 978-3-95510-145-9

Drei Jungen werden erhängt in einer stillgelegten Fabrik aufgefunden. Gehören diese Todesfälle zu der Selbstmordwelle, die in Aarhus für Aufsehen sorgt? Auffällig ist, dass einer der Jungen eine Schussverletzung aufweist. Stammt die Kugel etwa aus der Waffe eines Polizisten, der während eines Überfalls auf Diebe gefeuert hatte und gegen den intern ermittelt wird? Zur gleichen Zeit wird ein Häftling aus der Strafanstalt Ostjütland entlassen, der wie besessen auf Rache sinnt. Für Kommissar Roland Benito stellt sich in all diesen Fällen schon bald die Frage, wer denn eigentlich Richter und wer Henker ist?